DuMonts Kriminal-Bibliothek

Edmund Crispin (eigentlich Bruce Montgomery) wurde 1921 geboren. Er studierte an der Merchant Taylors School und am St. Johns College Oxford moderne Sprachen und war dort zwei Jahre als Organist und Chorleiter tätig. Nach kurzer Lehrtätigkeit widmete sich Crispin ganz dem Komponieren – hauptsächlich von Filmmusik – und dem Schreiben. Einige Jahre war er Krimi-Kritiker bei der Sunday Times in London. Bis zu seinem Tod im Jahre 1978 lebte Crispin in Devon.

Von Edmund Crispin erschien in DuMonts Kriminal-Bibliothek bereits: »Mord vor der Premiere« (Band 1080).

Herausgegeben von Volker Neuhaus

Edmund Crispin

Heiliger Bimbam

Aus dem Englischen
von Ulrike Wasel und
Klaus Timmermann

DuMont

Für meine Eltern

Die Deutsche Bibliothek – CIP-Einheitsaufnahme

Edmund Crispin:
Heiliger Bimbam / Edmund Crispin. Ulrike Wasel
und Klaus Timmermann (Übers.). – Köln : DuMont, 2001
(DuMonts Kriminal-Bibliothek ; 1105)
ISBN 3-7701-5878-4

Aus dem Englischen von Ulrike Wasel und Klaus Timmermann
Die der Übersetzung zugrundeliegende Ausgabe erschien 1958
unter dem Titel *Holy Disorders* bei Penguin Books, London.

Umschlagmotiv von Pellegrino Ritter
Umschlag- und Reihengestaltung: Groothuis & Consorten
Satz: Greiner & Reichel, Köln
Druck und Verarbeitung: Clausen & Bosse, Leck
Printed in Germany
ISBN 3-7701-5878-4

Zuerst sah ich in finsterer Belebung
Den Hochverrat und alle die Umgebung:
Den wilden Zorn, wie glühnde Kohlen rot,
Den Diebstahl und die Angst, bleich wie der Tod,
Den Schmeichler mit dem Dolch in dem Gewand,
Und schwarz vor Rauch umwogt der Schuppen Brand;
Heimtücke, die im Bett den Schläfer tötet,
Den offnen Krieg, vom Wundenblut gerötet ...
Als durch den Schopf ihm drang des Nagels Wunde;
der kalte Tod mit offen starrendem Munde.

GEOFFREY CHAUCER

Kapitel 1
Einladung und Warnung

Continually at my bed's head
A hearse doth hang, which doth me tell
That I ere morning may be dead ...
Robert Southwell

Am Kopfe meines Bettes droht
Zur Mahnung mir ein Leichentuch
Daß morgen ich vielleicht schon tot ...

Während sein Taxi sich durch den Verkehr vor der Waterloo Station arbeitete, wie eine übereifrige Biene, die an die Spitze eines Schwarmes drängt, der ihr zu langsam ist, las Geoffrey Vintner noch einmal den Brief und das Telegramm, die heute morgen auf seinem Frühstückstisch gelegen hatten.

Er fühlte sich so unglücklich, wie es wohl jeder wäre, der nicht gerade von Abenteuergeist beseelt ist, aber einen Drohbrief sowie ausreichend Hinweise dafür erhalten hat, daß die darin enthaltenen Drohungen vermutlich in die Tat umgesetzt werden. Nicht zum erstenmal an diesem Tag bedauerte er, daß er sich überhaupt dazu durchgerungen hatte, den unangenehmen Auftrag anzunehmen und sein Cottage in Surrey zu verlassen, und damit seine Katzen, seinen Garten (dessen Zustand er fast täglich, irgendeiner neuen und meist unpraktischen Idee folgend, veränderte) und seine geschätzte und geduldig leidende Haushälterin Mrs. Body. Er war, so überlegte er (und der Gedanke sollte ihn mit düsterer Häufigkeit immer wieder befallen, je weiter die Serie von Abenteuern fortschritt, auf die er sich nun einließ), beileibe kein Mensch, der höchst erfolgreich auf die Anwendung körperlicher Gewalt zurückgreift. Hat man erst einmal die Vierzig überschritten, kann man sich, selbst in äußerst leidenschaftlichen Augenblicken, nicht mehr so schwungvoll in ungeahnte und tödliche Kämpfe mit skrupellosen Widersachern stürzen. Und wenn man überdies ein pingeliger Junggeselle ist, einigermaßen gutsituiert, aufgewachsen in einem abgeschiedenen Pfarrhaus auf dem Lande und ausgestattet mit einem Charakter, dem schnöde Interessen und überwältigende Leidenschaften fremd sind, so erscheint einem dergleichen nicht nur unmöglich, sondern geradezu absurd. Auch war es kein Trost, sich vor Augen zu halten, daß noch vor kurzem Männer wie er selbst mit dem Mut und der Tapferkeit von Bären den Rückzug auf Dünkirchen erkämpft hatten; sie wußten zumindest, womit sie es zu tun hatten.

Drohungen.

Er faßte in seine Jackettasche, holte einen großen, altertümlichen Revolver hervor und betrachtete ihn mit einer Mischung aus Beunruhigung und Zuneigung, ein Blick, mit dem Hundeliebhaber ein besonders aggressives Tier bedenken. Der Fahrer verfolgte das Geschehen finster im Rückspiegel, während sie auf die Waterloo Bridge fuhren. Und ein neuer Gedanke kam Geoffrey Vintner in den Sinn, noch während er, den mißbilligenden Blick registrierend, hastig die Waffe wegsteckte: Es war schon vorgekommen, daß Leute von Taxis entführt wurden, die vor ihren Häusern warteten und die Wehrlosen dann, sobald sie herauskamen, zu irgendeinem Ort wie Limehouse verfrachteten, wo bewaffnete Schlägerbanden sich ihrer annahmen. Argwöhnisch musterte er die kleine, untersetzte Gestalt, die unbeweglich wie ein Fels vor ihm saß und gekonnt einmal um den Kreisverkehr am nördlichen Ende der Brücke fuhr. Natürlich gab es nur einen einzigen Zug, den er am Morgen von Surrey aus hatte nehmen können, um den Anschlußzug in Paddington zu erreichen, daher hätten seine Gegner, wer auch immer sie waren, gewußt, wo sie ihn abfangen konnten; andererseits hatte er beträchtliche Schwierigkeiten gehabt, überhaupt ein Taxi zu bekommen, denn alle Taxifahrer schienen eher darauf bedacht, sich seiner Aufmerksamkeit zu entziehen, als sie auf sich zu lenken. Also war wahrscheinlich alles in Ordnung.

Er drehte sich um und blickte angewidert auf den nachfolgenden Verkehr, der sich so unstet bewegte wie Zecher, die hinter einem Anführer her von Kneipe zu Kneipe ziehen. Woran Leute merkten, daß sie verfolgt wurden, war ihm absolut schleierhaft. Überdies war er kein geübter Beobachter; die Außenwelt hinterließ bei ihm nur den Eindruck einer vagen und nicht einprägsamen Aufeinanderfolge von Trugbildern – ein Indianer hätte neben ihm durch ganz London spazieren können, ohne daß ihm das irgendwie ungewöhnlich vorgekommen wäre. Er überlegte kurz, ob er den Fahrer bitten sollte, einen Umweg zu fahren, um mögliche Verfolger auf eine falsche Spur zu lenken, vermutete jedoch, daß dieser Vorschlag nicht auf Gegenliebe stoßen würde. Und überhaupt, das Ganze war einfach zu lächerlich; niemand hätte etwas davon, ihm mittags an einem heißen Sommertag öffentlich durch das Londoner Gedränge zu folgen.

In dieser Hinsicht irrte er allerdings.

Sie werden es bereuen, wenn Sie Tolnbridge einen Besuch abstatten.

Das wurde natürlich nicht näher erläutert, hatte aber etwas Sachliches an sich, das alles andere als vertrauenerweckend war. Er bemerkte mit leichter Verärgerung, die sich immer dann einstellt, wenn einem eine unbedeutende Illusion zerstört wird, daß Papier und Umschlag ausgefallen und teuer waren und die Schreibmaschine, nach den zahlreichen typographischen Eigenarten zu urteilen, leicht zu identifizieren wäre – vorausgesetzt, man wußte, wo man nach ihr suchen sollte. Er gab sich dem Trübsinn hin. Kriminelle sollten sich zumindest bemühen, den Anschein von Anonymität zu bewahren, und ihren Opfern nicht unlösbare Hinweise unter die Nase halten. Auch auf dem – dank der Gewissenhaftigkeit eines Postbediensteten – gut lesbaren Poststempel stand Tolnbridge; wie nicht anders zu erwarten.

Das Telegramm, das er locker in der linken Hand hielt, flatterte zu Boden. Er hob es auf, schüttelte übertrieben den Schmutz ab und las es automatisch durch, vielleicht in der Hoffnung, den dünnen, wenig gehaltvollen Großbuchstaben des britischen Telegraphensystems ein Quentchen Bedeutung zu entlocken, das ihm bislang entgangen war. Dieser Tonfall gefühlloser Heiterkeit, so dachte er bitter, konnte von niemand anderem als dem Absender stammen. Der Text lautete:

BIN IN TOLNBRIDGE WOHNE IM GÄSTEHAUS DER DIÖZESE GEISTLICHE GEISTLICHE GEISTLICHE ES WIMMELT NUR SO VON IHNEN KOMMEN SIE UND SPIELEN SIE DIE ORGEL IN DER KATHEDRALE ALLE ORGANISTEN SIND AUSSER GEFECHT GESETZT GRÄSSLICHE SACHE SO SCHLECHT WAR DIE MUSIK AUCH WIEDER NICHT KOMMEN SIE MÖGLICHST SOFORT BRINGEN SIE EIN SCHMETTERLINGSNETZ MIT BRAUCHE EINS TELEGRAFIEREN SIE MIR KOMME KOMME NICHT STELLEN SIE SICH AUF LÄNGEREN AUFENTHALT EIN
GERVASE FEN

Mit dem Telegramm war ein bereits bezahltes Antwortformular für maximal fünfzig Worte gekommen. Mit einer gewissen Genugtuung hatte Geoffrey es ausgefüllt: KOMME VINTNER – eine Genugtuung, die jedoch durch den Verdacht geschmälert wurde, daß Fen den Sarkasmus nicht einmal bemerken würde. So war Fen nun einmal.

Und jetzt zweifelte er, ob er die Antwort überhaupt abgeschickt hätte, wenn der Telegrammbote nicht draußen vor der Tür gewartet hätte und er selbst nicht zu träge gewesen wäre, es später zur Post zu bringen. Die meisten unserer Entscheidungen, so sinnierte er, werden uns von der Faulheit aufgezwungen. Und natürlich hatte er zu dem Zeitpunkt seine sonstige Post noch nicht geöffnet … Es gab durchaus Entschädigungen. Der Tolnbridge-Chor war gut, und die Orgel, eine viermanualige Willis, eine der besten im Lande. Er erinnerte sich vage, daß sie ein Hornregister hatte, das wirklich wie ein Horn klang, ein wunderschönes Labialregister, eine prächtige Tuba, einen 32-Fußton im Pedal, der im tiefen Register ein rhythmisch pulsierendes Vibrieren durch das ganze Gebäude sandte und an den Nerven der Gläubigen zerrte ... Aber reichte das als Entschädigung aus?

Jedenfalls – seine mentale Moralpredigt ging weiter, während das Taxi um den Trafalgar Square brauste – eines stand fest: Er befand sich nun gegen seinen Willen in einem Konflikt von Recht und Un-Ordnung und dazu in erheblicher persönlicher Gefahr. Der Brief und das Telegramm zusammengenommen waren dafür Beweis genug. Worum es dabei ging, war eine andere Frage. Das Telegramm deutete an, wenn man die entsprechende Interpunktion hineinlas, daß irgendein Feind mit großer Entschlossenheit versuchte, die Kirchenmusik in Tolnbridge per Auszehrung abzuschaffen – was vermutlich der Grund dafür war, warum seine bevorstehende Ankunft soviel Unwillen auslöste. Doch das schien unwahrscheinlich, um nicht zu sagen grotesk. Die Organisten waren »außer Gefecht gesetzt« worden – was in aller Welt bedeutete das? Es deutete besorgniserregend auf Kampf und Gewalt hin – aber andererseits neigte Fen bekanntlich zur Übertreibung, und in Kathedralenstädten im Westen Englands treiben normalerweise keine Schlägerbanden ihr Unwesen. Er seufzte. Spekulationen waren sinnlos – er steckte mittendrin, und das, obwohl mindestens neun Zehntel seiner Schiffe verbrannt und der Rest offenkundig seeuntüchtig war. Es blieb ihm nichts anderes übrig, als sich zurückzulehnen und auf das Schicksal und seinen klaren Verstand zu vertrauen, falls irgendwas passierte – wenngleich ihm weder das eine noch das andere in der Vergangenheit treue Dienste geleistet hatte, wie er sich ohne Genugtuung ins Gedächtnis rief. Und was sollte das mit dem Schmetterlingsnetz ...?

Das Schmetterlingsnetz. Er hatte es noch nicht besorgt.

Er warf einen raschen Blick auf seine Uhr und trommelte gegen die Trennscheibe, als das Taxi gerade Cambridge Circus umfuhr, um anschließend in die Charing Cross Road einzubiegen.

»Regent Street«, sagte er. Das Taxi fuhr ganz um den Kreisverkehr und dann die Shaftesbury Avenue hinunter.

Ein nachfolgendes Taxi änderte seine Route ebenso.

Das Kaufhaus auf der Regent Street, das Geoffrey Vintner schließlich auswählte, weil ihm die Wahrscheinlichkeit, daß es Schmetterlingsnetze führte, dort am größten erschien, war erstaunlich leer, und Verkäufer ergingen sich ebenso wie Kunden in mittäglicher Lethargie. Von seiner Einrichtung her erweckte es den Eindruck, als sollte jedes offensichtliche Eingeständnis seiner Funktion bewußt vermieden werden. Bilder hingen an den Wänden, überflüssige Möbel und dicke vergoldete Putten standen herum, während irgendwelche symbolträchtigen Figuren, die sich so kerzengerade hielten wie Pommersche Grenadiere, mit dem Rücken lässig die Enden der Treppengeländer abstützten. Bevor Geoffrey hineinging, kaufte er noch rasch eine Zeitung, weil er sich dachte, die Presse müßte inzwischen davon erfahren haben, falls in Tolnbridge ein Bandenkrieg tobte. Doch die »Schlacht um England« beherrschte nach wie vor die Schlagzeilen, und nachdem er mit zwei Leuten zusammengestoßen war, während er die kleineren Meldungen überflog, verschob er weitere Nachforschungen auf später.

Eine riesige Tafel, die anzeigte, wo sich die verschiedenen Abteilungen befanden, erwies sich im Hinblick auf Schmetterlingsnetze als nutzlos, daher begab er sich zur Information. Wozu Fen so etwas wie ein Schmetterlingsnetz brauchte, überstieg Geoffreys Vorstellungsvermögen. Einen Augenblick lang hatte er die verrückte Vision vor Augen, wie sie beide in den Sümpfen von Devon nach Insekten jagten, und er warf erneut einen diesmal noch skeptischeren Blick auf das Telegramm. Aber nein; es war beim besten Willen kein Irrtum; und Fen war durchaus zuzutrauen, daß er seine plötzliche Vorliebe für Schmetterlingskunde entdeckt hatte.

Schmetterlingsnetze, so erfuhr er, gab es entweder in der

Kinder- oder in der Sportabteilung, die zum Glück beide auf derselben Etage lagen. Er musterte die junge Fahrstuhlführerin mit professionell mißtrauischer Miene, als sie die Gittertür hinter ihm schloß, und handelte sich dafür einen betont ungehaltenen Blick ein (»dem hab ich's gegeben«, vertraute sie später einer Freundin an). Daraufhin vertiefte er sich rasch wieder in seine Zeitung, und während er durch das Gebäude nach oben getragen wurde, entdeckte und las er folgendes:

MUSIKER ÜBERFALLEN

Die Polizei hat bislang noch keine Hinweise auf die Identität des Täters, der Dr. Denis Brook, Organist in der Kathedrale von Tolnbridge, vorgestern abend auf dem Heimweg überfallen und bewußtlos geschlagen hat.

Geoffrey verfluchte die Zeitung wegen fehlender Einzelheiten, Fen wegen seiner Übertreibung und sich selbst, weil er sich überhaupt in die Sache hatte hineinziehen lassen. Nachdem er sein stilles Ritual von Racheschwüren beendet hatte, kratzte er sich mißmutig die Nase; *irgend etwas* war jedenfalls im Gange. Aber was war mit dem zweiten Organisten? Vermutlich hatte der auch einen Schlag auf den Kopf bekommen.

Der Fahrstuhl kam scheppernd zum Stehen, und Geoffrey wurde unversehens mitten in ein kunterbuntes Sammelsurium von Sportartikeln befördert, in dem nur ein einziger dicklicher, rotgesichtiger, junger Verkäufer residierte, der so niedergeschlagen und trostlos vor sich hin starrte wie Priamos inmitten der Ruinen von Troja.

»Ist Ihnen schon mal aufgefallen«, sagte er bedrückt, als Geoffrey näher kam, »daß Sportgeräte nie eine anständige, symmetrische Form haben? Man kann sie einfach nicht ordentlich stapeln wie Kisten oder Bücher – irgendwelche kleinen Teile ragen immer an allen Seiten heraus. Rollschuhe sind am schlimmsten.« Sein Tonfall wurde tiefer, was seine besondere

Abscheu vor diesen unpraktischen Objekten andeutete. »Und Fußbälle rollen vom Regal, sobald man sie drauflegt, und über Skier stolpert man unweigerlich, und kaum hat man einen Krikketschläger an die Wand gelehnt, kippt er auch schon wieder um.« Er blickte Geoffrey unglücklich an. »Wünschen Sie was Bestimmtes? Die meisten Leute«, fuhr er fort, bevor Geoffrey etwas erwidern konnte, »treiben jetzt im Krieg keinen Sport. Ich denke, es kommt ihnen am Ende zugute. Muskelbildung liefert nur Angriffsfläche für Fettansatz.« Er seufzte.

»Ich möchte eigentlich ein Schmetterlingsnetz«, sagte Geoffrey geistesabwesend, in Gedanken noch immer mit den Organisten beschäftigt.

»Ein Schmetterlingsnetz«, wiederholte der junge Mann traurig; anscheinend fand er die Information besonders entmutigend. »Bei denen ist es das gleiche, wissen Sie«, sagte er, auf eine Reihe Schmetterlingsnetze deutend, die an einer Wand lehnten. »Wenn man sie sozusagen auf den Kopf stellt, ragt das Netz vor, und man stolpert drüber; und wenn man sie so hinstellt wie jetzt, wirken sie kopflastig und stören das Auge.« Er ging hin und wählte eins aus.

»Ist das nicht ziemlich lang?« sagte Geoffrey, während er ohne jede Begeisterung den ein Meter achtzig langen Bambusstab beäugte, der vor ihm aufragte.

»Die müssen so lang sein«, sagte der junge Mann, ohne daß sich seine Stimmung spürbar hob, »sonst kommt man gar nicht richtig an die Schmetterlinge heran. Was einem ohnehin selten gelingt«, fügte er hinzu. »Meist wedelt man nur mit dem Ding herum. Möchten Sie auch eine Sammeldose?«

»Ich glaube nicht.«

»Auch gut. Ich kann es Ihnen nicht verdenken. Die Dinger sind unpraktisch, sehr schwer zu tragen.« Er nahm das Netz wieder in Augenschein. »Das hier kostet siebzehneinhalb Shilling. Lächerliche Geldverschwendung im Grunde. Ich mach nur noch eben den Preis ab.«

Der Preis war mit einer Kordel am Stiel befestigt, die sich einfach nicht abreißen ließ.

»Kann man das nicht abstreifen?« sagte Geoffrey hilfsbereit; und dann, als sich der Vorschlag als nicht durchführbar erwies: »Na ja, ist eigentlich auch egal.«

»Es macht überhaupt keine Umstände. Ich habe eine Schere.« Der rotgesichtige junge Mann kramte hilflos in seinen Taschen. »Ich muß sie im Büro liegengelassen haben. Das passiert mir andauernd; und wenn ich mal dran denke, sie einzustecken, reißt sie mir Löcher in die Taschen. Bin gleich wieder da.« Er war verschwunden, bevor Geoffrey ihn aufhalten konnte.

Der Mann mit dem schwarzen Schlapphut erhob sich aus seiner recht beengten Position hinter einem Ladentisch voller Boxhandschuhe unweit der Treppe und näherte sich Geoffrey mit beachtlicher Geschwindigkeit und Verstohlenheit von hinten. Er hatte einen Totschläger in der Hand und die entschlossene Miene eines Menschen, der eine Mücke erschlagen will. Der rotgesichtige junge Verkäufer blieb jedoch nicht so lange fort, wie er gehofft hatte. Er kam aus dem Büro, erfaßte die Situation ohne erkennbare Verblüffung, und mit löblicher Geistesgegenwart stülpte er dem Angreifer das Schmetterlingsnetz über den Kopf und zog. Im hohen Bogen flog der Totschläger durch die Luft und brachte mit ohrenbetäubendem Krach einen Stapel Rollschuhe zum Einsturz. Geoffrey wirbelte herum und sah gerade noch, wie sein potentieller Angreifer das Gleichgewicht verlor und rückwärts in einen großen Berg von Sportgeräten in der Mitte der Abteilung fiel. Der Berg offenbarte seinen unsymmetrischen Charakter durch allgemeine Auflösung. Etliche Fußbälle wurden zur Treppe katapultiert und sausten mit zunehmendem Schwung in die Abteilung darunter. Der Feind befreite sich laut fluchend von dem Schmetterlingsnetz, kam wieder auf die Beine und rannte Richtung Treppe. Der rotgesichtige junge Mann verpaßte ihm mit dem Ende eines Skis einen laut hörbaren Schlag auf den Hinterkopf, und der Flüchtige kam wieder zu Fall. Geoffrey mühte sich mit seinem Revolver ab, der sich jedoch unentwirrbar im Innenfutter seiner Tasche verfangen hatte.

Der Kampf ging weiter. Der Feind, der eine erstaunliche Regenerationsfähigkeit an den Tag legte, ging zum Sturmangriff auf Geoffrey über. Der rotgesichtige junge Mann warf einen Kricketball nach ihm, verfehlte sein Ziel und traf statt dessen Geoffrey. Geoffrey fiel hin und riß dabei einen Haufen Schlittschuhe mit sich, über die wiederum der Angreifer stürzte. Der rotgesichtige junge Mann wollte ihm erneut das Netz über den Kopf stülpen, traf ihn aber nicht und verlor das Gleichgewicht. Der Feind kam wieder auf die Beine und schleuderte einen Schlittschuh, der Geoffrey mit heftiger Wucht in den Bauch traf, während er sich noch immer abmühte, den Revolver hervorzuholen. Der rotgesichtige junge Mann fand das Gleichgewicht wieder und briet dem Feind eins mit einem Kricketschläger über. Der Feind sackte zusammen, und der rotgesichtige junge Mann schlug ihm unbeholfen mit einem Hockeyschläger auf den Kopf, bis er keinen Widerstand mehr leistete. Geoffrey gelang es endlich, seinen Revolver aus der Tasche zu ziehen, begleitet von einem unheilvollen Reißen von Stoff, und fuchtelte wild damit herum.

»Seien Sie vorsichtig mit dem Ding«, sagte der rotgesichtige junge Mann.

»Was war denn das eben?«

»Heimtückische Absicht«, sagte der andere. Er hob den Totschläger auf, wirbelte ihn durch die Luft und nickte weise. »Ich fürchte, das Schmetterlingsnetz ist nicht mehr zu gebrauchen«, fügte er hinzu und verfiel wieder in seine vormalige Melancholie. »Völlig zerfetzt. Sie nehmen besser ein anderes.« Er ging und holte eins. »Siebzehneinhalb hatten wir gesagt, glaube ich.« Automatisch holte Geoffrey das Geld hervor.

Ein von unten heraufschallendes Gebrüll aus Wut und Verblüffung zugleich ließ darauf schließen, daß die Fußbälle ihr

Ziel erreicht hatten. »Fielding!« donnerte eine Stimme zu ihnen hoch. »Was zum Teufel treiben Sie da oben?«

»Ich denke«, sagte der junge Mann ernst, »es ist besser, wir gehen – *sofort.*«

»Aber Ihr Job!« Geoffrey starrte ihn fassungslos an.

»Den bin ich wahrscheinlich sowieso los, wegen der Sache hier. Mir passiert einfach ständig so was in der Art. Bei meiner letzten Stelle ist eine Verkäuferin durchgedreht und hat sich nackt ausgezogen. Ob ich wieder was liegengelassen habe?« Er klopfte seine Taschen ab, wie jemand, der nach Streichhölzern sucht. »Ist meistens so. Mindestens drei Paar Handschuhe im Jahr – in Zügen.«

»Kommen Sie«, drängte Geoffrey. Er fühlte sich unnatürlich beschwingt und war von dem primitiven Wunsch beseelt, dem Schauplatz des Zwischenfalls zu entfliehen. Eilige Schritte kamen die Treppe heraufgetrappelt. Die Fahrstuhlführerin stieß apokalyptisch die Gittertüren des Lifts auf, rief, als würde sie den Tag des Jüngsten Gerichts ankündigen: »Sportartikel, Kinderbekleidung, Bücher, Damenbekleidung –«, kreischte los, als sie des Chaos ansichtig wurde, und schloß das Gitter rasch wieder, durch das sie und ihre Passagiere hindurchspähten wie ängstliche Kaninchen, die auf ihr Grünzeug warten. Die zufällige Berührung eines Knopfes ließ den Aufzug wieder abwärts sausen, und einen Moment lang drangen noch die rasch leiser werdenden Geräusche eines heftigen Wortwechsels zu ihnen herauf.

Geoffrey und der rotgesichtige junge Mann rannten Richtung Treppe.

Auf dem Weg nach unten begegneten ihnen ein Abteilungsleiter und zwei Verkäufer, die erbost nach oben polterten.

»Da oben ist ein Verrückter, der alles kurz und klein schlägt«, sagte der junge Mann mit plötzlicher, erschreckender Heftigkeit, die gemessen an seinem normalen Tonfall furchtbar überzeugend klang. »Seien Sie vorsichtig – ich hole die Polizei.«

Der Abteilungsleiter schnappte sich Geoffreys Revolver, den er noch immer in der Hand hielt, und hetzte weiter die Treppe hoch. Geoffrey protestierte schwach.

»Los, kommen Sie«, sagte der junge Mann und zog ihn am Ärmel.

Sie hasteten weiter nach unten auf die Straße.

»So, worum ging's denn nun eigentlich?« fragte der junge Mann, als er sich schließlich im Taxi zurücklehnte und die Beine ausstreckte.

Geoffrey antwortete nicht sofort. Zuerst musterte er ausgiebig den Fahrer, obwohl er sich dunkel der Tatsache bewußt war, daß er eigentlich nicht wußte, was er sich davon versprach. Aber er durfte kein Risiko mehr eingehen; das hatte der Vorfall im Kaufhaus deutlich gemacht. Er verlagerte sein Mißtrauen auf den jungen Mann und wollte schon durch behutsame Fragen seine Vertrauenswürdigkeit erkunden. Doch dann kam ihm der Gedanke, daß das undankbar wirken könnte, was sicherlich der Fall gewesen wäre.

»Das weiß ich eigentlich selbst nicht«, sagte er lahm.

Der junge Mann wirkte erfreut. »Dann müssen wir die Sache von Anfang an aufrollen«, verkündete er. »Er hätte Sie fast erwischt, wissen Sie. So was kann ich nicht durchgehen lassen.« Seine Entschlossenheit, für Recht und Ordnung zu sorgen, klang eine Spur albern. »Wo wollen Sie hin?«

»Paddington«, sagte Geoffrey und fügte hastig hinzu: »Das heißt – na ja – nach Möglichkeit.« Das Gespräch ließ sich nicht gut an, und seine Beschwingtheit war verschwunden.

»Ich weiß, was los ist«, sagte der junge Mann. »Sie trauen mir nicht. Und das mit Recht. Ein Mann in Ihrer Lage sollte niemandem trauen. Aber ich bin in Ordnung, wissen Sie; habe schließlich verhindert, daß Sie sich eine Beule so groß wie ein Osterei eingefangen haben.« Er wischte sich über die Stirn und lockerte seinen Hemdkragen. »Mein Name ist Fielding – Henry Fielding.«

Geoffrey ließ sich ohne Begeisterung zu einem zweitklassigen Kalauer hinreißen. »Doch nicht etwa der Autor von *Tom Jones*?« Er bedauerte ihn, sobald er ihm über die Lippen gekommen war.

»*Tom Jones*? Nie gehört. Ein Buch, nicht? Komme kaum zum Lesen. Und Sie?«

»Wie bitte?«

»Ich meine, ich habe mich vorgestellt, daher dachte ich, Sie –«

»Oh ja, natürlich, Geoffrey Vintner. Und ich muß Ihnen danken, daß Sie vorhin so geistesgegenwärtig reagiert haben; der Himmel weiß, was mit mir passiert wäre, wenn Sie nicht eingegriffen hätten.«

»Ich auch.«

»Was meinen Sie – Oh, verstehe. Aber jetzt denke ich, na ja, daß wir eigentlich hätten bleiben und mit der Polizei sprechen sollen. Daß wir wie zwei Schuljungen getürmt sind, die Äpfel aus Nachbars Garten geklaut haben, ist ja gut und schön, aber man sollte doch gewisse Anstandsregeln einhalten.« Plötzlich fand Geoffrey diesen Gedankengang irgendwie müßig. »Andererseits muß ich schließlich meinen Zug kriegen.«

»Und unser Freund«, sagte Fielding, »hat vermutlich versucht, Sie davon abzuhalten. Womit wir wieder bei der Frage wären, worum es denn nun eigentlich ging.« Er wischte sich wieder die Stirn.

Geoffrey jedoch war mit den Gedanken schon woanders und sinnierte träge über eine Passacaglia und Fuge nach, die er für Neujahr komponieren sollte. Er kam nicht gut voran, und die Unterbrechung, die seine gegenwärtige Mission bedeutete, war wahrscheinlich auch nicht gerade förderlich. Aber nicht einmal die Aussicht, in Vergessenheit zu geraten, hindert einen Komponisten daran, verzweifelt und obsessiv über seine Werke nachzugrübeln. Im Geist spielte Geoffrey die Melodie: Ta-ta; ta-ta-ta-*ti*-ta-*ti* …

»Ich frage mich«, sprach Fielding weiter, »ob sie das Scheitern des ersten Angriff vorausgesehen und eine zweite Verteidigungslinie aufgebaut haben.«

Dieses überraschende Durcheinander militärischer Metaphern rüttelte Geoffrey auf. Das unwirkliche Gesumm erstarb abrupt. »Ich glaube, Sie haben das gesagt, um mir angst zu machen«, sagte er.

»Verraten Sie mir, was los ist. Wenn ich ein Feind bin, weiß ich es ohnehin schon –«

»Ich habe nicht gesagt –«

»Und wenn nicht, kann ich Ihnen vielleicht helfen.«

Also erzählte Geoffrey es ihm schließlich. Allerdings hatte er nur sehr wenige genaue Informationen zu bieten.

»Das ist aber auch nicht sonderlich hilfreich«, wandte Fielding ein, als Geoffrey fertig war. Er las das Telegramm und den Brief. »Wer ist dieser Fen überhaupt?«

»Englischprofessor in Oxford. Wir haben zusammen studiert. Ich habe ihn seitdem kaum gesehen, obwohl ich zufällig gehört habe, daß er die Semesterferien über in Tolnbridge sein würde. Warum er möchte, daß ich komme –« Geoffrey machte eine amüsiert resignierte Geste, wobei er gegen das Schmetterlingsnetz stieß, das in einer bedenklichen Position quer im Taxi lag. Mit einiger Erbitterung zogen sie es wieder gerade.

»Mir ist schleierhaft«, sagte Geoffrey, nachdem er kurz überlegt hatte, seinen vorherigen Satz zu Ende zu führen, sich aber dann dagegen entschieden hatte, »warum Fen unbedingt will, daß ich das Ding da mitbringe.«

»Ziemlich merkwürdig, nicht? Ist er Sammler?«

»Bei Fen kann man nie wissen. Bei jedem anderen – ja, da wäre es sicherlich merkwürdig.«

»Er scheint irgendwas über diese Brooks-Sache zu wissen.«

»Na, er ist ja schließlich vor Ort. Und außerdem«, fügte Geoffrey hinzu, als wäre ihm der Gedanke erst nach reiflicher Überlegung gekommen, »ist er Detektiv, in gewisser Weise.«

Fielding blickte beunruhigt; offenbar hatte er sich selbst

schon in dieser Rolle gesehen, und der Gedanke, Konkurrenz zu haben, behagte ihm nicht. Ein wenig gereizt fragte er:

»Aber doch wohl kein richtiger Detektiv, oder?«

»Nein, nein, ein Amateur. Aber er ist sehr erfolgreich.«

»Gervase Fen – ich glaube nicht, daß ich schon mal von ihm gehört habe«, sagte Fielding. Dann, nach kurzer Überlegung: »Was für ein alberner Name. Steht er auf gutem Fuß mit der Polizei?« Seinem Tonfall nach hätte man meinen können, er würde Fen der Komplizenschaft mit einer zügellosen und schändlichen Organisation bezichtigen.

»Ich weiß es wirklich nicht. Ich kann nur sagen, was ich gehört habe.«

»Hätten Sie vielleicht etwas dagegen, wenn ich mit Ihnen nach Tolnbridge komme? Ich bin das Kaufhaus satt. Und jetzt, wo wir Krieg haben, kommt es mir so weit weg von allem vor –«

»Könnten Sie nicht in die Armee gehen?«

»Nein, die wollen mich nicht. Letzten November habe ich mich freiwillig gemeldet, aber sie haben mir Tauglichkeitsgrad *vier* gegeben, ich bin natürlich zum Luftschutz gegangen, und ich überlege, ob ich mich zur Bürgerwehr melde, aber verflixt noch mal –«

»Sie sehen aber doch ganz gesund aus«, sagte Geoffrey.

»Bin ich auch. Mir fehlt nichts, nur meine Augen sind nicht die besten. Aber deshalb kriegt man doch nicht gleich Tauglichkeitsgrad *vier*, oder?«

»Nein. Vielleicht«, schlug Geoffrey ermutigend vor, »haben Sie ja eine verborgene tödliche Krankheit, von der Sie nichts wissen.«

Fielding ging nicht darauf ein. »Ich will aktiv etwas für mein Vaterland tun – irgendwas Romantisches.« Er tupfte sich wieder die Stirn ab und sah dabei alles andere als romantisch aus. »Ich habe versucht, zum Secret Service zu gehen, aber ohne Erfolg. In diesem Land kann man nicht zum Secret Service gehen. Nicht einfach so.« Und er klatschte in die Hände, um gleichsam eine platonische Idee der Leichtigkeit anzudeuten.

Geoffrey überlegte. Angesichts der jüngsten Geschehnisse wäre es wahrscheinlich äußerst nützlich, Fielding auf der Reise bei sich zu haben, und es gab keinen Grund zu der Annahme, daß der junge Mann tiefere Beweggründe hatte.

»... Schließlich ist der Krieg noch nicht so mechanisiert, daß Tapferkeit des einzelnen keine Rolle mehr spielt«, sagte Fielding gerade; er wirkte wie entrückt in irgendein Walhalla von Secret-Service-Agenten. »Sie lachen mich bestimmt aus« – Geoffrey verneinte rasch mit einem wenig überzeugenden Lächeln – »aber auf lange Sicht sind es gerade die Leute, die davon träumen, die Dinge in die Hand zu nehmen, die dann auch tatsächlich die Dinge in die Hand nehmen. Zugegeben, Don Quichote hat sich zum Narren gemacht mit diesen Windmühlen, aber wenn man mal richtig drüber nachdenkt, waren da wahrscheinlich wirklich irgendwo Riesen.« Er seufzte leise, als das Taxi in die Marylebone Road einbog.

»Ich würde Sie wirklich sehr gerne mitnehmen«, sagte Geoffrey. »Aber – was ist mit Ihrer Arbeit? Ohne Geld können Sie doch nicht leben.«

»Das ist kein Problem. Ich habe von Haus aus etwas Geld.« Fielding gelang es, seinem Gesicht den Ausdruck flüchtiger Überraschung zu geben. »Oh, das hätte ich vielleicht erwähnen sollen. *Debrett, Who's Who* und ähnliche Publikationen bezeichnen mich als Earl.«

Geoffrey wollte schon amüsiert losprusten, aber Fielding wirkte derart selbstsicher, daß er es sich verkniff.

»Natürlich nur ein ganz kleiner«, schob der andere rasch nach. »Und ich habe mir den Titel weiß Gott mit nichts verdient, ich habe ihn geerbt.«

»Wieso in aller Welt«, sagte Geoffrey, »haben Sie denn in dem Laden gearbeitet?«

»Kaufhaus«, korrigierte Fielding ihn ernst. »Nun, mir war zu

Ohren gekommen, daß das Personal in Geschäften knapp war, wegen der Mobilisierung und so weiter, also dachte ich mir, daß das eine Möglichkeit für mich wäre zu helfen. Natürlich nur vorübergehend«, fügte er vorsichtig hinzu. »Bloß als Scherz«, schloß er kleinlaut.

Geoffrey konnte seine Erheiterung nur mit Mühe unterdrükken.

Plötzlich lachte Fielding auf.

»Es ist wohl wirklich ziemlich lachhaft, wenn man es recht bedenkt. Übrigens« – ihm kam plötzlich ein Gedanke – »sind Sie Geoffrey Vintner, der Komponist?«

»Natürlich nur ein ganz kleiner.«

Zum erstenmal nahmen sie einander richtig in Augenschein und fanden das Ergebnis angenehm. Das Taxi fuhr holpernd in die Dunkelheit von Paddington hinein. Ein plötzliches Geräusch schreckte sie auf.

»Verdammt noch eins«, sagte Fielding. »Das Mistnetz ist schon wieder runtergefallen.«

Kapitel 2
Reise nicht zum Vergnügen

A crowd is not company, and faces are but a gallery of pictures, and talk but a tinkling cymbal where there is no love.
Francis Bacon

Denn eine Menge ist noch keine Gesellschaft, und Gesichter sind nur eine Bildergalerie, wie Gespräche nur eine klingende Schelle, wo die Liebe fehlt.

Nach der halbdunklen, weitläufigen Halle von Waterloo wirkte Paddington wie eine Höllengrube. Hier herrschte nicht die Ordnung, die strenge Einteilung und Trennung von Maschinen und Menschen wie in dem größeren Bahnhof. Lokomotiven und Passagiere bildeten ein unentwirrbares Gewühl, und die Barrieren, die für deren Trennung gedacht waren, wirkten nur noch wie die störenden Hürden eines Hindernislaufes. Die Menschenmengen, gewaltig, unruhig und dicht gedrängt, schienen eher auf die Rücken der Züge zu klettern, wie Kinder, die sich auf der Strandpromenade auf einen Esel drängeln, als auf die normale Weise einzusteigen. Die Lokomotiven schnauften und ächzten wie Igel, die vorzeitig ihr Leben aushauchen, weil sie von Horden räuberischer Ameisen überrannt werden; jeder Versuch abzufahren, so meinte man, mußte unweigerlich Tausende dieser Insekten zerquetschen und zermalmen – sie hätten keine Chance, sich rechtzeitig von den Puffern und Kurbelstangen zu befreien.

Inmitten des Menschengewühls war die Hitze unerträglich, so daß man meinte, sich ziellos immerzu weiter bewegen zu müssen, auch wenn das kaum möglich schien. Vielleicht ließen sich gewisse Hauptströme ausmachen, zwischen den Bars, dem Bahnsteig, den Fahrkartenschaltern, den Toiletten und den

Haupteingängen; aber auch die hatten nur die schablonenhaften Grenzen von Wasserläufen auf einer Landkarte – bei den lediglich Teilnahmslosen, die in melancholischer oder hoffnungsloser Haltung an den Kreuzungen ihrer Zusammenflüsse standen, traten sie über die Ufer. Auf ebener Erde wies diese Menschenmasse in ihrem Bemühen, sich hierhin und dorthin zu bewegen, erstaunliche Abweichungen von der Horizontalen auf; Menschen drängten ihren Zielen entgegen und neigten sich dabei im gefährlichen Winkel nach vorne, oder wenn sie um die Körper derjenigen herumspähten, die vor ihnen waren, sahen sie aus wie halb enthauptete Kriminelle. Scharen von Soldaten, die schwere, weiße, offenbar mit Blei gefüllte Zylinder trugen, drängelten sich entschuldigend durch das Gewühl oder saßen auf Seesäcken und ließen sich von allen Seiten anrempeln. Eisenbahnbedienstete kontrollierten die Szene mit der nervösen Autorität von Lehrern, die ihren Schülern kurz vor den Ferien noch höfliche Aufmerksamkeit abzuringen versuchen.

»Großer Gott«, sagte Geoffrey, während er sich vorwärtskämpfte und mit seinem Koffer immer wieder unfreiwillig die Knie anderer Leute malträtierte, »ob wir es wohl jemals schaffen, *in* den Zug zu gelangen?«

Fielding, der noch immer unpassenderweise die Berufskleidung seiner letzten Arbeitsstelle trug, schnaubte nur; die Hitze schien zuviel für ihn zu sein. Nachdem sie zerrend und schubsend zwei Meter weiter gelangt waren, sagte er:

»Um wieviel Uhr soll er abfahren?«

»Erst in einer Dreiviertelstunde.« Doch der entscheidende Teil des Satzes ging in einem plötzlichen dämonischen Heulen und Pfeifen unter. Er wiederholte es aus vollem Halse. »In einer Dreiviertelstunde«, brüllte er.

Fielding nickte und verschwand dann überraschend, rief noch eine Erklärung, von der nur das Wort »Kleidung« hörbar war. Ein wenig verwirrt, wühlte Geoffrey sich zum Fahrkartenschalter durch. Der Fahrkartenkauf nahm gut zwanzig Minuten in Anspruch, doch der Zug würde anscheinend ohnehin mit Verspätung abfahren. Er schwenkte seinen Koffer optimistisch fragend in Richtung eines Kofferträgers, der in Erfüllung irgendeines unbekannten Auftrages gemächlich vorbeitrottete, und wurde ignoriert.

Dann entschloß er sich, ein wenig traurig über die Qualen sinnierend, die unsere Nachsicht uns aufnötigt, etwas trinken zu gehen.

Das Restaurant war mit Vergoldungen und Marmor verziert, eine unangemessene Pracht, die das Geschehen in eine eigentümliche Tristesse tauchte. In weiser Voraussicht hatten diejenigen, deren Verantwortung es war, daß die Leute rechtzeitig im Zug saßen, die Uhr zehn Minuten vorgestellt, ein Trick, der häufig zu panikartigen Aufbrüchen bei denjenigen führte, die der Annahme waren, daß sie die richtige Zeit zeigte. Sie wurden augenblicklich von anderen beruhigt, deren Uhren nachgingen. Sobald die genaue Uhrzeit festgestellt wurde, kam es erneut zu einer noch größeren Panik. Durch die gesetzlich geregelten Restriktionen in Kriegszeiten wie beispielsweise strenge Sperrstunden war die Bevölkerung darauf konditioniert, bis zur allerletzten Minute in Bars und Pubs zu verweilen.

Geoffrey stellte seinen Koffer an einer Säule ab (sogleich stolperte jemand darüber) und kämpfte sich zur Theke durch, an die er sich mit der Entschlossenheit eines schiffbrüchigen Matrosen klammerte, der das rettende Ufer erreicht hat. Die dahinter lauernden Sirenen erfreuten sich relativer Bewegungsfreiheit und führten gerade eine freundliche Unterhaltung mit Stammgästen. Aufmerksamkeit heischende, bohrende Blicke und verzweifelte Rufe blieben meistenteils erfolglos. Manche spielten auffällig mit Münzen, in der Hoffnung, daß die Zurschaustellung von Wohlstand und Zuversicht diese Gestalten in Bewegung setzen würde. Geoffrey stand neben einem zwergwüchsigen Handelsvertreter, der eines der Barmädchen in den Genuß einer weitschweifigen Geschichte über die Nachteile früher Vermählung kommen ließ, wobei er offenherzig sich selbst und viele Freunde und Verwandte als Beispiel anführte. Indem Geoffrey ihn rüde beiseite schob, gelang es ihm schließlich, etwas zu trinken zu ergattern.

Fielding tauchte so unvermittelt wieder auf, wie er verschwunden war, in Sportsakko und Flanellhose gekleidet und mit einem Koffer in der Hand. Er erklärte ganz außer Atem, daß er rasch in seine Wohnung gefahren war, und verlangte ein Bier. Erneut wurde das Ritual des inbrünstigen Flehens inszeniert. »*Reisen*«, sagte Fielding nachdrücklich.

»Ich hoffe, wir müssen nicht in ein Abteil, wo kleine Kinder sind«, sagte Geoffrey düster. »Wenn sie nicht gerade kreischen und auf mir herumklettern, müssen sie sich garantiert übergeben.«

Es waren kleine Kinder da – zumindest eines –, aber das Erste-Klasse-Abteil, in dem es sich befand, war das einzige mit zwei freien Plätzen – einer davon in der äußersten Ecke, auf den Geoffrey sogleich zum Zeichen, daß er besetzt war, sein Gepäck warf. Dann machte er sich daran, mit Hilfe von Fielding und unter den interessierten Blicken der anderen Leute im Abteil, Fens Schmetterlingsnetz auf das Gepäcknetz zu befördern. Es war einfach zu lang. Geoffrey beäugte es mit Abscheu: Es wuchs in seinen Augen zu einem monströsen Symbol für die Lästigkeit, Schande und Absurdität dieses grotesken Unternehmens.

»Lehnen Sie's doch aufrecht ans Fenster«, sagte der Mann, der Geoffrey in der Ecke gegenübersaß. Er war noch dicklicher und rotgesichtiger als Fielding. Als Geoffrey ihn betrachtete, kam er sich vor wie ein Mann, der stolz mit seiner Amati angibt und plötzlich eine Stradivari vor die Nase gehalten bekommt.

Sie befolgten seinen Rat; jedesmal, wenn einer die Füße bewegte, fiel das Netz um.

»Wie kann man nur so ein Ding mit in den Zug bringen«, sagte die Frau mit dem Kind *sotto voce*.

Schließlich wurde beschlossen, daß Netz quer durchs Abteil zu legen, von einem Gepäcknetz zum anderen. Alle standen auf – nicht gerade mit Begeisterung, da es so heiß war –, um diese Idee in die Tat umzusetzen. Eine Frau, die in einer anderen Ecke saß, mit einem Gesicht so weiß und pockennarbig wie eine gerupfte Hühnerbrust, schob nörgelnd ihr Gepäck beiseite, um Platz zu machen. Dann nahm sie wieder Platz und schirmte sich unnötigerweise gegen die Menschen um sich herum mit einer wollenen Reisedecke ab, so daß Geoffrey allein schon vom Hinsehen ins Schwitzen geriet. Mit einer gehörigen Portion teils unverständlichen gegenseitigen Aufmunterungen und Ermahnungen wie »Rauf damit« und »Jetzt ganz vorsichtig« hievten Geoffrey, Fielding, der dicke Mann und ein junger Geistlicher, der den letzten Eckplatz in Beschlag genommen hatte, das Netz an Ort und Stelle. Das Kind, das bis dahin ruhig gewesen war, wachte auf und begann, einen laufenden Kommentar aus Schnaufern und Gekreische von sich zu geben; es grunzte wie das Ferkel-Baby in *Alice im Wunderland*, bis sie schon damit rechneten, daß es vor ihren Augen seine Gestalt ändern würde. Die Mutter rüttelte es unbarmherzig durch und funkelte die Unruhestifter böse an. Leute auf der Suche nach einem Platz spähten in das Abteil und versuchten die Zahl derjenigen abzuschätzen, die an dem Durcheinander beteiligt waren. Einer öffnete sogar die Tür und fragte, ob noch ein Platz frei sei, ging aber weiter, als er mit Mißachtung gestraft wurde.

»Unmöglich!« sagte die Frau mit dem Kind. Sie schaukelte es noch heftiger auf und ab und verstärkte dessen Geräusche noch, indem sie beruhigende Gurrlaute machte.

Das Netz lag inzwischen an beiden Enden sicher auf und war mehr oder weniger praktisch verstaut, nur daß jeder, der unvorsichtigerweise aufstand oder das Abteil betrat, sich wahrscheinlich den Kopf stoßen würde. Geoffrey dankte seinen Helfern überschwenglich, die wieder Platz nahmen, erhitzt, aber zufrieden dreinblickend. Er wandte sich wieder seinen übrigen Habseligkeiten zu, um sie vom Sitz auf das Gepäcknetz zu verfrachten. Obenauf lag jetzt ein Brief, der nicht ihm gehörte, aber eindeutig an ihn adressiert war. Das Papier und die Schreibmaschinenschrift kamen ihm unangenehm vertraut vor. Er öffnete ihn und las:

Sie haben noch Zeit auszusteigen. Wir haben Rückschläge erlitten, aber wir werden bestimmt nicht immer scheitern.

Ohne auf Fieldings neugierigen Blick zu achten, steckte er den Brief nachdenklich in die Tasche und räumte seine restlichen Sachen aus dem Weg. Während des vorausgegangenen Durcheinanders hätte jeder im Abteil den Brief dahin legen können, und genaugenommen – da das Fenster weit offen war – hätte jeder ihn von draußen hereinwerfen können. Er versuchte, sich zu erinnern, an welcher Stelle die einzelnen Personen im Abteil gewesen waren, aber es gelang ihm nicht. Er setzte sich einigermaßen beunruhigt hin.

»Wieder einer?« sagte Fielding; er hob deutlich fragend die rechte Augenbraue.

Geoffrey nickte benommen und reichte ihm den Brief.

Fielding pfiff laut vor Erstaunen, als er ihn las. »Aber wer –?«

Geoffrey schüttelte den Kopf, weigerte sich noch immer, einen Laut von sich zu geben. Er hoffte, auf diese Weise kundzutun, daß er einen der Reisenden im Abteil verdächtigte. Eine offene Erörterung der Sachlage könnte, so fürchtete er irgendwie, dem Feind wertvolle Informationen übermitteln. Die anderen beäugten lustlos die gnomische Kommunikation.

Doch Fielding entgingen derartige Feinheiten erst einmal.

»Schnelle Arbeit«, sagte er. »Die müssen eine zweite Verteidigungslinie parat gehabt haben, für den Fall, daß die Sache im Kaufhaus schiefläuft. Die brauchten bloß jemanden hier anzurufen, während wir unterwegs waren. Sie gehen weiß Gott kein Risiko ein.«

»Bitte vergessen Sie nicht«, sagte Geoffrey eine winzige Spur gereizt, »daß *ich* das Ziel in dieser Angelegenheit bin. Es ist nicht gerade angenehm für *mich*, mir anzuhören, wie Sie sich begeistert über deren exzellente Planung auslassen.«

Der Einwand wurde überhört. »Und das bedeutet«, fuhr Fielding ungerührt fort, »daß die Schreibmaschine, die sie benutzt haben, irgendwo hier in der Nähe ist – verdammt, nein, das heißt es nicht unbedingt. Der zweite Brief ist so vage formuliert, daß er ohne weiteres im vorhinein hätte geschrieben werden können.« Seine falsche Schlußfolgerung stürzte ihn in tiefe Ratlosigkeit; er starrte niedergeschlagen nach unten auf seine Füße.

Geoffrey musterte derweil die anderen Personen im Abteil. Der Mann gegenüber, der ihm so hilfreich bei Fens Schmetterlingsnetz zur Hand gegangen war, wirkte wohlhabend und gebildet. Geoffrey war geneigt, ihn als Arzt oder erfolgreichen Börsenmakler einzustufen. Er hatte ein freundliches Gesicht, aus dem ein Anflug von Schüchternheit und Melancholie sprach, wie sie bei korpulenten Männern häufig unter der Oberfläche zu schlummern scheinen, blaßgraue Augen mit schweren Lidern wie dicke Rollos aus Haut, und sehr lange Wimpern, wie bei einer Frau. Sein Anzug war aus teurem Stoff und maßgeschneidert. Er hatte ein dickes, schwarzes Buch in der Hand, einen der vier Bände, wie Geoffrey überrascht bemerkte, von Paretos Monumentalwerk *Die allgemeine Soziologie*. Lasen Ärzte oder Börsenmakler so etwas in der Bahn? Verstohlen betrachtete er sein Gegenüber mit neuem Interesse.

Daneben saß die Frau mit dem Kind. Wiederholtes Durchrütteln hatte es in einen Zustand verwirrter Fassungslosigkeit versetzt, und es gab nur noch schwache und vereinzelte Kreischer von sich. Dafür hatte es angefangen zu sabbern. Seine Mutter, eine kleine Frau von leicht ungepflegter Erscheinung, obwohl nicht genau zu sagen war, woher der Eindruck rührte, wischte ihm in regelmäßigen Abständen mit einem schmuddeligen Taschentuch so kräftig und entschlossen über das Gesicht, daß ihm der Kopf fast nach hinten wegkippte; wenn sie nicht gerade damit beschäftigt war, starrte sie die anderen im Abteil mit äußerster Abneigung an. Wahrscheinlich, so dachte Geoffrey, konnte er sie von seiner Liste der Verdächtigen streichen. Das galt allerdings nicht für den Geistlichen, der in der Ecke rechts von der Frau saß. Obwohl er rank und schlank, jung und nichtssagend aussah, waren das derart typische Eigenschaften eines Hilfspfarrers, daß es schon wieder verdächtig wirkte. Gelegentlich warf er einen nervös forschenden Blick zu der Frau mit der Reisedecke hinüber. Die war derweil mit der enervierenden Begutachtung der anderen Personen im Abteil beschäftigt, die die meisten Leute anscheinend zu Beginn einer langen Bahnfahrt als notwendig erachten. Schließlich, wohl aus dem Gefühl heraus, daß sie es so weit getrieben hatte, daß Verlegenheit in aktives Unbehagen umschlagen könnte, sagte sie zu dem Geistlichen mit einem durchdringenden Blick auf eine winzige Armbanduhr:

»Um wieviel Uhr sind wir in Tolnbridge?«

Die Frage stieß auch bei anderen auf ein gewisses Interesse. Sowohl Geoffrey als auch Fielding fuhren leicht zusammen, mit gut geübter Gleichförmigkeit, und schauten rasch zu der Sprechenden hinüber, während sich bei dem Pareto-Anhänger gegenüber von Geoffrey ebenfalls merkliche Aufmerksamkeit regte. Alles in allem war es nicht sonderlich überraschend, daß noch jemand anders im Abteil nach Tolnbridge wollte, wenngleich es verglichen mit Taunton und Exeter ein unbedeutendes Reiseziel war; doch Geoffrey war viel zu beunruhigt und nervös, um so eine simple Schlußfolgerung zu ziehen.

Der Geistliche schien um eine Antwort verlegen. Er blickte sich hilflos um und sagte:

»Das weiß ich leider nicht genau, Mrs. Garbin. Ich könnte mich ja mal erkundigen –« Er erhob sich halb von seinem Platz. Der Mann Geoffrey gegenüber beugte sich vor.

»Fünf Uhr dreiundvierzig«, sagte er entschieden. »Aber ich

fürchte, wir werden uns verspäten.« Er zog eine goldene Uhr aus seiner Westentasche. »Planmäßige Abfahrt war schon vor zehn Minuten.«

Die Frau mit der Reisedecke nickte energisch. »In Kriegszeiten müssen wir uns wohl mit so was abfinden«, sagte sie, und in ihrer Stimme schwang ein stoisch resignierter Unterton mit. »Steigen Sie auch dort aus?« fragte sie gleich darauf.

Der dicke Mann neigte den Kopf. Die widerwillige und verlegene Demokratie des Zugabteils kam schleppend in Gang. »Haben Sie es weit?« erkundigte er sich bei Geoffrey.

Geoffrey zuckte zusammen. »Ich fahre auch nach Tolnbridge«, erwiderte er leicht unterkühlt. »Heutzutage haben fast alle Züge Verspätung«, fügte er hinzu, weil ihn das Gefühl beschlich, daß seine vorherige Bemerkung für sich allein einen ungenügenden Beitrag zur allgemeinen Unterhaltung darstellte.

»Zwangsläufig«, sagte der Geistliche, sein Scherflein beitragend. »Wir können von Glück sagen, daß überhaupt noch Züge fahren.« Er wandte sich an die Frau mit dem Kind. »Haben Sie eine lange Reise vor sich, Madam? Es ist bestimmt sehr anstrengend, mit einem Kind zu reisen.«

»Ich fahre weiter in den Westen als Sie alle«, sagte die Mutter. »Viel weiter nach Westen«, fügte sie hinzu. In ihrer Stimme schwang die Entschlossenheit mit, daß sie so weit westlich wie möglich auf ihrem Platz bleiben wollte, selbst wenn der Zug über Land's End hinaus ins Meer fahren würde.

»Ein richtig lieber Junge«, sagte der Geistliche, während er das Kind mit Widerwillen ansah. Es spuckte wütend nach ihm.

»Aber, Sally, so etwas tut man doch nicht«, sagte die Mutter. Sie funkelte den Geistlichen mit unverhohlener Boshaftigkeit an. Er lächelte unglücklich. Der dicke Mann wandte sich wieder seinem Buch zu. Fielding saß verdrossen und schweigend da und überflog eine Abendzeitung.

Genau in diesem Augenblick, inmitten eines schrillen Pfeifkonzerts, das die unmittelbar bevorstehende Abfahrt ankündigte, kam es zu der Störung. Ein Mann mit einem schweren Koffer tauchte draußen auf dem Gang auf und spähte durchs Fenster, wobei er auf und ab hüpfte wie eine Marionette, um hineinschauen zu können. Dann stieß er die Tür zur Seite und trat aggressiv über die Schwelle. Er trug einen blanken schwarzen Anzug mit einer etwas mitgenommen wirkenden Nelke im Knopfloch, hellbraune Schuhe, eine Perlenkrawattennadel, einen schmutzigen grauen Filzhut und ein zitronenfarbenes Taschentuch in der Brusttasche; er hatte Nikotinflecken an den Händen und dreckige Fingernägel; sein Gesicht war rot, fast apoplektisch, und er wischte sich die Nase mit dem Handrücken ab, während er dem Geistlichen über die Füße trampelte und den Koffer wie einen störrischen Hund hinter sich herzog, bis der nach vorne kippte und die in die Reisedecke eingehüllte Frau mit einem lauten Schlag am Knie traf.

»Hier ist kein Platz!« sagte sie wie auf Kommando. Ein Stimmengewirr von Ermahnungen und Entmutigungen erhob sich zur Bekräftigung dieser Bemerkung. Der Mann sah sich gekränkt um.

»Was soll'n das heißen, hier is' kein Platz?« sagte er laut. »Meinen Se etwa, ich bleib die ganze Zeit da draußen auf'm Gang? Da täuschen Se sich aber gewaltig, ja?« Er kam so richtig in Fahrt. »Nur weil Se erster Klasse reisen, haben Se noch lange kein Recht, den ganzen Zug in Beschlag zu nehmen, ja? Leute wie ich bleiben nich' die ganze Zeit auf'm Gang stehen, nur damit ihr vornehmen Pinkel bequem die Beine ausstrecken könnt, ja?« Er regte sich immer mehr auf. »Ich hab genau wie Sie für 'nen Sitzplatz bezahlt, ja? *Da*« – er stieß mit einem Finger auf den dicken Mann zu, der vor Angst sichtlich zusammenfuhr. »Klappen Se die Scheißarmlehne hoch, und wir können alle sitzen, ja?« Der dicke Mann klappte hastig die Armlehne hoch, und der Eindringling zwängte sich mit lauten Geräuschen der Genugtuung in die entstandene Lücke zwischen dem dicken Mann und der Mutter mit Kind.

»Achten Sie auf Ihre Sprache in Gegenwart von Damen!« sagte die Mutter ungehalten. Das Kind fing wieder an zu brüllen. »Da – jetzt schreit auch noch das Kind Ihretwegen.«

Der Eindringling ignorierte sie. Er holte einen *Mirror* und einen *Herald* hervor, und nachdem er sich ersteren klatschend aufs Knie gelegt hatte, öffnete er letzteren in voller Breite, so daß seine Ellbogen nur wenige Zentimeter vor den Nasen derjenigen schwankten, die rechts und links von ihm saßen. Die Frau mit der Reisedecke hatte nach ihrem ersten Ausfall angesichts des monotonen Stroms von Lästerungen ihre Niederlage eingesehen und schwieg jetzt. Geoffrey, Fielding und der Geistliche, befangen in typisch bürgerlicher Angst, diese ungestüme Personifikation der Unterschicht zu beleidigen, saßen hilflos und mißbilligend da. Nur die Mutter, die ihre Unversöhnlichkeit mit verächtlichen Blicken aufrechterhielt, und der dicke Mann, dessen Lage ja auch noch verzweifelter war, leisteten weiter Widerstand.

»Ich nehme an«, sagte der dicke Mann, von seinem Pareto aufblickend, »daß Sie eine Fahrkarte für die Erste Klasse haben?«

Totenstille folgte auf die Frage. Der Eindringling riß sich langsam von seiner Zeitung los, wie ein Boxer, der einen unfairen Schlag unter die Gürtellinie eingesteckt hat und schwerfällig seine Kräfte für einen Vergeltungsschlag sammelt. Die anderen blickten entgeistert. Sogar der dicke Mann bebte, eingeschüchtert von der unheilvoll verzögerten Beantwortung seiner Frage.

»Was geht'n *Sie* das an?« fragte der Eindringling schließlich und schlug seinen *Herald* zu. Dramatische Stille folgte. »Sie sind ja wohl nich' der Fahrkartenkontrolleur, was?« Der dicke Mann blieb stumm. »Nur weil ich nich' so'n reicher Faulenzer bin wie Sie, hab ich wohl kein Recht, hier bequem zu sitzen, hä?«

»Bequem!« sagte die Frau mit dem Kind bedeutungsvoll.

Der Eindringling achtete nicht auf sie, sondern sprach weiter auf den dicken Mann ein. »Sie Snob, Sie! Zu arrogant, um Leute wie mich im selben Abteil ertragen zu können, was? Eins sag ich Ihnen« – er tippte dem dicken Mann abrupt auf die Weste – »wir führen diesen Krieg auch deshalb, um Leute wie *Sie* ein für allemal loszuwerden und damit Leute wie *ich* auch mal die Chance kriegen, sich ein bißchen mehr auszubreiten.«

Er breitete sich aus, anschaulich, wobei er Fielding gegen das Schienbein trat. Das Kind schrie wie am Spieß. »*Unhold*«, sagte die Mutter.

»Blödsinn!« protestierte der dicke Mann schwach. »Das hat nichts damit zu tun, ob man eine Erste-Klasse-Fahrkarte hat oder nicht.«

Der Eindringling drehte den ganzen Körper herum und rammte förmlich sein Gesicht in das des dicken Mannes. »Ach, was Sie nicht sagen?« Er redete plötzlich sehr schnell. »Wenn wir den Sozialismus haben, ja, dafür kämpfen wir nämlich, ja, dann müssen Sie und Ihresgleichen mir ein bißchen Respekt zeigen, ja, statt mich wie den letzten Dreck zu behandeln, ja?« Dieses Gedankenganges überdrüssig, richtete er seine Aufmerksamkeit auf das Buch des dicken Mannes und zog es ihm, trotz schwacher Proteste, aus den Händen. Dann nahm er es bedächtig und genauestens in Augenschein, wie ein Chirurg, bevor er einen besonders abscheulichen Tumor entfernt.

»Was'n das?« sagte er. »Vilfriiedo Pariieto«, verkündete er dem ganzen Abteil. »*Die allgemeine Soziologie*«, las er. »Wer is'n das – irgend so ein Scheißspaghettifresser, was? He, Sie«, sagte er an Geoffrey gewandt. »Schon mal von dem gehört – Vilfriiedo Pariieto?«

Der dicke Mann blickte Geoffrey flehentlich an. Verräterisch und verlogen schüttelte Geoffrey den Kopf. Unter keinen Umständen hätte er zugegeben, den Soziologen zu kennen.

Der Eindringling nickte triumphierend und wandte sich an Fielding. »Und Sie?« sagte er, den Band schwenkend. »Schon mal von dem gehört?« Ebenso verräterisch, aber mehr der Wahrheit entsprechend, verneinte Fielding. Der dicke Mann erbleichte. Das Ganze lief mit so feierlichem Ernst ab, als erwartetet er das Urteil der Inquisition, nachdem die beiden Zeugen der Verteidigung zum Meineid gegen ihn angestiftet worden waren.

Der Eindringling schnaufte schwer vor Genugtuung. Unheilvoll blätterte er in dem Buch. »Nu' hört euch das an«, befahl er. »›Der zentrale Nu-kle-us in einem De-ri-vat (eine nicht-lo-gische, ex-pe-ri-men-telle The-orie) ist ein Re-si-du-um oder eine Anzahl von Re-si-du-en, und drumherum häufen sich andere zweit-rangi-ge Re-si-du-en.‹ Was soll'n das heißen, frag ich euch? Was soll'n das heißen?« Er starrte Geoffrey wütend an, der schwach den Kopf schüttelte. »Zweit-rangi-ge Re-si-du-en«, wiederholte der Eindringling höhnisch. »Reinster Schwachsinn, wenn Se mich fragen. He, Sie« – er wandte sich erneut an den dicken Mann und schleuderte ihm das Buch auf den Schoß – »Sie sollten mit Ihrer Zeit was Besseres angefangen, als hochgestochene Bücher von Spaghettifressern zu lesen. Und wenn Sie's nich' sein lassen können, ja, dann kümmern Se sich gefälligst um Ihren eigenen Dreck, ja, und stecken Se Ihre Nase nich' in anderer Leute Angelegenheit, ja?«

Er wandte sich wieder aggressiv den anderen im Abteil zu. »Hat einer was dagegen, daß ich hier sitze, Erste Klasse, hin oder her?«

Die Einschüchterung war so erfolgreich gewesen, daß niemand einen Laut von sich gab.

Im selben Augenblick fuhr der Zug los.

Den ganzen Nachmittag lang ratterte und holperte der Zug durch die englische Landschaft, in Richtung der roten Erde von Devon und der langsamen, kraftvollen Brandung des Atlantiks gegen die Küste von Cornwall. Geoffrey döste, starrte blicklos zum Fenster hinaus, dachte an seine Fuge oder grübelte mit wachsender Besorgnis über die Ereignisse des Tages nach. Die Möglichkeit – ja, so befand er, fast die Gewißheit –, daß er in unmittelbarer Nähe einen Feind hatte, machte Fieldings Gesellschaft sehr angenehm. Über das Warum und Wieso der ganzen Geschichte dachte er nur kurz nach; genaugenommen gab es da nämlich nichts zum Nachdenken. Die Geschehnisse, seit er heute morgen wie immer ganz friedlich zum Frühstück nach unten gegangen war, kamen ihm wie alptraumhafte Wahnvorstellungen bar jeder Vernunft vor. Er fragte sich schon fast, ob sie überhaupt stattgefunden hatten. Der menschliche Verstand nimmt nur solche Dinge wirklich auf, an die er sich gewöhnt hat; alles Ausgefallene berührt ihn nur auf rein oberflächliche und objektive Weise. Und so dachte Geoffrey über den Angriff auf sich nach, ohne richtig daran glauben zu können.

Fielding und die Frau mit der Reisedecke schliefen, bebten und ruckelten wie leblose Wesen, wenn der Zug über Weichen ratterte. Der junge Geistliche starrte mit leerem Blick auf den Gang, und die Mutter wiegte ihr Kind, das in einen unruhigen Schlummer gefallen war, vermutlich von Alpträumen geplagt. Auch der Eindringling war eingeschlafen und schnarchte, das Kinn unbequem auf der Krawattennadel ruhend. Der dicke Mann beäugte Geoffrey argwöhnisch und legte den *Daily Mirror* beiseite, den der Eindringling ihm mit spöttischer Herablassung aufgezwungen hatte und in dem er seit der Abfahrt in Paddington unglücklich gelesen hatte. Er grinste verschwörerisch.

»Unangenehme Reise«, sagte er.

Geoffrey grinste zurück. »Ich fürchte, Sie sind schlimmer dran als ich. Aber es ist auf jeden Fall schlimm genug.«

Der dicke Mann schien irgend etwas gründlich abzuwägen. Und als er wieder sprach, tat er das mit einigem Zögern. »Sir, Sie sind doch offenbar ein gebildeter Mann – ich frage mich, ob Sie mir bei einem Problem helfen können?«

Geoffrey blickte ihn überrascht an. »Wenn es mir möglich ist, gern.«

»Bloß ein intellektuelles Problem«, sagte der dicke Mann eilig. Anscheinend dachte er, Geoffrey könnte meinen, er wollte sich Geld borgen. »Doch ich sollte mich zunächst einmal vorstellen. Mein Name ist Peace – Justinian Peace.«

»Freut mich, Sie kennenzulernen«, sagte Geoffrey und nannte ebenfalls seinen Namen.

»Ah, der Komponist«, sagte Peace liebenswürdig. »Es ist mir ein großes Vergnügen. Also, Mr. Vintner, – mein ganzes Problem läßt sich in drei Worten zusammenfassen: Ich habe *Zweifel.*«

»Gütiger Himmel«, sagte Geoffrey. »Doch nicht wie Mr. Prendergast?«

»Wie bitte?«

»In *Auf der schiefen Ebene.*«

»Das habe ich leider bisher noch nicht gelesen«, sagte der andere, und dieses Eingeständnis schien ihn aus unerfindlichen Gründen zu ärgern. »Es geht darum, daß ich von Beruf Psychoanalytiker bin – ein recht erfolgreicher, wie ich wohl sagen darf; jedenfalls erfolgreich in finanzieller Hinsicht. Die Summen«, sagte er vertraulich, »die manche Leute für Informationen bezahlen, die sie auch bekommen könnten, wenn sie sich drei Stunden lang in einer Bibliothek mit sinnvoller Lektüre beschäftigen würden ... Wie dem auch sei« – er merkte, daß er abschweifte – »so verhält es sich nun mal. Ich denke, in London zähle ich zu den führenden Vertretern meiner Zunft. Selbstverständlich mögen Sie uns alle für Scharlatane halten – viele Menschen tun das« – Geoffrey schüttelte rasch den Kopf – »doch zumindest was meine Wenigkeit betrifft, so versuche ich, in meinem Beruf methodisch und systematisch vorzugehen und das Beste für meine Patienten zu tun. Nun denn –« Er hielt inne und tupfte sich die Stirn ab, um zu unterstreichen, daß er jetzt zum Kern der Sache kam; Geoffrey nickte aufmunternd.

»Wie Sie wissen, basiert die gesamte moderne Psychologie – und die Psychoanalyse im besonderen – auf der Idee des Unbewußten; der Vorstellung, daß ein Teil der Psyche im gewissen Sinne vom Bewußtsein getrennt ist und verantwortlich ist für unsere Träume, für gewisse Triebe und all die komplexen Erscheinungsformen des Irrationalen im Leben des Menschen.« Seine Ausdrucksweise, so dachte Geoffrey, mutete fast wie aus einem bekannten Lehrbuch an. »Von dieser Vorstellung leiten sich alle Erkenntnisse der analytischen Psychologie ab. Unglücklicherweise kam mir vor etwa einem Monat in den Sinn, die Ursprünge und die logische Grundlage dieses Grundgedankens zu untersuchen. Und dabei ist etwas Schreckliches geschehen, Mr. Vintner.« Er beugte sich vor und klopfte Geoffrey heftig aufs Knie. *»Ich konnte nicht den leisesten experimentellen oder rationalen Beweis finden, daß das Unbewußte überhaupt existiert.«*

Er lehnte sich wieder zurück; es war unübersehbar, daß er diese Aussage in gewissem Sinne als einen persönlichen Triumph betrachtete.

»Je mehr ich darüber nachdachte, desto überzeugter wurde ich, daß es tatsächlich nicht existierte. Wir wissen schließlich so gut wie nichts über das *Bewußtsein*, warum also ganz und gar willkürlich ein *Unbewußtes* postulieren, um all das erklären zu können, was wir nicht verstehen? Das ist so«, fügte er in Anspielung auf die Küche in Kriegszeiten hinzu, »als würde jemand sagen, er esse eine Mischung aus Butter und Margarine, obwohl er nie im Leben das eine oder andere gekostet hat.«

Geoffrey betrachtete Peace mit ablehnendem Blick. »Interessant«, murmelte er. »Sehr interessant«, wiederholte er leise, wie ein Arzt, der ein unbekanntes und übles Leiden diagnostiziert hat. »Man hat es natürlich vorausgesetzt, als etwas, das keinerlei weiterer Untersuchung bedarf, wie die Bewegung der Erde um die Sonne. Aber ich verstehe nicht ganz ...«

»Aber Sie müssen es verstehen!« unterbrach Peace ihn aufgeregt. »Es trifft nicht nur meinen Berufsstand an der Wurzel, sondern auch meine Berufswahl, meinen Broterwerb, mein *Leben.*« Seine Stimme wurde schrill. »Ich kann doch nicht weiter als Psychoanalytiker arbeiten, wenn ich nicht mehr an das Unbewußte glaube. Das ist so undenkbar wie ein vegetarischer Metzger.«

Geoffrey seufzte; sein Blick verriet, daß zumindest *er* keinen Ausweg aus dem Dilemma sah. »Ach«, sagte er, »ganz so ernst kann die Frage doch wohl nicht sein.«

Peace schüttelte den Kopf. »Das ist sie, leider«, sagte er. »Und wenn man mal richtig darüber nachdenkt, ist die Psychoanalyse eigentlich *albern*, finden Sie nicht? Alles kann nämlich alles bedeuten. Genau wie bei der Reihe von Additionen, bei der die Antwort immer einundzwanzig lautet, ganz gleich, mit welcher Zahl man anfängt.«

»Tja«, sagte Geoffrey, »könnte man denn nicht ein psychoanalytisches System schaffen, das allein auf dem Bewußtsein basiert?«

Die Miene seines Gegenübers erhellte sich; dann wurde er wieder ernst. »Ich denke, das wäre *möglich*«, sagte er, »aber ich weiß nicht, wie es in der Realität aussehen sollte. Dennoch, ich werde darüber nachdenken. Danke für die Anregung.« Er wirkte recht verzagt; Geoffrey wechselte hastig das Thema.

»Waren Sie schon mal in Tolnbridge?«

»Noch nie«, erwiderte Peace; er schien dieses Eingeständnis von Unzulänglichkeit als den höchsten Ausdruck seiner Probleme zu betrachten. »Es soll sehr schön sein. Haben Sie vor, länger dort zu bleiben?«

Schlagartig wurde Geoffrey ohne jeden vernünftigen Grund mißtrauisch. »Das weiß ich noch nicht genau«, sagte er.

»Mein Schwager«, sagte Peace zur Erläuterung, »ist der Praecentor in der Kathedrale, und ich besuche meine Schwester – das erste Mal seit Jahren. Ich gestehe, daß ich mich nicht darauf freue. Ich habe so meine Schwierigkeiten mit dem Klerus« – er senkte die Stimme und warf einen verstohlenen Blick auf den Vertreter des Klerus in der anderen Ecke. »Ich finde, sie betrachten unsereins als eine Art modernen Medizinmann – womöglich zu Recht«, schloß er kläglich in Erinnerung an seine Zweifel.

Geoffreys Interesse war geweckt. »Zufälligerweise«, sagte er, »werde ich selbst im Gästehaus der Diözese wohnen, es kann also sein, daß wir uns mal begegnen. Ich werde die Orgel spielen, jedenfalls eine Zeitlang.«

Peace nickte. »Ach ja, stimmt«, sagte er, »der Organist ist niedergeschlagen worden. Das hat mir meine Schwester heute morgen am Telefon erzählt. Sie hat gesagt, sie war nicht überrascht – der Bursche trinkt anscheinend gern mal einen über den Durst. Ich nehme an, dann hat mein Schwager Sie gebeten zu kommen?«

»Das wäre eigentlich seine Aufgabe gewesen, ganz recht. Aber es war ein Freund von mir, Gervase Fen, der zur Zeit im Gästehaus wohnt. Ich nehme an, man hat ihm die Befugnis dazu gegeben.« Da er Fen kannte, wurde Geoffrey mit einem Mal von nagenden Zweifeln gepackt. Aber offenbar hielt der Feind ihn für befugt, sonst würde er wohl kaum seine Zeit mit ihm verschwenden.

»Gervase Fen«, sagte Peace nachdenklich. »Der Name kommt mir bekannt vor.«

»Eine Art Detektiv.«

»Verstehe – der untersucht dann wohl den Angriff auf diesen Brooks, nehme ich an. Und er läßt Sie kommen, damit Sie ihm assistieren? Außergewöhnlich, was die Polizei sich heutzutage alles einfallen läßt.«

»Kein Polizeibeamter – ein Amateurdetektiv.«

»Oh.«

»Und Sie machen nur Urlaub?«

»Nicht ganz. Ich muß mit meinem Schwager sprechen über ...« Peace bremste sich plötzlich. »Eine geschäftliche Angelegenheit. Nichts Wichtiges.« Die Veränderung in seiner Stimme entging Geoffrey nicht, und offenbar fand er, daß er schon zuviel gesagt hatte, denn er lehnte sich zurück und nahm automatisch wieder den *Daily Mirror* zur Hand. Geoffrey hatte das Gefühl, entlassen worden zu sein. Doch er wollte ihm noch eine einzige Frage stellen.

»Haben Sie zufällig gesehen, wie ich, kurz nachdem ich in

das Abteil gekommen bin, einen Brief von meinem Sitz aufgehoben habe?«

Peace blickte ihn einen Augenblick lang befremdet an. »Ja«, sagte er langsam. »Das habe ich tatsächlich. Ich hoffe, es war nichts Beunruhigendes.«

»Nein, nichts Beunruhigendes. Sie haben wohl nicht gesehen, wie er dahin gelangt ist?«

Sein Gegenüber überlegte einige Augenblicke, bevor er antwortete. »Leider nein«, sagte er schließlich. »Nein, da kann ich Ihnen überhaupt nicht weiterhelfen.«

Geoffrey wurde mit einem Schmetterlingsnetz über die Sümpfe von Devon gejagt. Seine Verfolger waren verschwommene Gestalten, aber sie bewegten sich sehr flink. Es wunderte ihn gar nicht, daß Peace neben ihm rannte. »Es ist erforderlich«, sagte er zu Peace, »daß wir das Unbewußte über den Haufen rennen, wo immer es ist. Wir können uns dort verstecken, und außerdem habe ich den starken Verdacht, daß Gervase Fen auch irgendwo hier in der Nähe ist.« Sein Begleiter erwiderte nichts – er hatte zuviel mit dem Kind zu tun, das er trug. Als sie die Kathedrale erreichten, waren die Verfolger ein gutes Stück näher gekommen, und sie liefen so schnell sie konnten zum Altar und riefen: »Asyl! Wir verlangen Asyl!« Ein junger Pfarrer hielt sie unter dem Lettner an. »Wir werden nicht immer scheitern«, sagte er. »Wir werden ganz bestimmt nicht immer scheitern.« Die Verfolger waren jetzt ganz nah. Peace ließ das Kind fallen. Es schrie und fing dann an, schrill zu pfeifen, wie eine Lokomotive. Das Geräusch wurde lauter, wie ein heranfegender Tornado …

Eine Lokomotive brauste in entgegengesetzter Richtung am Abteil vorbei, mit durchdringendem Pfeifen, während Geoffrey sich zurück ins Bewußtsein kämpfte. Ohne sich zu bewegen, öffnete er die Augen und sah sich um. Peace schlummerte in der entgegengesetzten Ecke, die Zeitung war ihm aus den Händen gefallen; der Eindringling schnarchte noch immer; die Mutter sprach leise flüsternd auf das Kind ein, das stöhnte und krampfhaft zuckte. Fielding saß da und las ein Buch – er wirkte seltsam isoliert und fremd. Geoffrey hatte das Gefühl, wenn er Fielding ansprechen würde, würde der ihn nicht wiedererkennen, wäre bloß noch ein Fremder. Der Geistliche und die Frau mit der Wolldecke unterhielten sich leise, ihre Stimmen unhörbar bei dem anhaltenden, monotonen Rattern der Räder. Geoffrey saß da und starrte zunächst auf ein häßliches Foto der Kathedrale von Salisbury und dann auf die »Anweisungen für Fahrgäste im Falle eines Luftangriffs«, die von irgendeinem Fahrgast, der wohl Langeweile gehabt hatte, mit Anmerkungen versehen worden waren:

SÄMTLICHE ROLLOS SCHLIESSEN ZUM SCHUTZ GEGEN – *neugierige Gaffer.*

VERLASSEN SIE DEN WAGGON NUR AUF ANORDNUNG – *einer heißen Biene.*

Er sah sich schläfrig blinzelnd um und versuchte, nicht an die Hitze zu denken.

Die Sirenen heulten, als der Zug vor der Einfahrt in den Bahnhof von Taunton anfing zu bremsen. Entlang der ganzen Küste begann der wilde, gnadenlose Kampf gegen die angreifenden Bomber. Der Eindringling erwachte aus seinem langen Schlaf und schaute mit trüben Augen zum Fenster hinaus. Die hastigen Bewegungen, mit denen er sich dann zum Aussteigen bereit machte, waren eine willkommene Ablenkung. Er stand auf, blickte sich mürrisch um und griff zu dem Gepäcknetz über Geoffreys Kopf, wo sein schwerer Koffer lag. Angesichts des Gewichts des Koffers war es natürlich nicht ganz unbegreiflich, daß er ihm aus den Händen glitt, und wenn der Koffer Geoffrey direkt auf den Kopf gefallen wäre, als er sich vorbeugte, um mit Fielding zu reden, hätte das ernste Folgen haben können. Zum

Glück jedoch sah Fielding ihn kommen und stieß Geoffrey mit aller Kraft zurück gegen die Lehne seines Sitzes. Der Koffer landete mit einem widerlich dumpfen Geräusch auf seinen Knien.

Ein wirres Geschrei erhob sich. Der Verursacher der Aufregung hielt es indes nicht für nötig, sich zu entschuldigen, sondern war, noch bevor der Zug zum Stillstand kam, aus dem Abteil heraus und auf dem Bahnsteig von Taunton. Geoffrey krümmte sich vor Schmerzen und rieb sich die Oberschenkel; doch glücklicherweise ist der menschliche Oberschenkelknochen ein robustes Ding, und Peace erwies sich als recht erfahrener Arzt. An eine Verfolgung des Übeltäters war allerdings nicht zu denken. Als endlich wieder Ordnung eingekehrt war, fuhr der Zug auch schon weiter.

»Der hätte Ihnen das Genick brechen können!« sagte die Frau mit dem Kind empört.

»Allerdings«, sagte Geoffrey gequält. Ihm war richtig schlecht, als er sich an Fielding wandte. »Danke – schon zum zweiten Mal heute.«

Peace hatte den Koffer geöffnet und blickte verwundert auf das Sammelsurium von Alteisen darin. »Kein Wunder, daß er so schwer ist«, sagte er. »Aber was in aller Welt …?« Abrupt beschloß er, daß es nicht der rechte Zeitpunkt für Nachforschungen war. »Am besten Sie gehen ein paar Schritte, bevor Sie ein steifes Gefühl in den Beinen bekommen«, sagte er zu Geoffrey. »Es wird natürlich weh tun, aber es ist wirklich am besten.«

Geoffrey kam mühsam auf die Beine, stieß sich den Kopf am Schmetterlingsnetz und fluchte laut; das, so dachte er, war der Tropfen, der Faß zum Überlaufen brachte.

»Ich gehe mich etwas frisch machen«, sagte er. »Auf Zugfahrten fühlt man sich immer so schmutzig.« In Wahrheit hatte er Angst, sich übergeben zu müssen.

»Ich komme besser mit«, sagte Fielding, doch Geoffrey lehnte ungehalten ab; er verspürte eine heftige Abneigung gegen die Menschheit im allgemeinen. »Es wird schon gehen«, murmelte er.

Er torkelte über den Gang wie ein Betrunkener an Deck eines Schiffes im Sturm. Als er die Toilette erreichte, war sie besetzt, doch noch bevor er zur nächsten weitergehen konnte, kam ein junger Mann heraus, lächelte entschuldigend, und trat zur Seite, um ihn hineinzulassen. Geoffrey betrachtete zunächst düster sein Gesicht im Spiegel, bevor er sich umdrehte, um die Tür zu verriegeln, doch da sah er, daß der junge Mann hinter ihm eingetreten war und das für ihn erledigte.

Der junge Mann lächelte. »Jetzt sind wir zusammen eingeschlossen«, sagte er.

»Zum dritten Mal Glück gehabt«, sagte Fielding munter.

Geoffrey stöhnte und kämpfte sich erneut aus einem Alptraum. Er war wieder in dem Abteil, wo die anderen ihn mit einiger Besorgnis betrachteten; sogar das Kind glotzte ihn fragend an, als erwartete es eine Erklärung.

»Was ist passiert?« fragte Geoffrey nicht sehr originell.

»Ich hatte ein ungutes Gefühl, als Sie nicht wiederkamen«, sagte Fielding, »und bin Sie suchen gegangen. Zum Glück war es nicht sehr schwierig, und wir konnten Sie bis hierher zurück schleppen. Wie fühlen Sie sich?«

»Furchtbar.«

»Das wird schon wieder«, sagte Peace. »Der Schlag muß Sie ja ganz schön mitgenommen haben.«

»Das ist ja wohl kaum verwunderlich«, sagte Geoffrey ungehalten. »Wo sind wir?«

»Wir sind gleich in Tolnbridge.«

Geoffrey stöhnte erneut. »An Exeter vorbei? Dann muß er dort ausgestiegen sein.«

»Mein Guter, alles in Ordnung mit Ihnen? Der Mann ist doch in Taunton ausgestiegen.«

Geoffrey blickte sich verwirrt um. »Nein, nein – der andere.

Oh Gott!« Ihm war zu schwindelig, um klar denken zu können. Er rieb sich kläglich den Kopf, befühlte ihn. »Wo ist die Beule?« fragte er. »Ich muß doch eine Beule haben.«

Peace, der gerade seine Sachen aus dem Gepäcknetz hievte, wandte sich verblüfft um.

»Wo er mich geschlagen hat«, erklärte Geoffrey gereizt.

»Aber, aber, niemand hat Sie geschlagen«, sagte Peace freundlich. »Sie müssen geträumt haben. Sie sind ohnmächtig geworden, mehr nicht. Ohnmächtig.«

Kapitel 3
Faselnder Leichnam

And then the furiously gibbering corse
Shakes, panglessly convulsed, and sightless
stares.
Coventry Patmore

Mit wüt'gem Stammeln
zitterte die Leiche
Schmerzlos gekrümmt, und starrt' mit
blinden Augen.

Tolnbridge liegt an dem Fluß, nach dem es benannt ist, etwa vier Meilen oberhalb der sandigen, tückischen Mündung in den Ärmelkanal. Bis in die hannoveranische Zeit hinein war es eine nicht unbedeutende Hafenstadt, doch als die Schiffe immer größer wurden und die Flußmündung zunehmend versandete – inzwischen besteht sie nur noch aus einem recht schmalen Kanal –, schwand die Bedeutung rapide, so daß der Ort in seinen ursprünglichen Status eines kleinen, an Vorzügen armen Marktfleckens zurückgefallen ist, wo landwirtschaftliche Produkte aus der Gegend von South Devon feilgeboten werden. Noch immer wird Fischfang betrieben, und es gibt (zumindest bis vor dem Krieg) einigen Tourismus, doch das große Geschäft ist nach Tolnmouth, ein Stück östlich der Flußmündung, abgewandert, einem Badeort, der in seiner Bedeutung nur von Torquay an der Küste von Devon übertroffen wird. Zudem ist Tolnbridge weder in militärischer Hinsicht noch als Kriegshafen von großem Wert; es war zwar dann und wann Ziel böser Luftangriffe, doch überwiegend fielen die Bomben weiter die Küste hoch, so daß das Städtchen nur geringfügigen Schaden erlitt.

Die Kathedrale wurde unter Edward II. errichtet, zu einer Zeit, als Tolnbridge der Hauptumschlaghafen für Weine aus Bordeaux und Spanien war und einen beispiellosen Wohlstand erlebte; in architektonischer Hinsicht fällt das Gotteshaus irgendwo in die Zeit des Übergangs von der Früh- zur Hochgotik, wenngleich es nur wenige Elemente der Hochgotik aufweist. Es zählt jedenfalls zu den letzten und zugleich schönsten Beispielen für die wundervolle künstlerische Meisterschaft, die nicht nur die Kathedrale von Salisbury hervorgebracht hat, sondern auch viele hübsche Pfarrkirchen. Es ist ein vergleichsweise kleiner Bau, doch steht es mitten in der Stadt an einer so hervorragenden Stelle, daß es größer erscheint, als es in Wirklichkeit ist. Das Flußufer erhebt sich etwa eine Viertelmeile vom Fluß entfernt zu einem natürlichen Plateau, auf dem der ältere Teil der Stadt erbaut ist. Dahinter wiederum befindet sich ein langgestreckter Hügel mit steilen Hängen, auf dessen Gipfel die Kathedrale steht – ansonsten sind bis auf das Gästehaus an der Südwestseite keine weiteren Gebäude auf dem Hügel selbst. Somit hat man von der Stadt aus einen herrlichen Blick, wenn man den langen, mit Zypressen, Ebereschen und Lärchen bestandenen Hang hinauf zur Kathedrale schaut, die mit ihren grauen Stützpfeilern und dem schlanken, spitz zulaufenden Kirchturm den Fluß überragt. Die Wirkung wäre überwältigend, wenn die beiden unten in der Stadt befindlichen kleineren Kirchen nicht wären, deren Türme, die sich in dem hehren, aber erfolglosen Versuch recken, ihrer größeren Schwester nachzueifern, ein wenig das Gleichgewicht wiederherstellen und das Auge beruhigen. Hinter der Kathedrale neigt sich der Hügel sanfter wieder hinab zum neueren Teil der Stadt, in dem sich der Bahnhof und die Farbenfabrik befinden und dessen Häuser sich um die Nordseite herum erstrecken, wo sie sich mit der Altstadt verbinden, während sie nach Süden hin in einer Reihe von teuren und weitläufigen Villen mit Blick auf die Flußmündung auslaufen.

Man mag sich wundern, daß Tolnbridge nicht das Schicksal von Crediton teilte und dem Bischof von Exeter unterstellt wurde. Aber Exeters Diözese war bereits groß genug, und Tolnbridge durfte Kathedralenstadt bleiben. Rund siebzig Jahre nach ihrer Erbauung begab sich ein Tolnbridger Talgmacher namens Ephraim Pentyre, ein Geizhals und berüchtigter Wucherer, der aber viel Geld an die Kirche spendete, weil er annahm, sich so einen Logenplatz bei den himmlischen Festivitäten reservieren zu können, über die Küstenstraße auf eine Pilgerfahrt nach Canterbury (wo er, wäre er am Ziel angekommen, möglicherweise Chaucers Pilgern begegnet wäre). Er war allerdings so geizig, daß er auf Diener zu seinem Schutz verzichtete, was zur Folge hatte, daß er hinter Weymouth überfallen, ermordet und postwendend seiner Opfergabe für das Grab des St. Thomas beraubt wurde. Diese Nachlässigkeit und Knauserigkeit brachte ihm seine Heiligsprechung ein, denn seine Gebeine wurden zurück nach Tolnbridge übergeführt und sehr feierlich in der Kathedrale beigesetzt, wo sie aufgrund der ihnen nachgesagten Wunderheilkräfte Wallfahrer aus dem ganzen Land anlockten. Edward III. höchstpersönlich besuchte das Grab, um sich von Skorbut heilen zu lassen (nachdem seine eigenen legendären Fähigkeiten in dieser Richtung offenbar versagt hatten), mit welchem Erfolg, ist nicht bekannt. Das war die Blütezeit von Tolnbridge, was die Einwohner uneingeschränkt begrüßten, obwohl sie sich an St. Ephraim mit Abscheu erinnerten und obwohl ihm vielfach noch schlimmere und finsterere Vergehen als Geiz angelastet worden waren.

Danach setzte ein allmählicher, aber unaufhaltsamer Niedergang ein. Tolnbridge lag zu abseits, um eine Rolle in den großen politischen und kirchlichen Unruhen zu spielen, die das Land bis zum Ende des 18. Jahrhunderts heimsuchten, wenngleich unter den Einwohnern des Ortes wegen ebendieser Streitfragen gelegentlich kleine symbolische Kriege ausgefochten wurden, die nur allzu oft mit Gewalt und Greueltaten einhergingen. Der Übergang von der Marienverehrung zum Protestantismus vollzog sich ohne große Aufregung, dies, wie manche sagten, wohl auch deshalb, weil die alte Religion weiter fortbestehen und in Gestalt geheimer und scheußlicher Rituale schlimme Formen annehmen konnte. Derlei Mutmaßungen erhielten vor allem dadurch Nahrung, daß es Anfang des 17. Jahrhunderts zu einem gewaltigen Anstieg von Hexenprozessen kam, ausgelöst durch einen gleichermaßen gewaltigen Anstieg von Hexerei und Teufelsanbetung, wobei etliche Geistliche der Diözese eine unrühmliche Rolle spielten. Es ist tatsächlich zweifelhaft, ob es in der europäischen Geschichte je eine derart konzentrierte, leidenschaftliche und (nach damaligen Maßstäben) gerechtfertigte Verfolgung gab; täglich fanden auf dem Hügel der Kathedrale Verbrennungen statt, und einige hundert Frauen – ein merkwürdiges Phänomen bei den meisten Hexenprozessen – gestanden freiwillig, also nicht unter Folter, sie hätten Geschlechtsverkehr mit dem Teufel gehabt und an Schwarzen Messen teilgenommen. Nach einigen Jahren legte sich die Aufregung, wie immer bei solchen Dingen, und zurück blieb nichts als der geschwärzte Kreis, der sich in den Hang des Hügels geschnitten hatte, und die Eisenstange, an der man die Frauen festgebunden hatte, bevor sie verbrannt wurden. Von da an blieb Tolnbridge von Unruhen verschont, und im Jahre 1939 war es ein beschauliches Städtchen und schien sich in einem Zustand dauerhafter Erstarrung zu befinden.

Das zumindest behauptete Geoffrey, mit kraftvolleren Worten, als es ihm nicht gelang, am Bahnhof ein Taxi zu ergattern. Tatsächlich ist die Bemerkung überliefert: »Was für ein verdammtes Kaff!«

Das war nun aber ungerecht, und Fielding, der an der Kathedrale vorbei auf die Dächer der Altstadt und der Flußmündung dahinter blickte, empfand das auch so. Andererseits war jetzt sicherlich nicht der geeignete Zeitpunkt, es auf einen Streit ankommen zu lassen. Geoffrey hatte nicht nur körperliche Schmerzen (obwohl sie inzwischen beträchtlich nachgelassen hatten), sondern war auch ansonsten extrem gereizt. Die menschliche

Geduld darf nicht über Gebühr beansprucht werden; von einem gewissen Punkt an stellt das Kreuzworträtsel oder das Kryptogramm oder das Silbenrätsel keine Unterhaltung mehr dar, sondern wird zum Ärgernis. Diesen Punkt hatte Geoffrey in der jetzigen Lage längst hinter sich, und sein jüngstes Entkommen erfreute ihn nicht etwa, sondern trieb ihn aufgrund seiner Sinnlosigkeit in den Wahnsinn.

»Ich begreife einfach nicht«, sagte er zum zehnten Mal, »*warum* sie mir, als sie mich genau da hatten, wo sie mich haben wollten, nicht einfach einen Schlag auf den Kopf gegeben und mich aus dem Zug geworfen haben.«

Fielding betrachtete traurig einen betagten Gepäckträger, der versuchsweise einen Schrankkoffer anstieß und anscheinend hoffte, ihn zu selbsttätiger Bewegung anzuregen. »Vielleicht sind sie gestört worden«, war alles, was er sagte.

»Man kann nicht gestört werden, wenn man in einer Toilette eingeschlossen ist.«

»Vielleicht haben sie gemerkt, daß Sie der Falsche waren, und sich aus dem Staub gemacht.«

»Der Falsche!«

Fielding seufzte. »Nein, das ist unwahrscheinlich. Die scheinen das Ganze sehr gut organisiert zu haben«, fügte er mit einer gewissen melancholischen Genugtuung hinzu. »Es sei denn, Sie haben sich das alles bloß eingebildet.«

»Eingebildet«, sagte Geoffrey gereizt. »Natürlich nicht.«

»Er hat Sie nicht vielleicht nur nach der Uhrzeit gefragt?«

»*Uhrzeit*! Man folgt doch anderen Leuten nicht auf die Toilette und verriegelt die Tür, wenn man sie bloß nach der Uhrzeit fragen will.«

Fielding seufzte erneut; er atmete lange und geräuschvoll aus. Die Diskussion, so dachte er, brachte nichts. »Ist es weit?« fragte er.

»Ja, *sehr* weit«, sagte Geoffrey, der sich ärgerte, so rüde von seinem Steckenpferd gerissen zu werden; er meinte auch zu merken, wie das Tier weggeführt wurde. Aber irgend etwas anderes war Fielding in den Sinn gekommen, denn er drehte sich abrupt um und sagte:

»Die Briefe.«

Geoffrey sah ihn einen Moment lang schweigend an und durchsuchte dann seine Taschen. Die Briefe waren verschwunden.

»Sehr gründlich«, sagte Fielding trocken. »Als sie gemerkt haben, daß Sie trotz der Warnungen herkommen würden, haben sie beschlossen, die Briefe verschwinden zu lassen, damit Sie keine Möglichkeit haben, die Schreibmaschine zu finden, auf der sie getippt wurden.«

»Das war's also. Verdammt. Aber das erklärt noch nicht, warum ich nicht niedergeschlagen wurde.«

»Wenn man so eine Sache plant, kann man seinen Leuten nicht freie Hand lassen, einfach das zu tun, was die Situation verlangt. Außerdem wußte dieser Bursche vielleicht nicht mal, worum es eigentlich ging. Ich vermute, er sollte Ihnen bloß die Briefe abnehmen, und als Sie in Ohnmacht gefallen sind, bestand keine Notwendigkeit mehr, Gewalt anzuwenden.« Fielding stieß einen leisen Pfiff aus. »Die sind ganz schön gründlich.«

Die Hitze hatte ein wenig nachgelassen. Peace war schon in eine andere Richtung gegangen, vermutlich zum Haus des Praecentors. Die Frau mit der Reisedecke und der junge Geistliche waren längst verschwunden. Geoffrey sah auf seine Uhr und stellte fest, daß der Zug nur sieben Minuten Verspätung gehabt hatte. Er und Fielding gingen den Hügel hinunter, Fielding trug beide Koffer und Geoffrey das unvermeidliche Schmetterlingsnetz. Rechts von ihnen stand die Kathedrale, friedlich und schön. Die große Rosette im südlichen Querschiff leuchtete kurz in satter, roter Schönheit zu ihnen herüber, und die Möwen sausten kreischend um den schlanken achteckigen Turm.

Die Mischung aus Tabakläden und schäbigen Pubs um den

Bahnhof herum wich schon bald einer recht langweiligen Straße mit kleinen Einfamilienhäusern, und dann kamen die verwahrlosten schönen Häuser der Altstadt. Kurz hinter der Grenze zwischen diesen beiden Welten bogen sie nach rechts und erreichten schon bald das schmiedeeiserne Tor des Gästehauses, das im 18. Jahrhundert erbaut worden war, um das alte, neben dem nördlichen Querschiff stehende Gästehaus zu ersetzen; letzteres wurde jetzt als Lagerraum, für Chorproben und allerlei sonstige Zwecke genutzt. Das Tor, das auf beiden Seiten in Pfosten aus weichem, zitronengelbem Stein eingehängt war, öffnete sich auf einen deprimierenden Anblick von Sträuchern und Rasenflächen; mitten hindurch führte eine überwucherte Kieszufahrt zur Vordertür, dann am Haus vorbei zu dem ausgedehnten Gemüsegarten dahinter und weiter hinauf zum Kathedralenhügel. Geoffrey betrat diese Gefilde mit Vorsicht und musterte einen verwelkten Rhododendronbusch so aufmerksam, als erwartete er, daß ihm daraus Ungemach drohte.

In diesem Reich des Zölibats hörten sie als erstes eine junge Frauenstimme. »Josephine!« rief sie; dann etwas lauter und mit gereiztem Unterton: »Komm zurück!«

Es erklangen laufende Schritte, und ein junges Mädchen, dem diese Rufe ganz offensichtlich gegolten hatten, kam keuchend um die Hausecke herum gerannt. Sie war höchstens fünfzehn, und sie war groß, schlank und sie zitterte, die hellen, goldfarbenen Locken völlig zerzaust. Ihr Gesicht war gerötet, nicht nur vor Anstrengung, sondern auch vor spürbarem Zorn. Sie blieb wie angewurzelt stehen, als sie die Fremden sah, und nachdem sie sie einen Augenblick lang angestarrt hatte, sprang sie seitlich ins Gebüsch, von wo aus das leiser werdende Geraschel schlaffer Pflanzen ihren Rückzug signalisierte.

Sie trotteten weiter Richtung Haupteingang, ein wenig mitgenommen durch die Begrüßung und in beklommener Erwartung eines häuslichen Streits. Bereits nach wenigen Schritten tauchte auch die Person, zu der die Stimme gehörte, im gemächlichen Verfolgungstempo auf. Und eine solche Person, dachte Geoffrey bei sich, erwartete man nun ganz sicher nicht im Gästehaus einer Diözese: Sie war eine junge Frau von etwa dreiundzwanzig Jahren, so dunkel, wie das junge Mädchen blond gewesen war, mit blauen, humorvollen Augen, einer Stupsnase, roten Lippen und einem schlanken, geschmeidigen Körper. Ihr Kleid, obwohl durchaus elegant und schicklich, und ihre hochhackigen Pumps vermittelten, so dachte Geoffrey, ganz schwach den Eindruck einer Kurtisane. Nicht, daß ihn das störte. Da er wenig Erfahrung mit Frauen hatte, ordnete er sie, und zwar *a priori*, entweder als Amateurprostituierte oder als Haushaltshilfe ein, und jede, die nicht nahtlos in eine dieser Kategorien paßte, löste bei ihm Verunsicherung, Mißtrauen und Verständnislosigkeit aus (diese Form männlicher Unfähigkeit ist verbreiteter, als Frauen sich das vielleicht vorstellen). In diesem Fall war ganz sicher eine Prise Hetäre, Lais oder Phryne, vorhanden; doch andererseits war auch eine praktische Seite, Selbstbeherrschung und Intelligenz spürbar, die diesen Eindruck abschwächten und zerstreuten.

Im Grunde seines Herzens hatte Geoffrey Angst vor Frauen. Seine Bemühungen, diejenigen, die er kennengelernt hatte, entweder als Kurtisane oder als Haushaltshilfe zu kategorisieren, hatte zu schrecklichen Mißverständnissen geführt, da er noch keiner einzigen Frau begegnet war, die auch nur im entferntesten mit einer der beiden Kategorien Ähnlichkeit hatte. Zudem schlug er sich als Folge seiner Bücherlektüre mit dem Irrglauben herum, daß jede unverheiratete Frau, die er kennenlernte, mit allen Tricks und Schlichen ihres verderblichen und geheimnisvollen Geschlechts auf der Jagd nach einem Ehemann war, und er beglückwünschte sich insgeheim, um Haaresbreite so einigen Frauen entkommen zu sein, die jedoch in Wahrheit nicht einmal mit dem Gedanken gespielt hatten, ihn zu heiraten, sondern ihn lediglich als praktischen vorübergehenden Kavalier benutzt und ihm die ehrenhafte Freundlichkeit ihres Geschlechts geboten hatten: einen Gutenachtkuß nach einem auf seine Kosten genossenen Abend. Nachdem er die Dreißig überschritten hatte, war er jenen rätselhaften Wesen mehr und mehr aus dem Weg gegangen. Folglich näherte er sich diesem neuen Exemplar der Spezies mit einem unguten Gefühl, das durch den offensichtlichen Charme der jungen Frau noch verstärkt wurde.

»Verflixte Göre!« sagte sie und gab die Verfolgung auf.

»War sie unartig?« sagte Fielding schlicht. Er stellte die Frage mit der Unbefangenheit und Autorität eines Menschen, der zutiefst höflich ist und gerade deshalb nicht mehr auf die Förmlichkeiten angewiesen, die dem Schließen einer Bekanntschaft gemeinhin vorausgehen.

Die junge Frau reagierte ebenso unbefangen und selbstsicher. »Meinen Sie, man sollte Kindern den Hintern versohlen?« sagte sie. »Mädchen in dem Alter, meine ich? Ich weiß, mit mir hat man das gemacht – aber Josephine ist eine so stolze, eigensinnige Göre, sie würde das nicht gut verkraften.«

»Ich denke, man sollte es nach Möglichkeit vermeiden«, sagte Fielding mit unnötigem Ernst.

Die junge Frau lachte – ein tiefes, glucksendes, ansteckendes Lachen. »Aha, ich verstehe – Sie denken, ich hätte das gemacht. Nein, ich bin noch nicht so weit, daß ich Kinder versohle. Vater hat es getan – und ich muß sagen, ich kann es ihm kaum verdenken. Stellen Sie sich vor, Josephine hat das ganze Manuskript des Buches, an dem er gearbeitet hat, zerrissen und verbrannt.« Eine kaum wahrnehmbare Kälte lag plötzlich in der Luft. Es gibt Handlungen, die aus Bockigkeit und Zorn geschehen, und es gibt Handlungen, die aus absichtlicher Boshaftigkeit geschehen. Geoffrey wechselte mit peinlich offenkundiger Absicht das Thema.

»Wir sollten uns vielleicht vorstellen«, sagte er. »Das ist der Earl – Earl – Was für ein Earl sind Sie eigentlich?«

»Das spielt gar keine Rolle«, sagte Fielding. Er hatte die

Koffer abgestellt und wischte sich vergeblich Gesicht und Hals mit einem riesigen Seidentaschentuch ab. »Mißverstehen Sie mich nicht – wenn ich den Eindruck hätte, daß es bei einem von Ihnen auf Abneigung stößt, daß ich ein Earl bin, würde ich Ihnen sämtliche Einzelheiten ohne Umschweife nennen. Aber wir können uns genausogut mit Henry Fielding begnügen.«

»Doch nicht«, sagte die junge Frau, »der Autor von –?«

Geoffrey fiel ihr hastig ins Wort. »Und ich bin Geoffrey Vintner«, sagte er. Er sagte das verzagt, als würde er nicht erwarten, daß jemand mit seinem Namen etwas anfangen könnte.

»Sehr angenehm«, sagte die Frau mit geschäftsmäßiger Überzeugung. »Wir spielen hier oft Ihre Messe. Ich bin Frances Butler.«

»Schön. Jetzt haben wir uns also miteinander bekannt gemacht«, sagte Fielding. Er hielt inne und schaute Geoffrey erwartungsvoll an.

»Ach ja«, sagte Geoffrey. »Wir möchten zu Fen – Gervase Fen.«

»Das habe ich mir gedacht«, sagte die Frau mit betontem Blick auf das Schmetterlingsnetz, das er noch immer wie ein Banner vor sich hielt, »wegen dem Ding da.«

Geoffrey betrachtete sie einen Moment lang finster. »Insekten?« stieß er endlich hervor.

Sie nickte ernst.

»Im Augenblick ist er nicht da, und ich weiß nicht, wann er wiederkommt. Ich vermute, er hat heute abend irgendein Experiment mit *Motten* vor, aber wir haben ihm gesagt, daß er es nicht hier machen kann, weil der arme kleine Dutton, der zweite Organist, sich schrecklich vor den Biestern ekelt, gelinde gesagt; und da es irgendwie darum geht, daß Männchen Hunderte von Meilen fliegen, um in einem dunklen Raum ein Weibchen zu finden, dachten wir, das Gästehaus der Diözese sei für eine solche Demonstration ungeeignet. Und außerdem, sollte es wider Erwarten gelingen, hätten wir am Ende noch das ganze

Haus voller Motten, und das wäre wirklich untragbar. Also gehe ich davon aus, daß er das Experiment woanders macht.«

Geoffrey seufzte. »Das ist ja wieder mal typisch!« sagte er. »Da bittet er mich herzukommen und verschwindet dann im entscheidenden Augenblick spurlos. Er hat wohl nicht erwähnt, daß er mich erwartet?«

»Mit keinem Wort.«

»Nein.« Geoffrey seufzte; die Last des Atlas schien ihn niederzudrücken. »Nein, ich hätte es mir denken können.«

»Wollten Sie hier wohnen?« fragte die junge Frau.

»Na ja, so hatte ich mir das vorgestellt. Aber ich kann mich Ihnen wohl kaum aufdrängen, wenn Sie nicht darauf vorbereitet waren.«

»Einen von Ihnen könnte ich unterbringen«, sagte die Frau skeptisch, »aber nicht beide, so leid es mir tut. Es ist einfach kein Bett mehr frei.«

»Ich komme bestimmt irgendwo in der Stadt unter«, sagte Fielding.

»Ich empfehle Ihnen das ›Whale and Coffin‹«, sagte die junge Frau.

»Das klingt ja schrecklich.«

»Es *ist* schrecklich, aber das beste Pub am Ort. Hören Sie, Mr. Vintner, stellen Sie doch Ihre Koffer hier im Eingang ab. Irgendwer trägt sie dann später hinein. Und möchten Sie sich gerne frisch machen?«

»Was ich wirklich möchte«, sagte Geoffrey, »ist ein Bier. Mehrere Biere.«

»Schön. Wir gehen ins ›Whale and Coffin‹. Es ist doch schon nach sechs, nicht wahr? Dann können wir alles besprechen.«

»Ich möchte Sie von nichts abhalten ...«

»Von *was* denn? Seien Sie nicht albern. Kommen Sie, alle beide, gehen wir. Es ist nur ein paar Minuten von hier entfernt.«

Erst kurz bevor sie am Ziel waren, bemerkte Geoffrey, daß er das Schmetterlingsnetz noch in der Hand hatte. Er fluchte innerlich und knurrte leise etwas vor sich hin.

»Fluchen Sie ruhig nach Herzenslust«, sagte die junge Frau. »Dann geht es Ihnen gleich besser.«

Das »Whale and Coffin« war, wie sich herausstellte, ein großes, niedriges, verschachteltes Gebäude unbestimmten Datums mitten in der Altstadt. Es hatte zahlreiche Bars mit verschiedenen Bezeichnungen: Bar, Saloon, Lounge Bar, Public Bar, Private Bar und so weiter; die unzulängliche Oberaufsicht über sämtliche Bars lag bei einem kleinen, kurzsichtigen älteren Mann, der ständig von einer Theke zur anderen eilte, weniger in der Hoffnung, sich nützlich zu machen, so hatte man den Eindruck, als vielmehr, weil es ihm zur lieben Gewohnheit geworden war und er nicht mehr damit aufhören konnte. Er beäugte Geoffrey astigmatisch, als der die Getränke bestellte.

»Fremd hier?« fragte er. »Noch nie hier gewesen?«

»Nein«, sagte Geoffrey knapp. Er wollte sich nicht durch nett gemeintes Geplauder von seinem Bier abhalten lassen.

»Es wird Ihnen gefallen«, sagte der andere ohne besondere Überzeugungskraft. »Das Bier hier aus der Gegend ist gut, und die Leute sind nett.« Seinem Akzent nach stammte er eindeutig nicht aus Devon. »Komischer Name für ein Pub, was?«

»Allerdings.«

»Man sollte doch meinen, daß so ein Name irgendeine Geschichte hat, nicht?«

»Ja.«

»Ist aber nicht der Fall. Irgend jemand hat ihn sich einfach irgendwann mal ausgedacht.«

Geoffrey warf ihm einen verächtlichen Blick zu und kehrte mit den Gläsern in der Hand unsicher zu den anderen zurück. Sie hatten sich in einer versteckten Nische niedergelassen. Frances Butler schlug die Beine übereinander, strich sich den Rock mit unwillkürlicher Sittsamkeit glatt und sagte:

»Sie hätten sich keine Sorgen zu machen brauchen – Harry redet mit niemandem länger als eine Minute am Stück. Das kenne ich inzwischen von ihm.«

»Kommen Sie oft her?« fragte Fielding.

»Ach, ab und zu. Ich bin kein Stammgast, wenn Sie das meinen. Aber es ist das nächste Pub vom Gästehaus aus.«

»Ich könnte mir vorstellen«, sagte Fielding vorsichtig, »daß Sie auf viele alberne Vorurteile gestoßen sind, weil Sie in Pubs gehen – wo Ihr Vater doch Praecentor ist und so weiter.«

»Dagegen bin ich machtlos«, sagte Frances und schmunzelte. »Es gibt bestimmt einige, aber die halten mich ohnehin für ein Flittchen. Daß ich in Pubs gehe, spielt da auch keine Rolle mehr. Und Daddy scheint nichts dagegen zu haben – das ist die Hauptsache. Er hat mich schrecklich streng erzogen, bis ich achtzehn war, aber seitdem gibt er mir einfach jede Menge Geld und läßt mich tun, was mir gefällt. Die alte Meg – die Haushälterin im Gästehaus – ist krank geworden, und man kriegt heutzutage einfach kein Personal mehr, nicht für Geld und gute Worte, also bin ich bei Daddy ausgezogen und mache jetzt dort den Haushalt. Die Männer sind davon nicht sehr angetan, glaube ich. Jeder hat Angst, die anderen könnten denken, er hätte ein Auge auf mich geworfen. Sie glauben ja nicht, was die veranstalten, um bloß nicht in die Nähe meines Zimmers zu kommen, und was sie für ein Spektakel machen, wenn sie ins Bad gehen.«

Sie lachte und trank mit einem theatralischen Anstrich von Verruchtheit von ihrem Pink Gin. Geoffrey kam der Gedanke, daß sie wahrscheinlich ein unschuldiges, kindisches Vergnügen daraus zog, sich verrucht zu geben. Er bezweifelte jedenfalls, daß sie das wirklich war. Aber ihm war auch klar, daß eine angemessene Einschätzung ihrer guten und schlechten Seiten nach dem, was er bislang von ihr wußte, noch ausgeschlossen war. Auf alle Fälle war sie attraktiv – sehr attraktiv, wie er plötzlich fand. Und er seufzte angesichts seiner enormen Unerfahrenheit in Liebesdingen.

»Müde?« fragte sie.

»Nein. Bloß zufrieden.« Das war, so dachte er, eigentlich keine richtige Lüge. »Wissen Sie«, sagte er, »daß ich heute dreimal angegriffen worden bin?«

Sie lachte. »Angegriffen? Was in aller Welt meinen Sie damit?«

»Ein Mann wollte mir in einem Laden eins über den Kopf geben« – »Kaufhaus«, sagte Fielding automatisch – »ein anderer wollte mir einen Koffer voller Eisen auf den Kopf fallen lassen, und ein dritter hat mich im Zug auf der Toilette eingeschlossen. Das heißt –« Geoffrey suchte krampfhaft nach passenderen Worten. So ausgedrückt, hörte es sich lange nicht so schwerwiegend an, wie es gewesen war. »Ich habe auch anonyme Briefe erhalten«, schloß er lahm.

»Aber das ist ja furchtbar«, sagte die junge Frau. »Nein – so was zu sagen ist dumm. Ich meine« – sie machte eine hilflose Geste – »aber *wieso* denn?«

»Ich weiß es nicht. Das ist ja gerade das Problem. Aber ich denke, es hat irgendwas mit dem Angriff auf Brooks hier zu tun.«

Frances stellte ziemlich jäh ihr Glas hin. Die Geste war geringfügig und an sich nicht von Bedeutung, löste aber eine merkwürdige Beklommenheit aus. Nach einer langen Pause sagte sie:

»Ist das Ihr Ernst?« Ihre Stimme war plötzlich sehr leise.

»Anders kann ich es mir nicht erklären. Wenn Fielding nicht gewesen wäre, wäre ich jetzt vielleicht tot – ganz bestimmt sogar.«

Als Frances wieder nach dem Glas griff, war ihre Hand eine Spur unsicher. Aber ihre Stimme war ruhig, als sie fragte:

»War Dr. Brooks ein Freund von Ihnen?« Die Frage schien eine größere Dringlichkeit, eine größere Bedeutung zu haben, als auf Anhieb einsichtig war. Geoffrey schüttelte den Kopf.

»Ich kannte ihn nur flüchtig – auf beruflicher Ebene.« Er stockte. »Sie sagten ›*war*‹ –«

Sie lachte erneut, aber ohne Belustigung. »Nein, er ist nicht tot, wenn Sie das meinen. Ich –« Sie schien ganz plötzlich eine Entscheidung zu treffen; ganz bewußt und ostentativ wechselte sie das Thema. »Und Daddy hat Sie hergebeten, damit Sie statt Brooks die Orgel spielen?«

Geoffrey fügte sich und unterdrückte eine fast nicht zu unterdrückende Neugier. »Tja, nein, eigentlich nicht. Das heißt, ich nehme an, daß er informiert war. Genaugenommen war es Fen, der mich telegraphisch hergebeten hat.« Ein unbehagliches Gefühl beschlich ihn. »Wenn ich nicht gebraucht werde, macht das nichts. Ich bin froh über die Unterbrechung, und ich freue mich, Fen wiederzusehen …« Er hielt inne, merkte, daß die Worte bedeutungslos waren.

Die Stimme der jungen Frau klang jetzt heiterer. »Oh, ich bin sicher, daß Sie gebraucht werden – ich weiß nicht, wer sonst spielen sollte, wenn Sie nicht gekommen wären.«

»Ich habe mich gefragt – es gibt doch sicherlich einen Stellvertreter? Sie haben doch vorhin jemanden erwähnt.«

»Der kleine Dutton – ja. Aber der hat einen Nervenzusammenbruch gehabt. Der dumme Junge hat zuviel gearbeitet, um Gott weiß was für einen albernen Abschluß in Musik zu machen. Der Arzt läßt ihn zur Zeit nicht mal in die Nähe einer Orgel.«

Geoffrey nickte selbstgefällig. »Das ist die Erklärung«, sagte er. In Wahrheit, so dachte er, erklärte es nur sehr wenig. Frances hatte sich praktisch geweigert, über den Angriff auf Brooks zu sprechen – und, zum Donnerwetter, wenn jemand die Fakten erfahren sollte, dann er. Er faßte sich gerade ein Herz, um wieder auf das Thema zu sprechen zu kommen, als der Wirt vorbeieilte und angestrengt auf eine große Taschenuhr mit Vergrößerungsglas blickte, das die Zeiger und Ziffern in grotesken Dimensionen erscheinen ließ. Als er schon fast zur Tür hinaus war, blieb er stehen und kam zurück zu ihnen.

»Hab Sie jetzt erst erkannt, Miss Butler«, sagte er. Er verschluckte die Silben mit der typischen Nervosität von extrem Kurzsichtigen. »Wie geht's Mr. Brooks? Schon besser?«

»Ich hab heute abend noch nichts Neues gehört.« Frances war kurz angebunden. »Harry, Sie wissen nicht zufällig, ob Professor Fen heute abend hier ist?«

»Dieser große, verrückte Bursche?« In der Stimme des Wirtes schwang so etwas wie Ehrfurcht mit. »Vielleicht ist er in einer von den anderen Bars. Ich seh nach. Aber ich glaube nicht.«

»Wenn Sie ihn sehen, sagen Sie ihm doch bitte, daß ich hier bin. Mit einem Freund von ihm, Mr. Vintner.«

Die Reaktion des Wirtes auf die letzte Information war unerwartet. Er trat einen Schritt zurück und atmete plötzlich sehr schnell. »Geoffrey Vintner!« entfuhr es ihm.

»Aber Harry. Was haben Sie denn nur? Sie machen ja ein Gesicht, als hätten Sie einen Geist gesehen.«

Der Wirt riß sich rasch wieder zusammen. »Tut mir leid«, murmelte er. »Hab den Namen nicht richtig verstanden. Dachte, Sie hätten einen Freund von mir gemeint, der – tot ist.« Er blieb einen Moment lang unsicher vor ihnen stehen und strebte dann ein wenig zu rasch zur Tür.

»Nicht zu fassen!« sagte Frances offenkundig überrascht.

»Wenn Fielding nicht gewesen wäre, dann wäre ich jetzt bestimmt auch tot«, sagte Geoffrey bedrückt. »Wer ist denn der Mann überhaupt?«

»Harry James?« sagte Frances. »Eigentlich weiß ich gar nichts über ihn. Er hat das Pub hier seit gut fünf Jahren – stammt aus dem Norden, soviel ich weiß. Strenger Presbyterianer. Einflußreiches Mitglied des Conservative Club im Ort. Im Grunde« – plötzlich schien ihr ein Gedanke zu kommen – »genau die Art von angesehener Anonymität, die man von jemandem erwarten würde, der –« Sie bremste sich und fügte heiter hinzu: »Der was?«

Geoffrey nickte düster. »Genau. Der was?«

»Ich nehme an«, sagte Fielding finster, »das Bier, das Sie trinken, ist in Ordnung?«

Geoffrey zuckte sichtlich zusammen. Ihm kam der Gedanke,

daß er sich vielleicht gar nicht so gut fühlte. »Seien Sie nicht albern«, sagte er gereizt. »Leute schütten einfach kein Gift ins Bier. Oder falls doch«, fügte er mit wachsender Entrüstung hinzu, »bringt es nichts, sich deswegen bange zu machen, solange es nicht passiert, sonst drehen wir noch alle durch und gehören in die Klapsmühle.« Er verfiel wieder in Trübsal. »Ich werde Mr. James im Auge behalten«, murmelte er, und dann mit plötzlicher Verärgerung: »Und wo zum Teufel steckt Fen? Es ist wirklich unmöglich, daß er nicht da ist, wenn ich ankomme.« Genüßlich ließ er noch einmal jedes einzelne seiner Mißgeschicke Revue passieren.

»Ich verstehe nicht ganz«, sagte Fielding vorsichtig, »was es mit den« – er wedelte mit einer Hand, um einen Schwarm Schmetterlinge darzustellen – »Insekten auf sich hat.«

»Das können Sie auch nicht verstehen«, erwiderte Geoffrey, »weil Sie Fen nicht kennen. Mein besseres Ich sagt mir zwar, daß er ein normaler, vernünftiger, geistig gesunder Mensch ist, aber es gibt Zeiten, da ich mich frage, ob er nicht ein bißchen übergeschnappt ist. Natürlich hat jeder einmal das eine oder andere vorübergehende Hobby, das er wie besessen betreibt, aber Fen hat eine so« – er suchte nach den richtigen Worten – »*umfassende* und überwältigende Persönlichkeit, daß es wie ein kosmischer Umbruch ist, wenn ihn irgend etwas packt. Alles im Umkreis von etlichen Meilen wird in Mitleidenschaft gezogen.«

Frances lachte leise. »Es fing damit an«, sagte sie, »daß er auf dem Rasen vom Gästehaus einen einfach gigantischen Grashüpfer fand. Ich muß sagen, ich habe noch nie einen so großen gesehen. Er hat ihn in eine Pappschachtel getan und ihn mit zum Abendessen gebracht, um ihn uns zu zeigen. Der Bischof war bereits beim Essen.« Sie gluckste vor Vergnügen angesichts der bevorstehenden und absehbaren Pointe. »Als er den Deckel abnahm, wäre der arme Dutton fast in Ohnmacht gefallen. Dann hat er das scheußliche Vieh angeschubst, bis wir fast alle gekreischt haben. ›Keine Sorge‹, hat er gesagt. ›Es ist biologisch unmöglich, daß er da rauskommt.‹ Mit dem ersten Sprung landete er in der Suppe vom Bischof. Ich habe noch nie einen so bleichen Mann gesehen. Schließlich endete er vor dem Kamin, wo der Hund ihn gefressen hat. ›Die Natur ist grausam‹, sagte der Bischof (wir haben ihm einen frischen Teller Suppe gegeben, aber er war nicht gerade glücklich). ›Da‹, sagte Fen, ›ein vollkommenes Exemplar, und weg ist es. Sie hören auf, Lärm zu machen‹, meinte er noch, ›wenn man sie mit einer Nadel piekst.‹ Und wir sagten, das würde uns nicht wundern.«

Fielding bebte vor lautlosem Lachen. Sogar Geoffrey kicherte albern. »Aber ich dachte«, bemerkte er, »Fen wäre damit beschäftigt, die Sache mit Brooks zu untersuchen. Er …«

Die junge Frau stand plötzlich auf. Im Nu, so schien es, war das Lachen verschwunden. Wie ein Kind, das spielen will, zur Haustür hinaus in einen Garten läuft, den es noch nie gesehen hat und besser auch nicht gesehen hätte. Wie ein Mann, der sich in einem dunklen Zug mit einer beiläufigen Bemerkung an einen Freund wendet und eine Totenmaske sieht. Frances machte zwei kleine Schritte und drehte sich dann um. Als sie sprach, war ihre Stimme nicht so, wie sie gewesen war.

»Früher oder später«, sagte sie, »müssen Sie es ja erfahren. Warum dann nicht jetzt?« Sie schien nach Worten zu suchen. »Es ist der Presse nicht mitgeteilt worden, aber das hätte sie ohnehin nicht gedruckt. Es war – nach einer Chorprobe. Dr. Brooks ist noch mal in die Kathedrale gegangen, um etwas zu holen. Sie fanden ihn am nächsten Morgen, nicht bewußtlos, aber er hatte eine Beule am Kopf.« Sie stockte und legte einen Moment lang die Hand vors Gesicht. »Teufelswerk … Sie denken bestimmt, ich bin verrückt, aber das bin ich nicht. Irgend etwas stimmt hier nicht. Es geschehen unerklärliche Dinge. Sie – Sie müssen –« Sie war zutiefst aufgewühlt.

Fielding erhob sich halb. »Hören Sie, Miss Butler –«

Aber sie unterbrach ihn mit einer Handbewegung und sprach

weiter, schneller als zuvor. »Es ist alles in Ordnung. Gott sei Dank bin ich es wirklich nicht. Sie haben ihn ins Krankenhaus gebracht – still und leise. Er hat Augenblicke geistiger Klarheit gehabt, aber nicht viele. Er war eingeschlossen worden, und der Schlüssel lag draußen – sie fanden ihn im Gras. Die ganze Nacht in einer leeren Kathedrale zu sein, ist nicht gerade angenehm. Seit sie ihn weggebracht haben, redet und stammelt und phantasiert er – von einer Grabplatte, die sich bewegt hat, und einem hängenden Mann.«

Kapitel 4
Fangzähne

They were in one of many mouths of Hell
Not seen of seers in visions; only felt
As teeth of traps …
Wilfred Owen

Sie waren in manchem Höllenschlund
Nicht sichtbar für des Sehers Blick; nur spürbar
Als Fangzähne …

Der Salon des Gästehauses war groß, verwohnt, aber gemütlich, gut beleuchtet und nicht mit präraffaelitischen Madonnen dekoriert, sondern mit von Spy stammenden Karikaturen kirchlicher Würdenträger, die längst tot waren und auf die Transfiguration warteten, sowie mit einer Originalradierung von Rowlandson, die in einer Ecke hing. Sie stellte zwei fettleibige Geistliche dar, von denen einer verächtlich einem gleichermaßen verächtlichen Pöbel Brot zuwarf, der andere verstohlen ein dralles und affektiert lächelndes Mädchen mit tiefem Dekolleté umarmte; im Hintergrund stand eine Kathedrale, die unverkennbar die von Tolnbridge war. Ein paar herumliegende Bücher zeugten von einem Geschmack, der dem Weltlichen nicht fern war: Romane von Huxley, Isherwood und Katherine Mansfield; Dramen von Bridie und Congreve; und aus einem anderen, aber nicht minder noblen Genre, Werke von John Dickson Carr, Nicholas Blake, Margery Millingham und Gladys Mitchell. Der Klerus im Schatten einer Kathedrale liest viel und gern – er hat sonst nicht viel zu tun.

Geoffrey und Frances hatten Fielding im »Whale and Coffin« gelassen, damit er auspacken konnte, und saßen nun zusammen, leicht verlegen plaudernd. Jetzt, da sie allein waren, fühlte Geoffrey sich noch mehr zu ihr hingezogen, und sie beruhigte seinen Junggesellenargwohn (den sie vielleicht erahnte), indem sie sich fast schüchtern zurückhaltend gab. Die Abendsonne lag grüngolden auf dem breiten Rasen vor den Verandatüren, glänzte auf den dichten Büscheln roter Rosen und den etwas zerzausten Chrysanthemenblüten. Ein Hauch Verbenenduft wehte von einer Pflanze herein, die sich draußen an der grauen Wand festklammerte.

Wie es aussah, war von Brooks nur wenig Neues bekannt geworden, seit man ihn ins Krankenhaus eingeliefert hatte. Die Art und der Grund seiner geistigen Verwirrtheit waren nach wie vor nicht bekannt, außer vielleicht den Ärzten, die sich um ihn kümmerten, und es waren auch keine Freunde zu ihm gelassen worden. An nahen Angehörigen hatte er nur einen Bruder, mit dem er auf denkbar schlechtem Fuße stand. Besagter Bruder war per Telegramm benachrichtigt worden, aber noch nicht aufgetaucht, und falls ja, war es wirklich zu bezweifeln, ob er für irgendwen eine Hilfe wäre. Mehr wußte Frances nicht.

Fen hatte sich noch immer nicht blicken lassen.

Geoffrey fragte, wer denn beim Abendessen sonst noch dabei sein würde.

»Nun, Daddy kommt herüber«, sagte Frances. »Und dann sind da noch Kanonikus Garbin und Kanonikus Spitshuker und der kleine Dutton natürlich – der zweite Organist. Ach ja, und Sir John Dallow kommt zum Kaffee – anschließend findet eine Art Besprechung statt. Haben Sie schon mal von ihm gehört? Er ist der große Experte in Sachen Hexerei in unserer Gegend.«

Geoffrey schüttelte den Kopf. »Ist Kanonikus Garbin verheiratet?«

»Ja. Warum?«

»In dem Zugabteil, in dem wir auf der Fahrt hierher gesessen haben, war eine Mrs. Garbin. Mit einem jungen Geistlichen.«

»Oh, das könnte July Savernake gewesen sein. Wenn ich's recht überlege, hat er sogar gesagt, er würde heute zurückkommen. Ich schätze, er wird auch beim Abendessen dabei sein.«

»Wie ist er?«

»Was meinen Sie?«

»Nun, was für ein Mensch ist er?«

Sie zögerte. »Tja ... er ist Pfarrer in Maverley, zirka zwanzig Kilometer von hier. Die Stelle hat er fast sofort nach seiner Ordinierung bekommen.« Geoffrey spürte eine bewußte Zurückhaltung hinter der sachlichen Aufzählung von Fakten und fragte sich, was der Grund dafür sein mochte. »Die Hälfte des Jahres kauft er teure Bücher und teuren Wein und spielt den *curé bon viveur*, und die andere Hälfte muß er sparen und spielt den Hungerleider. Ein ziemliches Auf und Ab.« Frances lachte entschuldigend. »Das sagt Ihnen nicht viel, fürchte ich. Aber Sie werden ihn ja kennenlernen.«

Fielding kam herein, und Frances ging, um die letzten Vorbereitungen für das Abendessen zu beaufsichtigen. »Scheußliches kleines Zimmer, das ich da habe«, sagte Fielding traurig, als er sich in einen Sessel fallen ließ, »aber es wird schon gehen. Wie fühlen Sie sich?«

»Ein bißchen wie in einem Alptraum.«

»Das ist es irgendwie auch. Wissen Sie, ich frage mich, ob diese Angriffe auf Sie nicht von vorne bis hinten Schwindel waren – um den Grund für etwas anderes zu verschleiern. Vermutlich den Angriff auf Brooks. Diese ganzen lächerlichen Warnungen! Das mußte Sie ja ins Rampenlicht bringen – und genau darum ging es. Ich vermute, denen war es egal, ob Sie getötet oder bloß verletzt wurden. Wer immer die sind und was immer die im Schilde führen, sie können es sich offenbar leisten, Menschenleben wie Wasser zu vergeuden.«

Geoffrey zündete sich eine Zigarette an und nahm einen Zug, ohne ihn zu genießen. »Das klingt plausibel, aber es könnte noch andere Erklärungen geben.«

»Es gibt nur eine Möglichkeit, das herauszufinden«, sagte Fielding mit Nachdruck, »und zwar, indem wir Stillschweigen darüber bewahren. Wenn wir herumerzählen, daß wir sie durchschaut haben, lassen sie die ganze Sache fallen. Aber wenn sie glauben, daß die Leute drauf reinfallen, versuchen sie vielleicht noch etwas anderes – zum Beispiel Sie erneut umzubringen.«

Geoffrey setzte sich verärgert auf. »Wirklich nett von Ihnen«, stieß er bitter hervor, »mich zu bitten, über eine scheußliche Theorie Stillschweigen zu bewahren, damit irgendwelche Leute sich ermutigt fühlen, mich zu ermorden. Übrigens befinden sich diese Leute zweifellos *hier*. Der Brief war in Tolnbridge abgestempelt, und nur jemand, der mit der Kathedrale zu tun hat, konnte wissen, daß man mich herbestellt hatte ...«

Er brach ab. Draußen näherten sich Schritte, begleitet von zwei im Streitgespräch erhobenen Stimmen, die eine schrill und wortreich, die andere tief und lakonisch. Zwischen den Tropen höflicher Diskussion war eine Spur Schärfe und Unmut herauszuhören.

»... Aber mein lieber Spitshuker, augenscheinlich begreifen Sie nicht, daß Sie, indem Sie den Universalismus vertreten, in Wahrheit die Realität negieren, daß der Mensch frei zwischen Gut und Böse entscheiden kann. Wenn wir *alle ohnehin* in den Himmel kommen, dann hat diese Entscheidung keinerlei Gültigkeit. Das ist so, als würde man sagen, daß ein Gast auf einer Teegesellschaft zwischen Kuchen und Plätzchen wählen kann, obwohl nur Plätzchen serviert werden.«

»Ich glaube kaum, Garbin, daß Sie den wesentlichen Punkt dabei erfaßt haben, wenn ich so sagen darf. Sie akzeptieren doch wohl, daß die Gottheit ein Gott der Liebe ist?«

»Natürlich, natürlich. Aber Sie haben noch nicht erklärt –«

»Nun denn. Wenn dem so ist, muß Sein Ziel die Vollendung aller Wesen Seiner Schöpfung sein. Sie werden zugeben, daß es selbst dem größten Heiligen unmöglich ist, in den siebzig Jahren, die uns zur Verfügung stehen, Vollendung zu erlangen. Ich neige daher zu der Annahme, daß es ein Zwischenstadium geben muß, ein Purgatorium –«

Die Tür schwang auf, und Kanonikus Spitshuker trat in den Raum, dicht gefolgt von Kanonikus Garbin. Kanonikus Spitshuker war ein kleiner, molliger, leicht erregbarer Mann mit schwanenweißem Haar und rosarotem Gesicht. Kanonikus Garbin dagegen war groß, dunkel, mürrisch und normalerweise lakonisch: er ging gesetzt, die großen, knochigen Hände tief in die Jackentaschen gesteckt, während der andere tänzelte und gestikulierte, wie ein Pudel, der einen Bernhardiner begleitet. Zwei Kanoniker wie sie an derselben Kathedrale zu haben war nicht gerade ein Glücksfall, da Kanonikus Spitshuker seit langem überzeugter Traktarianer war, Kanonikus Garbin hingegen der Low Church anhing; ständig stritten sie sich ausgiebig über Themen der Lehre und der Liturgie, ohne je zu einer Einigung zu kommen. Anders als bei parallelen Geraden war es bei ihnen unvorstellbar, daß ihre Standpunkte sich je treffen würden, nicht mal in der Unendlichkeit.

Die unerwartete Anwesenheit von Geoffrey und Fielding stoppte Kanonikus Spitshukers Redefluß schlagartig. Er stotterte einen Moment lang wie ein defekter Motor, fing sich dann wieder, stürmte nach vorn und drückte Geoffrey kräftig die Hand.

»Guten Tag«, sagte er. »Mein Name ist Spitshuker, und das« – er deutete auf den anderen, der die Szene mit leichtem, aber eindeutigem Widerwillen beobachtete – »ist mein Kollege Dr. Garbin.«

Garbin verbeugte sich kaum merklich, und ein unsicheres und spöttisches Lächeln huschte über sein Gesicht. Geoffrey stellte sich und Fielding leise vor.

»Henry Fielding?« Kanonikus Spitshuker schnalzte erfreut mit der Zunge. »Doch nicht«, fügte er hinzu, »der Autor von *Tom* –«

»Nein«, sagte Fielding ziemlich kurz angebunden. Kanonikus Spitshuker schien ein wenig verlegen.

»Und Sie« – er hielt kurz inne, offenbar um in sich zu gehen, ob sich die Frage geziemte – »wohnen hier?«

Geoffrey erläuterte die Situation, wobei Kanonikus Spitshuker die ganze Zeit unnötigerweise heftig nickte. Kanonikus

Garbin schlich durch den Raum und brachte seine langen Gliedmaßen vorsichtig in einem Sessel unter.

»Sie erinnern sich doch bestimmt, Spitshuker«, sagte er. »Professor Fen hat Mr. Vintner erwähnt, als die Sache mit dem armen Brooks passiert ist, und Butler hat ihn gebeten, sich mit ihm in Verbindung zu setzen.« Er machte eine lange Pause, fügte dann, gerade noch rechtzeitig Spitshukers nächstem Ausbruch zuvorkommend, hinzu: »Wir sind sehr froh, Sie zu sehen. Wirklich sehr froh. Sie werden uns eine große Hilfe sein.«

»Eine große Hilfe«, wiederholte Spitshuker im Wechselgesang.

»Ich hatte schon Sorge«, sagte Geoffrey, »da ich Fen kenne, daß er mich sozusagen inoffiziell hergeholt hat.«

»Ich nehme an, Sie haben gehört, was mit Brooks passiert ist?« fragte Spitshuker. »Der arme, arme Kerl. Eine schreckliche und mysteriöse Geschichte. Hoffen wir, daß Ihnen nichts dergleichen passiert.«

»Aber das ist es bereits«, wollte Geoffrey schon erwidern, doch im letzten Moment überlegte er es sich anders und hielt sich zurück. »Sie wissen nicht zufällig, wo Fen ist?«

»Ich habe nicht die geringste Ahnung. War er denn nicht hier, um Sie zu begrüßen? Nicht nett, gar nicht nett. Aber ich habe ihn seit seiner Ankunft kaum zu Gesicht bekommen – ich komme nur sehr selten hierher. Die Wohnarrangements hier sind ungewöhnlich. Keine Klöster – die Präbendarhäuser sind im ganzen Ort verteilt. Es gibt natürlich eine Dechanei und eine Art Bischofspalais, aber der Bischof hält sich nicht sehr oft dort auf. Sehr ungemütlich – man kann ihn verstehen. Dieses Haus«, sagte Spitshuker munter, »wird als eine Art Abstellkammer für kleinere Kanoniker und den zweiten Organisten und alle Mitarbeiter der Diözese genutzt, die nur ein oder zwei Nächte unterkommen müssen. Ich weiß wirklich nicht, warum Fen nicht in der Dechanei wohnt – und das gilt auch für Sie. Eine Schande. Trotzdem wird es Ihnen hier an nichts fehlen. Frances – ich meine, Miss Butler – ist eine vortreffliche Haushälterin. Ich würde Ihnen ja anbieten, bei mir zu wohnen, aber meine Haushälterin ist zur Zeit erkrankt, und Gäste ins Haus zu holen, so angenehm sie auch sind, wäre eine zu große Belastung.« Er hielt inne, um Atem zu holen, während Geoffrey Laute von sich gab, die zugleich Mißbilligung, Höflichkeit, Dankbarkeit, absolutes Verständnis, Mitgefühl und traurige Überraschung zum Ausdruck brachten.

»Ich denke, mit dem Chor werden Sie sehr zufrieden sein«, fuhr Spitshuker unaufhaltsam fort, »und die Orgel ist, wie ich höre, ganz ausgezeichnet.« Er machte seine Gedankensprünge so schnell, wie ein Stellwärter Weichen umstellt. »Der Praecentor hat einen Schwager, der, soweit ich weiß, zur Zeit bei ihm zu Besuch ist, und er will ihn heute abend mitbringen. Die arme Frances wird also noch jemanden verköstigen müssen, fürchte ich.« Er kicherte. »Aber sie kann ja aus dem Nichts ein Festessen zaubern – eine überaus tüchtige Person. Der Schwager des Praecentors ist Psychoanalytiker, soviel ich weiß«, sprach er, ohne Atem zu holen, weiter. »Interessant – außerordentlich interessant. Wir werden sehen, was wir tun können, um seine säkulare Deutung der Funktionsweisen des menschlichen Verstandes in Frage zu stellen.«

Garbin, der während dieses Monologs ostentativ ein Buch in die Hand genommen und aufgeschlagen hatte, blickte nun auf. »Seien Sie nicht albern, Spitshuker«, donnerte er mit markerschütternder Heftigkeit. »Peace ist rein privat hier, nicht, um sich in amateurhafte Diskussionen über ernste Themen verwikkeln zu lassen. Meine Frau scheint übrigens heute nachmittag zusammen mit ihm im Zug aus London gereist zu sein.«

»Dann ist Mrs. Garbin also wieder zurück?« sagte Spitshuker. »Ist Savernake nicht mit ihr zusammen gekommen?«

Garbin nickte düster. »Der junge Mann«, sagte er, »verbringt einfach zuviel Zeit außerhalb seiner Gemeinde. Mir ist zwar klar, daß man heutzutage von einem Gemeindepfarrer kaum noch erwarten kann, daß er mehr tut als lediglich den Gottesdienst zu leiten, aber Savernake vernachlässigt die Interessen seiner Gemeindemitglieder über Gebühr. Ich glaube, Butler hat sich bereits beim Bischof über ihn beschwert.«

»Wollen Sie etwa damit sagen«, zwitscherte Spitshuker aufgeregt, »daß Butler Savernake loswerden will? Ihn in eine andere Diözese versetzen, meine ich? Ich weiß, daß er ihn noch nie leiden konnte, aber – na ja –«

»Ich persönlich bin mit dem Praecentor da völlig einer Meinung«, stellte Garbin dogmatisch fest. »Obwohl ich doch finde, daß eine disziplinarische Rüge ausreichen würde.«

»Um noch einmal auf Brooks zurückzukommen«, warf Geoffrey ein, »kann sich einer von Ihnen erklären, was mit ihm passiert ist?«

»Es sind etliche Möglichkeiten vorstellbar«, sagte Garbin langsam, »aber ich halte es für besser, sie zum gegenwärtigen Zeitpunkt nicht zu erörtern.«

»Ich habe nur deshalb gefragt, weil mir scheint, daß die hiesigen Ereignisse mich in gewisser Weise betreffen. Heute hat es zwei Angriffe auf mein Leben gegeben.«

Eisige Stille senkte sich urplötzlich über die kleine Gruppe. Eine Ewigkeit lang sagte niemand etwas. Dann keuchte Kanonikus Spitshuker leicht auf und sagte:

»Mein lieber Freund –«

Ihm fehlten die Worte. Wieder trat Stille ein. Geoffrey sagte:

»Wissen Sie, ich habe gehört, was mit Brooks passiert ist. Und ich bin der Ansicht, daß falsche Zurückhaltung jetzt unangebracht ist. Natürlich weiß ich nichts über Ihre Angelegenheiten hier, und unter normalen Umständen würde ich auch nichts darüber wissen wollen. Aber es liegt auf der Hand, daß mein Besuch hier der Grund für die Angriffe auf mich war, und wir – oder die Polizei – müssen der Sache früher oder später auf den Grund gehen.«

Garbin blickte auf. Er trommelte mit den Fingern auf der

Armlehne seines Sessels und schien seine Worte sorgfältig abzuwägen. »Sie – oder die Polizei«, sagte er schließlich, »werden feststellen, daß sich diese Untersuchung äußerst schwierig gestaltet. Gerade die Kirche ist besonders streng auf ihren Ruf bedacht. Selbstverständlich passieren gewisse Dinge. Und wenn sie passieren, wird Stillschweigen darüber bewahrt – sogar sehr striktes Stillschweigen. Ich rede jetzt nicht von – ernsten Verfehlungen. Bloß von Kleinigkeiten, die in den Augen der Öffentlichkeit vielleicht verwerflicher sind.« Er hielt inne, rang mit irgendeiner dunklen emotionalen Belastung. »Sie wissen, daß Brooks wahnsinnig ist – durch und durch wahnsinnig und nur vor sich hin deliriert. Ich hoffe und bete inständig, daß niemand von uns dafür verantwortlich ist. Ich denke« – er lächelte gequält – »daß selbst Spitshuker meine Ansicht teilt, daß auf denjenigen, der das getan hat, die Hölle wartet.

Denn irgendein menschliches Wesen ist dafür verantwortlich, Mr. Vintner. Irgendwer hat Brooks, als er bewußtlos war, eine hohe Dosis einer Droge verabreicht – die Einzelheiten sind mir nicht bekannt –, jedenfalls fast genug, um ihn zu töten, und durchaus genug, um ihm den Verstand zu rauben, um aus ihm für den geringen Rest an Lebenszeit, die Gott ihm noch schenken mag, einen hilflosen Irren zu machen. Was glauben Sie, war es pures Teufelswerk – oder ein Fehler? Sollte er getötet werden und hat man ihn für tot gehalten und einfach liegen gelassen?

Brooks wußte irgend etwas, Mr. Vintner. Irgend etwas, das mit der Kathedrale zu tun hat und das er nicht weitererzählen durfte. In seinem Delirium hat er oft nach der Polizei gerufen, hat sich nach Kräften bemüht, zusammenhängend zu sprechen, aber ohne Erfolg. Ständig ist ein Polizeibeamter an seinem Bett, um jedes Wort aufzuschreiben, das er sagt.«

Garbin stand ruckartig aus seinem Sessel auf, schob die langen, knochigen Hände in die Taschen und ging zum Fenster. Er drehte sich um und sah die anderen drei an, bevor er weitersprach.

»Was hat er gesehen, als er allein in der Kathedrale war? Was hat er dort entdeckt, das sonst niemand entdeckt hat?«

Das Abendessen war vorüber. In geselliger Hinsicht war es kein Erfolg gewesen. Die Ereignisse der letzten zwei Tage bedrückten die Anwesenden so sehr, daß die Unterhaltung schleppend, halbherzig verlief, stets darauf bedacht, das auszuklammern, was alle in Gedanken beschäftigte. Selbst auf den sonst jovialen Peace, der vom Haus des Praecentors zum Essen herübergekommen war, schien sich die Stimmung auszuwirken, denn er sank nach einleitendem Geplauder in ein Schweigen, aus dem er nur gelegentlich auftauchte, um verschreckt etwas zu erwidern, wenn er angesprochen wurde. Frances hielt das Gespräch noch gerade so in Gang, daß weder offene Verlegenheit noch Unbehagen aufkam.

Der Praecentor war nicht erschienen, daher waren sie zu acht am Tisch – Frances, Garbin, Spitshuker, der junge Geistliche Savernake, den sie im Zug getroffen hatten, Geoffrey, Fielding, Peace und der zweite Organist Dutton, ein auffallend schüchterner junger Mann mit einem breiten weißen Gesicht, das mit orangefarbenen Sommersprossen übersät war, und einem blaßbräunlichen Haarschopf, durch den er sich ständig mit den dicklichen Fingern fuhr. Nach dem Essen sollte eine Art inoffizielle Besprechung der Kathedralenbediensteten stattfinden (ohne den Dechanten, der normalerweise die Besprechung geleitet hätte, aber verhindert war) – anscheinend um die Auswirkungen der Brooks-Geschichte zu erörtern, obwohl das nicht ausdrücklich gesagt wurde. Der Praecentor, Frances' Vater, auf den Geoffrey neugierig war, wollte zu der Besprechung kommen, ebenso wie der Kanzler Sir John Dallow. Geoffrey erinnerte sich plötzlich an die Geschichte mit Josephine, die das Manuskript des Praecentors verbrannt hatte, und fragte sich, warum das Mädchen nicht auch da war. Als er sich beiläufig bei Frances erkundigte, erfuhr er, daß Josephine nach Hause gegangen sei.

Geoffrey saß neben Savernake, aber die Bekanntschaft machte wenig Fortschritte. Nach einem überraschten Wiedererkennen, als man ihm Geoffrey vorstellte, verhielt sich der junge Geistliche wortkarg und nervös. Geoffrey, der es schließlich wagte, die Situation unverblümt anzusprechen, sagte:

»Die Polizei hat die Kathedrale doch sicherlich gründlich durchsucht, nicht wahr?«

Savernake nickte. »Gründlich – sogar sehr gründlich.« Er sprach übertrieben gedehnt, was häufig fälschlicherweise für den Oxford-Akzent gehalten wird. »Aber natürlich hat es nichts gebracht. Niemand wird das finden, was es dort zu finden gibt – wenn er nicht allein dort bleibt, wie Brooks.«

»Und dann –?« Geoffrey ließ den Rest der Frage unausgesprochen. Doch Savernake zuckte nur mit den Achseln, ließ beunruhigend die Gelenke seiner langen, dünnen Finger knacken und lächelte.

Garbin und Spitshuker führten ein kontroverses Zwiegespräch über irgendeine obskure theologische Frage, das bis nach dem Essen dauerte. Peace, Frances (von der Geoffrey bedauerlicherweise weit entfernt saß) und Fielding diskutierten über ein aktuelles Theaterstück in London. Dutton schwieg die meiste Zeit, warf ab und an verzweifelte Bemerkungen in irgendeine Unterhaltung, die an sein Ohr drang. Wahrlich kein anregendes Abendessen.

Der Kaffee wurde im Salon serviert. Als sie eintraten, Garbin und Spitshuker noch immer halblaut disputierend, erhob sich ein kleiner, unglaublich dünner alter Mann mit einer spitzen Nase, kleinen Knopfaugen, die den Blick anderer immer nur ganz kurz erwiderten, und einem Kranz spärlicher, strähniger weißer Haare – Sir John Dallow, Kanzler der Kathedrale. Wenn er redete, sprach er abwechselnd mal schnell, mal schleppend. In seinem Auftreten ähnelte er Spitshuker einerseits und andererseits auch wieder nicht. Er hatte die gleiche unaufhörliche Gestik, die gleiche Unruhe und das übertriebene Posieren. Doch während das alles bei Spitshuker Ausdruck von Energie war, schien es bei Dallow eher auf neurotische Nervosität hinzudeuten. Als Geoffrey die beiden Männer betrachtete, fiel ihm kein besserer Vergleich ein als der, daß Dallow ein Winkel und Spitshuker eine Kurve war; und das, so dachte er amüsiert, lag nicht nur an ihrer unterschiedlichen Körperfülle, sondern auch an allem anderen.

Dallow stand mit bewußter Affektiertheit auf, als sie hereinkamen, wischte sich mit der Rückseite der Finger ein unsichtbares Staubkörnchen vom Revers. Er trug keinerlei klerikale Kleidung – nur einen höchst eleganten Straßenanzug und eine leicht irritierende rote Krawatte. Er stürzte auf Frances zu, um sie zu begrüßen, als sie vor den anderen den Raum betrat, ergriff ihre Hand und hielt sie lange, als wollte er den galanten Herrn spielen.

»Meine liebe Frances«, legte er los, »Sie werden mir doch gewiß verzeihen, daß ich mir die Zwanglosigkeit erlaubt habe, einfach ins Haus zu gehen und es mir bequem zu machen.« Er hatte die beunruhigende Eigenart, seinem Gegenüber mit dem Gesicht ganz nah zu kommen. »Ich war ein wenig zu früh hier, und ich hatte Be-den-ken« – er zog das letzte Wort in die Länge und redete dann schnell weiter – »Sie … beim Essen … zu *stören.*« Seine kleinen Augen huschten über die anderen, die hereingekommen waren. »Garbin, Spitshuker, Dutton – und wie geht es Ihnen, mein Guter? Und …?« Er sah Peace, Geoffrey und Fielding an, die ihm vorgestellt wurden. »Sehr erfreut«, murmelte Dallow. »Sehr erfreut.« Er führte Frances mit vogelartigen Bewegungen zu einem Sessel und nahm neben ihr Platz.

»Butler ist noch nicht da?« fragte er in den Raum hinein. »Ich hoffe – ich hoffe wirklich –, daß er pünktlich zur Besprechung erscheint. Die Angelegenheit ist äußerst dringlich – so schrecklich dringlich.« Mit einer jähen Bewegung suchte er in seinen Taschen und holte schließlich einen großen Schlüssel hervor. »Ich war im Krankenhaus«, sagte er, den Schlüssel hochhaltend, »und die Polizei hat mich gebeten, den hier … zurückzugeben.« Er legte ihn behutsam auf einen Tisch neben sich.

Einen Moment lang trat Stille ein. Dann sagte Frances:

»Ist das –?«

Dallow nickte und verzog das Gesicht. »Genau. Der Schlüssel zur Kathedrale – genauer gesagt, der Schlüssel für die Tür im nördlichen Querschiff. Der Schlüssel, der normalerweise« – er betonte das Wort – »im Eingang dieses Hauses hängt, zur freien Verfügung für die hier Wohnenden.«

»Mein lieber Dallow«, zwitscherte Spitshuker plötzlich ganz aufgeregt, »wollen Sie damit sagen, daß das – *das* – der Schlüssel ist, den Brooks –« Seine Stimme verlor sich.

Dallow nickte. »Ganz genau.« Er blickte Frances an. »Wußten Sie, daß er nicht da war?«

»Ich? Ich hatte keine Ahnung. Ich brauche ihn nie. Und Sie, Mr. Dutton?«

Der zweite Organist trat von einem Bein aufs andere. »Ich gehe zur Zeit nicht in die Kathedrale. Anweisung meines Arztes. Vielleicht einer von den anderen beiden –?«

»Aber die sind seit drei Tagen weg. *Niemand* hatte Gelegenheit zu bemerken, daß der Schlüssel verschwunden war. Außerdem hätte jeder ihn sich einfach nehmen können.«

»Genau das habe ich der Polizei auch gesagt«, sagte Dallow. »Die eingeritzten Buchstaben ›GH‹ sagen eindeutig, woher er stammt. Es ist möglich, daß die Polizei noch Fragen dazu hat. Fürs erste brauchen sie ihn nicht mehr und haben mich gebeten, ihn zurückzubringen. Keine Fingerabdrücke, nehme ich an.«

»Eins verstehe ich nicht«, sagte Garbin, »warum ist Brooks denn nicht mit seinem eigenen Schlüssel in die Kathedrale gegangen. Er hat doch einen, seit wir befugt sind, die Kathedrale abends um sieben abzuschließen.«

Dallow beugte sich vor. »Mein *li-ieber* Garbin. Sie liegen völlig falsch. Brooks *hat* seinen Schlüssel benutzt. Aber wer auch immer mit ihm zusammen in der Kathedrale war – hat *den* hier benutzt.« Er klopfte langsam darauf. »Brooks' Schlüssel wurde bei ihm gefunden. Dieser hier wurde, wie Sie wissen, im Gras vor dem nördlichen Querschiff gefunden.«

Fielding blickte auf. »Das ist sonderbar.«

»Sehr sonderbar, Mr. Fielding. Warum, so muß man sich fragen, hat der Eindringling den Schlüssel nicht hierher zurückgebracht, als er die Tür hinter sich abgeschlossen hatte?«

»Ha, aber daran hat unser Eindringling nicht gedacht. Und Sie dürfen nicht vergessen, daß er Brooks aller Wahrscheinlichkeit nach für tot gehalten hat.«

»Noch weniger Grund, die Tür abzuschließen«, sagte Dutton, der sich mühsam in die Unterhaltung einmischte. Alle starrten ihn mit der einmütigen Verblüffung an, die schüchterne Menschen einfach immer von Natur aus auf sich zu ziehen scheinen. Man hätte annehmen können, daß ihm jeden Augenblick eine weiße Maus aus dem Mund hüpfen würde.

»Aber es gab einen Grund, natürlich«, quiekste Spitshuker aufgeregt. »Und zwar – angenommen, unser Eindringling wollte, daß seine Tat so lange wie möglich unentdeckt blieb. Die Polizei überprüft alle Türen der Kathedrale mindestens dreimal im Laufe der Nacht. Wenn eine von ihnen offen gewesen wäre, hätten sie natürlich gleich nach dem Rechten gesehen. Schließlich ist es um so schwieriger, den genauen Todeszeitpunkt festzustellen, je länger eine Leiche unentdeckt bleibt, und das macht es auch schwieriger, Alibis zu überprüfen.« Anscheinend hatte er das Gefühl, zu gründliche Kenntnisse der Kriminologie an den Tag gelegt zu haben, denn er fügte hinzu: »Das habe ich zumindest mal irgendwo gehört.«

»Richtig – vollkommen richtig, mein *li-ieber* Spitshuker«, sagte Dallow, freundlich bestätigend.

»Aber das erklärt immer noch nicht, warum der Schlüssel weggeworfen und nicht zurückgebracht wurde«, warf Peace ein.

»Ich glaube, das kann ich erklären«, erwiderte Frances düster. »Jeden Abend um Punkt zehn wird die Tür dieses Hauses abgeschlossen. Danach können nur die vier von uns, die einen Schlüssel haben – Notewind und Filts, die zwei stellvertretenden Kanoniker, die hier wohnen, Dutton und ich – ins Haus. Ihr Täter würde wohl kaum einen Einbruch ins Haus riskieren, nur um einen Schlüssel zurückzubringen.«

»Und das bedeutet« – Garbins tiefe Stimme ließ sie fast zusammenfahren – »daß diese vier soweit von jedem Verdacht befreit sind.«

Frances zuckte gleichgültig die Achseln. »Wenn wir keinen Unfug geredet haben – was wir wahrscheinlich haben –, trifft das wohl zu.«

»Das erscheint mir äußerst wichtig«, sagte Geoffrey, »denn nach dem, was ich bislang gehört habe, sieht es so aus, als könnte die Tat zu jedem Zeitpunkt begangen worden sein. Wann war übrigens die Chorprobe zu Ende?«

»Sie muß um spätestens Viertel vor neun zu Ende sein«, sagte Spitshuker, »weil die Jungs um neun zu Hause sein müssen. Und wenn ich mich recht erinnere, hat einer von den südseitigen Altisten, der als letzter gegangen ist, gesagt, er sei um zehn nach zu Hause gewesen. Brooks hat lediglich zu ihm gesagt, er wolle ein wenig üben – was er vermutlich auch getan hat. Aber er wurde nicht in der Nähe der Orgel gefunden.« Spitshuker wandte sich an den Kanzler. »Wie geht es ihm übrigens?«

»Er ist tot.«

Eine neue Stimme hatte gesprochen. Gleichzeitig wandten sich alle zur Tür. Der Praecentor Dr. Butler stand da und blickte sie mit den kältesten Augen an, die Geoffrey je bei einem Menschen gesehen hatte. Er war von hünenhafter Statur und Größe, und sein Haar hatte die Farbe von schmutzigem Eis. Sein Gesicht, in dem die Knochen deutlich hervortraten, war dunkel gebräunt. Er war um die Fünfzig, vorzeitig ergraut.

Frances sprang auf. »Daddy ...«

Der Praecentor ging auf Geoffrey zu. »Mr. Vintner? Sehr freundlich, daß Sie gekommen sind.« Er wandte sich wieder an die übrigen. »Ja, Brooks ist tot. Vor etwa drei Stunden war er wieder bei Verstand.«

»Bei Verstand!«

»Ja. Er erwachte aus einem langen und gnädigen Schlaf und verlangte mit völlig klaren Worten, die Polizei zu sprechen. Natürlich war sogleich ein Beamter bei ihm am Bett, doch er war offenbar so erschöpft, daß er nur ein paar unverständliche Worte herausbrachte, bevor er wieder einschlief. Kurz darauf war es Zeit für seine Medizin – eine Lösung aus Koffein, soviel ich weiß. Eine Krankenschwester hatte sie im Arzneiraum vorbereitet und wollte sie, zusammen mit irgendwelchen Utensilien, auf einem Rollwagen zu ihm bringen. Die törichte Frau ließ den Wagen dann in der Eingangshalle des Krankenhauses stehen, weil sie zu einem anderen Patienten gerufen wurde. Die Eingangshalle ist unbeobachtet, und dort herrscht ein ständiges Kommen und Gehen.«

Er hielt inne, und wieder blickten die kalten Augen in die Runde. Seine Selbstbeherrschung war fast unerträglich.

»Sie kam zurück«, fuhr er fort, »und brachte ihm die Medizin. Es war kriminelle Fahrlässigkeit, das Glas so unbeaufsichtigt stehen zu lassen, oder? Sie weckten ihn, und im Beisein von zwei Krankenschwestern und einem Polizeibeamten trank er die Koffeinlösung zusammen mit einer tödlichen Menge Atropin. Zehn Minuten später – vor gut zwei Stunden – starb er unter schrecklichen Qualen.« Butler hielt erneut inne und ließ den Blick wieder durch den Raum wandern. »Und das Absurdeste dabei ist, daß sie dachten, er würde nur wieder ins Delirium fallen. Bevor sie merkten, daß etwas nicht stimmte, hielten sie ihn fünf Minuten lang fest, so daß das Gift in Ruhe wirken konnte.«

Es herrschte Totenstille. Niemand bewegte auch nur einen Muskel.

»Und nun, Gentlemen«, sagte der Praecentor ohne irgendeine Emotion in der Stimme, »werden wir mit unserer Besprechung beginnen.«

Kapitel 5
Mutmaßungen

Here's a wild fellow.
William Shakespeare

Fürwahr, ein wilder Geselle.

Geoffrey bestellte noch ein Bier und betrachtete die Sache allmählich in einem rosigeren Licht. Er gelang ihm sogar, sich vorübergehend aus trübsinniger Grübelei zu befreien, und schaute sich um. Die Bar des »Whale and Coffin« war überfüllt – überfüllt mit Menschen, die keine Ahnung davon hatten, so sinnierte er, was er und die anderen vor knapp einer halben Stunde im Salon des Gästehauses erfahren hatten. Sie plauderten mit stoischer Resignation über den Fortgang des Krieges, die Qualität des Biers und die kleineren Unannehmlichkeiten, die damit einhergingen, am Leben zu sein. Sie tranken, wenn nicht mit Genuß, so doch zumindest mit dem Anschein von Vergnügen – die meisten von ihnen Männer, obgleich in einer Ecke eine mollige, gutgekleidete, stark geschminkte Frau mittleren Alters saß und geduldig, damenhaft an einem Glas ölig aussehendem Stout nippte, während in einer anderen Ecke eine blasse, anämische, unscheinbare junge Frau schweigsam in Gesellschaft eines ebenfalls blassen, anämischen, unscheinbaren jungen Mannes trank. Es herrschte keine ausgelassene, lärmende Stimmung, aber zumindest Frieden.

Der Anschein von Frieden, dachte Geoffrey. Was ist Frieden? Ein Eis am Stiel in der Sonne? In Tolnbridge herrschte gewiß kein Frieden, keine heitere Gelassenheit. Unter dem ruhigen Alltag in der Kathedralenstadt lauerten Mächte, die wuchtig und verheerend an die Oberfläche drängten. Hinter der vertrauten Maske einiger dieser Leute lagen womöglich Haß und Mord. Den Wirt hatte Geoffrey seit seinem ersten Besuch nicht mehr gesehen, was ihn sowohl ärgerte als auch erleichterte: Ersteres, weil er mit dem Entschluß hergekommen war, den Mann rundheraus um eine Erklärung für sein seltsames Verhalten zu bitten, und letzteres, weil er der Begegnung nicht gerade mit Zuversicht entgegensah. Die Segnungen aufgezwungenen Aufschubs! Zu seiner Linken erzählte ein Soldat ohne Unterlaß von einem kleineren Mißgeschick des Armeelebens.

»... er sitzt also vorne im Laster, ja, und der ganze Hügel ist mit verdammten Schlaglöchern durchsiebt, und er hüpft auf und ab wie eine verdammte Marionette, ja ...«

Die Stimme verblaßte zu einem Gemurmel im Hintergrund. Ein großer, stämmiger Mann kam herein und drängte sich zur Theke durch. Allem Anschein nach war er ein Mensch, der einen gewissen Einfluß genoß, denn die Unterhaltung stockte, als er kam, und die Gäste betrachteten ihn mit Neugier und Interesse, als erwarteten sie von ihm eine weise Äußerung. Doch er bestellte nur ein Bitter und eine Packung Players, und das allgemeine Gespräch wurde wieder aufgenommen.

»... er also in dem Laster, ja, der verdammte Hügel völlig durchlöchert, und die Granaten hinten tanzen wie Erbsen im Topf ...«

Kultivierte Menschen, dachte Geoffrey, reagieren seltsam auf die Nachricht eines gewaltsamen Todes. Niemand hatte geschrien oder mit erschrecktem Zischen nach Luft geschnappt; es war auch nur sehr wenig gesagt worden, und die Gesellschaft hatte sich gleich darauf aufgelöst, damit die Geistlichen ihre Besprechung anfangen konnten. Frances hatte die Einladung, noch etwas zu trinken, abgelehnt und war mit einem Buch auf ihr Zimmer gegangen; Fielding hatte ganz typisch auf die Nähe zum Meer reagiert, indem er die Absicht verlauten ließ, ein bißchen am Strand in den Felsen herumzustöbern; Dutton war ins Bett gegangen, und Peace war verschwunden, niemand wußte, wohin. Es ärgerte Geoffrey noch immer, daß keiner von den Leuten so wie er das Bedürfnis nach Alkohol verspürt hatte; er fühlte sich moralisch schwach. Zwar hatte er der Versuchung zehn Minuten lang widerstanden, als er einen flüchtigen und wenig anregenden Erkundungsgang durch den Garten unternommen hatte, doch am Ende hatte sie gesiegt – die Versuchung und der dringende Wunsch, so schob er hastig, aber ohne Überzeugung beschönigend nach, noch einmal mit dem Wirt vom »Whale and Coffin« zu sprechen. Der war jedoch ganz offensichtlich nicht da oder hielt sich in einer anderen Ecke des Lokals auf.

Der Abend war warm und konstruktiven Gedanken nicht förderlich; die Gäste schlugen wirkungslos nach den Fliegen, die ihnen an der Nase vorbeisegelten. Außerdem gab es nicht genügend Anhaltspunkte, um die Ereignisse einer gründlichen Untersuchung zu unterziehen. Geoffrey dachte zuerst an seine Fuge, und dann, als ihn das langweilte, was Künstlern mit ihren Werken häufig widerfährt, schob er sie in Gedanken beiseite und dachte statt dessen an Frances. Das Bier machte ihn langsam gefühlsduselig. »Intellekt« trat beiseite und setzte ihn von diesem Umstand in Kenntnis. Er achtete nicht darauf, gab sich dem Luxus hin und unterstützte seine Stimmung mit noch mehr Bier. Mit Hilfe von Vergleichen kategorisierte er die Reize seiner Liebsten, seiner wahren Liebe, seiner Herzallerliebsten. »Herzallerliebste«, bezauberndes Wort, sagte »Intellekt«, in dem vergeblichen Versuch, ihn in eine Diskussion über den Verfall von Sprache zu verwickeln: Ein Jammer, daß es nicht mehr gebräuchlich ist. Lippen wie – wie was? Rubin? Kirschen? Nein, nein; banal, abgedroschen. Dergleichen, sagte »Intellekt«, noch immer bemüht, das Blatt zu wenden, ist mit der Literatur in der Zeit Jakobs I. untergegangen. *Von Sonn*, zitierte »Intellekt«, *ist nichts in meines Liebchens Blicken; Wenn Schnee weiß, ist ihr Busen graulich gar; Weit röter glüht Rubin als ihre Lippen; Wenn Haar Draht ist, hat sie schwarzdrahtnes Haar* … »Gefühl« konterte ungehalten mit *Soll ich dich einem Sommertag vergleichen?*, doch da es nicht genau wußte, wie das Gedicht weiterging, fiel es notgedrungen in gereiztes Gemurmel.

Der Sieg von »Intellekt« war jedoch nur von kurzer Dauer. Was, dachte Geoffrey, wenn ich sie bitten würde, meine Frau zu werden? »Junggesellentum«, zufrieden in einer bisher unangreifbaren Zitadelle, schreckte auf und lugte nervös hinter seiner Festung hervor. Unbehagen, flüsterte es beschwörend: Unannehmlichkeiten. All deine kleinen Bequemlichkeiten, deine sorgsamen Arrangements für deinen Seelenfrieden würden über Bord gehen, wenn du heiratest. Frauen habe für so etwas nichts übrig, und falls sie doch nichts dagegen hätte, warum sie überhaupt heiraten? Wozu brauchst du einen Spiegel für deine eigenen Launen, um deinem Gesicht zu schmeicheln? Sinnlos und dumm. Du bist besser dran, wenn du bleibst, wie du bist. Auch deine Arbeit – eine Ehefrau würde genau dann darauf bestehen, mit dir auszugehen, wenn du dich gerade mit einer besonders guten Idee abmühst. Und was würde aus deinem Violinkonzert, wenn ein Baby im Haus herumbrüllt? Du bist Künstler. Künstler sollten nicht heiraten. Ein kleiner wohltuender Flirt vielleicht, aber nicht mehr.

Angesichts dieser unbestreitbar vernünftigen Einwände konnte »Gefühl« nur düster, aber hartnäckig murmeln: Ich liebe sie. Und daraufhin brach in der Zitadelle eine wahre Panik aus. Fenster wurden zugeknallt, die Fallgitter geschlossen, die Zugbrücke hochgezogen …

»Haben Sie vielleicht Feuer für mich?«

Schlagartig wurde sich Geoffrey wieder seiner Umgebung bewußt. Der große Mann, der kurz zuvor hereingekommen war, schwenkte fragend eine unangezündete Zigarette.

»Seit Norwegen«, sagte der Mann, »kriegt man kaum noch Streichhölzer.«

Das war eine unbestreitbare Tatsache, die keines Kommentars bedurfte. Geoffrey holte ein Feuerzeug hervor und drehte mit dem Daumen vehement an dem Rädchen. Beim zwölften Versuch lächelte der Mann ein wenig traurig. »Vertrackte Dinger«, sagte er.

»Ich habe es heute morgen aufgefüllt und wahrscheinlich zuviel des Guten getan.« Geoffrey schüttelte das Feuerzeug, und ein Schwall Flüssigkeit schwappte zu Boden. »Ich versuch's noch einmal.«

Die Flamme, die hervorschoß, hätte ihm fast das Gesicht weggebrannt. Und in dem Augenblick, als der große Mann zögerlich mit seiner Zigarette näher kam, geschah noch etwas anderes.

Von der Bar gingen drei Türen ab, die in kleine abgeschiedene Räume führten, wo kleinere Gruppen relativ ungestört trinken konnten. Plötzlich drangen aus einem der Räume beunruhigende Geräusche – fürchterliches Krachen, umstürzende Möbel, Flüche, Stöhnen und der Klang von schnellen Bewegungen und schwerem Atmen; dann wieder Krachen. Die Leute in der Bar lauschten und glotzten verblüfft. Dann schritt der Mann, der Geoffrey um Feuer gebeten hatte, mit gewichtiger Miene zur Tür und stieß sie schwungvoll auf. Geoffrey folgte ihm. Die anderen drängten hinterdrein.

Zunächst war nicht mehr zu sehen als ein kleiner Raum, in dem die Möbel etwas durcheinander waren. Aus einer Ecke jedoch waren Geräusche von hektischer Aktivität zu hören, und jemand fluchte in mehreren Sprachen. Geoffrey und der große Mann gingen hinein. Die Menge hinter ihnen verharrte glotzäugig in ehrfürchtiger Erwartung.

Es war jedoch nicht die erwartete Rauferei im Gange. In einer Ecke kniete ein langer, schlaksiger Mann. Er hielt ein großes Glas Whisky in einer Hand und in der anderen einen Spazierstock, mit dem er nach einem kleinen, beweglichen Etwas stach, das über dem Boden schwebte. Wie sich sogleich herausstellte, handelte es sich dabei um eine gewöhnliche Stubenfliege, die gekonnt und mit sichtlichem Vergnügen den Angriffen auswich. Wie lange das Geschehen so weitergegangen wäre, ist unmöglich zu sagen. Doch die Fliege, des Amüsements überdrüssig, flog auf und machte Anstalten, sich zu verabschieden.

Ihr Angreifer, den dieses unerwartete Manöver offensichtlich erzürnte, schüttete den Inhalt seines Glases in ihre Richtung und verfehlte sein Ziel. Die Fliege sauste auf seine Nase zu, stieß dagegen und machte kehrt, bevor sie mit einem selbst für phantasielose Menschen eindeutig als solchen wahrnehmbaren Freudenschrei durchs Fenster das Weite suchte.

Der Mann erhob sich in aller Seelenruhe und klopfte sich auf übliche Art und Weise den Staub von den Knien. Dunkles Haar, wirkungslos mit Wasser glatt gekämmt, stand ihm widerborstig vom Hinterkopf ab. Seine Wangen glühten wie Äpfel, was auf eine fast unverschämte Gesundheit und Hochstimmung hindeutete. Trotz des warmen Abends war er in einen gewaltigen Regenmantel gehüllt und trug einen ungewöhnlichen Hut.

»Meine *Güte*!« stieß Geoffrey mit Inbrunst hervor.

Gervase Fen, Professor für englische Sprache und Literatur an der Universität von Oxford, blickte sich gelassen um. »Das Problem mit Fliegen ist«, sagte er ohne Einleitung, »daß sie einfach nicht *lernen*. Man sollte doch meinen, daß man, wenn man so klein ist und auf einem beweglichen Objekt von ungeheurer Größe landet, das nach einem langt und schlägt und einen anschreit, Reißaus nimmt und sich für immer in einem Schrank einschließt. Aber nicht so Fliegen. Die fliegen einfach im Kreis und kommen immer wieder. Mit Fenstern ist es das gleiche. Generationen von Fliegen haben sich an Fenstern dumm und dämlich gestoßen, ohne je dahinterzukommen, daß sie nicht durchkönnen.«

Die Gäste des Pubs waren ungerührt zu ihren jeweiligen Gläsern zurückgekehrt. Der große Mann, der Geoffrey um Feuer gebeten hatte, sagte zu Fen:

»Ich hab Sie schon überall gesucht, Sir. Niemand wußte, wo Sie abgeblieben waren.«

Fen nickte vage. »Inspector Garratt, nicht wahr? Irgend etwas Neues im Fall Brooks?«

Geoffrey unterdrückte seine Verärgerung nur mit Mühe und sagte: »Und ich bin Geoffrey Vintner.«

»Das weiß ich«, sagte Fen.

»Nun, wollen Sie mich nicht begrüßen?«

»Oh? Oh?« sagte Fen. »Und was kann ich für Sie tun?«

»Sie haben mich hergebeten, damit ich die Orgel spiele.«

»Ach ja? Hab ich das?« sagte Fen. »Ich dachte, ich hätte den alten Raikes gebeten, von St. Christopher's. Nicht, daß es was gebracht hätte«, fügte er nachdenklich hinzu. »Der ist nämlich seit Jahren bettlägerig.«

Geoffrey setzte sich, sprachlos vor Wut. »Und dafür bin ich den weiten Weg hierher gekommen und habe mir unterwegs drei Angriffe auf meine Person gefallen lassen müssen –«

»Was sagen Sie da, Sir?« fragte der Inspektor, jäh an ihn gewandt.

»*Angriffe.*«

Fen ächzte. »Noch mehr Komplikationen. Und dabei wollte ich hier friedlich Urlaub machen. Also gut, holen wir uns was zu trinken und sprechen wir über alles.«

Sie sprachen über alles. Zunächst faßte der Inspektor in groben Zügen die Fakten im Mordfall Brooks zusammen, die Geoffrey schon gehört hatte, und dann schilderte Geoffrey in sehr viel weniger groben Zügen – ja mit einigen Ausschmückungen – die Angriffe auf sich. Er hielt das für gerechtfertigt angesichts der unbefriedigenden und im Grunde wenig überzeugenden Art und Weise, wie die Angriffe erfolgt waren. Doch selbst in seiner Version schienen sie Fen und den Inspektor nicht sonderlich aus der Fassung zu bringen, was Geoffrey ungemein ärgerte.

»Ich werde helfen«, sagte Fen entschlossen, als Geoffrey schließlich verstummte.

»Gut«, sagte der Inspektor. »Scotland Yard hat uns bereits wissen lassen, daß wir Sie wohl nicht davon würden abhalten können.« Fen blickte erbost. »Ich nehme an, die haben die Caxton's-Folly-Geschichte von vor dem Krieg noch in guter Erinnerung.«

»Ah«, warf Fen selbstgefällig ein. »Caxton's Folly. *Das* war ein Fall, wenn Sie so wollen.« Plötzlich beunruhigte ihn ein Gedanke. »Scotland Yard?« fügte er unvermittelt hinzu. »Sie haben den Fall doch wohl nicht denen übergeben?«

Der Inspektor seufzte. »Wir selbst haben kaum Fortschritte gemacht, Sir. Und der Tod von Brooks heute nachmittag hat alles noch schlimmer gemacht, nicht besser. Oh, wir haben jeden aus Brooks' Umfeld vernommen, da können Sie sicher sein – allerdings natürlich kein zweites Mal, seit Brooks ermordet wurde. Das steht noch aus.« Er nickte düster, wie ein General, der ein ausgesprochen ungeeignetes Gelände vor der Schlacht in Augenschein nimmt. »Aber was bringt das? Wir wissen nicht einmal, was für Fragen wir stellen sollen. Brooks hatte auf der ganzen Welt keine Feinde – unser einziger Anhaltspunkt ist, daß er irgend etwas gesehen haben muß, obwohl wir keine Ahnung haben, was. *Also* – der Chief Constable hat sich mit dem Yard in Verbindung gesetzt. Soviel ich weiß, wollen die einen ihrer besten Leute herschicken – einen gewissen Appleby –«

»Appleby! Appleby!« brüllte Fen aufgebracht. »Was wollen die denn mit Appleby, wenn ich hier bin?« Er beruhigte sich wieder etwas. »Ich gebe zu«, sagte er, »daß er gut ist – *sehr* gut«, schloß er gedrückt. »Aber ich weiß nicht –«

Mühsam beugte Geoffrey sich vor und hoffte, dadurch eindringlicher zu wirken. »Mein guter Gervase: In einer so ernsten Angelegenheit wie Mord ist *jeder*, der irgendwie zur Lösung betragen kann –«

»Halten Sie mir keine Vorträge«, sagte Fen unwillig.

»Nun, wir haben noch ein, zwei Tage freie Hand«, fuhr der Inspektor ungeachtet der Unterbrechungen fort. »Wenn wir bis dahin nichts herausgefunden haben, dann ist der Yard am Zug.«

»Natürlich können wir etwas herausfinden«, sagte Fen großspurig. Dann hielt er einigermaßen verblüfft inne. »Aber was? Die Sache läßt sich in drei Probleme aufteilen, nicht wahr? Erstens wären da die Angriffe auf Geoffrey; zweitens der Angriff auf Brooks in der Kathedrale; und drittens der Mord an Brooks.

Es kann nicht schaden, wenn wir sie einzeln betrachten und sehen, was dabei herauskommt.« Er überlegte. »Sie, Geoffrey, wurden von drei verschiedenen Leuten angegriffen – sehr wahrscheinlich alles gedungene Schläger. Ich frage mich, was aus dem Burschen im Kaufhaus geworden ist? Meinen Sie, der könnte entwischt sein?« Er wandte sich an den Inspektor. »Sie haben wohl nicht zufällig etwas gehört?«

Der Inspektor schüttelte den Kopf. »Die Kollegen in London hatten keinen Grund, einen Zusammenhang mit der Geschichte hier herzustellen. Aber ich kann anrufen und nachfragen.« Er machte sich auf einem schmuddeligen Briefumschlag eine Notiz.

»Das wäre das«, sagte Fen. »Es ist wohl müßig, Näheres über die anderen beiden Männer herausfinden zu wollen. Was ist aus dem Koffer geworden, der auf Sie geworfen wurde, Geoffrey?«

»Der ist im Zug geblieben, denke ich. Ja, ich bin ganz sicher.«

»Es könnten Fingerabdrücke darauf sein«, sagte der Inspektor. »Der Mann, der Sie erledigen wollte, ist wahrscheinlich ein alter Knastbruder, der bei uns aktenkundig ist. Ich denke allerdings nicht, daß es uns groß weiterbringen würde, wenn wir ihn schnappen. Er wird bestimmt nicht viel wissen. Aber ich werde versuchen, den Koffer ausfindig zu machen. ›Die Polizei verfügt vielleicht nicht über den Elan und die Brillanz eines Amateurdetektivs, doch allein durch ihre geduldige und methodische Untersuchung der kleinsten Details hat der Kriminelle et cetera, et cetera, et cetera.‹« Er fischte seinen Briefumschlag hervor und machte sich wieder eine Notiz. »Der Zug, der hier um 17.43 Uhr ankommt, nicht wahr?«

»Dann wären da noch die Drohbriefe«, fuhr Fen fort. »Haben Sie eine Ahnung, warum irgend jemand Sie daran hindern wollte herzukommen?«

»Ich vermute«, sagte Geoffrey unverfroren plagiierend, »das Ganze sollte von dem wahren Grund für den Angriff auf Brooks ablenken – damit wir denken, es ginge um Angriffe auf *Organisten* –«

»Unsinn«, fiel Fen ihm barsch ins Wort. »Niemand macht so einen großen Aufwand, nur um ein Ablenkungsmanöver zu inszenieren. Warum bleiben wir nicht bei der nächstliegenden Erklärung – es sollte für zwei oder drei Tage verhindert werden, daß jemand auf der Orgel spielt?«

»Das ist lächerlich.«

»Ganz und gar nicht«, sagte Fen gereizt. »Hören Sie. Es liegt doch wohl auf der Hand, daß Brooks in der Kathedrale irgend etwas gesehen hat, das für irgend jemanden belastend ist. Nehmen wir an, es hat irgendwie mit der Orgel zu tun. Brooks sieht es, sie wissen, daß er es gesehen hat, und sie wollen ihn aus dem Weg räumen.« (Geoffrey gab ein schwaches protestierendes Stöhnen von sich.) »Schön und gut. Sie denken, es ist ihnen gelungen und daß sie in Sicherheit sind. Am nächsten Morgen dann fährt ihnen ein schlimmer Schreck in die Glieder, als sie hören, daß Brooks noch lebt und alles verraten könnte.« (Geoffrey stöhnte wieder.) »Also unternehmen sie einen zweiten Versuch, und diesmal mit Erfolg. Aber ihnen ist klar, daß sich nun jeder denken kann, daß irgend etwas Wichtiges in der Kathedrale verborgen sein muß (wäre Brooks tot aufgefunden worden, wäre vielleicht niemand auf den Gedanken gekommen), und das wollen sie wegschaffen. Erste Schwierigkeit: Die Kathedrale ist gut bewacht« – Fen warf dem Inspektor einen Blick zu und erntete ein Nicken – »und kein Unbefugter kommt hinein, es sei denn, es findet ein Gottesdienst statt. Zweite Schwierigkeit: Sie wollen auf die Orgelempore oder irgendwo in die Nähe, und dort wird sich trotz des Ablebens von Brooks während der Gottesdienste – ein gewisser Geoffrey Vintner aufhalten, den man, wie allgemein bekannt ist, zu diesem Zweck hergerufen hat. Moral: Mr. Vintner aus dem Weg räumen, damit die Orgelempore frei bleibt.«

»Das klingt plausibel«, sagte der Inspektor. »Eigentlich ist es die einzige Erklärung, die mir einfällt. (»Ihnen ist Sie nicht eingefallen«, brummte Fen, »sondern mir.«) »Aber« – er zuckte die Achseln – »worum handelt es sich bei diesem geheimnisvollen Etwas?«

»Ich nehme an, Sie haben die Kathedrale durchsucht?«

»Allerdings«, sagte der Inspektor grimmig. »Natürlich ohne Ergebnis – aber andererseits hatten wir keine Ahnung, wonach wir suchen sollten. Wir haben sogar in das Getriebe der Orgel geschaut« – (»*Getriebe*«, sagte Geoffrey schwach) – »aber ... na ja, da war nichts, was uns auffällig vorkam.«

»Gräber?« fragte Fen.

»Die haben wir natürlich nicht geöffnet. Aber das hat Brooks bestimmt auch nicht getan.«

Geoffrey schaltete sich ein. »Sie sagen, seit Brooks gefunden wurde, konnte kein *Unbefugter* in die Kathedrale, außer zu den Gottesdienstzeiten. Das schließt doch den Klerus vermutlich nicht mit ein?«

»Die Gentlemen des geistlichen Standes? Nein, Sir. Aber ich kann Ihnen versichern, daß wir sie unauffällig im Auge behalten haben, wenn sie hineingegangen sind.«

»Da die Kathedrale unter Verdacht steht«, sagte Fen, »stehen vermutlich auch die Angehörigen ihres Kapitels unter Verdacht.«

»Ganz genau, Sir. Und das macht die Sache um so schwieriger. Es ist unangenehm, einem Kanonikus auf den Zahn fühlen zu müssen.« Seine anschauliche Formulierung war dem Inspektor selbst ein wenig unangenehm, und er schwieg einen Moment lang. »Also, was nun?«

»Das zweite Problem«, sagte Fen, »ist der Angriff auf Brooks in der Kathedrale. Irgendwelche Anhaltspunkte?«

»So gut wie keine. Man hat ihn bewußtlos geschlagen und ihm eine Injektion Atropin gegeben – intravenös, in den linken Unterarm.«

Fen unterbrach ihn: »Ich dachte, Atropin ist ein Schlafmittel.«

»Nein, es ist ein Reizmittel – Aphrodisiakum – nein, nicht das; wie heißt doch gleich das Wort?«

»War es eine tödliche Dosis?« fragte Fen.

»Zirka dreizehn Milligramm. Normalerweise eine tödliche Dosis, aber man weiß noch immer nicht genau, wie das Mittel wirkt. Vier Milligramm gelten gemeinhin als die maximal vertretbare Dosis. Das Mittel wurde recht schnell diagnostiziert – kein Schwitzen, kein Speichelfluß und so weiter –, und er wurde mit Tannin, Morphium, Äther, Koffein behandelt – alles, was da war. Er wäre wieder auf die Beine gekommen.« Die Stimme des Inspektors war einen Moment lang merkwürdig zittrig; Geoffrey begriff plötzlich, was für eine schwere Verantwortung der Mann trug, und sah, daß sie ihn arg mitnahm.

»Die Spritze haben Sie natürlich nicht gefunden?«

»Nein.«

»Könnte sie recht klein sein?«

»Das hängt von der Lösung ab. Atropinsulfat ist löslich in Teilen eins zu drei in neunzigprozentigem Alkohol, in Teilen eins zu fünfhundert in Wasser. Aber sie könnte ziemlich klein gewesen sein, so oder so.«

Fen dachte nach, rutschte leicht hin und her und scharrte mit den Füßen; er trank seinen Whisky aus und drückte einen offenbar wirkungslosen Klingelknopf, um eine neue Bestellung aufzugeben. »Eine seltsame Mordmethode. Eine Pistole wäre natürlich zu laut gewesen – aber ein Messer … oder Strangulieren oder –? Alle ziemlich unappetitlich. Vielleicht die Tat einer Frau. Oder eines Mannes, der wie eine Frau denkt.« Er drückte erneut auf die Klingel, und sie fiel scheppernd von der Wand. Er betrachtete sie einen Moment lang nachdenklich und wandte sich dann wieder an den Inspektor. »Ist es schwierig, an Atropin heranzukommen?«

»Ich denke schon. Genau weiß ich es aber nicht.«

»Wenn Sie ein Inspektor sind«, sagte Fen, »was machen Sie dann eigentlich von Amts wegen? Inspizieren?« Er lachte schallend. Die anderen sahen ihn kalt an. Als er fertig war, sagte der Inspektor: »Wenn man es sich in der Apotheke besorgt, wird es natürlich wie jedes Gift registriert. Die Apotheken in der Stadt haben wir alle überprüft, und es hat sich nicht das geringste Verdachtsmoment ergeben. Wir können nicht alle Apotheken im Lande überprüfen, und außerdem bin ich ziemlich sicher, daß wir es nicht mit einem Wahnsinnigen zu tun haben – jedenfalls nicht im herkömmlichen Sinne«, fügte er nachdenklich hinzu. »Nein, ich bin sicher, in dieser Richtung brauchen wir gar nicht weiter zu suchen. Wir vermuten, daß der Schlag, den Brooks auf den Kopf erhalten hat, mit dem üblichen stumpfen Gegenstand ausgeführt wurde – und das äußerst fachgerecht, um ein Minimum an Kraft aufzuwenden; das Ganze deutet auf medizinische Kenntnisse hin. Nebenbei bemerkt, läßt es auch auf Vorsatz schließen. Man hat normalerweise keine gefüllte Spritze bei sich, wie eine geladene Pistole.«

Geoffrey gab einen Gedanken zum besten, wenn auch ohne große Überzeugung. »Vielleicht wußte Brooks schon, daß was im Busch war, und *sie* wußten, daß *er* es wußte, und beschlossen, ihn nach der Chorprobe endgültig zum Schweigen zu bringen.«

Fen nickte beifällig. »Sehr gut«, sagte er. »Mittel? Motiv? Gelegenheit?«

»*Motiv*«, sagte der Inspektor gewichtig. »Können wir das ein wenig definieren?« Da ohnehin klar war, daß sowohl Geoffrey als auch Fen es sehr ausführlich definieren wollten und die Frage rein rhetorisch gemeint war, fügte er rasch hinzu: »Der einzige Anhaltspunkt, den wir haben, ist Brooks' wirres Gerede – als der Küster ihn am Morgen in der Kirche fand –« Er hielt abrupt inne. »Apropos, Sie wollen doch bestimmt den Küster vernehmen, oder?«

»Nein«, sagte Fen.

»Aha«, erwiderte der Inspektor unglücklich. »Nun, denn. Brooks hat sehr viel geredet, als er gefunden wurde, und auch später im Krankenhaus, und wir haben das meiste mitgeschrieben. Sehr viel davon hatte nichts mit der betreffenden Sache zu tun – er hatte, soviel kann ich Ihnen verraten, ein Auge auf diese schamlose Helen Duke im Postamt geworfen –«

»Postamt, Postamt«, sagte Fen. »Wozu müssen wir uns irgendwelchen Tratsch über das Postamt anhören?«

»Und dann gab es noch einige Sorgen wegen der Musik in der Kathedrale«, fuhr der Inspektor unbeirrt fort, »das hat ihn überaus beschäftigt. Offenbar hatte es mit der Baßstimme einen Streit um ein Solo gegeben – aber das wird wohl kaum ein Motiv sein.«

Fens langer, schlaksiger Körper rutschte gereizt auf seinem Stuhl hin und her und zappelte nervöser denn je. »Wann kommen wir endlich zum Punkt?« knurrte er.

»Schließlich hat er noch einige Dinge über die Kathedrale selbst gesagt. Die haben ihm anscheinend viel Kummer und Angst bereitet, aber sehr aufschlußreich waren sie nicht. Sie kennen doch bestimmt die Passage in *Der Monddiamant*, wo Soundso die Lücken in dem wirren Gerede des alten Arztes füllt und daraus ein Stück wunderbar grammatisch richtiges Englisch macht? Mir ist das schon immer unrealistisch vorgekommen: Delirium funktioniert so nicht. Die einzige Schwachstelle, so denke ich, in einem ansonsten exzellenten Roman, obwohl ich ihn als *Detektiv*geschichte für stark überbewertet halte, ebenso wie die Geschichten von Poe –«

»Ach, nun kommen Sie schon zur Sache«, sagte Fen. »Was hat Brooks gesagt?«

Der Inspektor stockte; dann holte er einen anderen Briefumschlag aus der Tasche. »Nun, Sir, im Kern hat er folgendes gesagt.« Er las es vor:

»Drähte. Mann, hängend – Seil. Grabplatte bewegt.«

Es trat eine kurze Stille ein. Geoffrey mußte an die Umstände denken, unter denen er diese Worte zum erstenmal gehört hatte; ihre Wirkung auf ihn war auch jetzt kaum schwächer.

»Die ganze Nacht in einer leeren Kathedrale zu sein, ist nicht gerade angenehm« – nicht einmal für Phantasielose. Er erinnerte sich an einige Worte, die er vor langer Zeit in einer Geschichte gelesen hatte: »In seinen unaufgeklärten Zeiten hatte er von Treffen an solchen Orten gelesen, an die zu denken selbst jetzt kaum erträglich war.« Und selbst wenn die Begegnung, wie es ja schien, körperlicher Natur gewesen war, in einer solchen Umgebung hätte sie auch einen Mann mit starken Nerven tief erschüttern können. Geoffrey äußerte sich dementsprechend.

Fen nickte. Er wirkte erstaunlich finster, aber wer ihn gut kannte, hätte das als Anzeichen dafür gesehen, daß ihm gewisse Dinge allmählich klar wurden. Er sagte nichts, sondern sammelte ihre Gläser ein, warf noch einen weiteren Blick auf den leidigen Klingelknopf und ging zur Theke, um eine neue Runde zu holen. Als er wiederkam, knallte er die Gläser auf den Tisch, setzte sich schwer hin und sagte: »Nun?«

Der Inspektor zuckte die Achseln. »Nachtgedanken ...« murmelte er unklar.

Fen sog scharf die Luft ein. »Es ist wohl mein Schicksal«, sagte er, »immer nur literarischen Polizisten zu begegnen ...« Er schwenkte sein Glas, um ihnen flüchtig und nachlässig zuzuprosten, nahm einen großen Schluck Whisky, verschluckte sich leicht und fuhr in bitterem Klageton fort: »Wieso versteht nie mal einer etwas *wörtlich* ...*Drähte*, Telegraphie, Elektrizität« – er blickte finster auf die defekte Apparatur auf dem Boden – »*Klingelknöpfe*? Hängender Mann – Seil; Männer müssen nicht unbedingt am Hals an Seilen hängen; sie können daran hoch- und runterklettern, mit bestimmten und möglicherweise kriminellen Absichten. Grabplatte, bewegt: aktiv oder passiv? Bewegt von allein oder bewegt *worden*?« Er hielt inne. »Soweit scheint es ganz eindeutig. Und welcher Teil der Kathedrale ist unzugänglich, außer man klettert an einem Seil hoch – keine Treppe?«

Die Augen des Inspektors leuchteten vor plötzlichem Begreifen; er erhob sich halb. Fen nickte.

»Genau. Die Bischofsgalerie.«

Geoffrey glotzte verständnislos. »Die was?«

Fen wandte sich an ihn. »Natürlich. Sie kennen die Kathedrale ja nicht gut. Die Orgelempore ist hoch über dem südseitigen Chorgestühl, auf der Südseite des Altarraumes. Von dort verläuft eine schmale Galerie nach Westen, in Richtung Hauptschiff, bis zu der großen Säule, wo das südliche Querschiff anfängt; von dieser Seite aus ist sie nicht zu betreten. Es gibt nur zwei Möglichkeiten, dorthin zu gelangen: erstens, von der Orgelempore aus, ein Zugang, der seit dem 18. Jahrhundert zugemauert ist; und zweitens, über eine Wendeltreppe, die nach unten in einen kleinen Raum und dann zu einer Außentür führt, die ebenfalls zugemauert ist. In dem kleinen Raum liegt der Leichnam von John Thurston begraben, Bischof von 1688 bis 1705 und der letzte Hexenverfolger – daher auch der Name der Galerie darüber. Also, wenn man nicht ein Loch in eine verputzte Backsteinwand reißen will, gelangt man nur mit Hilfe eines Seils auf die Galerie.« Er wandte sich an den Inspektor. »Ich nehme an, die verputzte Backsteinwand war unangetastet?«

Der Inspektor nickte; eine unbestimmte Nervosität machte sich in ihm breit. »Da haben wir mit als erstes nachgesehen. Nein, sie war nicht angetastet worden – und es ist ganz unmöglich, so etwas zu kaschieren. Allerdings wäre es ein Kinderspiel, von der Orgelempore aus ein Loch in die Trennwand zu brechen; sie ist dünn, und allem Anschein nach wurde sie ziemlich hastig hochgezogen. Aber jetzt zu der Sache mit dem Seil. Ich gebe zu, daß man nur mit einem Seil auf die Galerie und wieder herunterkäme – das Wandgrab von St. Ephraim befindet sich direkt darunter. Es ist mit Vorhängeschlössern gesichert, und es steht nicht vor, so daß man nirgendwo Tritt- und Haltemöglichkeiten findet, auch nicht an den Säulen auf beiden Seiten – die sind glatt wie Glas. Aber wie soll man da überhaupt ein Seil befestigen, damit man an ihm hochklettern kann?«

Fen schnaubte verächtlich und kippte seinen Whisky hinunter. »Ein gräßliches Zeug«, sagte er, und dann: »Für einen erfahrenen Lassowerfer mit einem leichten Strick wäre das überhaupt kein Problem. Entlang des Galeriegeländers sind eine Reihe von Kriechblumenornamenten.«

»Aber wenn man wieder unten ist«, wandte der Inspektor ein, »muß man das Seil hängen lassen, so daß jeder es bemerkt.«

»Nein, muß man nicht«, sagte Fen. »Nicht, wenn das Seil lang genug ist, um auch doppelt genommen bis zum Boden zu reichen. Man macht einen speziellen Knoten«, erläuterte er vage, »und klettert an einem Strang herunter, und wenn man unten ist, zieht man an dem anderen, und der Knoten löst sich.« Er lehnte sich mit erfreuter Miene zurück.

»Aha«, sagte der Inspektor mißtrauisch, »und was soll das für ein Knoten sein, wenn ich fragen darf?«

»Er heißt ›Köderhakenknoten‹.«

»Warum heißt der so?«

»Weil«, sagte Fen seelenruhig, »der Leser ihn schlucken soll.«*

»Aber mich würde interessieren«, brach es aus Geoffrey heraus, der sich nicht länger zähmen konnte, »was es mit diesem ganzen Seilgekraxel auf sich haben soll. Wir sind immer noch keinen Schritt weiter.«

»Drähte«, sagte Fen bedeutungsschwanger. Er stand auf und fing an, in dem Raum auf und ab zu gehen, anscheinend um die Einrichtung in Augenschein zu nehmen. »Wir müssen gleich hinüber in die Kathedrale und uns irgendwie die Bischofsgalerie ansehen.« Er blickte den Inspektor an. »Läßt sich das arran-

* Das ist eine Unverschämtheit – als ob ich dergleichen erfinden würde. Selbstverständlich gibt es diesen Knoten; er heißt Schotenstek und wird viel beim Bergsteigen benutzt. E. C.

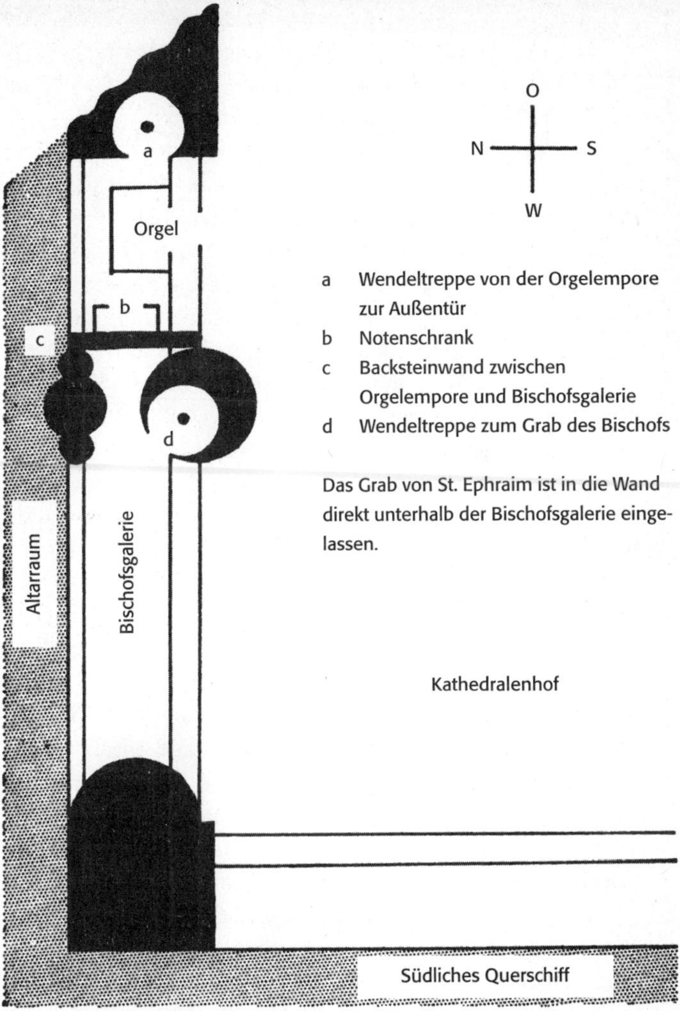

a Wendeltreppe von der Orgelempore zur Außentür
b Notenschrank
c Backsteinwand zwischen Orgelempore und Bischofsgalerie
d Wendeltreppe zum Grab des Bischofs

Das Grab von St. Ephraim ist in die Wand direkt unterhalb der Bischofsgalerie eingelassen.

gieren? Eigentlich kommt mir das ungelegen«, fügte er bedauernd hinzu, »weil ich heute abend ein besonders interessantes Experiment mit Motten vorhatte –« Er unterbrach sich und sagte an Geoffrey gewandt: »Dabei fällt mir ein: Haben Sie mir ein Schmetterlingsnetz mitgebracht?«

Geoffrey nickte, und sogleich stieg Haß in ihm auf, als er an das Utensil denken mußte. »Es ist im Gästehaus«, sagte er. »Siebzehneinhalb«, fügte er hinzu. Fen achtete nicht darauf.

»Da ist noch etwas«, sagte der Inspektor, »und zwar der Mord an Brooks. Wieder Atropin – diesmal durch den Mund natürlich. Kriminelle Fahrlässigkeit.« Seine Miene verfinsterte sich. »Ich denke, es liegt auf der Hand, daß niemand vom Krankenhauspersonal damit zu tun hat und daß es in die Medizin gegeben wurde, als diese unbeaufsichtigt in der Eingangshalle abgestellt war.«

Fen, der noch immer ziellos herumwanderte, blickte auf. »Das ist komisch. Hört sich nach einem unglaublichen Zufall an ...«

»Keineswegs, Sir. Die Krankenschwester, die für den Arzneiraum zuständig ist, ist ziemlich schusselig, und sie hat über Brooks geredet – mit jedem einzelnen geredet, der sich nach ihm erkundigt hat, würde ich meinen. Halb Tolnbridge muß gewußt haben, daß er das Zeug alle halbe Stunde, pünktlich auf die Minute, verabreicht bekam. Als sie die Medizin mit dem Rollwagen eben in die Eingangshalle schob, ging eine Klingel – die Klingel von einem der Zimmer für Privatpatienten, für das sie zuständig war –, und sie ist gleich hingegangen. Aber der fragliche Patient schlief tief und fest, und es war sonst niemand im Zimmer. Also ging sie zurück, aber da war das Unglück schon geschehen.«

Fen stöhnte. »Ach du meine Güte!« sagte er. »Abenteuerlich, was? Es wurde niemand in der Nähe gesehen?«

»Jede Menge Leute wurden gesehen. Es war während der Besuchszeit.«

»Es hätte immerhin sein können, daß die Medizin gar nicht für Brooks bestimmt war. Aber ich vermute, wegen einer solchen Kleinigkeit haben sie sich keine Gedanken gemacht.«

(Ein weiterer Satz kam Geoffrey in den Sinn: »Sie können es sich leisten, Menschenleben wie Wasser zu vergeuden.«)

Fen nahm seine Wanderschaft wieder auf, der Inspektor seine Überlegungen. »Ich werde heute abend sämtliche Leute vernehmen müssen, die irgendwie in die Sache verwickelt sein könnten – das heißt, alle Leute, die mit der Kathedrale zu tun haben: Miss Butler, Dr. Butler, Dr. Garbin, Dr. Spitshuker, Mr. Dutton, Sir John Dallow, Mr. Savernake, jetzt, wo er wieder da ist …« Er leierte die Namen mit der melancholischen Genugtuung eines Satanisten herunter, der die Kreise der Hölle aufzählt. »Aber das wird nichts bringen«, sagte er, plötzlich sämtliche Verstellung aufgebend und in jammervolle Hoffnungslosigkeit versinkend, »nicht das geringste.«

»Nicht doch, nicht doch«, sagte Geoffrey automatisch.

»Ich wäre Ihnen dankbar, Sir«, sagte der Inspektor an Fen gewandt und nahm wieder etwas Haltung an, »wenn Sie sich die Kathedrale und die Bischofsgalerie ansehen würden, während ich mit den Leuten spreche. Wir müssen die Erlaubnis des Praecentors einholen, um auf die Galerie zu kommen, aber ich hoffe, daß es diesbezüglich keine Probleme geben wird. Ich kann Ihnen eine Nachricht für meine Leute mitgeben, und sie werden Ihnen jede Unterstützung zukommen lassen, die Sie benötigen.«

Fen nickte und leerte sein Glas. Sie standen auf, der Inspektor seufzte, und Geoffrey fühlte sich vom Alkohol leicht benebelt, ja abenteuerlustig.

»Tja«, sagte der Inspektor, »wir tappen nicht mehr ganz so sehr im dunkeln wie zuvor, obwohl das meiste nach wie vor Mutmaßungen sind. Jetzt werden wir sehen, was diese schauerliche Galerie wirklich verbirgt.«

Dazu sollte es jedoch nie kommen.

Kapitel 6
Mord in der Kathedrale

To-night it doth inherit
The vasty hall of death.
Matthew Arnold

Fortan hat seinen Platz er
Im hohen Todessaal.

Sie gingen vom »Whale and Coffin« zurück zum Gästehaus. Es war jetzt zehn vor zehn, und ein trüber Schleier lag auf den Dächern der Stadt, ein dämmriger Dunst machte die Linien der Landzunge Richtung Tolnmouth weicher und trieb silbrige Kanäle zwischen die vereinzelten weißen Häuser, die an dem niedrigen, fernen Ufer auf der anderen Seite der Flußmündung hingen. Das melancholische Geschrei der Möwen war fast verstummt. Der Himmel, als wollte er vor dem Angriff der Dunkelheit ein letztes Mal seine Schönheit demonstrieren, zeigte sich im blassesten, zartesten Blau. In der Luft lag die seltsame, unerklärliche Abendruhe – eine Ruhe, die nur durch das Krächzen eines Schwarms Saatkrähen durchbrochen wurde, die zu ihren Nestern in den Wipfeln einer Gruppe Tannen zurückkehrten. Die Stadt beherrschend, stand die Kathedrale da, ihr spitzer Turm ragte stolz in den Himmel.

Geoffrey humpelte stark; sein Bluterguß, davon war er überzeugt, hatte inzwischen beeindruckende Dimensionen angenommen, und eine zweite, ausgeprägtere Steifheit hatte seine Beine erfaßt. Außerdem war es nicht gerade hilfreich, daß Fen ein solches Tempo vorlegte; er ging unnötigerweise mit großen Schritten dahin, sprach ohne Unterlaß über Insekten, Kathedralen, Verbrechen sowie die Universität von Oxford und klagte unbefangen und lästerlich (bei ihm die normalen Anzeichen für gute Laune) über die Kriegsführung, sein persönliches Wohlergehen, die Undankbarkeit seiner Zeitgenossen und die Qualität gewisser Whiskysorten. Nichtsdestoweniger war Geoffrey zufriedener, als er es den ganzen Tag über gewesen war. Fen war wieder aufgetaucht, der mysteriöse Fall war ein wenig durchsichtiger geworden, und er (Geoffrey) war aller Wahrscheinlichkeit nach das Opfer zufälliger und nicht speziell gegen ihn gerichteter Bösartigkeit. Er dachte plötzlich darüber nach, wie sich zwei Variationen des Themas, nämlich Inversion und Diminution, miteinander kombinieren ließen, und sang fröhlich leise vor sich hin, bis sogar Fen, der gerade mitten in einer deprimierenden Geschichte über die Gewohnheiten des gemeinen Mistkäfers war, sich genötigt sah, eine Bemerkung darüber zu machen. Der Inspektor schwieg die meiste Zeit, hörte Fen ganz offensichtlich nicht zu, streute jedoch bei jeder sich bietenden Gelegenheit aufs Geratewohl einsilbige Bemerkungen ein, wie Streichhölzer, die in einen Bach geworfen werden.

Sie waren noch nicht weit gegangen, als sie Fielding trafen, der von seinem Strandspaziergang zurückkam, seine Hose unten leicht fleckig vom Meerwasser. Er grüßte sie niedergeschlagen, offenbar machte ihm die Hitze noch immer arg zu schaffen, und er wurde Fen und dem Inspektor vorgestellt.

(»Doch nicht«, sagte Fen, bevor ihn jemand davon abhalten konnte, »der Autor von *Tom Jones*?«)

Als sie weitergingen, brachte Geoffrey, soweit er es vermochte, Fielding auf den neuesten Stand, und Fielding wurde noch niedergeschlagener. Das Ausmaß an geistiger Unzulänglichkeit, das *er* an den Tag gelegt hatte, so schien sein Gesichtsausdruck zu sagen, bedeutete nichts Gutes für seine hypothetische Zukunft als Geheimagent. Es tröstete ihn jedoch ein wenig, als ihm klar wurde, daß er ja nicht alle erforderlichen Fakten gekannt hatte.

»Die Sache scheint ein bißchen klarer«, sagte er zu Geoffrey. Vor Anspannung legte er die Stirn in Falten. »Was sollte denn Ihrer Meinung nach jetzt geschehen?«

Geoffrey schilderte in groben Zügen, was geplant worden war, und Fielding nickte.

»Sehr gut«, sagte er, offenbar aus dem Gefühl heraus, daß irgendein Kommentar von ihm erwartet wurde. »Aber wer steckt hinter dem Ganzen? Das müssen wir herausfinden.«

Geoffrey, der nur allzu bereit war, diesen neuerdings aufgetauchten Watson als Watson zu übertreffen, gab mit entsprechenden Lauten zu verstehen, daß er anderer Meinung war. »Das Beste, was wir machen können«, stellte er dogmatisch fest, »ist, nicht im Weg zu stehen und keine dummen Fragen zu stellen. Schließlich kümmern sich schon zwei Leute um diese Angelegenheit. Und Gott behüte«, sagte er mit Nachdruck, »daß Leute wie wir uns jemals als Gesetzesvertreter aufspielen.«

»Ich glaube, ich wäre ziemlich gut darin«, sagte Fielding standhaft. Pause. »Geoffrey?«

»Ja?«

»Glauben Sie, einer von diesen Leuten könnte mir helfen, zum Secret Service zu kommen?«

»Himmelherrgott! Haben Sie sich das denn noch immer nicht aus dem Kopf geschlagen? Sie sind ungeeignet, sage ich Ihnen, ungeeignet –«

»Ich sehe überhaupt nicht ein, warum ich ungeeigneter bin als sonst jemand. Sie verstehen nicht, worum es mir geht.«

»Das verstehe ich sehr gut. Und Sie liegen mit Ihren romantischen Vorstellungen völlig falsch – Sie sind verrückt ... Der Secret Service hat nicht nur was mit Pistolen und schönen Spioninnen und Geheimcodes zu tun, müssen Sie wissen«, fuhr Geoffrey ernst fort, obwohl er absolut keine Ahnung hatte. »Da gibt es viel Routine und Bürokram und« – seine Phantasie kam ihm rasch zu Hilfe – »und man hängt in Pubs herum und belauscht Soldaten.« (»Warum?« sagte Fielding.) »Als nächstes behaupten Sie noch, daß es hier Spione gibt – in Tolnbridge ...«

»... Und das ist auch noch so eine Sache«, klagte der Inspektor gerade zu Geoffreys Linken. »Es gibt *Spione* hier – feindliche Agenten. Informationen sind durchgesickert – nichts Wichtiges, Gott sei Dank, aber dennoch symptomatisch …«

Glücklicherweise hörte Fielding das nicht. Geoffrey hielt so lange inne, bis er die ungeheuerliche Mitteilung verdaut und sich vergewissert hatte, daß der Inspektor es ernst meinte, bevor er das Gespräch auf andere Themen lenkte. Fen schenkte dem wenig Beachtung. Eingedenk seines Hobbys hatte er angefangen, auf der Suche nach Insekten in Sträucher und Büsche zu spähen.

»Wie war's an den Felsen?« fragte Geoffrey.

»Stacheldraht«, antwortete Fielding betrübt. »Man bleibt ständig dran hängen. Außerdem kann ich mir nicht vorstellen, daß sich eine Invasion davon lange aufhalten läßt.« Ihm fiel etwas ein. »Haben Sie irgendwas Näheres über die Sache mit dem Manuskript herausgefunden, das dieses Mädchen verbrannt hat?«

»Großer Gott«, sagte Geoffrey erschreckt. »Nein, hab ich nicht. Aber ich denke nicht, daß das irgend etwas mit unserer Geschichte zu tun hat.«

Fielding schüttelte den Kopf; seiner ernsten Miene nach zu urteilen hielt er den Vorfall offenbar für höchst bedeutsam. Außerdem war er von den maßgeblichen Stellen übersehen worden. Er schob die Sache in Gedanken vorerst beiseite, wenn auch mit der naiven Zuversicht eines Investors, der wertlose Aktien in der Hoffnung behält, daß sie ihn eines Tages steinreich machen. »Haben Sie mit dem Wirt gesprochen?«

»Nein. Er war nicht da.«

Fielding sah ihn leicht vorwurfsvoll an. »Sie haben die ganze Zeit getrunken.«

»Das habe ich allerdings«, sagte Geoffrey mit der eingebildeten Würde, die Alkohol erzeugt.

»… legt ihre Eier in einer Art milchweißer Blase«, sagte Fen gerade. »Dann, um Mai herum, platzt die Blase auf …«

»Übrigens, Sir«, sagte der Inspektor unvermittelt, »wir haben noch gar nicht näher über die Sache mit dem Grab gesprochen – Sie wissen schon, die Grabplatte, die bewegt worden ist.«

»Ach du meine Güte!« stieß Fen hervor. »*Allerdings* nicht. Glauben Sie, Brooks hat das Grab des alten Schurken Thurston gemeint? Aber Sie sagten doch, das Mauerwerk wurde nicht angetastet, und da ist doch gar keine Grabplatte. Platte. Platte ...« Er schnippte mit den Fingern, »Ich hab's! Das muß das gewaltige Wandgrab von St. Ephraim sein, direkt unter der Bischofsgalerie. Das ist das einzige, das nicht fest verschlossen ist – es hat nämlich eine Platte, die von sechs Vorhängeschlössern gehalten wird. Ich vermute, die Schlüssel müssen irgendwo sein.« Er überlegte. »Aber ich frage mich, wieso –? Hmm. Möglicherweise hat jemand versucht, es als Versteck zu benutzen. Vielleicht hat Brooks gesehen, daß eines der Schlösser geöffnet worden war – unerfreulicherweise wie *Count Magnus*. Wir müssen die Schlüssel ausfindig machen, Garrett, und uns das Grab ansehen.«

»Ich kann nur soviel sagen«, sagte der Inspektor aggressiv, als hätte man ihm einen Vorwurf gemacht, »es ist nichts angerührt worden, soweit ich es sehen konnte, und bestimmt keines von den zugemauerten Gräbern.« Plötzlich kam ihm ein Gedanke. »Vielleicht hat er doch nur wirres Zeug geredet.«

Sie bogen um eine Ecke und kamen an einem heruntergekommenen Tabakladen vorbei. Zwei Soldaten saßen auf dem Trittbrett eines Armeelasters, rauchten und starrten mit trauriger Versunkenheit auf den Asphalt. Zwei Verkäuferinnen in kurzen Röcken gingen auf der anderen Straßenseite, kicherten und warfen den Soldaten kokette Blicke zu. Die Soldaten machten zum Spaß lüsterne Geräusche. Die Frauen kreischten ängstlich und aufgeregt und machten, daß sie weiterkamen. Der Inspektor seufzte. Fen versuchte vergebens, einen Grashüpfer in eine Streichholzschachtel zu bugsieren. Weit vor ihnen tauchte Frances auf, bildschön, und kam auf sie zu. Auch Geoffrey seufzte: Diese vollkommene geschmeidige Anmut konnte nicht für ihn bestimmt sein. Im Abendlicht schimmerte ihr Haar in einem noch tieferen, satteren Schwarz.

»Ist die Besprechung zu Ende?« fragte Geoffrey, als sie bei ihnen war.

»Schon lange«, sagte sie heiter. »Alle haben sich verabschiedet – jedenfalls die meisten von ihnen.« Sie vollführte eine kleine Pirouette auf der Straße.

»Sie wirken so glücklich«, sagte Geoffrey.

»Ich bin aufgeregt.«

»Wieso?«

»Ach, ich weiß auch nicht. Ist wohl etwas unangebracht, wo soviel Schreckliches passiert ist.« Sie blickte ihn ein wenig schüchtern an. »Es ist schön, neue Menschen kennenzulernen – wissen Sie. Warum wollten Sie wissen, ob die Besprechung zu Ende ist?«

»Ich muß mit Ihrem Vater klären, was ich spielen soll, und wann und wo ich mit dem Chor arbeiten kann und die Orgel ausprobieren und –«

Sie lachte. »Ach, Geschäftliches. Tja, im Gästehaus werden Sie Daddy jedenfalls nicht antreffen. Das kann ich Ihnen sagen. Er ist zur Kathedrale gegangen, gleich nach der Besprechung, vor einer halben Stunde mindestens.«

Geoffrey bemerkte, daß Fen und der Inspektor sich einen raschen Blick zuwarfen. »Wissen Sie, was er vorhat, Miss?« fragte der Inspektor.

Das Gesicht der jungen Frau verdunkelte sich. »Er hat gesagt – er hat gesagt, man würde erst erfahren, was mit Brooks passiert ist, wenn jemand das gleiche macht wie er, nämlich allein in der Kathedrale bleibt.« Sie stockte. »Es kommt mir albern vor.«

»Es wird nichts dabei herauskommen, Miss, falls Sie das meinen«, sagte der Inspektor im belehrenden Ton. »Es wird auch wohl nichts schaden. Der Gästehausschlüssel ist wieder gut in Ihre Hände gelangt, nehme ich an?«

Frances nickte. »Sir John hat ihn kurz nach dem Abendessen gebracht.« Sie wandte sich an Fen. »Sind Sie heute abend da?«

»Ja«, sagte Fen düster, als wäre das das Empörendste, was er je gehört hatte. »Eigentlich wollte ich ja ein äußerst interessantes Experiment mit Motten machen, aber das ist jetzt offensichtlich nicht möglich.«

»Möchten Sie noch etwas essen? Gehen Sie jetzt direkt zum Gästehaus? Ich bin ein wenig beunruhigt wegen Daddy – deshalb wollte ich zu Ihnen.«

»Wir gehen zum Gästehaus«, sagte Fen, »der Inspektor will noch den einen oder anderen fragen, was er heute nachmittag gemacht hat. In der Zwischenzeit gehen Geoffrey und ich zur Kathedrale, um uns gründlich umzusehen – und übrigens auch mit Ihrem Vater zu sprechen, wenn er schon dort ist, wie Sie sagen.«

»Da bin ich aber froh«, sagte Frances ein wenig kleinlaut. »Ich habe wirklich ein bißchen Angst, weil er allein dort ist. Nach dem, was passiert ist ... Ach, wahrscheinlich mache ich mir zuviel Sorgen.« Sie lächelte. »Überhaupt, er hat ein vierblättriges Kleeblatt als Glücksbringer bei sich, also müßte eigentlich alles gutgehen.«

»Er ist nicht in Gefahr, Miss«, sagte der Inspektor automatisch. »Meine Leute stehen noch immer dort Wache, wissen Sie. Da kann ihm nichts passieren, denke ich.« Er pfiff ein paar Noten, unmelodisch und lustlos.

An den Toren zum Gästehaus angekommen, durchquerten sie den Garten mit den wild wuchernden, blütenlosen Sträuchern und traten durch die Haupteingangstür. Im Vorraum trafen sie auf Kanonikus Spitshuker, klein, rundlich und aufgeregt wie immer, der sich gerade in einen Regenmantel mühte und das Benedicite vor sich hin trällerte. »Frances, meine Liebe«, rief er, als sie hereinkamen, »ich fürchte, das Haus ist leer, die muntere Schar ausgeflogen. Nur ich bin noch da – außer natürlich« – er wedelte aufgeregt mit den Händen – »der gute Dutton, der sich mit einer Ausgabe von Burtons *Anatomie der Melancholie* und einigen Tabletten Luminal auf sein Zimmer zurückgezogen hat. Nicht gerade besonders erbauliche Lektüre für einen nervösen Menschen, würde ich meinen, aber vielleicht hat sie ja auf manche eine beruhigende Wirkung. Und wie steht's mit den Insekten, Gervase? Der Bischof wird Ihnen, glaube ich, dieses letzte Debakel nicht so schnell verzeihen.« Er hielt inne, und sein Gesicht umwölkte sich, als sein Blick auf den Inspektor fiel. »Seltsam, ich hatte es fast schon vergessen … der arme Brooks … Sie brauchen bestimmt jede Hilfe, die wir Ihnen geben können, Inspektor, nach dieser neuen … Entwicklung.«

Der Inspektor nickte. »Wenn ich bitten darf, Sir. Im Grunde reine Routine, müssen Sie wissen. Haben Sie es eilig, nach Hause zu kommen?«

»Nein, nein. Ich kann bleiben, solange Sie wünschen. Keine Verpflichtungen, außer daß ich ein Glas heiße Milch mit Rum vor dem Zubettgehen brauche.« Spitshuker mühte sich wieder aus seinem Regenmantel, wobei ihm Geoffrey unbeholfen zur Hand ging; schließlich tauchte er so jäh wie ein Korken aus einer Flasche daraus hervor und blieb leicht keuchend stehen.

»Wie Sie sagen, Sir«, fuhr der Inspektor fort, »ist also außer Ihnen und Mr. Dutton niemand mehr im Haus?«

»Ganz genau. Mr. Peace – Butlers Schwager – war noch bis vor fünf Minuten hier und hat sich mit mir unterhalten, aber dann ist er gegangen: Sie müssen ihn knapp verpaßt haben. Wir hatten ein höchst interessantes Gespräch – höchst interessant. Anscheinend ist er von Zweifeln befallen, was die Ernsthaftigkeit seiner Berufung angeht, doch, wie ich mich ihm zu erklären bemüht habe, ist jemand, der sich mit den Lehren der Psyche befaßt, die ja im Vergleich zu denen des Christentums so verschwommen und unwissenschaftlich sind –«

Frances schaltete sich rettend ein. »Wissen Sie, ob er zur Kathedrale wollte?«

»Meine teure junge Dame, das ist durchaus möglich. Diesbezüglich hat er sich nicht geäußert. Vielleicht wollte er den wunderbaren Abend genießen.«

Fen, der sich in der Diele damit beschäftigt hatte, die Bilder geradezurücken, die seiner Meinung nach leicht schief hingen, sagte: »Ich muß mit Mr. Peace sprechen.« Er wandte sich an Frances. »Wohnt er im Haus Ihres Vaters?«

Frances nickte.

»Ein privater Besuch?« fragte Fen nach.

Frances zuckte die Achseln. »Ich glaube, er ist geschäftlich hier. Auch wenn das merkwürdig klingt. *Ich* bin ihm vorher nie begegnet, und wir haben ihn nie besucht, wenn wir mal in London waren.« Fen machte geistesabwesend Gesten der Bestätigung: Er rückte wieder ein Bild gerade. »Brauchen Sie mich noch?« sagte Frances zum Inspektor. »Falls nicht, hätte ich nämlich noch etwas in der Küche zu erledigen.«

»Frühestens in einer halben Stunde oder so, Miss.«

»Dann bin ich entweder dort oder auf meinem Zimmer, wenn Sie mich brauchen«, sagte sie und ging.

»Kommen Sie, Geoffrey«, sagte Fen ganz zappelig. »Gehen wir zur Kathedrale, bevor es so dunkel ist, daß wir nichts mehr sehen können.« Einem plötzlichen Gedanken folgend, wandte er sich an Spitshuker. »Wissen Sie zufällig, ob die Bischofsgalerie jemals geöffnet oder – irgendwie betreten wurde, seit man sie zugemauert hat?«

Spitshuker sah ihn eindringlich an, und die plötzliche Schärfe seines Blicks stand in beängstigendem Gegensatz zu der leicht belanglosen Fassade, die er der Welt sonst zeigte. »Die Bischofsgalerie? – mein guter Freund. Ich denke, nicht – nein, ich denke nicht. Zumindest ist es nicht überliefert. Es wäre sicherlich möglich, vom Altarraum mit Hilfe eines Seils hinaufzuklettern – ob das mal geschehen ist, kann ich nicht sagen. Aber das Grab von Bischof Thurston ist niemals sozusagen *öffentlich* geöffnet worden, und sollte das je in Erwägung gezogen werden, so wären viele im Ort aufgrund des hier verbreiteten Aberglaubens dagegen. Der Bischof war wohl nicht gerade eine Zierde für die Kirche, der er diente, und zwangsläufig kursieren … gewisse Geschichten. Wenn eine Galerie so abgeschieden ist und nur den Leichnam eines Mannes enthält, kann ein trügerisches Licht, das den Eindruck erweckt, da oben stünde jemand und blicke nach unten …« Er brach ab.

Fen zeigte Interesse – ein ungewöhnliches Schauspiel. »Sie glauben, daß Sie etwas Derartiges selbst schon einmal gesehen haben?« fragte er.

Spitshuker gestikulierte. »Wie ich schon sagte – ein trügerisches Licht. Aber es ist uns nicht verboten, an Dämonen zu glauben.«

»In letzter Zeit?«

»Ich denke, nicht.«

Fens Interesse schwand merklich. »Der Bischof schaut also nach unten in den Altarraum, nicht wahr? Weiter ist er wohl nicht gegangen?«

Der Kanonikus lachte, jäh und rauh. »Es heißt, es sind zwei – ein Mann und eine Frau. Aber ich sollte Ihren Verstand nicht mit Märchen belästigen. Dallow wird Ihnen erzählen, was für Geschichten hier im Umlauf sind, wenn Sie ihn fragen: Er ist der Experte in solchen Dingen.« Er hielt inne. »Ich kann mir nicht vorstellen, daß es bei Ihrer Frage um Gespensterjagd ging.«

Fen beantwortete die unausgesprochene Frage. »Es ist notwendig, daß wir auf diese Galerie gelangen«, sagte er. »Dafür brauchen wir die Erlaubnis des Dechanten und des Kapitels. Leider können wir es uns nicht leisten, darauf zu warten. Meinen Sie, der Dechant und das Kapitel werden ein Auge zudrükken, wenn wir über das Geländer klettern?«

»Mein lieber Freund, die Kirche versteht es meisterlich, ein Auge zuzudrücken. Bei den Jesuiten nennt man das Kasuistik. Aber wie gedenken Sie, das zu bewerkstelligen?«

»Unser Geoffrey wird an einem Seil hinaufklettern«, sagte Fen mit Bestimmtheit.

»Oh nein, das werde ich nicht.«

»Dann eben jemand anders. Natürlich besteht das Problem, wie das Seil befestigt werden soll. Es gibt nicht zufällig jemanden in der Stadt, der imstande ist, ein Lasso zu werfen?«

Spitshuker blickte skeptisch. »Harry James, der Wirt vom ›Whale and Coffin‹, hat früher mal in Argentinien Vieh gezüchtet« – Geoffrey und Fielding warfen sich gleichzeitig triumphierende Blicke der Gewißheit zu –, »und für so etwas muß man vielleicht mit dem Lasso umgehen können. Andererseits, vielleicht auch nicht.« Er wirkte betrübt, weil er es nicht genau wußte. »Und außerdem könnte ich mir vorstellen, daß das eine Fertigkeit ist, die man schnell erlernen kann – und genauso schnell wieder verlernen.«

Im Geiste gestand Geoffrey ein, daß das einleuchtend war; dieser Beweis gegen den Wirt vom »Whale and Coffin« war tatsächlich fragwürdig, zumal es nach wie vor reine Theorie war, daß überhaupt jemand auf die Galerie geklettert war. Doch er wollte keine noch so kleine Information über den stämmigen, finsteren, leicht grotesken kleinen Mann außer acht lassen, der seinen Namen gekannt hatte und so erstaunt darüber gewesen war, ihn in Tolnbridge zu sehen.

»... Wir werden sehen«, sagte Fen ominös, »was sich machen läßt. Wahrscheinlich ist es heute abend nicht mehr möglich, aber ich möchte mir auf alle Fälle schon mal einen Überblick verschaffen. Noch etwas: die Schlüssel für St. Ephraims Grab.«

Spitshuker blickte ihn verständnislos an. »Die Schlüssel ...? Ach, ja, natürlich: von den Vorhängeschlössern.« Er machte einen kleinen Scherz. »Sie beabsichtigen doch hoffentlich keine allgemeine Exhumierung? Die Schlüssel sind jedenfalls vor gut hundertfünfzig Jahren verlorengegangen oder zerstört worden – ich weiß nicht mehr, was. St. Ephraim wurde ursprünglich in der ihm gewidmeten Kapelle beigesetzt – das gegenwärtige Grab stammt aus dem 17. Jahrhundert, und seine sterblichen Überreste (nicht mehr viele, wie man sich denken kann) wurden dann umgebettet. Die Vorhängeschlösser sind ungewöhnlich, aber keine unbekannte Praxis – man benutzt sie natürlich normalerweise bei Sarkophagen. Die Schlüssel wurden von den jeweiligen Dechanten aufbewahrt ... Ja, ich glaube, jetzt hab ich's. Die Dechanei brannte Ende des 18. Jahrhunderts nieder, und die Schlüssel gingen vermutlich dabei verloren. Aber auch da müßten Sie Dallow fragen.«

»Es wäre ein leichtes, Nachschlüssel machen zu lassen«, sagte der Inspektor.

»Aber mein lieber Inspektor«, quiekte Spitshuker, »wozu, frage ich Sie: wozu? Hinter dieser riesigen Platte befindet sich nichts von Wert. Ein Bleisarg mit etwas Staub und Haaren – das ist alles. Natürlich gab es mal kostbare Opfergaben, aber sie wurden alle von Heinrich VIII. einkassiert, und danach starb der Kult aus, außer in einigen Regionen.«

»Was das Wozu betrifft, da haben wir so unsere eigenen Ideen, Sir«, sagte der Inspektor mit üblicher Schroffheit, »die ich, wenn Sie mir verzeihen, fürs erste nicht bekanntgeben möchte.« Ziemlich unfundierte Ideen, dachte Geoffrey, enthielt sich aber dieses Kommentars.

Fen, der schon seit einer Minute gereizt mit den Schirmen und Spazierstöcken an der Garderobe klapperte, sagte:

»Gehen wir endlich, Herrgott noch mal. Was trödeln wir denn noch hier herum?« Bevor irgend jemand noch etwas sagen konnte, war er durch die Haustür verschwunden. Geoffrey und Fielding folgten ihm. Aus den Augenwinkeln sah Geoffrey, wie Spitshuker und der Inspektor ins Wohnzimmer gingen.

Sie marschierten um das Haus herum und durch den rückwärtigen Garten, während Fielding sie mit wortreichen und unzusammenhängenden Entschuldigungen dafür überschüttete, ihnen seine Anwesenheit zuzumuten. Das Tor zwischen dem

Garten und dem Grundstück um die Kathedrale war abgeschlossen, aber Fen hatte sich Duttons Schlüssel geborgt. Der Boden war trocken und hart unter ihren Füßen, die Luft unnatürlich still; Geoffrey hielt angestrengt Ausschau nach den Polizisten, die die Kathedralentüren bewachten, aber es dämmerte bereits, und sobald man auf dem Hügel war, versperrten die Bäume und Sträucher den Blick auf den unteren Teil der Kathedrale; nur ab und zu kam sie kurz zum Vorschein, um beim nächsten Schritt wieder zu verschwinden. Er meinte, eine Gestalt zur Nordseite des Gebäudes gehen zu sehen, aber sicher war er nicht.

Sie blieben kurz an der Mulde stehen, wo die Hexen gebrannt hatten. Sie war zugewachsen, vernachlässigt, überwuchert mit Unkraut und Dornensträuchern. Die Eisenstange stand einsam und verlassen da und hob sich gegen das schwächer werdende Licht ab. Sie sahen die Ringe, durch die die Stricke und Ketten gezogen worden waren. Die Atmosphäre war fast unerträglich trostlos, doch in Geoffreys Phantasie wimmelte es überall auf dem Hang von Männern und Frauen, die mit vor Gier und Furcht und grausamem Vergnügen glühenden Augen dem Schauspiel zusahen, das ihnen geboten wurde. Und ein Raunen ging durch die schwankende Menge, ließ die zahllosen Köpfe schwanken und nicken, wie die Finger des Windes, der an einem Maisfeld zupft, als der Karren auftauchte, und sie beugten sich vor, um besser sehen zu können – die Richter in ihren Roben, der Dechant und das Kapitel, die Squires, und dahinter das vielköpfige Biest, der Pöbel. Eine Frau, die sie gekannt hatten – eine Nachbarin vielleicht – ein vertrautes Gesicht, das jetzt zu einer Maske der Angst geworden war, und alle bekreuzigten sich und murmelten das Confiteor. Wer war die nächste? Und in der Brust dieser Frau, was mußte dort für ein Taumel aus Panik oder vergeblicher Reue oder Bestätigung herrschen? Was für ein Schrei richtete sich an Apoll und den Gott der Fliegen …? Es bedurfte nicht viel Phantasie, um den Nachhall solcher Szenen wahrzunehmen, selbst jetzt noch. Und hier hatten sie sich versammelt – Woche für Woche, Monat für Monat, Jahr für Jahr, bis sogar der Pöbel das Geschrei und den Geruch nach verbranntem Fleisch und Haar gründlich satt hatte und nur noch die erforderlichen Amtsträger beim Ende der unglücklichen Frauen zugegen waren und die Leute zu Hause blieben und sich fragten, ob es nicht besser gewesen wäre, sie hätten sich den bösen, greifbaren Lebenden gestellt als den aufgehäuften Grabstätten der bösen, nicht greifbaren Toten.

»In diesem Teil des Landes«, sagte Fen, »wurden noch Hexenprozesse und -verbrennungen durchgeführt, als sie anderswo schon seit fünfzig oder sechzig Jahren eingestellt worden waren – und dann war Aufhängen, nicht Verbrennen, die normale Hinrichtungsmethode. Das, was in Tolnbridge geschah, löste im ganzen Land Empörung aus, so daß ein königlicher Untersuchungsausschuß hergeschickt wurde. Doch als Bischof Thurston starb, hörte die Praxis mehr oder weniger auf. Einer der letzten berühmten Hexenprozesse in Großbritannien war der gegen Major Thomas Weir, den Kommandeur der Stadtwache von Edinburgh; er wurde 1670 lebendig verbrannt. Tolnbridge machte noch vierzig Jahre weiter, bis ins 18. Jahrhundert hinein – das Jahrhundert von Johnson, Pitt und der Französischen Revolution. Nur ein Schritt bis in unsere Zeit. Eine deprimierend dünne Grenze – und die menschliche Natur verändert sich nicht sehr.«

Sie gingen weiter den Hügel hinauf. »Für eine gründliche Durchsuchung wird es zu dunkel sein«, sagte Fen, »und die Kathedrale wird im Sommer nicht verdunkelt.« Er zog eine Taschenlampe aus seinem Regenmantel und schaltete sie probeweise an. »Natürlich ist es durchaus möglich, daß wir mit unseren Mutmaßungen weit danebenliegen – obwohl der gute Praecentor offenbar mit uns einer Meinung ist, bis zu einem gewissen Grad.«

»Was glauben Sie, was er da macht?« fragte Geoffrey.

»Mein lieber, guter Mann, woher soll ich das denn wissen?

Vermutlich genau das, was er gesagt hat – auf den Geist warten und – Hallo!«

Sie waren oben angekommen. Über ihnen, nun scheinbar ungeheuer hoch, ragte die Kathedrale, düster und mächtig, wie ein geducktes Raubtier, in die zunehmende Dunkelheit. Sie standen auf einem Rasenstück in dem Winkel, den das Hauptschiff und das südliche Querschiff bildeten. Von ihrer Position aus waren drei Türen zu sehen; keine von ihnen wurde bewacht.

Fielding packte Geoffreys Arm. »Geoffrey!« flüsterte er. *»Wo sind die Polizisten?«*

Und genau im selben Augenblick sagte Kanonikus Spitshuker im Salon des Gästehauses zu dem Inspektor:

»... Und als ich dann gesehen habe, daß Sie Ihre Männer von der Kathedrale abgezogen haben, bin ich natürlich davon ausgegangen ...«

Der Inspektor war schon aufgesprungen. »Als Sie *was*?«

»Sie sind doch alle vor etwa einer Stunde im Auto weggefahren. Das haben einige von uns gesehen.«

Der Inspektor starrte ihn einen Moment lang verständnislos an. Dann flüsterte er: »Großer Gott!« und rannte zum Telefon.

Nach Fieldings Bemerkung standen alle drei einen Augenblick lang stocksteif da und schauten. Dann schien die Erde unter ihren Füßen zu erbeben. Gleich darauf drang aus dem Innern des Gebäudes ein dumpfes, ohrenbetäubendes Krachen. Danach Stille.

Gervase Fen rührte sich als erster. Er rannte zur nächsten Tür und wollte sie öffnen; sie war verschlossen. Die anderen beiden ebenfalls. Sie hasteten auf die andere Seite der Kathedrale und stießen dort zu ihrer Verblüffung beinahe mit Peace zusammen, der kopflos in die entgegengesetzte Richtung eilte.

»Was war das für ein Geräusch?« rief er aufgeregt. »Was war das für ein Geräusch?«

»Stellen Sie keine idiotischen Fragen«, sagte Fen knapp und lief weiter, um es bei den Türen auf der Südseite zu versuchen. Geoffrey fand eine, die unverschlossen war, und stieß einen Jubelschrei aus.

»Das bringt nichts, Sie Trottel«, rief Fen. »Die führt nur auf die Orgelempore. So kommen wir nicht in die Kathedrale. Das hat alles keinen Zweck. Jede verdammte Tür hier ist abgeschlossen.« Sie eilten alle wieder auf die Nordseite, versuchten auf dem Weg dorthin vergeblich, die Westtür zu öffnen, und wurden mit dem Anblick des Inspektors belohnt, der wild gestikulierend und unverständliche Rufe ausstoßend wie ein Verrückter den Hügel hochgefegt kam. Gleich darauf tauchten zwei Constables auf, die der Inspektor telefonisch und unter gotteslästerlichen Flüchen herbeordert hatte und die sich nun mit Fahrrädern den Hang heraufquälten.

Fen sah auf seine Uhr. »22.16«, sagte er. »Und es ist etwa eine Minute her, daß wir den Krach gehört haben. Also 22.15.«

»Können wir eine von den Türen aufbrechen?« fragte Fielding aufgeregt.

»Sie können es ja versuchen, wenn Sie wollen«, sagte Fen drohend, »aber es wird überhaupt nichts bringen. Wir müssen einen Schlüssel holen – oder ein Seil, dann kann Geoffrey von der Orgelempore runter in den Altarraum klettern.« (»Nein«, sagte Geoffrey.) »Ich vermute stark, daß der Schlüssel im Gästehaus wieder verschwunden ist, aber die Kanoniker haben jeder einen.«

Der Inspektor und die Constables trafen mehr oder weniger gleichzeitig ein, alle gehörig aus der Puste. Mit der Schnelligkeit und Prägnanz, die er durchaus aufbringen konnte, wenn er wollte, erklärte Fen dem Inspektor die Sachlage, und der nickte.

»Irgendein verfluchtes Ablenkungsmanöver«, sagte der keuchend. »Was für Dummköpfe, ein kleines Kind könnte sie reinlegen. Gott erbarme dich unser. Wo sind die hin? Ich frage Sie: Wo sind die hin?«

»Ist doch jetzt gleichgültig«, sagte Fen barsch. »Wir müssen jetzt in die Kathedrale reinkommen.« Ein Constable wurde mit dem Auftrag losgeschickt, einen Schlüssel zu besorgen; er sprang flott den Hügel hinunter.

»Ich gehe auf die Orgelempore«, sagte Fen, »vielleicht ist ja von dort oben was zu sehen.« Sie alle folgten ihm, stapften eine lange Wendeltreppe hinauf. Dann, jäh und unerwartet, waren sie da.

Die Kathedrale lag in tiefer Dunkelheit. Ein paar letzte Lichtstrahlen fielen noch durch die Fenster, lagen auf den Kapitellen mit ihren Blattornamenten. Riesige Schatten huschten mit beängstigender Schnelligkeit dahin. Geoffrey konnte undeutlich den großen viermanualigen Spieltisch der Orgel sehen, den Aufbau darüber mit den aufragenden Pfeifen und zu seiner Linken einen großen Notenschrank, der an der Backsteinwand stand, die die Orgelempore von der Bischofsgalerie trennte. Er ging mit Fen und dem Inspektor zu der hohen Holzumrandung, die über den Altarraum ragte, und sie hievten sich hoch und spähten nach unten. Fens starke Taschenlampe zerschnitt die Dunkelheit; Staubkörnchen funkelten und schwebten in dem Strahl; das Licht schuf eine neue Welt aus Schatten um sie herum.

Und so kam es, daß Geoffrey, als er nach unten und ein wenig nach links unterhalb der Bischofsgalerie schaute, die gewaltige Steinplatte sah, die scheinbar schwebend und ganz sachte wippend unten auf dem Boden lag, die mächtige Höhle – das Grab von St. Ephraim – erspähte, die sie ausgefüllt hatte, und, als das Licht sich verschob, den schwarzen Schuh eines Mannes unter dem schweren Stein hervorragen sah.

Mit erstickter Stimme entfuhr es dem Inspektor: »Da liegt einer drunter. Es ist ...«

Er hielt inne. Auf der äußeren Seite des Altarraums wurde an einem Schloß gerüttelt und eine Tür aufgestoßen. Der Constable, der zurückgekommen war und niemanden mehr angetroffen hatte, betrat die Kathedrale. Er blieb stehen, erschreckt durch die Taschenlampe, blickte rasch nach oben zur Orgelempore und ging, eine Hand am Schlagstock, ein paar Schritte ins Hauptschiff.

»Potter!« rief der Inspektor. »Bleiben Sie an der Tür! Wir sind gleich unten. Rühren Sie sich nicht von der Stelle, und lassen Sie niemanden raus!« Seine Stimme weckte tausend täuschende Echos in dem Gebäude. Der Constable salutierte und ging zurück zur Tür.

Drei Minuten später standen sie an der Steinplatte und vor dem Etwas, das darunter lag. Jeder mögliche Ausgang der Kathedrale war bewacht, und niemand konnte hinaus. Nicht einmal mit den vereinten Kräften aller Männer hatte sich die Platte mehr als ein paar Zentimeter bewegen lassen.

»Es ist unheimlich«, flüsterte Fielding Geoffrey zu. »Es ist niemand hier, und diese verdammte Platte bricht aus der Wand wie …« Er hielt abrupt inne, und sie beide spähten in die häßliche, schwarze Höhle in der Wand. Unter den gegebenen Umständen war kein weiterer Kommentar erforderlich.

Der Inspektor wischte sich über die Stirn.

»Wir brauchen einen Kran, um das Ding zu heben«, knurrte er. »Und daß er noch lebt, ist unwahrscheinlich: er muß sämtliche Knochen im Leib gebrochen haben. Das steht wohl außer Zweifel –«

Fen nickte. »Das würde ich auch sagen … Erst Brooks und jetzt Dr. Butler, der Praecentor …«

Kapitel 7
Motiv

Look always on the motive, not the deed.
William Butler Yeats

Das Motiv ist entscheidend, nicht die Tat.

Fielding war schließlich überredet worden, nach Hause zu gehen.

»Grabraub«, sagte der Inspektor aufgewühlt. »Genau das geht hier vor. Zwei Gräber in weniger als einer Stunde geöffnet.« Er schlug wütend auf den Tisch. »Ich bin selbst mit dem Seil auf die Bischofsgalerie geklettert – da sah es aus wie in einem regelrechten Musterhaushalt. Staub und Spinnweben von Jahrhunderten ordentlich in die Ecken gefegt. Und nichts da. Auch nicht in dem stinkigen Grab die Treppe runter. Der Vogel ist ausgeflogen. Was immer auch da war, es ist weg.« Er zündete sich mit solchem Ingrimm eine Zigarette an, als hätte sie ihn persönlich beleidigt.

Fen, den langen, schlaksigen Körper in einem der Gästehaussessel ausgestreckt, trank einen Schluck Whisky und starrte mit leerem Blick vor sich hin. »Nun, genau das war ja zu erwarten, oder?« sagte er. »Es beweist zumindest, daß wir auf der richtigen Fährte sind.« Sein Gesicht verhärtete sich. »Eine seltsame Sache, Garratt – äußerst seltsam. Beinahe zu seltsam, um real zu sein. Unfall? Nein, nein. Selbstmord? Lächerlich. Mord unmöglich, würde ich sagen – und was für eine Methode!« Er nahm wieder einen Schluck Whisky und grübelte weiter.

Es war kurz vor Mitternacht. Die Grabplatte war mit enormem Aufwand schließlich gehoben worden, so daß der erbarmungswürdige, zerquetschte Leichnam des Kantors geborgen werden konnte. Während die Türen weiterhin bewacht wurden, hatte man jeden Quadratzentimeter der Kathedrale abgesucht, aber ohne Ergebnis; Geoffrey hatte das Gefühl, daß er diese groteske Suche mit Taschenlampen sein Lebtag nicht vergessen würde. Und jetzt sollte die Kathedrale die ganze Nacht hindurch bewacht werden – und die Durchsuchung am nächsten Morgen fortgesetzt werden. Denn falls dort niemand noch immer in der Falle saß, wie ließe sich dann erklären …?

Er schreckte auf, als Fen ihn ansprach. »Haben Sie es der Tochter gesagt?«

Geoffrey schluckte. »Ja; sie war hier in der Küche. Sie – hat gar nichts gesagt. Und ich wußte auch nicht, was ich sagen sollte.«

»Und die Mutter?«

Der Inspektor hob beklommen die Schultern. »Kanonikus Spitshuker ist zu ihr gegangen. So war es wohl am besten.« Einen Moment lang schwiegen alle. »Morgen müssen wir natürlich mit ihr sprechen – wir müssen mit jedem sprechen.«

Fen sagte:

»Sie haben vorhin von Grabraub gesprochen. Wurde einer der Särge geöffnet?«

»Nein, nein, Sir«, erwiderte der Inspektor. »Soweit wir sehen konnten, nicht. Aber das muß ja nichts heißen.« Er setzte sich und sagte dann unvermittelt und frei heraus: »Ich habe nicht die blasseste Ahnung, was hier vor sich geht.«

»Ich habe vage Vermutungen«, sagte Fen. Er schenkte sich Whisky nach. »Aber die ganze Sache strotzt derart von Problemen, daß man gar nicht weiß, wo man anfangen soll. Nehmen wir zum Beispiel das Offensichtliche. Alle Türen waren verschlossen, und in keiner steckte ein Schlüssel, weder innen noch außen. Niemand außer Peace war dort, als wir angekommen sind. Niemand in der Kathedrale, als wir sie durchsucht haben (und es konnte auch niemand raus, während wir auf den Schlüssel warteten). Dadurch scheint wohl ausgeschlossen, daß jemand die Grabplatte auf den armen Mann gestoßen hat. Und überhaupt, in Gottes Namen, welcher Mörder läßt denn eine tonnenschwere Grabplatte herausnehmen, klettert in das Wandgrab, läßt die Platte wieder an Ort und Stelle anbringen und hockt dort, bis sein Opfer zufällig vorbeikommt? Das ist verrückt.«

»Was ist mit den Vorhängeschlössern passiert?« fragte Geoffrey.

»Kommen Sie mir jetzt nicht mit Belanglosigkeiten«, sagte Fen streng. (»Wir haben sie alle auf einem Haufen in einer Ecke gefunden«, erklärte der Inspektor rasch.)

»Hören Sie mir überhaupt zu«, brummte Fen, »oder nicht? Ich erwarte von niemandem, daß er meine Vorlesungen in Oxford besucht, obwohl ich mich weiß Gott redlich bemühe, sie interessant zu gestalten, und es ist nicht meine Schuld, daß ich über so einen Unfug reden muß wie –« Er bremste sich abrupt. »Was wollte ich sagen?«

»Nichts Besonderes.«

Fen schoß böse Blicke in die Runde. »Nun, dann sagen *Sie* doch mal etwas. Nein«, sagte er hastig, weil ihm plötzlich etwas einfiel, »sagen Sie um Himmels willen nichts. Ich möchte wissen, wieso Ihre Leute ihren Posten verlassen haben, Garratt.«

Der Inspektor stöhnte unglücklich auf. »Sie haben eine maschinengeschriebene Nachricht erhalten, unterschrieben von mir (natürlich ist es ein Kinderspiel, meine Unterschrift zu fälschen), in der stand, daß sie auf der Stelle ins Auto steigen und mich in Luxford treffen sollten, ein Dorf zirka fünfzehn Meilen von hier. Und weg waren sie, diese Schwachköpfe. Sie sind gerade erst zurückkommen.«

»Aber wer hat ihnen denn diese Nachricht gegeben?«

»Tja – das ist das Merkwürdigste daran. Es war Josephine Butler – die jüngere Tochter von Dr. Butler.«

Fen stieß einen lauten Pfiff aus. »Sieh an, sieh an!« sagte er. »Jetzt wird es interessant. Und wer hat sie ihr gegeben?«

»Das wissen wir noch nicht. Aber sie hat dem diensthabenden Sergeant gesagt, ein Polizist hätte sie ihr gegeben.«

»Ein Polizist!« entfuhr es Fen verblüfft. »Sie leiden doch wohl nicht an Zerstreutheit, Garratt?« fügte er mit öliger Freundlichkeit hinzu. »Sie haben die Nachricht nicht selbst geschickt?«

»Nein, natürlich nicht«, sagte der Inspektor gereizt. »Das ist doch das Eigenartige daran. Wieso sollte jemand meine Leute loswerden wollen, um einen unmöglichen Mord zu begehen?«

»Das liegt doch wohl auf der Hand«, warf Geoffrey ein. »Der Täter wollte freie Bahn haben, um das wegzuschaffen, was immer er auf die Bischofsgalerie gebracht hatte.«

»Luzide«, sagte Fen.

Geoffrey ignorierte die Bemerkung. »Man könnte meinen, daß die beiden Dinge in keinem Zusammenhang stehen. Der Tod des Praecentors könnte ein Unfall sein – ja, das scheint mir die einzig denkbare –«

Fen schnaubte heftigst. »Unfall!« sagte er. »Unfug. Selbst wenn er das Grab selbst geöffnet hätte und die Platte plötzlich auf ihn zugekommen wäre, hätte er doch versucht, sich zu retten. Und er wäre nach *hinten* gefallen, mit dem Kopf weg von dem Grab. Aber er lag auf dem Bauch, den Kopf leicht nach innen gedreht, zum Grab hin.« Er überlegte. »Die Schlüssel von den Vorhängeschlössern haben Sie wohl nicht gefunden?«

Der Inspektor schüttelte den Kopf. »Keine Spur davon. Auch das schließt einen Unfall eher aus. Es ist zum Verrücktwerden. Und dann ist da noch die Brooks-Sache. Damit haben wir noch nicht einmal *angefangen.*«

»Eins nach dem anderen«, sagte Fen müde. »Wenn man nicht auf Anhieb Erfolg hat, muß man es immer und immer und immer wieder versuchen.« Dann kam ihm ein nützlicherer Gedanke: »Wo wir gerade von Schlüsseln sprechen: Wer ist eigentlich mit welchen Schlüsseln in die Kathedrale gelangt?«

»Ach, ja, Sie hatten da übrigens recht«, sagte der Inspektor mürrisch. Sie warteten, daß er diese etwas knappe Äußerung erläuterte, und Fen sagte leise: »Ich habe immer recht.« »Der

Schlüssel im Gästehaus war tatsächlich wieder verschwunden, und überdies ist er bislang nicht wieder aufgetaucht; der oder die Täter haben ihn also vermutlich benutzt. Dr. Butler hatte seinen eigenen Schlüssel. Und der wurde« – er zögerte, wie bei einer unangenehmen Erinnerung – »in seiner Kleidung gefunden. Auch hier also nicht viel zu holen.«

Fen nickte. »Keinerlei Spuren, wie es aussieht. Eine seltsame Geschichte.« Er machte eine ungeduldige Geste. »Ich werde irgendwie das Gefühl nicht los, daß die ganze Sache ein Versehen war – daß sie so nicht geplant war ...«

»Mir ist da noch was eingefallen«, sagte Geoffrey. »Und zwar, es könnte doch sein, daß jemand, der in der Kathedrale war, mit einem Seil auf die Orgelempore geklettert ist, sich dort versteckt hat, als wir das erste Mal hereinkamen, um uns umzusehen, und sich dann rausgeschlichen hat, nachdem wir wieder gegangen waren.«

»Das ist nicht möglich, Sir«, sagte der Inspektor, erleichtert über die Gelegenheit, einen wenn auch negativen Beitrag zu der Diskussion zu leisten. »Erstens, wenn jemand dagewesen wäre, hätten wir ihn ganz bestimmt gesehen. Zweitens, man kann auf der Empore nirgendwo ein Seil befestigen. Der Orgelsitz ist lose und läßt sich nicht befestigen oder war es jedenfalls nicht – ich habe das überprüft –, und es gibt nichts, das der Belastung standhalten würde oder das sonst irgendwie in Frage käme. Ich werde mich natürlich morgen noch einmal gründlich umsehen, aber Sie können mir glauben, diese Variante ist ausgeschlossen.«

»Könnte man nicht vielleicht von der Bischofsgalerie hinüberkommen?«

»Dazu müßte man fliegen können. Man kann nicht um die Trennwand dazwischen herumschauen, geschweige denn seitlich daran vorbeiklettern – sie ragt ein gutes Stück vor, wie Sie feststellen werden.«

»Es besteht also absolut keine Möglichkeit, von der Orgelempore aus – oder von der Treppe dorthin – in den Hauptteil der Kathedrale zu gelangen?«

»Keine einzige, Sir; darauf können Sie sich verlassen.« Geoffrey seufzte und kippte seine Idee auf die Müllhalde für gut gemeinte, aber vergebliche Bemühungen.

»Und in dem Fall ...« sagten Fen und der Inspektor gleichzeitig; sie sahen sich an und schmunzelten. »Shakespeare«, sagte der Inspektor. »Herrick«, sagte Fen. »Und ich wünschte«, fügte er hinzu, »daß jetzt jemand in diesen Raum käme und uns sagen würde, auf was alle so versessen sind, daß sie dafür morden.«

Es klopfte an der Tür. Wäre der Erzengel Gabriel erschienen, um höchstpersönlich seine Absicht zu verkünden, in zehn Minuten die Posaune des Jüngsten Gerichts zu blasen, Geoffrey hätte nicht überraschter sein können. Tatsächlich jedoch steckte ein blasser, bebrillter junger Mann den Kopf zur Tür herein, bevor er ihm, nachdem er sich offenbar vergewissert hatte, daß keine besonderen Gefahren auf ihn lauerten, in den Raum folgte. Er trug einen leicht ölverschmierten Overall und hatte in einer Hand ein Stück Draht und in der anderen ein aufgeklapptes Taschenmesser. Eine Zigarette baumelte unbeachtet im Mundwinkel. Er sprach mit einem vagen, zerstreuten Gemurmel und leichtem Cockney-Akzent.

»Inspector Garratt?« fragte er in den Raum.

Der Inspektor stand auf.

»Heiße Phipps«, murmelte der junge Mann, mit dem Messer über den Draht schabend. »CID, Funk. Auf der Wache wurde gesagt, ich würde Sie hier finden. Haustür war auf, niemand da, ich einfach rein.« Das Auslassen nebensächlicher Wörter verlieh seiner Rede einen merkwürdigen Telegrammstil. »Kann ich Sie einen Moment allein sprechen?«

Der Inspektor entschuldigte sich kurz und folgte dem jungen Mann in die Diele. Einige Minuten lang verharrten Fen und Geoffrey in Schweigen, das nur zweimal unterbrochen wurde, einmal, als Fen »Drähte« sagte und später, als er zur Decke deutete und bemerkte: »Ligusterschwärmer, *Sphinx ligustri*.«

Kurz darauf kam der Inspektor zurück, ohne den jungen Mann; er war sichtlich aufgewühlt. Er setzte sich vorsichtig hin, starrte auf den Teppich und sagte: »Jetzt haben wir den Schlamassel!« Fen summte eine kleine Melodie vor sich hin; als er fertig war, sagte er munter:

»Wenn es das ist, was es offensichtlich ist, kein Wunder, daß Sie geknickt wirken.«

Der Inspektor blickte auf. »Hören Sie, Sir, ich dürfte Ihnen das eigentlich gar nicht erzählen, auch Ihnen nicht, Mr. Vintner; aber ich denke trotzdem nicht daran, es für mich zu behalten. Wahrscheinlich können Sie es sich ja schon denken. Man hat hier irgendwo ein feindliches Sendegerät geortet, und seit zwei Tagen versuchen sie, es ausfindig zu machen. Sie sind dabei ziemlich unauffällig vorgegangen – unsere Leute haben nichts bemerkt. Achtundvierzig Stunden lang war nichts gewesen, und heute abend hat es plötzlich eine kurze Meldung gegeben.« Er nickte grimmig. »Kurz nachdem meine Leute vor der Kathedrale mit einem Trick abgezogen wurden. Damit ist wohl klar, was sich auf der Bischofsgalerie befunden hat – vielmehr in dem Grab unten an der Wendeltreppe, nicht? Und noch dazu ein richtig gutes Versteck. Aber ganz schön dreist – Junge, Junge!« Er tupfte sich die Stirn ab.

Fen nickte sanft. Er war geistesabwesend und zufrieden in die Betrachtung des Falters an der Decke vertieft.

»Aber da ist noch etwas«, fuhr der Inspektor fort, »was die Sache noch unangenehmer macht. Das Gerät konnte nur nachts bedient werden, und das bedeutet, daß jemand, der mit der Kathedrale zu tun hat, ein feindlicher Spion sein muß – jemand mit Zugang zu einem Schlüssel ...« Seine Stimme erstarb; kurz darauf sagte er: »Brooks ist dahintergekommen, was vor sich ging, und er mußte zum Schweigen gebracht werden. Und Mr. Butler, denke ich, ebenso. Sie verstehen, Sir, daß das die Situation von Grund auf verändert. Ich werde Scotland Yard bitten müssen, so schnell wie möglich jemanden herzuschicken. Die Sache ist eine Nummer zu groß für mich. Die Morde wären schon ein hartes Stück Arbeit gewesen, aber Spionage …« Er schüttelte den Kopf. »Ich muß den Yard einschalten.«

Ohne die Blickrichtung zu ändern, trank Fen ein halbes Glas Whisky. »Wie ärgerlich«, sagte er milde.

»Also wirklich, Gervase«, sagte Geoffrey aufgebracht. »In einer so ernsten Angelegenheit wie dieser haben rein persönliche Erwägungen ganz bestimmt …«

»*Nein*!« schrie Fen; er schrie so unvermittelt los, daß er sogar den Falter erschreckte, der sich verzweifelt gegen die Fenstervorhänge stürzte. »Ich *lasse* mich nicht belehren! Ich weiß, daß die Sache sehr ernst ist und so weiter, aber wenn ich jetzt in Ehrfurcht erstarren soll, kann ich mich nur vollaufen lassen. Ich werde nicht lebenslange Gewohnheiten aufgeben, bloß weil sich ein Haufen mieser transzendentalistischer Deutscher zufällig in meiner Nachbarschaft herumtreibt. Kant!« johlte er angewidert. »An einer Stelle in der *Kritik der reinen Vernunft* heißt es –«

»Ja ja«, sagte der Inspektor. »Aber Tatsache bleibt: Ich muß den Yard einschalten.«

»Sagen Sie das doch nicht andauernd«, erwiderte Fen gereizt. »Wen wollen die denn überhaupt schicken? Ich hoffe, jemanden, den ich kenne. Wenn ich ein paar Ergebnisse habe, bevor sie kommen«, fügte er hoffnungsfroh hinzu, »lassen sie mich vielleicht beim Showdown dabei sein.«

Der Inspektor stand auf. »Ich schreibe jetzt meinen Bericht und gehe dann schlafen«, sagte er. »Heute abend können wir ohnehin niemanden mehr befragen. Ich bin um halb zehn morgen früh wieder hier, und ich würde mich freuen, wenn Sie irgendwelche Ideen haben. Die Leute vom Yard sind dann vielleicht auch schon da« – (»Sie müssen den Yard einschalten«, sagte Fen, um ihn zu ärgern) – »und alles weitere«, schloß der

Inspektor ohne große Überzeugung, »wird sich zeigen.« Er nahm seinen Hut und ging zur Tür. »Gute Nacht, Gentlemen. Ich fürchte, viel Schlaf werde ich nicht bekommen.«

Fen winkte träge mit einer Hand aus der Tiefe seines Sessels. »Gute Nacht, lieber Inspektor«, rief er. »Gute Nacht, gute Nacht.« Er trank seinen Whisky aus; seine Stirn legte sich vor angestrengter Konzentration in Falten. »Eine sonderbare Klimax, diese Funkgeschichte – oder Antiklimax. Unbefriedigend wie der Schluß von *Maß für Maß*. Die Sache ist kompliziert, Geoffrey. Es gibt da einige Unwägbarkeiten ...«

Geoffrey gähnte. »Gott, bin ich müde. Was für ein Tag! Nicht zu glauben, daß ich erst heute morgen Ihr Telegramm und den Brief erhalten habe. Gebe Gott, daß ich nie wieder so einen Tag erlebe.« Er rieb sich kläglich die Oberschenkel und schlenderte zur Tür. »Zwei Drohbriefe, drei Angriffe; und obendrein lerne ich noch einen Earl kennen, der in einem Geschäft als Verkäufer arbeitet, und einen Wirt, der einem Roman von Graham Greene entsprungen sein könnte, und ich muß mitanhören, wie jemand ermordet wird.«

Fen lächelte sanft. »Ich frage mich, ob Sie recht haben«, sagte er. »Gute Nacht, Geoffrey. *Laßt Tränen nicht, noch Trauerklagen, des Nachts den ruhigen Schlummer mindern, kein irr'ger Zweifel soll sich wagen, durch dunkle Furcht den Schlaf zu hindern; kein schwerer Traum, kein Schreckensbild soll jäh zu Tode uns erschrecken ...*«

Als Geoffrey ging, versuchte Fen gerade den Falter zu fangen, um ihn in eine leere Streichholzschachtel zu sperren.

Grotesk, dachte Geoffrey, während er am nächsten Morgen im Bett lag und mit gebanntem Ernst an die Decke starrte: ein lachhaftes Durcheinander aus Gespenstern und Spionen. Die Morde lagen klar auf der Hand: Zumindest waren sie nachweislich geschehen. Aber Gespenster waren unfaßbar, feindliche Spione fast ebenso. Das Tageslicht, so dachte er, wird uns wieder zur

Vernunft bringen, oder wenigstens in den verblendeten und beschränkten Zustand versetzen, den wir Vernunft nennen. Selbst unmögliche Morde werden der durchdringenden Kraft des Morgenlichts nur schwerlich standhalten können. Ganz offensichtlich war irgend etwas übersehen oder eklatant fehlgedeutet worden. Das deutsche Sendegerät würde sich als die ungeschickten Basteleien eines technisch interessierten Schuljungen entpuppen. Wenn man die Fakten nüchtern betrachtete – tja, was dann? Wenn man die Fakten nüchtern betrachtete, so mußte Geoffrey zugeben, schien das Tageslicht seine normalerweise ernüchternde Wirkung zu verfehlen. Im Grunde hatte sich seit dem Vorabend nichts verändert; die Ereignisse des vergangenen Tages, die, soviel war klar, der Verstand am liebsten als schillernde Selbsttäuschung verbucht hätte, waren erschrekkend unempfindlich gegen solch willkürliche Tilgungsversuche; obendrein drängten sie sich quälend in die naiven und jungfräulichen Pläne des Verstandes, die kommenden Stunden friedlich zu verbringen – ein moralischer Kater, ein bekleckstes und bekritzeltes Blatt, das sich nicht aus dem Schreibheft reißen lassen will. Es vergiftete jedes Vergnügen. Geoffreys Stimmung verschlechterte sich merklich. Übellaunig sinnierte er über die verheerenden Einbrüche des *Es* in die friedliche Weite seiner Persönlichkeit nach.

Er registrierte, daß ihn weder Jagdlust erfüllte noch das brennende Verlangen, die Wahrheit aufzudecken; und das war vermutlich auch der Grund, warum er noch immer im Bett lag. Das Zimmer hatte die eindringlich melancholische Aura eines nahezu ständig unbenutzten Raumes, in dem ein paar persönliche, wahllos verteilte Dinge tapfer, aber vergeblich darum kämpften, ihm einen Anstrich von Bewohntheit zu verleihen. Die Atmosphäre würde ihn auf jeden Fall in Kürze nach draußen treiben. Aber zuvor galt es, noch etwas anderes zu erörtern. Geoffrey wußte aus langer Erfahrung, daß ein inneres Zwiegespräch, so zielbewußt es auch geführt wurde, sich meist in Belanglosigkeit, Abschweifung und Chaos erschöpft; ihm war allerdings nicht ganz klar, daß es einem Mann unmöglich ist, klar und vernünftig über eine Frau nachzudenken, wenn er im Bett liegt. Seine folgenden Gedankengänge gerieten daher aus dem Lot und waren größtenteils nicht der Rede wert. Allerdings stand an ihrem Ende die Einsicht, daß es, selbst wenn er in Frances verliebt war, höchst zweifelhaft schien, ob sie auch in ihn verliebt war; daß er das herausfinden mußte; und daß der Morgen nach dem gewaltsamen Ableben ihres Vaters nicht der geeignete Zeitpunkt dafür war. Da er nun wußte, was zu tun war, und eine Entschuldigung hatte, dieses Vorhaben nahezu unendlich lange hinauszuschieben, sah er keinen Sinn mehr darin, noch länger liegenzubleiben, und stand auf.

Er hastete über den Flur zum Badezimmer, mit Kulturbeutel und wehendem Handtuch. Ein leises Rascheln, wie von Ratten, die beim Fressen gestört werden, drang nach draußen und sagte ihm, daß das Bad besetzt war, vermutlich von Fen. Geoffrey öffnete langsam die Tür und sah sich Dutton gegenüber, der, das Gesicht eingeseift, ein Rasiermesser selbstmörderisch nah an der Drosselvene, leicht verschämt gestikulierte; Geoffrey zog sich zurück. »Frühstück ist in einer Dreiviertelstunde«, verfolgte eine Stimme ihn zurück in sein Zimmer. »Guten Morgen«, fügte sie nachträglich hinzu.

Nachdem Dutton das Bad verlassen hatte, nahm Geoffrey ein heißes Bad und ließ die Ereignisse des Vorabends noch einmal Revue passieren. Und während er so überlegte, kam ihm ein Gedanke. Es war ein so simpler, so naheliegender Gedanke, daß es ihm unbegreiflich war, warum er nicht schon früher darauf gekommen war. Und je mehr er ihn sich durch den Kopf gehen ließ, desto wahrscheinlicher erschien er ihm, obgleich es durchaus kleinere Probleme gab, die dadurch nicht gelöst wurden. Die Sache war also doch nicht so unergründlich, nein, ganz und gar nicht …

Er war nahezu liebenswürdig, als Fen hereinkam, angetan

mit einem grellila Seidenmorgenrock, frischer, schlaksiger und unbezähmbarer denn je.

»Ich werde mich rasieren, während Sie Ihr Bad nehmen«, verkündete er drohend. »Sonst komme ich zu spät zum Frühstück.« Er schäumte sich großzügig das Gesicht ein und begann, sich einen Rasierapparat in langen, schabenden Bahnen über Gesicht und Hals zu ziehen. »Haben Sie gut geschlafen? Dieser Falter, den ich gestern gefangen habe, war heute morgen tot.«

»Das überrascht mich nicht. Wieso geben Sie vor, sich für Insekten zu interessieren?«

»Vorgeben?« Fen inspizierte ohne große Begeisterung sein Gesicht im Spiegel. »Ich gebe nichts vor. Im Grunde bin ich ein Naturwissenschaftler, den es reizt, Abstecher in die unsaubere, trügerische Literaturwissenschaft zu unternehmen. Das erkennen Sie auch an meinem klaren und präzisen Verstand.« Er strahlte angesichts dieser triumphalen Autologie. »Und ich leugne nicht, daß auch ein romantisches Interesse vorhanden ist. Das Leben in der Insektenwelt ist ein einziges Melodram – *Die Tragödie des Rächers* ohne den vielen Text.«

»Und die wäre ja dann wohl ziemlich blöd«, sagte Geoffrey. Er langte nach einem für Fen unsichtbaren Gegenstand neben der Wanne. »Hier ist ein Spielzeugboot.« Er setzte es aufs Wasser und schob es hin und her.

»Den Elisabethanern« – sagte Fen ausweichend – »ging es nicht so sehr um die Handlung … Die Stärke ihrer Dramen lag in der heute verlorengegangenen Kunst der Rhetorik. Sie erkannten, daß das Wort als Weg zu angenehmen Empfindungen der Handlung überlegen ist. Der einfache Zuschauer auf den Stehplätzen vor der Bühne des elisabethanischen Theaters war dem Bildungsbürger unserer Tage kulturell überlegen.« Er hielt inne und betupfte mit einem Blutstillstift einen Schnitt. »Wem gehört das Boot wohl?«

»Josephine Butler, denke ich: ein Relikt aus Kindertagen.«

Geoffrey war darin vertieft, Wasser aus einem Schwamm auf das Boot plätschern zu lassen, um es zum Kentern zu bringen. »Ihr zitierter Stehplatzzuschauer hatte allerdings keinen Humor. Sonst hätte er sich niemals mit Shakespeares Beatrice und Benedikt abgefunden.« Er betrachtete das Boot nachdenklich und legte vorsichtig ein Stück Seife aufs Deck; es fiel runter. »Sie haben gehört, daß Josephine das Manuskript ihres Vaters verbrannt hat?«

»Und sich eine Ohrfeige eingehandelt hat? Ja. Aber das scheint wohl nicht viel mit unserem Fall zu tun zu haben. Mich würde aber doch interessieren, was das für ein Manuskript war. Garbin könnte das wissen – oder Spitshuker. Und merkwürdig ist auch, daß sie den Polizisten an der Kathedrale die Nachricht gebracht hat. Auch das muß nichts bedeuten. In dieser Geschichte gibt es zu viele periphere Elemente. In der Mitte herrscht eine hübsche, praktische Leere; an der Peripherie wimmelt es nur so von kryptischen Hinweisschildern.«

»Mir ist da ein Gedanke gekommen.«

»Bestimmt ein falscher.« Fen pustete sich aus einem Gummiballon, der an ein chirurgisches Instrument erinnerte, aber von Friseuren benutzt wird, Puder aufs Kinn. Dann warf er seine Sachen wahllos in den Kulturbeutel.

»Möchten Sie denn nicht wissen, was ich für einen Gedanken hatte?«

»Nein«, sagte Fen im Gehen, »möchte ich nicht. Und wenn Sie noch länger in der Wanne bleiben, kriegen Sie kein Frühstück ab, das versichere ich Ihnen. Mit *dem* Gedanken sollten Sie sich mal beschäftigen.« Er lachte enervierend und ging hinaus.

Für Geoffrey hatte sich die Auswahl einer Krawatte zu einer komplizierten Zeremonie entwickelt, denn es galt, seinen Anzug und sein Hemd, das Wetter und die unvollkommene Erinnerung zu berücksichtigen, was er an den vorangegangenen zehn oder vierzehn Tagen getragen hatte. Nachdem er an diesem

Morgen mit einiger Ernüchterung auf die Krawatte zurückgegriffen hatte, die seine anfängliche Wahl gewesen war, betrachtete er sich länger als sonst im Kommodenspiegel. Die Wirkung, die eine Frau auf das Leben eines Mannes hat, so überlegte er, ist die, daß der Mann seinen Unvollkommenheiten größere Beachtung schenkt als normalerweise. Dennoch, er sah wirklich zehn Jahre jünger aus, als er war; das schelmisch Faunhafte seines Gesichts war, so dachte er, nicht unattraktiv; hellblaue Augen und kurzgeschnittenes braunes Haar hatten ohne Zweifel ihren Reiz … Aus seinen selbstzufriedenen Gedanken riß ihn ein von unten heraufdröhnender Gong, der, wie er vermutete, Frühstück bedeutete. Mühsam zwang er seine Aufmerksamkeit wieder Richtung Außenwelt und eilte nach unten.

Frances, das wußte er, würde nicht da sein; sie hatte bei ihrer Mutter übernachtet, und eine nicht unfähige alte Person von schlichtem Äußeren hielt derweil die Stellung. Fen war bereits im Frühstückszimmer, als Geoffrey eintraf, und las allem Anschein nach mit Interesse eine Morgenzeitung. Dutton tauchte kurz danach auf und arrangierte mit seltsam femininem Geschick und Geschmack frische Blumen in einer Schale. Sie nahmen Platz und aßen ihr Porridge, wobei Dutton sich offenbar verpflichtet fühlte, die Unterhaltung zu führen. Nach mehreren mißlungenen Anläufen gelang ihm die Bemerkung, daß das, was geschehen war, eine schreckliche Sache sei. Das war nun gerade ein Mißgriff, da Gemeinplätze bei Fen selten gut ankamen. Er betrachtete Dutton mit Interesse.

»Ach ja? Ach ja?« sagte er, wobei er seinen Löffel schwenkte und das Tischtuch mit Milch bekleckerte. »Ich habe Dr. Butler nicht sehr gut gekannt. Kein mitteilsamer Mann, würde ich sagen, kein einfacher Mensch.«

Dutton blickte vorsichtig auf seinen Teller; offenbar überlegte er, ob es klug und schicklich war, über den Toten zu sprechen. »Wenig mitteilsam, ja«, gab er schließlich zu. »Und aus diesem Grund in Gefahr – verleumdet zu werden.« Diese linguistische Glanztat erfüllte ihn mit bescheidendem Stolz. Fens Interesse wuchs. Er sagte:

»Dann war er also nicht beliebt?«

Dutton machte rasch einen Rückzieher. »So drastisch würde ich es nicht ausdrücken. Ein Mann in seiner Position hat stets mit Mißverständnissen zu kämpfen.« Röte stieg ihm ins Gesicht und wurde von seinem gelblich braunen Haar verschluckt. Er war äußerst verlegen. Fen, selbst in seinen besten Momenten nicht gerade langmütig, gab jedes Feingefühl auf und sagte:

»Herrgott noch mal, nun weichen Sie nicht aus. Ich möchte« – er richtete seinen Löffel auf den verschreckten zweiten Organisten – »von Ihnen hören, was Sie über das Verhältnis der Leute hier zu dem Toten wissen.« Er wurde beißend. »Die Polizei wird Sie auch danach fragen, also können Sie es mir genauso gut erzählen. Nun spielen Sie hier nicht den Taktvollen«, fügte er fast bedrohlich hinzu; und dann, auf eine zutraulichere Ebene zurückkehrend: »Herrgott, Mann; tratschen Sie denn *nicht* mal gern über andere Leute?«

In Duttons Seele schien ein mächtiger Konflikt zu toben, zwischen Diskretion und Schüchternheit auf der einen Seite und dem Wunsch, freundlich zu sein und im Mittelpunkt des Interesses zu stehen, auf der anderen. Unvermittelt gewann sein Wunsch die Oberhand, und er fing an zu sprechen, zunächst zögernd und dann, je mehr Freude es ihm machte, mit wachsender Begeisterung und Schwung. Fen und Geoffrey mußten eigentlich nur dasitzen und zuhören.

»Dr. Butler«, sagte Dutton, »sah sich selbst in erster Linie als Wissenschaftler. Womit er sich befaßte, weiß ich nicht genau, aber ich denke, es hatte etwas mit Theologie zu tun. Garbin ist auf dem Gebiet auch sehr stark – ich glaube, sein Buch über die Häresie der Albigenser ist *das* Werk zu dem Thema –, und er behauptete stets, die Forschung des Praecentors sei unseriös. Sie stritten sich – einmal besonders heftig wegen einer wichtigen Inkunabel, die Garbin für die Drucklegung bearbeitete und die der Praecentor in einem wissenschaftlichen Aufsatz verbraten hatte: Ich glaube, Garbin hätte deswegen beinahe seine Präbende aufgegeben. Derzeit arbeiteten sie beide gerade an einem Buch über dasselbe Thema, mehr oder weniger, und es herrschte eine scharfe Rivalität zwischen ihnen.« Dutton überlegte. »Ich kann mir allerdings nicht vorstellen, daß das ein Mordmotiv wäre, erst recht nicht, wenn Garbin ihm als Wissenschaftler tatsächlich derart überlegen war, wie er behauptete.«

»Wir glauben, das Motiv zu kennen«, sagte Fen, »aber ich möchte mir ein allgemeines Bild von allen Beteiligten machen. Fahren Sie fort.«

»Der Praecentor hat sich mit dem armen Brooks wegen der Musik gestritten, aber Praecentoren und Organisten liegen sich immer in den Haaren, da Praecentoren ja innerhalb des Domkapitels unter anderem für Musik, Chor und Liturgie zuständig sind. Ich muß jedoch sagen, daß Dr. Butler im Hinblick auf die Musik ausgesprochen selbstherrlich war. Aber Brooks war ein guter Taktiker, und letzten Endes setzte er sich meist doch durch. Spitshuker und Butler kamen im großen und ganzen gut miteinander aus, obgleich Spitshuker praktisch Anglokatholik ist und Butler sich deswegen ständig beim Dechanten und dem Bischof beschwerte, aber stets ohne Erfolg. Außerdem hat er die untergeordneten Kanoniker öfter mal abgekanzelt. Ansonsten fällt mir nichts ein. Mit seiner Frau und seinen Kindern hat er sich anscheinend gut verstanden« – er hielt inne – »jedenfalls bis zu dieser Sache mit Josephine, gestern. Sie hat sein Manuskript verbrannt, wissen Sie – die jüngere Tochter, meine ich – dann ist sie weggelaufen, und er ist ihr nach und hat ihr eine Tracht Prügel gegeben, die sie so schnell nicht vergessen wird. Ehrlich gesagt, ich finde, die hat sie auch verdient.«

»Wie lang war er hier?« fragte Fen.

»Etwa sieben Jahre, glaube ich. Kann sein, daß er vorher schon eine Pfründe hatte – keine Ahnung. Jedenfalls war er gut betucht – obwohl ich glaube, seine Frau hat das Geld mit in die

Ehe gebracht. Früher hat er auf dem Kontinent in verschiedenen Bibliotheken herumgeforscht – irgendwann in den dreißiger Jahren war die ganze Familie zwei Jahre in Deutschland. Vor seiner Heirat war er ziemlich mittellos – auf Stipendien angewiesen, Sohn eines Schusters oder so was in der Art –, und ich glaube, das Geld ist ihm ziemlich zu Kopf gestiegen.«

Eine monströse Elefantenglocke, hergestellt in Birmingham, kündigte an, daß die Eier mit Speck gebracht wurden; eine übelriechende alchimistische Vorrichtung zum Aufbrühen von Kaffee wurde in widerwillige Bewegung gesetzt. Als die Störungen vorüber waren, erzählte Dutton weiter.

»Über Mrs. Butler läßt sich nicht viel sagen; Sie ist eine kleine, unauffällige Frau ohne besonders ausgeprägte Persönlichkeit. Ich glaube, er hat sie ziemlich herumkommandiert. Josephine war schon immer ein wildes, eigensinniges Kind; sie wird bestimmt mal eine Frau, die keinen Nervenkitzel ausläßt. Sie hat ein paar von den ärmeren Kindern aus der Nachbarschaft dazu gebracht, Banden zu gründen und sich gegenseitig zu bekämpfen – die Kämpfe waren manchmal richtig schlimm und gefährlich. Doch wenn nach den Verantwortlichen gesucht wurde, war sie immer die Unschuld in Person, und ihr Vater, der sie über alles liebte, hat nie etwas dagegen unternommen.

Frances –« Der junge Mann stockte und errötete leicht. »Ich wüßte nicht, was ich über sie sagen könnte. Sie – sie ist ein Schatz.« Das ist, dachte Geoffrey, Schwärmerei ohne jeden Anspruch; er war nicht überrascht, doch irgendwie störte ihn diese Tatsache.

»Savernake?« fragte Fen und manövrierte das Gespräch geschickt über das heikle Thema hinweg. »Was ist mit ihm?«

»July ist ein netter Kerl – manchmal etwas töricht, mehr nicht. Er ist – *war* – eine Art Protégé von Dr. Butler. Er hat die Pfarrei in Maverley, ein paar Meilen von hier. Ist aber offenbar selten dort.« Ein mißbilligender Unterton schwang in Duttons Stimme mit; zweifellos verurteilte er eine solche Nachlässigkeit.

»Läßt seine Schäfchen im Morast stecken«, warf Fen als Zusatz ein; als er sah, daß seine Anspielung nicht ankam, verfinsterte sich seine Miene.

»Ich hatte den Eindruck, daß das Verhältnis zwischen July und dem Praecentor angespannter wurde«, fuhr Dutton fort. »July entsprach nicht ganz Dr. Butlers Erwartungen. Außerdem« – er zauderte – »ist July in Frances verliebt und wollte sie heiraten. Aus irgendeinem Grund war Dr. Butler vehement dagegen – wahrscheinlich hatte er den Verdacht, daß July es auf das Geld abgesehen hatte oder so.« Ihm kam ein Gedanke. »Jetzt werden sie dann wohl doch heiraten können.«

Geoffrey dachte freudlos über diesen neuen Aspekt nach. Daß er ernsthafte Konkurrenz haben könnte, war ihm bislang nicht in den Sinn gekommen. Es war ausgesprochen beunruhigend. Dutton sagte:

»Über Peace kann ich gar nichts sagen; soviel ich weiß, ist er ein erfolgreicher Psychoanalytiker.« Er sprach das Wort vorsichtig aus, als fürchtete er, es könnte zuviel für seine Zuhörer sein. »Spitshuker und Garbin … die beiden streiten sich ohne Unterlaß, aber im Grunde verstehen sie sich sehr gut. Spitshuker kommt aus einer reichen Familie, die schon immer eng mit der Kirche verbunden war; er führt ein leichtes, vergnügliches Leben – hat nie geheiratet, er sagt, aus Überzeugung, aber ich vermute, weil niemand ihn haben will.« Er errötete vor Vergnügen über diesen ungenierten Beweis seiner weltlichen Klugheit. »Garbin ist das genaue Gegenteil – Stipendiat aus ärmlichen Verhältnissen, und seine Familie hat eher einen persönlichen denn einen traditionellen Hang zur Kirche. Ich habe ja schon geschildert, wie er zum Praecentor stand. Mrs. Garbin ist ein richtiger Drache – will alles und jeden bevormunden, ihren Mann nicht ausgeschlossen. Seltsamerweise gelingt ihr das so gut wie nicht: Sie mischt sich in alles ein, aber ohne Erfolg. Er hat immer standhaft passiven Widerstand geleistet, und mittlerweile läßt sie ihn mehr oder weniger in Frieden. Sie mochte Dr.

Butler nicht, aber eigentlich« – Dutton runzelte verwirrt die Stirn – »kann man sich nicht vorstellen, daß sie überhaupt jemanden besonders mag.«

»Verbittert durch eine kinderlose Ehe?« fragte Fen.

»Oh, nein: Die beiden haben drei Kinder, zwei Jungen und ein Mädchen. Garbin hätte gern gehabt, daß die Jungen in seine kirchlichen Fußstapfen treten, aber sie wollten nicht. Sie wissen ja, wie das ist.« Dutton wurde philosophisch. »Hat nicht Anatole France gesagt, daß Söhne sich die exakt umgekehrten Ansichten ihrer Väter aneignen, wie der Becher, den der Künstler nach der Brust seiner Geliebten formt?« Als ihm plötzlich aufging, was er da Ungeheuerliches gesagt hatte, wurde Dutton erneut rot und verstaute seinen Analogieschatz wieder verschämt in einem heimlichen Winkel seines Geistes. »Jedenfalls, die Söhne sind beim Militär – was die Tochter macht, weiß ich nicht; ich habe keins der Kinder je zu Gesicht bekommen.« Er zögerte. »Gibt es noch jemanden, über den Sie etwas wissen möchten?«

»Sir John Dallow«, erwiderte Geoffrey.

»Der Kanzler – ach ja. Der ist auch reich, aber so geizig wie Shylock.« Duttons Ausführungen wurden zunehmend mit literarischen Anspielungen gewürzt. »Er hat natürlich nicht schrecklich viel zu tun, aber als es hier noch eine Chorschule gab, war er dafür verantwortlich. Er ist zwar ordiniert, aber er braucht nicht mehr turnusmäßig Gottesdienste zu halten. Seit einigen Jahren entledigt er sich praktisch nach und nach selbst seines geistlichen Gewandes.« Dutton deutete mit entsprechenden Handbewegungen den Vorgang des Entkleidens an. »Er ist ein Experte für Hexerei, Dämonenverehrung – den ganzen Kram. Ebenfalls Junggeselle.« Seinem Ton nach zu urteilen, betrachtete er das Junggesellendasein ipso facto als einen Zustand des Bösen. Geoffrey konnte sich des Gedankens nicht erwehren, daß in der Brust des jungen Mannes vermutlich die Flamme des reinen ehelichen Idealismus loderte.

Fen nickte weise über seinen Toast mit Orangenmarmelade hinweg. »Das sind dann wohl alle, denke ich, zumal der Bischof und der Dechant nicht da sind. Und jetzt noch ein oder zwei Fragen zu gestern, wenn Sie nichts dagegen haben. Brooks wurde gegen sechs Uhr ermordet. Wo waren Sie da?«

»Unterwegs – auf einem Spaziergang.«

»Allein?«

Dutton nickte. »Leider ja. Ich weiß oft nichts mit mir anzufangen, jetzt, da mir die Musik untersagt ist. Ich war auf den Klippen – in Richtung Tolnmouth.«

»Und gestern abend – kurz nach zehn?«

»In meinem Zimmer, ich habe gelesen.«

»Hatten Sie das Fenster geöffnet?«

Dutton blickte verdutzt. »Ja. Es war ein warmer Abend.«

»Und haben Sie das Krachen gehört, als die Grabplatte heruntergestürzt ist?«

»Nein. Keinen Laut.«

Fen trank seinen Kaffee aus und stand auf. »Vielen Dank«, sagte er. »Und nun – leider! – an die Arbeit, an die unredliche, anmaßende Arbeit.« Auch Geoffrey und Dutton erhoben sich. Verlegenheit umhüllte Dutton wieder wie ein Umhang. Er stand unschlüssig da, hielt ihnen schließlich verzweifelt ein Chromzigarettenetui hin. Sie zündeten ihre Zigaretten an. Stille trat ein.

»Nun, ich ...« sagte Dutton. Er trat nervös von einem Bein aufs andere. »Ich denke, ich habe noch was in meinem Zimmer zu erledigen.«

Die offensichtliche Lüge stieß auf eisiges Schweigen. Dutton wurde immer hektischer, hielt sich aber im Zaum. Mit wakkeligen Schritten ging er zur Tür, blieb stehen, wandte sich unsicher um, sagte mit leiser Stimme: »Wenn Sie mich bitte entschuldigen wollen«, riß dann die Tür auf und schoß hinaus.

Sie seufzten vor Erleichterung auf. »Wie ansteckend Verlegenheit doch ist«, sagte Fen. Und Geoffrey:

»Er ist wirklich ziemlich sonderbar. Aber das Leben eines

zweiten Organisten ist kein glückliches. Sie dürfen nie etwas entscheiden und haben daher kein großes Selbstvertrauen. Vermutlich haben sie auch so gut wie kein Geld – arm wie die sprichwörtliche Kirchenmaus. Ja«, sagte Geoffrey nachdenklich, »wenn ich so recht darüber nachdenke, ist Dutton wirklich die sprichwörtliche Kirchenmaus.«

»Ein schüchternes Wesen«, sagte Fen, »ist eine vortreffliche Tarnung. Und schüchterne Menschen neigen zu Verschlagenheit. Sie müssen irgendwie *agieren*, und sie trauen sich nicht, so zu agieren, daß andere es sehen können – offen, meine ich … Aber was rede ich für einen Quatsch daher«, fügte er verdrossen hinzu. »Hört sich ja an wie das Zeug, das Peace verzapft. Kommen Sie, wir gehen.« Er sah auf seine Uhr. »Der Inspektor müßte inzwischen da sein. Dank Dutton haben wir schon so manches über die Leute erfahren, mit denen wir sprechen müssen. Ist Ihnen bei dem, was er erzählt hat, etwas durchaus Interessantes aufgefallen?«

»Nein. Was denn?«

»Daß er das Krachen nicht gehört hat.«

»Ist das wichtig?«

»Da bin ich mir ziemlich sicher.«

Kapitel 8
Zwei Kanoniker

ITHA. Look, look, master; here comes two religious caterpillars.
BARA. I smelt 'em ere they came.
Christopher Marlowe

ITHAMORE: Schaut, schaut, Herr!
Da kommen zwei fromme Raupen!
BARABAS: Ich roch sie, eh sie kamen.

»Einen angenehmen Morgen.«

So begrüßte der Inspektor sie, als sie über die Einfahrt des Gästehauses Richtung Straße gingen. In diesen Worten schwang ein Hauch Selbstzufriedenheit mit, als wäre der Morgen irgendwie durch sein Zutun angenehm. Und es war in der Tat wieder ein herrlicher Tag, der für später viel Hitze und Unbehagen verhieß, doch im Augenblick war er so vollkommen, wie man es sich nur wünschen konnte. Tolnbridge sonnte sich, opulent und träge. Seine Farben hatten eine neue Frische. Die Flußmündung glitzerte – silberner Flitter auf einem leuchtenden Blau –, und das friedliche Tuckern der hinausfahrenden Fischerboote drang von ihr her. Weiter draußen lag ein winziges graues Kriegsschiff vor Anker. Die Kathedrale selbst erhielt im Sonnenlicht eine solche Anmut und Helligkeit, daß sie aussah, als würde sie sich jeden Augenblick in ein Märchenschloß verwandeln und sanft in irgendein Arkadien entschweben, ein freundliches Poictesme. Wirklich, ein angenehmer Morgen.

Es erwies sich jedoch bald, daß die Äußerung des Inspektors weniger selbstgefällig als vielmehr der besänftigende Eröffnungsschachzug in einer schwierigen Partie war. Er hatte beim Yard angerufen, so sagte er, und malte diese Feststellung umständlich und weitschweifend aus; sie würden noch heute einen

Mann schicken; und – jetzt wurde das Unbehagen des Inspektors unübersehbar – sie seien kategorisch der Ansicht, daß unbefugte Personen von allen weiteren Untersuchungen ausgeschlossen sein sollten.

»Abserviert«, sagte Fen. »*Anathema sumus.*«

»Sie verstehen doch meine Lage, Sir«, sagte der Inspektor. Er bedauerte diese Entwicklung offenbar für sich ebenso wie für Fen. »Die Kollegen beim Yard sind nämlich alles andere als erfreut, daß Sie soviel wissen. Es wäre« – er blickte Fen unglücklich an – »wohl besser gewesen, ich hätte Ihnen die Geschichte mit dem Funkgerät nicht erzählt.« Er blickte noch eindringlicher und schien extrem niedergeschlagen.

Fens Laune hob sich jedoch normalerweise angesichts widriger Umstände eher, als daß sie sich senkte. »Inspektor«, sagte er mit hämischem Vergnügen, »ich komme Ihnen zuvor. Ich wette mit Ihnen, daß ich den Mörder schneller entlarve als Sie.«

Der Inspektor nickte kläglich. »Sehr wahrscheinlich, Sir. Weniger als ich können Sie im Augenblick gar nicht wissen. Und natürlich« – seine Augen zwinkerten kurz – »kann ich Sie nicht daran hindern, Leuten Fragen zu stellen, wenn die bereit sind, sie zu beantworten.«

»Haben Sie«, sagte Fen, »irgendwelche neuen Informationen, die Sie uns geben können, bevor das Verbot in Kraft tritt? Oder ist es bereits in Kraft?«

Der Inspektor blickte sich nervös um; er schien nach Anzeichen für einen Hinterhalt zu suchen. Dann sagte er mit deutlich leiserer Stimme:

»Ich habe mir heute morgen die kleine Josephine vorgeknöpft. Sie werden es nicht glauben, die Göre bleibt dabei, daß ein Polizist ihr die Nachricht gegeben hat.«

»Vielleicht stimmt das ja.«

»Nein, sie lügt ganz offensichtlich. Aber ich habe keine Ahnung, wie ich die Wahrheit aus ihr herauskriegen soll. Soweit ich sehe, können wir absolut nichts machen, wenn sie bei der Geschichte bleibt.«

»Merkwürdig«, sagte Fen. »Ich frage mich, wieso –?« Er schüttelte heftig den Kopf. »Sonst noch was?«

»Nichts. Die Obduktion ist heute morgen um elf, und es wird sicherlich eine gerichtliche Untersuchung geben. Wer weiß, zu welchem Ergebnis sie kommen werden – wir haben keinen Einfluß darauf. Gibt es außer Mord, Unfall oder Selbstmord noch eine Möglichkeit, wie man eines gewaltsamen Todes sterben kann? Sie erscheinen mir alle gleich unmöglich.«

»Es war eindeutig Mord«, sagte Fen mit einer Heiterkeit, die durch den Inhalt der Äußerung keineswegs gerechtfertigt war. »Ach, übrigens, Sie haben das Funkgerät wohl nicht schon *aufspüren* können? Es muß mit einem Wagen weggeschafft worden sein. Ich könnte mir auch denken, daß sie das ganz schön viel Zeit gekostet hat. Sendegeräte in Kathedralen rein- und wieder rauszuschaffen ist bestimmt ein gehöriges Stück Arbeit. Man braucht doch sicher auch Antennen oder so?«

»Wie auch immer, wir haben es noch nicht gefunden«, sagte der Inspektor. Es war unübersehbar, daß sein Pessimismus in bislang unerreichte Tiefen sank. »Es war auch niemand in der Kathedrale, als wir sie heute morgen erneut durchsucht haben.« Er wappnete sich widerwillig für den Kampf. »Ich muß dann jetzt weiter.«

»Wohin gehen Sie zuerst? Wir wollen doch nicht, daß wir uns bei unseren Befragungen in die Quere kommen. Was für eine alberne Zeitverschwendung«, sagte Fen mit gequälter Stimme. »Alle zweimal zu befragen. Wir gehen jetzt zu Garbin.«

»Gut«, sagte der Inspektor. »Dann spreche ich mit Mrs. Butler. Es spielt wohl keine große Rolle, in welcher Reihenfolge sie vernommen werden.«

»Ich wünschte«, warf Geoffrey ein, »Sie könnten etwas gegen den Wirt vom ›Whale and Coffin‹ unternehmen.«

»Etwas *unternehmen*, Sir? Was denn? Ihn festnehmen, weil

er zufällig Ihren Vornamen kennt? Gott steh uns bei«, sagte der Inspektor voller Inbrunst. »Unglaublich, was die Leute alles von einem erwarten.«

»Leben Sie wohl, Inspektor, und Gott behüt euch«, sagte Fen. »Wir sehen uns«, fügte er hochtrabend hinzu, »bei Philippi wieder.«

»Wohl eher Colney Hatch«, sagte der Inspektor.

Doch zum Aufbruch kam es noch nicht, denn Kanonikus Spitshuker kam herangeeilt, gänzlich außer Atem.

»Wollte Mr. Vintner noch erwischen«, keuchte er. »Musik … Organist … Gottesdienste.« Er hielt inne, um wieder zu Atem zu kommen, und sprach verständlicher weiter: »Seit den schrecklichen Ereignissen von gestern abend sind die Pflichten eines Praecentors vorübergehend mir zugefallen. Mr. Vintner« – er hielt inne und wischte sich die Stirn mit einem großen lila Taschentuch – »angesichts der Umstände findet die Morgenandacht heute ohne Musik statt –«

Der Inspektor fiel ihm ins Wort. »Meine Güte, Sir«, sagte er entsetzt. »Sie haben doch wohl nicht vor, heute morgen wie immer den Gottesdienst abzuhalten?«

»Aber, mein lieber Garratt, selbstverständlich.«

»Aber ich muß schon sagen, Sir, nach dem, was passiert ist –«

Ein ungeduldiger Unterton schlich sich in die Stimme des Kanonikers. »Die Kirche setzt doch die Anbetung Gottes nicht einfach aus. Und wenn unsere Gebete und unsere Lobpreisungen je erforderlich waren, dann doch wohl gerade jetzt.«

»Lobpreisungen!« Die Stimme des Inspektors klang unerwartet bitter.

»Mein guter Inspektor, ich habe ganz einfach nicht die Zeit, über Ihre zweifellos lächerlichen Ansichten zu diskutieren, wieso Gott das Böse zuläßt und so fort. Also, Mr. Vintner –«

»Aber hören Sie, Sir.« Der Inspektor war verstimmt. »Es herrscht doch noch das reinste Chaos – völliges Durcheinander …«

»Das ist alles aufgeräumt worden.«

»*Wie bitte*?«

»Unsere Putzkolonne hat das erledigt. Jetzt muß nur noch die Grabplatte wieder an Ort und Stelle gehoben werden.«

»Gott hab Erbarmen«, sagte der Inspektor. »Was die Leute so alles anstellen, wenn man mal nicht aufpaßt.«

Kanonikus Spitshuker blickte leicht verwirrt. »Ich fürchte, das ist in meinem Auftrag geschehen. Ich habe ... ich habe doch wohl hoffentlich nichts falsch gemacht?«

»Es könnte sein, daß Sie wichtige Beweismittel zerstört haben, Sir.«

»Aber die Unordnung konnte doch wohl kaum so *bleiben*, oder, Inspector? ... Du meine Güte.« Spitshuker wirkte betroffen. »Und ich hätte nicht im Traum gedacht ... Tja, geschehen ist geschehen.«

»Und es läßt sich nicht rückgängig machen«, warf Fen überflüssigerweise ein.

»Also, Mr. Vintner: Die Abendandacht ist um halb vier, und der Chor steht Ihnen ab zwei Uhr zur Verfügung. Der arme Brooks hat die Probe immer im alten Gästehaus abgehalten – da steht ein gutes Klavier. Lassen Sie mich nachsehen.« Er griff in eine Jackentasche und holte einen Stoß Notizblätter hervor, die er hektisch durchging, bis er fand, was er suchte. »Für heute nachmittag haben wir Tertius Noble in B-Dur und Godfrey Sampsons *Come, My Way* angesetzt. Alles bekannte Stücke für die Jungs, denke ich.« Er hielt Geoffrey den Stoß Blätter hin. »Die Musik für zukünftige Gottesdienste ist hier notiert. Änderungen stehen Ihnen natürlich frei.« Er machte Anstalten, sich hastig zu verabschieden.

»Einen Augenblick, Sir.« Es war der Inspektor. »Sagten Sie eben, Sie hätten veranlaßt, daß die Grabplatte wieder an Ort und Stelle gehoben wird?«

Verstörung und Beunruhigung zeichneten sich in Spitshukers rosigem Gesicht ab. »Das habe ich in der Tat, aber wenn

Sie der Ansicht sind, daß dadurch Beweismittel zerstört werden ...« (Schwang da in seiner Stimme eine Spur Sarkasmus mit? fragte sich Geoffrey.) »Allerdings wäre es wohl nicht gerade wünschenswert, die Morgenandacht mit einem offenen Grab abzuhalten, oder?« Er lächelte arglos.

»Wenn es noch nicht erledigt worden ist, Sir, wäre ich gern dabei. Ich möchte noch ein paar Untersuchungen vornehmen.« Der Inspektor gab sich ausgesprochen förmlich und offiziell.

»Selbstverständlich. Selbstverständlich.« Spitshuker wirkte aufgewühlt. »Ich habe versprochen, die Arbeit persönlich zu überwachen.« Er warf einen Blick auf seine Uhr. »Aber wir müssen uns sputen. Die Morgenandacht beginnt in knapp einer Stunde.«

Als sie in der Kathedrale eintrafen, stand da eine Gruppe von Männern, die unter Aufsicht des Küsters nicht gerade begeistert auf die heruntergestürzte Grabplatte starrten. Zum erstenmal konnte Geoffrey das Grab von St. Ephraim genau in Augenschein nehmen. Unterhalb des Kirchturms, an der Stelle, wo die Querschiffe in das Hauptschiff der Kathedrale mündeten, führten ein paar Stufen hinauf in den Altarraum; die Stühle des Chors und der Geistlichen standen jedoch ein Stück weiter östlich, knapp unterhalb der Orgelempore. Direkt unter der Bischofsgalerie, aus der Wand herausgeschlagen, befand sich die Grabhöhle, die normalerweise von der Platte abgedeckt wurde. An den Rändern waren Eisenringe eingebettet, die zu den Ringen an den Rändern der Platte paßten; wenn die Platte das Grab verschloß, konnte sie mit Vorhängeschlössern gesichert werden, die durch die einzelnen Ringpaare gesteckt wurden. Das Grab selbst war zwar nicht sehr tief, aber etwa drei Meter lang und einen Meter achtzig hoch, und die Platte war verhältnismäßig dick. Unter gehörigem warnenden Ächzen wurde sie senkrecht gestellt und schließlich mit titanischen Anstrengungen in die Graböffnung gehievt. Sie paßte recht locker hinein, stellte Geoffrey fest, und der untere Rand verlief rund achtzig Zentimeter über dem Boden, der obere etwa einen Meter achtzig höher. Der Inspektor ließ einen Stuhl holen und stellte sich darauf, gab den Männern mit einer Hand ein Zeichen zurückzutreten, während er die Platte mit der anderen festhielt. Dann zog er unglaublich langsam und vorsichtig seine Hand weg. Die noch nicht mit den Vorhängeschlössern gesicherte Platte schwankte sachte, balancierte fast schwerelos auf der schmalen Unterkante; aber sie machte keinerlei Anstalten, von allein herauszukippen. Der Inspektor brummte.

»Wär' nicht schwierig, die zu Fall zu bringen«, sagte er und stieg vom Stuhl.

Während des gesamten Vorgangs war Fen ungewöhnlich schweigsam und aufmerksam gewesen. Geoffrey trat zurück und sprach mit ihm. »Sprengladung im Grab?« fragte er. »Das Grab müßte ziemlich luftdicht sein, auch wenn die Platte nicht genau paßt.«

Fen schüttelte den Kopf. »Dann müßte es eindeutige Spuren dafür geben. Aus dem gleichen Grund ist auch jede Art von Mechanismus ausgeschlossen.«

Geoffrey warf einen Blick hinauf zur Bischofsgalerie. »Könnte die Platte von da oben ausgehebelt worden sein, mit einer langen Stange oder dergleichen?«

Wieder schüttelte Fen den Kopf und zeigte hoch. »Bei dem Vorsprung da unmöglich. Und außerdem, bedenken Sie doch, wie schwierig das wäre. Sehr unwahrscheinlich. Und dann müßten Sie immer noch eine Erklärung dafür finden, wie die betreffende Person aus der Kathedrale herausgekommen ist. Vergessen Sie nicht, die Wand zwischen der Bischofsgalerie und der Orgel ist eine massive Backsteinmauer.«

»Ich glaube, ich weiß«, sagte Geoffrey, »wie jemand aus der Kathedrale herausgekommen sein könnte.« Im Geiste ließ er sich seine heißgeliebte Idee noch einmal auf der Zunge zergehen. Fen blickte ihn freundlich an.

»Sie meinen natürlich Peace. Gleich nach dem Krachen treffen wir ihn auf der anderen Seite der Kathedrale. Wäre es da nicht naheliegend, daß er gerade aus der Kathedrale gekommen war, die Tür hinter sich abgeschlossen und den Schlüssel weggeworfen hatte, für den Fall, daß jemand auf die Idee gekommen wäre, ihn zu durchsuchen? Und ob es das wäre. Der einzige Haken ist nur, daß es zu rein gar nichts paßt, was wir ansonsten über den Fall wissen.«

Geoffrey war ärgerlich, weil ihm der Wind so aus den Segeln genommen wurde; im Geiste suchte er verbissen nach Gegenargumenten und war ganz und gar nicht bereit, sich seine »Idee« so mir nichts dir nichts widerlegen zu lassen. Doch er enthielt sich jeden Kommentars, da der Inspektor im Begriff war, ein weiteres Experiment zu machen. Die Männer, die die Grabplatte wieder eingesetzt und seitdem herumgestanden hatten, wobei sie einen der Hauptzüge des englischen Charakters an den Tag legten, nämlich träges Interesse am Tun anderer, reagierten, als der Inspektor seine Absichten erläuterte, bestürzt und unwillig. Er hatte doch tatsächlich vor, die Grabplatte wieder herausfallen zu lassen.

Dieses Unterfangen gestaltete sich jedoch schwieriger, als es zunächst schien, hauptsächlich deshalb, weil die Platte ganz flach in der Graböffnung ruhte und an keiner Stelle vorstand, so daß sich kein Angriffspunkt bot. Schließlich schob der Inspektor auf einer Seite ein eisernes Lineal in den Spalt, ging möglichst weit auf Abstand und benutzte es dann als Hebel. Langsam bewegte sich der gewaltige Stein und begann zu kippen. In gebanntem Schweigen sahen sie zu. Die Platte fiel zunächst langsam, bekam aber rasch einen ungeheuren Schwung. Kurz bevor sie die Horizontale erreichte, rutschte die Unterkante, wie Geoffrey bemerkte, von dem Sims, auf dem sie ruhte. Und was für eine beängstigende, bedrohliche Stille! Gleich darauf lag die Platte flach auf dem Boden, und der Stuhl, den man darunter stehengelassen hatte, war in tausend Stücke zersplittert.

Der Aufprall war ohrenbetäubend, und doch ... Irgendwie,

dachte Geoffrey, klang es anders als das Geräusch, das er am Vorabend gehört hatte. Der Unterschied mochte auf die dämpfende Wirkung von Mauern und Türen zurückzuführen sein, aber das war es eigentlich nicht. Verwundert sah er zu, wie das herkulische Heben und Ächzen erneut begann; verwundert sah er, wie die sechs Vorhängeschlösser eingesteckt wurden, um die wieder eingesetzte Platte zu sichern, und wie die Überreste des Stuhls weggeräumt wurden. Der Inspektor, offensichtlich zufrieden, machte sich allein davon. Fen und Spitshuker gingen angeregt plaudernd zur Tür. Geoffrey schaute sich ein letztes Mal um und folgte ihnen.

»… ein paar Fragen«, sagte Fen gerade, als sie ins Sonnenlicht traten, »die Sie hoffentlich nicht als unverschämt empfinden.« Die Entschuldigung war abgedroschen und klang auch so. »Und ich denke, Sie sollten wissen«, fügte er in einem unüblichen Anfall von Aufrichtigkeit hinzu, »daß ich nicht mehr mit der Polizei zusammenarbeite.«

Spitshuker schnalzte bestürzt und bejahend zugleich mit der Zunge. »Aber mein lieber Freund … selbstverständlich. Die Polizei hat Ihr Angebot zu helfen abgelehnt?« Wieder machte er Schnalzgeräusche. »Skandalös, skandalös.« Auch das wirkte eine Spur unaufrichtig. »Natürlich beantworte ich alle Fragen. Wenn Sie wünschen, gehe ich mit Ihnen ein Stück zu Garbins Haus. Ich bin im Moment der ›diensthabende Geistliche‹, daher muß ich die Morgenandacht halten, aber erst in einer halben Stunde.« Er raffte seinen Kurzmantel enger um seine beleibte, kleine Gestalt und ging mit ihnen den Hügel hinab.

»Es geht in der Hauptsache um Uhrzeiten«, sagte Fen. »Sechs Uhr und zehn bis Viertel nach zehn gestern abend.«

Spitshuker blickte spöttisch auf. »Sie wollen Alibis überprüfen«, sagte er mit sichtlichem Vergnügen. »Ich habe keins für sechs Uhr. Um diese Zeit war ich allein in meinem Zimmer und habe gearbeitet. Meine Haushälterin war zwar im Haus, aber sie kann sich auf keinen Fall für mich verbürgen.« Er schien das als

Anlaß zu einigem Stolz zu betrachten. »Zwischen zehn Uhr und Viertel nach habe ich mich mit dem Inspektor im Salon des Gästehauses unterhalten. Gegen sieben habe ich mich mit Garbin auf den Weg zum Gästehaus gemacht, um dort zu Abend zu essen, und nach dem Essen, als Dallow uns die schreckliche Nachricht über den armen Brooks brachte, haben wir unser kleines Konklave abgehalten – Dallow, Garbin, Butler und ich.«

»Ach ja.« Fen war nachdenklich. »Diese Besprechung interessiert mich.«

»Inoffiziell. Eine rein inoffizielle Angelegenheit. Selbstverständlich sind der Dechant und der Bischof verständigt worden, und sie machen sich sofort auf den Rückweg.« Der Einschub verwirrte den Kanonikus, und er hielt unsicher inne. »Die Besprechung wurde anberaumt, als von Mord noch keine Rede war, als Brooks lediglich diesen ... Unfall gehabt hatte, der eine kleine Umdisponierung unter uns erforderlich machte. Wir hatten sozusagen geplant, noch vor der Rückkehr des Dechanten einige Fragen zu klären. Ich fürchte, daß bei der Besprechung nichts besonders Nützliches herausgekommen ist. Die meiste Zeit haben Dallow und Butler sich über die rechtliche und finanzielle Situation des Hauptorganisten gestritten, und Garbin hat sich ohne Erfolg ein wenig als Möchtegerndetektiv versucht.«

»Also weiß Gott keine sehr brüderliche Angelegenheit?«

»Es mag da unterschwellig eine leicht unfreundliche Stimmung geherrscht haben.« Spitshuker zögerte, offenbar selbst etwas verblüfft über diese schamlose Untertreibung. »Natürlich wurde nichts beschlossen – rein gar nichts.« Er lächelte schwach. »Am Ende verkündete Butler dann seine fatale Absicht, in die Kathedrale zu gehen und allein dort zu bleiben. Wären wir nicht so zerstri ... hätten wir ein wenig nachgedacht, dann hätten wir vermutlich nicht zugelassen, daß er geht.«

»Wann war die Besprechung zu Ende?«

»Gegen zehn vor neun, würde ich sagen. Ja, das müßte hinkommen.«

»Und wußte sonst noch jemand im Haus von Dr. Butlers Absicht?«

»Alle, denke ich. Als er hinausging, hat er Frances in der Diele getroffen, die gerade ein paar Worte mit Peace sprach, und sie über sein Vorhaben informiert. Auch Dutton, glaube ich, war irgendwo in der Nähe.«

»Ich dachte, er wäre früh zu Bett gegangen«, warf Geoffrey ein.

»Ich vermute, daß Dutton nicht zu Bett geht, ohne zuvor eine ausgedehnte Erkundung vorgenommen zu haben.« Spitshuker bestätigte diese kryptische Bemerkung mit einem Nicken. »Jedenfalls war er da. Ich erinnere mich, ihn bemerkt zu haben, als Butler sich mit Peace in der Kathedrale verabredet hat –«

»Als er *was*?«

Spitshuker war die Arglosigkeit in Person. »Wußten Sie das denn nicht? Um irgendwelche geschäftlichen Dinge zu besprechen, glaube ich. Butler schlug vor, daß Peace etwa zwanzig Minuten später nachkommen sollte, und Peace war einverstanden, aber ich fürchte fast, wir haben so lange zusammengesessen und geredet, daß er erst kurz vor zehn Uhr –«

»Ach, du meine Güte!« entfuhr es Fen. »Ach, du meine Güte! Ich hab's gewußt. Ich hab gewußt, daß irgend etwas in der Art –« Er riß sich zusammen und fragte eindringlich: »Was haben die anderen gemacht, als die Besprechung zu Ende war?«

Spitshuker überlegte. »Dallow und Garbin sind, soweit ich weiß, direkt nach Hause gegangen, Butler zur Kathedrale. Ich glaube, Frances ist mit einem Buch auf ihr Zimmer gegangen. Dutton ist einfach irgendwie verschwunden. Ich bin mit Butler bis zu dem Tor gegangen, das vom Garten des Gästehauses zum Kathedralenhügel führt. Er kam mir mürrisch, niedergeschlagen und ein wenig nervös vor. Ich weiß noch, daß er, während wir am Tor standen und uns unterhielten, ein vierblättriges Kleeblatt gepflückt hat, um es sich ins Knopfloch zu stecken, was mich überraschte, weil er stets gegen solche Formen des Aberglaubens gewettert hat. Aber wie gesagt, er wirkte nervös. Dann bin ich zurückgegangen und habe mich mit Peace unterhalten.«

»Das wissen wir alles bereits«, sagte Fen. »Savernake?«

»Ich habe keine Ahnung. Der ist gleich nach dem Abendessen verschwunden, glaube ich.« Spitshuker blickte auf seine Uhr. »Sie müssen entschuldigen, aber ich muß jetzt zurück. Ich hoffe, ich habe Ihnen helfen können.« Er lächelte und war plötzlich fort.

Fen hatte offenbar keine große Lust zu reden, als sie weitergingen; verständlicherweise dachte er darüber nach, was er soeben gehört hatte. Auch Geoffrey dachte nach, jedoch ohne große Erleuchtung, und fing an, sich zu fragen, warum niemand sonderlich traurig über den Tod des Kantors war. Falls Spitshuker unter irgendeiner emotionalen Bürde litt, so hatte er es sich jedenfalls nicht anmerken lassen.

»Seltsam«, sagte Geoffrey, »daß die ganze Familie Butler vor dem Krieg in Deutschland gewesen sein soll.«

»Das hat seine interessanten Aspekte«, erwiderte Fen. »Aber nach allem, was wir wissen, könnte *jeder* hier in Deutschland gewesen sein. Was Spitshuker erzählt hat, war aufschlußreich, finden Sie nicht auch?«

Geoffrey runzelte nachdenklich die Stirn. »Möglich«, sagte er mit kritischer Vorsicht. »Er hat sich überstürzt verabschiedet. Wollten Sie ihn sonst noch etwas fragen?«

»Ein oder zwei Sachen«, sagte Fen leichthin. »Zum Beispiel, ob er ein ausgebildeter Kirchenmusiker ist.«

»Wieso in Gottes Namen?«

Fen grinste. »Das überrascht Sie? Es ist auch mehr oder weniger ein Schuß ins Blaue, also erstaunt mich das nicht. Übrigens, vielleicht könnten Sie notieren, was die Leute angeblich zu den fraglichen Uhrzeiten gemacht haben. Dann können wir es wieder nachlesen. Ich glaube nicht, daß es viel bringen würde, uns nach den Alibis für die Nacht zu erkundigen, in der Brooks angegriffen wurde. Wenn da jemand nicht die ganze

Nacht allein im Bett war, hätte er es doch eigentlich sein müssen.« Er blickte puritanisch streng.

Garbins Haus und Garten waren durch und durch feucht und melancholisch. Das erste Merkmal war angesichts des beispiellos strahlenden Wetters nur schwer zu erklären; doch mit keinem anderen Wort ließ sich der matte, klamme Eindruck beschreiben, den die überwucherten Blumenbeete und schlaff herabhängenden Blätter erweckten, die Fen und Geoffrey begrüßten, als sie durch das Tor traten. In diesem Wildwuchs von Grün, durch den sich hier und da eine verirrte und schwache Blüte auf der Suche nach Licht kämpfte, war sicherlich Niobe gewandelt, in Tränen aufgelöst. Sogar der Gesang der Vögel war ohne Elan, bloß ein trauriges Fiepen.

Und das Haus selbst war nicht besser. Seine grauen Wände schienen Klammheit abzusondern. Es war groß, viktorianisch und häßlich, und seine Fenster starrten mit offener Misanthropie auf die Welt. Wäre es nicht mit seiner Präbende verbunden, Garbin hätte es bestimmt nicht bezogen. Und doch bestand zwischen dem Mann und dem Haus eine feine Affinität, eine grundsätzliche dumpfe Ernsthaftigkeit und darunter ein selbstgefälliges, wenn auch melancholisches Sichergeben in die Dinge, wie sie waren. So hatte es zumindest den Anschein; aber Geoffrey sagte sich, daß hier und jetzt jeder Schein trügen konnte.

Mrs. Garbin, die ihnen die Tür öffnete, trug ein düsteres, schokoladenbraunes Kostüm. Wenn sie überrascht war, in Geoffrey den Mann zu erkennen, der tags zuvor mit ihr im selben Zugabteil gesessen hatte, so ließ sie es sich nicht anmerken. Ihr Mann, sagte sie, arbeite; keineswegs, so ließ sich aus ihrem Tonfall schließen, an irgend etwas, das möglicherweise für irgend jemanden auch nur von geringstem Nutzen sein würde, nicht einmal für ihn selbst. Zweifellos werde er erfreut sein, sie zu sehen; es sei eine der Strafen seines Lebens als Geistlicher, daß er stets für jeden zur Verfügung zu stehen habe, der aus einer

Laune heraus zu Besuch kam; zum Glück habe er ja sonst nichts zu tun.

Auf diese hinterhältige Serie von Angriffen reagierte Fen einsilbig. Bevor sie in Garbins Arbeitszimmer geführt wurden, blieb er allerdings stehen und sagte:

»Dr. Butlers Tod muß ein schwerer Schlag für Sie sein.«

Die Frau hielt inne. »Natürlich«, sagte sie. »In der Tat ein sehr schwerer Schlag – für uns. Möglicherweise sind andere nicht so schwer getroffen.«

»Ein beliebter Mann, dachte ich.«

»Ein Mann mit einer starken Persönlichkeit, Professor. Und Sie wissen, was gemeinhin unter Persönlichkeit verstanden wird – Verstocktheit und mangelnde Rücksichtnahme. Es gab natürlich Feindseligkeiten.«

»Ernsthafte Feindseligkeiten?«

»Das zu beurteilen steht mir wohl kaum zu.« Sie hielt inne. »Die römisch-katholischen Anwandlungen von Kanonikus Spitshuker –«

»Und die wissenschaftliche Rivalität Ihres Mannes ...«

Sie legte eine Hand auf das Treppengeländer. Die Blässe ihres Gesichts trat vielleicht noch ein wenig stärker hervor. »Es ist besser, Sie gehen jetzt hinein.«

Garbins Arbeitszimmer war ein großer Raum, unschön mit dunklem Kiefernholz getäfelt. Massive Mahagonimöbel und -bücherschränke verstärkten die düstere Stimmung noch. Auf dem Boden lag ein dunkelbrauner Teppich. Es gab verschlissene Sessel und ein Pfeifengestell, und in einer Nische über der Tür stand eine bleiche Büste von Pallas – oder vermutlich eher von irgendeinem toten Kirchenmann, da weder das Geschlecht noch die Gesichtszüge in dem Dämmerlicht zu erkennen waren. Und dort drüben, gütiger Himmel – Geoffrey befiel ein Gefühl von Unwirklichkeit, wie wenn man gerade aus einem lebhaften Traum erwacht ist – war ein Rabe. Er spazierte über den Schreibtisch mit der seltsamen Uneleganz, die Vögel beim Gehen zu eigen ist, plusterte sein Gefieder auf und starrte die Eindringlinge feindselig an.

»Das ist mein Haustier.« Garbin erhob sich von seinem Stuhl, als sie hereinkamen, seine große, düstere Gestalt ragte über dem Schreibtisch auf. »Eine ungewöhnliche Marotte, wie manche Leute denken. Aber er ist eher per Zufall zu mir gekommen.«

»Ach ja?«

Garbin bedeutete ihnen, Platz zu nehmen. »Ein ausländischer Matrose mit einer tragischen Geschichte hat ihn mir vor zwei Jahren verkauft. Er soll angeblich sprechen können, glaube ich, aber ich habe noch nie ein Wort von ihm gehört. Er ist kein« – Garbin hielt inne – »*geselliges* Geschöpf, wie ich zugeben muß. Manchmal empfinde ich seine Gegenwart als geradezu bedrückend. Ich habe ihm jede denkbare Möglichkeit gegeben zu fliehen, aber er legt nur Apathie an den Tag.« Er streckte eine Hand aus, um dem Vogel das Gefieder zu streicheln. Der Rabe hackte nach ihm.

Fen ließ die Geschichte jedoch ungerührt. »Wir sind gekommen, um mit Ihnen über Butlers Tod zu sprechen«, sagte er bestimmt. »Es gibt da ein paar Merkwürdigkeiten, und ich führe eine Art inoffizielle Untersuchung durch.« Sein Blick glitt zu dem Vogel hinüber und wanderte dann rasch weiter. »Wären Sie bereit, mit uns zu kooperieren?«

Beunruhigenderweise betrachtete Garbin ihn einen Moment lang schweigend. Dann setzte er sich in seinem Sessel auf, um anzudeuten, daß er etwas sagen wollte. »Halten Sie es für klug«, fragte er mit seiner tiefen, bedächtigen Stimme, »Ihre Nase in diese Angelegenheit zu stecken? Die verantwortlichen Stellen sind doch bestimmt in der Lage, sich darum zu kümmern.«

»Möglich.« Fens Zugeständnis war widerwillig. »Aber ich würde mich nicht unbedingt auf sie verlassen.«

»Ich weiß, für Sie ist so etwas gleichsam ein Sport, Mr. Fen. Offen gestanden sehe ich das nicht so. Der Tod eines Mannes scheint mir doch der allerschlechteste Vorwand, seine persönlichen Fähigkeiten unter Beweis zu stellen. Sie werden mir verzeihen, daß ich das so offen sage.«

Fen betrachtete ihn nachdenklich. »Und Sie werden mir sicherlich die gleiche Freiheit zugestehen. Ich bin der Meinung, daß die Ermordung eines Menschen eine so ernste Angelegenheit ist, daß sie jeden betrifft, der in irgendeiner Weise behilflich sein kann, und insbesondere diejenigen, die über eine gewisse Erfahrung in solchen Dingen verfügen, wie ich selbst zum Beispiel.«

Garbin hob eine Augenbraue. »Ihre persönliche Eitelkeit ist da nicht zufällig mit im Spiel?«

Fen machte eine ungeduldige Geste. »Persönliche Eitelkeit ist bei allem mit im Spiel, wie Rochefoucauld einmal gesagt hat. Handeln aus reinen Motiven heraus existiert einfach nicht.«

»Nichtsdestoweniger gibt es verschiedene Abstufungen von Reinheit.«

Fen stand auf. »Es hat offenbar wenig Sinn, diese Unterhaltung fortzusetzen.«

»Bitte, bitte.« Garbin winkte mit einer Hand. »Wenn ich beleidigend war, entschuldige ich mich. Sie dürfen nicht vergessen, daß ich einer Generation und einem Berufsstand mit strengen Maßstäben angehöre. Rochefoucauld war kein Christ. Das Christentum behauptet, daß es einem Menschen möglich ist, gänzlich aus uneigennützigen Motiven heraus zu handeln. Wenn man das wegnimmt, bricht das ganze Gebäude der christlichen Moral zusammen.«

»Sie haben es nicht für eine uneigennützige Handlung gehalten, als Butler Ihre Ideen gestohlen hat?«

»Die Inquisition hat begonnen, wie ich sehe«, sagte Garbin trocken. »Nein, natürlich nicht. Aber es war verzeihlich, weil Butler kein Wissenschaftler war – er hatte einfach nicht die Veranlagung dazu. Ein Poseur muß plagiieren, sonst bringt er nichts zustande.«

»Das ist ein hartes Urteil, oder?«

»Vielleicht. Gott bewahre, daß ich über irgend jemanden urteile. Ich hätte sagen sollen – nun, das, was Butler sich vorgenommen hatte, überstieg seine Fähigkeiten. Sein Vorhaben war zu groß für ihn.«

»Dennoch hielten Sie seinen Diebstahl für moralisch verwerflich?«

»Natürlich.« Garbin lächelte leicht. »Aber Sie sind bestimmt nicht hier, um meine moralischen Maßstäbe zu untersuchen. Ich habe keinen dauerhaften Groll gegen ihn gehegt, wenn Sie das meinen.«

Der Rabe erhob sich vom Schreibtisch, und mit einem Flügelgeschwirr, das sich anhörte wie ein wild gewordener Rasenmäher, flog er los und landete auf der Büste über der Tür. Fen und Geoffrey beäugten ihn fasziniert. »Ein literarischer Vogel«, murmelte Fen; dann kam er mit einiger Anstrengung wieder auf das eigentliche Thema zu sprechen.

»Vor allem«, sagte er, »möchten wir erfahren, was alle Beteiligten im Laufe des gestrigen Tages getan haben.«

»Ach ja.« Garbin legte die Fingerspitzen zusammen. »Um sechs Uhr, die Zeit, als der arme Brooks ermordet wurde, war ich allein hier. Lenore war zum Abendessen und Bridge eingeladen –«

»*Wer*?« Das Wort platzte aus Geoffrey heraus, bevor er sich bremsen konnte.

»Lenore – meine Frau. Daher habe ich kein Alibi für diese Zeit. Zwischen zehn und Viertel nach –«

Fen unterbrach ihn. »Was ist mit zwischen neun und zehn?«

Die Frage überraschte Garbin offensichtlich genauso wie Geoffrey: Er zögerte leicht, aber merklich, bevor er antwortete. »Ich habe das Gästehaus kurz vor neun verlassen, nachdem Butler seine Absicht bekanntgegeben hatte, zur Kathedrale hinaufzugehen. Ich habe einen Spaziergang auf den Klippen gemacht.«

»Haben Sie mitbekommen, daß Butler sich mit Peace in der Kathedrale treffen wollte?«

»Das war nicht zu vermeiden. Ich denke, jeder hat es mitbekommen.«

»Darf ich fragen, worum es bei der Besprechung ging?«

»Ich glaube kaum, daß das in irgendeiner Weise mit dem Tod von Butler zu tun hat.«

»Wie Sie meinen. Aber hat Butler vielleicht gesagt, daß er irgend etwas Genaues über den Tod von Brooks wußte?«

»Da Sie fragen – nein.«

Fen nickte. »Das könnte notwendig gewesen sein«, sagte er, mehr zu sich selbst. »Aber das hängt davon ab, um welche Uhrzeit genau die Polizisten ihren Posten an der Kathedrale verlassen haben ... Das muß ich herausfinden.«

Der Rabe auf der Büste plusterte sich erneut auf. Der Ast eines Baumes draußen vor dem Fenster schabte an den Fensterscheiben. Fen erlag plötzlich der quälenden Versuchung.

»Ah, gewiß«, sagte er – »liegt's an Ihrem Fenstergitter?«

Garbin warf einen Blick über seine Schulter. »Das ist nur der Baum. Ich wollte ihn schon längst fällen lassen. Er macht den Raum sehr dunkel.« Die literarische Anspielung war ihm offenbar entgangen. Geoffrey zog sich diskret hinter ein Taschentuch zurück und lief rot an.

»Darf ich fragen, wie lange Ihr Spaziergang gedauert hat?« Mit deutlicher Mühe hatte Fen es zurück zum Thema geschafft.

»Bis kurz vor halb zehn. Als ich wieder hier war, habe ich mir einen Kakao gemacht und mich mit einem Buch an den Kamin gesetzt.«

»Und der Kohlen matt Verglimmen«, sagte Geoffrey, »schuf ein Geisterlicht so leer.«

Garbin blickte ihn leicht verblüfft an. »Ganz genau. Kurz nach elf kam dann Spitshuker und überbrachte mir die Nachricht. Wir haben eine Weile geredet.«

Fen seufzte. »Danke. Sie sind freundlicher, als Ihre ersten

Worte vermuten ließen. Dann ist Ihnen wohl doch daran gelegen, daß die Sache aufgeklärt wird?«

Ein unbestimmter Schatten huschte über Garbins Gesicht. »Durchaus. Selbstverständlich helfe ich dem Gesetz, so gut ich kann. Aber Tatsache bleibt nun mal, daß irgendwer – daß einer von uns, die wir mit der Kathedrale zu tun haben, in die Sache verstrickt sein muß.«

»Wieso meinen Sie das?«

»Wegen der Schlüssel, die spielen doch eine entscheidende Rolle, nicht wahr?«

»Ah, ja. Soviel ich weiß, hatte praktisch jeder einen Schlüssel zum Grundstück um die Kathedrale.«

»Das stimmt.«

»Es erscheint mir sinnlos, daß alle einen Schlüssel zum Grundstück haben, aber nicht zur Kathedrale selbst.«

»Ganz und gar nicht. Angenommen, ich hätte mich mit jemandem in der Kathedrale verabredet.« Garbin hielt inne. »So, wie Butler sich mit Peace verabredet hatte. Ich würde das Tor zum Grundstück aufschließen und hinter mir wieder abschließen, damit niemand ... unbefugt eindringen kann. Dann würde ich zur Kathedrale hochgehen und dort die Tür aufschließen. Jemand, der mir dorthin folgt, würde somit einen Schlüssel für das Grundstück benötigen, aber nicht für die Kathedrale selbst.«

»Das klingt einleuchtend. Peace muß, wie ich annehme, gestern abend einen Schlüssel zum Grundstück gehabt haben. Ich frage mich, von wem er sich den geborgt hat?«

»Ich fürchte, da kann ich Ihnen nicht helfen.«

»Und Josephine möglicherweise auch.«

»Josephine Butler?« Garbins Stimme hatte einen lauernden Unterton.

»Sie hat den Polizisten, die an der Kathedrale Wache standen, eine falsche Nachricht gebracht. Aber um welche Uhrzeit werden die Tore zum Grundstück abgeschlossen?«

»Um Punkt sieben. Dafür ist der Küster zuständig. Es gibt nur das nördliche und südliche Tor und das vom Garten des Gästehauses.«

»Und man kann wirklich nur durch die Tore auf das Grundstück gelangen?«

Garbin zuckte die Achseln. »Nein, nicht nur. Wer auf das Grundstück will, kann das ohne Probleme. Die verschlossenen Tore dienen in erster Linie der moralischen Abschreckung.«

»Ach ja, verstehe. Um zügellose junge Leute davon abzuhalten, öffentlich auf dem Hügel der Kathedrale zu knutschen.«

Garbin machte eine ungehaltene Geste und stand auf. Diese abrupte Bewegung erschreckte den Raben, der ein heiseres, mürrisches Krächzen ausstieß und dann wild durch den Raum flatterte. Garbin schlug wirkungslos mit den Händen nach ihm. Schließlich ließ sich der Vogel auf der Fensterbank nieder.

»Ich muß mich entschuldigen«, sagte Garbin, »für mein Haustier.«

»Grauslich grimmer alter Rabe, aus Plutos nächtger Sphär'.«

Garbin blickte verwirrt. »Vielleicht ein wenig bildhaft ausgedrückt. Also, wenn das alles ist –«

»Nur noch eine Frage. Interessieren Sie sich für Musik?«

Garbin lächelte gequält. »Ich verstehe so gut wie nichts von Musik und mag sie noch weniger. Ich finde einfach, daß sie eine viel zu große Rolle in unseren Gottesdiensten spielt: Mitunter artet die Verehrung Gottes schon in ein regelrechtes Konzert aus.« Er verbeugte sich leicht vor Geoffrey. »Bitte halten Sie mich nicht für undankbar. So, noch etwas?«

»Gibt es«, sagte Geoffrey, »gibt's in Gilead Balsam?«

Fen wandte sich hastig einem der Bücherschränke zu, den er genau in Augenschein nahm. »Wie ich sehe, haben Sie hier« er zögerte und sprach mit schwacher, zittriger Stimme weiter – »manch altes Folio lang vergess'ner Lehr'.«

An dieser Stelle geriet das Gespräch wirklich außer Kontrolle. Geoffrey konnte sich nur noch mit Mühe beherrschen, und

Fen erging es kaum besser. Garbins Ernst und Verständnislosigkeit machten alles nur noch schlimmer. Welchen Reim er sich auf das machte, was da vor sich ging, ist unmöglich zu sagen; vielleicht dachte er, Fen und Geoffrey wollten sich auf abstruse Art und Weise für seine vorherige Unverblümtheit rächen. Jedenfalls sagte er nichts. Hastig verabschiedeten sie sich voneinander. An der Tür wandte Fen sich noch einmal um und blickte den Raben an.

»Friß nicht länger«, sagte er, »mir am Leben! Pack dich! Fort! Hinweg dich scher!«

»In seinen Augenhöhlen«, sagte Geoffrey, »eines Dämons Träume schwelen.« Dann gingen sie ein wenig übereilt hinaus. An der Haustür hatte Fen sich wieder so weit gefangen, daß er Garbin noch eine Frage stellen konnte.

»Kennen Sie die Gedichte von Edgar Allan Poe?«

»Ich fürchte, nein. Ich habe nicht viel für Verse übrig.«

»Auch nicht sein Gedicht *Der Rabe*?«

»Aha. Es gibt also tatsächlich ein Gedicht über einen Raben? Ist es gut? Ich kenne mich mit solchen Dingen gar nicht aus.«

»Sehr gut«, sagte Fen mit allergrößtem Ernst. »Sie würden einiges darin entdecken, das Sie interessieren könnte. Guten Morgen.«

Kapitel 9
Drei Verdächtige und eine Hexe

I'm not taken
With a cob-swan or a high-mounting bull,
As foolish Leda and Europa were;
But the bright gold, with Danaë.
Ben Jonson

Weder Schwan
noch mächtger Stier betören mich,
Wie Leda und Europa in ihrer Torheit;
Sondern das funkelnde Gold, wie Danae.

»Der arme Brooks«, sagte Fen, als sie zu Butlers Haus gingen. »Irgendwie scheint er in der Untersuchung ein wenig in den Hintergrund getreten zu sein. Aber sein Fall ist bei weitem nicht so aufschlußreich wie der von Butler.«

»Finden Sie es nicht auch sehr merkwürdig, daß Spitshuker die Kathedrale hat aufräumen lassen, ohne die Polizei zu fragen?«

»Möglich. Aber vielleicht auch nicht. Das hängt von gewissen medizinisch-technischen Gegebenheiten ab, die ich noch nicht kenne.«

Die Sonne war jetzt heißer, aber eine leichte kühle Brise war aufgekommen. Eine Kathedralenstadt, dachte Geoffrey, ist ein wunderbarer Ort – die vollkommenste praktische Verbindung von Kirche und Laienstand, die man sich denken kann. Hier war man angenehm umgeben von der tradierten und der gegenwärtigen Gottesanbetung; hier erhielten die eigenen Laster und kleinen Sünden durch ihre Umgebung noch zusätzlich Würze. Ihm kam der Gedanke, Fen zu fragen, was er eigentlich in Tolnbridge mache.

»Ich bin hergekommen«, sagte Fen verdrießlich, »um den Dechanten zu besuchen, der mit mir in Oxford war. Er ist nicht da – eine empörende Taktlosigkeit. Aber ich denke, unter den gegebenen Umständen wird er sehr bald wiederkommen. Ich muß in einigen Tagen abreisen – das Semester beginnt Anfang des nächsten Monats, und ich muß eine Vorlesung über William Dunbar halten.« Er seufzte. »Außerhalb von Oxford fühle ich mich irgendwie verloren.«

»Sie wirken nicht verloren.«

»Ich frage mich, wie das Semester laufen wird. Die Studenten werden von Mal zu Mal schwachsinniger. Aber soviel ich weiß, wird Robert Warners neues Stück hier aufgeführt. Und die ganze Zeit über komme ich mit den Insekten nicht weiter. Ich werde mir in dem Geschäft dort ein Buch über sie kaufen.«

Gesagt, getan. »Insekten!« sagte Fen laut zu einer Verkäuferin und wedelte unbefangen mit einer Hand vor der Kundschaft und dem Personal herum. Man fand für ihn eine abgegriffene Ausgabe von Fabres *Bilder aus der Insektenwelt.*

Auf der Straße begegneten sie Fielding, der ziellos umherschlenderte, zweifellos beseelt von der Illusion, irgendwie den Helden spielen zu können. Er habe über sämtliche Aspekte des Falles nachgedacht, teilte er ihnen mit, sei jedoch zu keinem befriedigenden Ergebnis gelangt. Sie berichteten ihm, was sich seit der vergangenen Nacht ergeben hatte, aber das half ihm offensichtlich auch nicht weiter. Er äußerte die vage Entschlossenheit, sich alles durch den Kopf gehen zu lassen und möglichst viel aus dem Wirt vom »Whale and Coffin« herauszubekommen. Er war sichtlich verstimmt, von den Befragungen am Morgen ausgeschlossen gewesen zu sein, aber Fen erklärte, mit mehr Nachdruck als Takt, es sei schon schlimm genug, eine nutzlose Person dabei zu haben, er brauche keine weitere. Fielding begab sich weiter auf seine unbestimmte Mission, die letzten Endes darin mündete, daß er in einem Pub Darts spielte.

Butlers Haus war ein stattlicher übergroßer Bau mit kleinen nutzlosen Seitenflügeln, Außengebäuden und Geräteschuppen in einem weitläufigen und wild wuchernden Garten. Am Tor trafen Fen und Geoffrey den Inspektor, eine traurige und einsame Gestalt, die mit trostloser Hoffnungslosigkeit von einer Vernehmung zur nächsten trottete. Er sah sie argwöhnisch an und fragte sich augenscheinlich, ob sie erfolgreicher gewesen waren als er. Es war wie bei einer Schatzsuche als Partyspiel, dachte Geoffrey, bei der man die Hinweise verstecken muß, nachdem man sie sich angesehen hat, und sich immer tunlichst unwissend stellt, wenn jemand anderes auftaucht.

»Wir machen gute Fortschritte«, sagte Fen mit bewußter Gehässigkeit. »Das Problem ist praktisch gelöst. Und wie läuft's bei Ihnen?«

»Ich glaube Ihnen kein Wort«, sagte der Inspektor. »Ich kriege einfach aus niemandem irgend etwas Brauchbares heraus. Was hat es denn für einen Sinn, sich über Motiv und Gelegenheit und so weiter Gedanken zu machen, wenn man nicht einmal weiß, wie die Tat begangen wurde? Aber eigentlich dürfte ich gar nicht mit Ihnen darüber reden.«

»Ist der Yard schon angekommen? Klingt komisch, ist aber grammatikalisch korrekt.«

»Die Kollegen müßten irgendwann nach dem Mittagessen eintreffen.« Der Inspektor war bedrückt. »Dann kann ich die Verantwortung für den Fall Gott sei Dank abgeben.«

»Inspector, Inspector«, sagte Fen neckisch. »Ist das die richtige Einstellung?«

»Nein. Aber wenn Sie so durcheinander wären wie ich zur Zeit, würden Sie nicht so an mir herumnörgeln.«

»Herumnörgeln?« sagte Fen beleidigt. »Wer nörgelt denn hier herum?« fügte er etwas freundlicher hinzu, »kein Mensch. Ich wollte doch nur wissen, ob Sie irgend etwas Neues herausgefunden haben, mehr nicht.«

»Nun, dem ist nicht so, außer daß ich jetzt weiß, warum sich Mr. Peace mit Dr. Butler an der Kathedrale treffen wollte. Und das *darf* ich Ihnen nicht sagen. Diese Josephine ist verstockt wie eh und je – behauptet noch immer, ein Polizist hätte ihr die Nachricht gegeben. Sie hat zwar gut und gerne drei widersprüchliche Versionen aufgetischt, wann und wie er sie ihr gegeben hat, aber sie bleibt dabei, daß es ein *Polizist* war. Schon wie sie aussieht gefällt mir gar nicht – hat so ein gefährliches fiebriges Funkeln im Blick. Mrs. Butler ist keine Hilfe – sie *existiert* ja kaum. Die Wahrscheinlichkeit, daß sie etwas über den Mord weiß, ist ungefähr so gering wie die, daß Sie den Mount Everest bestiegen haben.«

»Ich habe den Mount Everest bestiegen.«

»Das ist gelogen. Niemand hat das. Sie würden einfach alles sagen, um Eindruck zu schinden, nicht wahr? Savernake ist auch nicht zu gebrauchen.«

»Ist er auch im Haus?«

»Er wohnt da, bis er in seine Pfarrei zurückkehrt. Aber ich glaube nicht, daß er irgend etwas mit der Sache zu tun hat. Er war nämlich an dem Abend, als Brooks angegriffen wurde, in London. Ich habe ihn *und* Peace *und* Mrs. Garbin überprüfen lassen, und soweit es sich überhaupt sagen läßt, waren sie wirklich dort. Übrigens, ich habe auch im Krankenhaus nachgefragt, ob einer von den potentiellen Verdächtigen gestern gegen sechs Uhr dort aufgetaucht ist, aber ohne Erfolg. Und ich habe festgestellt, daß man ganz leicht durch eine Hintertür ins Krankenhaus gelangen kann, ohne von einer Menschenseele gesehen zu werden.«

»Aha.« Fen war nachdenklich. »Eines wollte ich Sie noch fragen: Wissen Sie, um welche Uhrzeit genau die Polizisten gestern abend von der Kathedrale weggefahren sind?«

»Zufälligerweise ja. Die Schwachköpfe hatten gerade noch soviel Sinn und Verstand, es zu notieren. Es war fünf vor neun.«

»Gott sei Dank.«

»Wieso«, witzelte der Inspektor lustlos, »ziehen Sie Gott in die Sache hinein?«

»Weil alle meine Theorien im Hades gelandet wären, wenn der Zeitpunkt erheblich früher gewesen wäre.«

»Sie haben Theorien?« Aus dem Munde des Inspektors klang das wie eine Krankheit.

»Viele Theorien, mein guter, mein lieber Inspektor. Einen ganzen – wie lautet das Kollektivum für Theorien? Eine Herde Gänse, eine Schar Mädchen, ein Trupp Jungen – natürlich: ein Gesumm aus Theorien.« Fen strahlte begeistert. »Ganz genau: ein Gesumm. Treffend und expressiv: veränderlich, nicht greifbar, trügerisch wie ein Summen.« Er hielt inne, überwältigt von seiner Darbietung. »Und zum Dank für Ihre Informationen bekommen Sie von mir einen Rat.«

»Sich einen Rat anzuhören hat noch niemandem geschadet.«

»Bitte keine Platitüden. Ich möchte, daß Sie, sobald die Luft rein ist, Peace' Zimmer gründlich durchsuchen.«

Der Inspektor riß vor Erstaunen den Mund auf. »*Peace'* Zimmer? Und wonach in Gottes Namen soll ich suchen?«

Fen überlegte. »Vielleicht nach dem Gästehausschlüssel zur Kathedrale. Ach ja, und nach einer Spritze und einem Fläschchen Atropinlösung. Ich denke, das reicht. Sie müßten alles bei ihm finden.«

»Gott erbarme sich unser«, sagte der Inspektor, ehrlich beeindruckt. »Wenn Sie mir einen Bären aufbinden, stecke ich Sie ins Gefängnis.« Er drehte sich um und wollte durchs Tor gehen.

»*Nicht gleich.* Wir wollen ihn erst noch ein bißchen piesacken.«

»Aber wir dürfen keine Zeit verlieren. Sonst schafft er noch alles weg.«

»Wir halten ihn auf Trab, damit er nicht dazu kommt.«

»Nein, ich muß zurück.«

»Wirklich, Inspektor, wenn ich gewußt hätte, daß Sie so eine Nervensäge sind, hätte ich es Ihnen nie erzählt. Sie haben ohnehin keinen Durchsuchungsbefehl.«

»Nein«, sagte der Inspektor zwinkernd, »das Risiko gehen wir ein, denke ich.«

»Wenn Sie sich dem Haus auch nur nähern, werde ich alle

seine Bewohner davon in Kenntnis setzen, daß Sie vorhaben, sich wie ein Einbrecher illegal Einlaß zu verschaffen, und wir alle werden Sie mit vereinten Kräften hinauswerfen.«

»Sie Teufel.«

»Das ist bitter«, sagte Fen klagend. »Da gibt man der Polizei einen absolut brauchbaren Rat – fast eine Information –, und das ist dann der Dank dafür.«

Die Andeutung eines Lächelns huschte über das Gesicht des Inspektors. »Na schön«, sagte er, »na schön. Wie Sie wollen. Ich vermute, es ist sowieso Blödsinn. Es hat also Zeit.« Er wandte sich zum Gehen. »Aber ich warne Sie, wenn Sie mich verulkt haben –«

»Bitte keine Einschüchterung von Zeugen«, sagte Fen. »Ach, noch etwas – etwas sehr Wichtiges. Sind bei der Obduktion irgendwelche Anzeichen von Gift oder Schußverletzungen oder Messerstiche oder sonst irgend etwas festgestellt worden? Die Obduktion ist doch abgeschlossen, oder?«

»Nichts dergleichen.«

»Vortrefflich. Das paßt mir wunderbar.«

»Glückwunsch«, sagte der Inspektor mit beißender Ironie, »dann ist der Fall ja für Sie abgeschlossen. Geben Sie mir Bescheid, wenn Sie jemanden festnehmen.«

»Tja«, sagte Fen nachdenklich. »Da liegt der Hase im Pfeffer. Mittel, Motiv, Gelegenheit, alles geklärt. Das einzige Problem ist, daß ich im Augenblick keinen Schimmer habe, wer es getan hat.«

Als sie den Garten betraten, lag Peace ausgestreckt in einem Liegestuhl und schnarchte in das gesprenkelte Blattwerk der Kastanie über seinem Kopf. Seit dem Gespräch im Zug war er wenig in Erscheinung getreten, dachte Geoffrey; beim Essen gestern abend hatte er seltsam zurückhaltend gewirkt und nichts getan oder gesagt, was einen nachhaltigen Eindruck hinterlassen hätte. Und dennoch war er praktisch die *einzige* Person, die in der Kathedrale gewesen sein konnte, als Butler getötet wurde, und es war durchaus möglich, daß seine »geschäftliche Unterredung« mit dem Praecentor ihm ein ausreichendes Motiv geliefert hatte. Geoffrey runzelte die Stirn. Aber ein Motiv suchten sie nicht – es sei denn, und das war durchaus möglich, das Phantomfunkgerät hatte nichts mit dem Mord in der Kathedrale zu tun. Mord in der Kathedrale. Würde Butler, wie St. Thomas, wie St. Ephraim, heiliggesprochen werden, jetzt, wo er tot war? Oder Mord ex cathedra. Peace hätte natürlich Zeit gehabt, vom Bahnhof zum Krankenhaus zu gehen und Brooks zu töten; ebenso wie Savernake; ebenso wie Mrs. Garbin. Doch der Mörder von Brooks hatte allem Anschein nach gewußt, zu welchen Zeiten der Organist seine Medizin bekam; und das wiederum konnte keiner der drei wissen, da Brooks erst tags zuvor früh am Morgen gefunden und ins Krankenhaus gebracht worden war. Somit konnten gewisse Personen wohl als Täter ausgeschlossen werden. Zugegeben, da offensichtlich mehr als eine Person in die Sache verstrickt war, hätten die nötigen Informationen im Laufe des Tages telefonisch nach London durchgegeben werden können, doch eine solche Vorgehensweise war denn doch zu kompliziert und unnötig, um noch plausibel zu sein.

Selbst im Schlaf wirkte Peace noch immer arriviert und kompetent. Friedlich schlummernd war sein Gesicht entspannt und kindlich. Er schnarchte, nicht donnernd, sondern mit einem schwachen und nicht unangenehmen Seufzen, wie Wind im Kamin. Der gutgeschnittene Anzug, jetzt völlig zerknittert, klebte ihm indiskret am Körper, und die dicklichen Hände ruhten auf dem Bauch. Neben ihm im Gras lag *Die allgemeine Soziologie* neben einem großen Glas und zwei Bierflaschen, eine davon leer. Diese glückliche und idyllische Szene ließ keinen Gedanken an eine Tragödie aufkommen – weder an die, die sich bereits ereignet hatte, noch an die, die sich nun zusammenbraute. Es schien herzlos, ihn zu wecken.

Rücksichtnahme und ein Gespür für konventionelle Stimmungen waren allerdings nicht Fens stärkste Seite. Er trat polternd näher und machte dabei einen gehörigen Lärm. Peace schreckte ruckartig aus dem Schlaf; als er sah, woher die Unruhe rührte, hievte er sich mühsam aus dem Liegestuhl, klopfte sich reflexartig eingebildeten Staub von der Hose und blickte sich verschlafen und ohne Begeisterung um.

»Erwache, Äolsharf', erwache«, sagte Fen, »und schenk Verzückung deinem zitternd Saitenspiel.«

»Verzückung?« Peace blickte ihn entgeistert an. »Ich würde sagen, unsanftes Wecken.«

Fen ließ sich im Gras nieder. »So unsanft«, sagte er, »wie der Boden. Gibt es keine Stühle mehr? Phyllis und Corydon hätte das vielleicht gefallen, aber mir nicht.« Er untersuchte eine Löwenzahnwurzel. »Ameisen«, sagte er.

»Die arkadischen Mythen« – der Lehrer oder Prediger ging mit Peace durch – »sind eindeutig sexuellen Ursprungs. Es geht stets um Verfolgung. Pan ist die Verkörperung männlicher Lust, Syrinx das schwer faßbare, ausweichende Objekt seiner Begierde. Man könnte fast sagen, daß der Mythos den ganzen Widerspruch und die Antithese männlicher und weiblicher Eigenschaften umfaßt. Aber vielleicht« – er wurde nachdenklich – »auch nicht.«

Fen knurrte. »Sind Sie es nicht manchmal satt, ständig nach psychologischen Parallelismen zu kramen?«

»Doch. Sehr satt. Aber wenn man es als amüsantes und groteskes Spiel betrachtet, kann man sich damit an einem ansonsten langweiligen Abend ganz gut die Zeit totschlagen. Die Faust-Legende, also, darin steckt unerschöpfliches Material – die angestauten Traumphantasien einer ganzen ethnischen Gruppe. Und die Grundregeln des Spiels sind kinderleicht. Wasser ist immer das Unbewußte – ich habe keine blasse Ahnung, wieso. Wenn Sie träumen, daß Sie ins Meer fallen und unter Wasser herumschwimmen, bedeutet das, daß Ihr Unbewußtes triumphiert hat, oder« – er hielt inne – »daß Sie eine schlechte Verdauung haben. Alles Runde oder Hohle ist der Mutterschoß, das weibliche Prinzip.« Er nahm die leere Bierflasche und klopfte gegen den Boden. »Das hier zum Beispiel – ein Mandala-Symbol. Alles andere ist das männliche Prinzip, aller Wahrscheinlichkeit nach. Zusätzlich gibt es urzeitliche alte Männer mit Bärten.«

»Ich habe den Eindruck«, sagte Fen mit feierlichem Ernst, »daß wir hier gerade einen radikalen Zusammenbruch des Glaubens erleben.«

»Glaube.« Peace nickte. »Genau das ist es. Kein intellektueller Zweifel, sondern ein Zusammenbruch des Glaubens. Der Medizinmann verliert das Vertrauen in seine Farbe und seinen Kopfschmuck und seine Amulette.« Er verstummte.

Geoffrey versuchte, die Unterhaltung auf dringlichere Fragen zu lenken. »War das Gespräch mit Spitshuker gestern abend für Sie aufschlußreich?« fragte er vorsichtig.

Peace blickte ihn durchdringend an; die List war allzu durchschaubar. »Er hat vorgeschlagen, meinen Glauben gegen seinen auszutauschen. Er hat gesagt, der sei viel rationaler und zugleich viel weniger rational und deshalb wäre er doppelt so befriedigend.«

»Was meinen Sie?«

»Ich denke, er hat recht. Ich gestehe, mich auf eine bisher nie gekannte Weise zur Kirche *hingezogen* zu fühlen. Der Übergang dürfte nicht schwierig sein. Nicht das, *was* man glaubt, ist entscheidend, sondern das emotionale Bedürfnis, das die eigenen Überzeugungen befriedigen. Offenbar gehöre ich zu den Menschen, die einen Glauben brauchen – welcher, spielt keine Rolle. Patriotismus könnte da genauso dienlich sein.«

Intellektuell, dachte Geoffrey, war der Mann stärker, als er zunächst schien, aber das war nur der vordergründige Bereich seines Wesens. Wo war das emotionale Zentrum? Eine Frau? Möglicherweise. Eine wissenschaftliche Leidenschaft? – Doch das, was er sagte, deutete kaum darauf hin. Geld? Irgendein kreatives

Interesse? Das Leben eines Menschen konnte sogar durch eine Leidenschaft fürs Korbflechten ausgefüllt sein. Oder gab es so ein Zentrum bei ihm gar nicht? War die Hülle wirklich so hohl, wie sie klang? Peace stellte, für sich allein betrachtet, ein irritierendes Problem dar. Irgendwie fehlte es ihm an Innenleben, an einem Selbst – was vielleicht daher rührte, daß er sich permanent um das Innenleben, die Persönlichkeiten anderer kümmerte.

Fen, der mit einer der beiden Bierflaschen herumspielte, sagte sanft:

»Das eigentliche *Wesen* eines Menschen ist unweigerlich weniger interessant, da gleichförmiger, als die Fassade, die er nach außen zeigt. Nehmen wir zum Beispiel Dr. Butler.« Er hielt bewußt inne, damit Peace den Themenwechsel verdauen konnte. »Wie wenig man doch über ihn gewußt hat.«

Peace wich nicht aus. »Er war ein seltsamer Mann. Ich kannte ihn nicht gut, da ich ihn nur selten gesehen habe. Er lehnte meinen Beruf ab, willkürlich und ohne jede Rücksicht, was einer der Gründe war, warum ich weiter daran festhielt. Im übrigen können Sie mir glauben (obwohl das eigentlich egal ist), daß er durch und durch egoistisch war. Sein Amt verlangte von ihm einen gewissen Anschein von Nächstenliebe, aber die ging nie über das absolute Mindestmaß an *bienséance* hinaus. Und deshalb bin ich hergekommen.«

»Ach ja?« Fens Stimme klang absichtlich desinteressiert.

Peace beugte sich vor; er sprach langsam und mit Nachdruck. »Mein Vater ist als reicher Mann gestorben. Wir waren nur zwei Kinder. Da ich mich bereits auf dem besten Weg befand, ein wohlhabender Mann zu werden, und Irene, meine Schwester, nichts hatte, hinterließ er ihr sein Geld – unter der Bedingung, daß die Hälfte, sollte mein Glück mich mal verlassen, an mich fallen würde, im Interesse meiner Kinder. Das Kapital, müssen Sie wissen, durfte nicht angetastet werden.« Er hielt inne und spielte mit seiner Krawatte.

»Diese Abmachung unterlief Butler, als er Irene heiratete. Er überzeugte sie davon, daß das ganze Erbe ihren beiden Kindern zufallen sollte, und die arme Irene, die nicht mit sehr viel Verstandeskraft gesegnet ist, mußte sich fügen. Der Mann war ein Tyrann, und ich könnte mir denken, daß er bei meiner Schwester leichtes Spiel hatte.« In Peace' Stimme lag jetzt echtes Gefühl, bemerkte Geoffrey.

»Natürlich möchte ich meinen Kindern eine möglichst sorgenfreie Zukunft sichern, und in letzter Zeit ist es mir nicht mehr so gut ergangen. Die Leute müssen den Gürtel etwas enger schnallen, und wegen des Krieges machen sie sich nicht mehr so viele Gedanken über sich selbst – was verdammt gut ist. Aber vor gar nicht langer Zeit hat Butler versucht, Irene dazu zu bringen, ihm das Geld zu überschreiben, damit es sicherer ist, wie er sagte.« Peace' Lippen kräuselten sich verächtlich. »Ich wußte, wenn das geschehen würde, wäre das Geld für mich und meine Familie verloren. Ich habe einen Brief geschrieben, aber ohne Erfolg, also bin ich hergekommen, um die Sache mit ihm zu besprechen. Deshalb bin ich gestern abend zur Kathedrale gegangen. Wir hatten nach meiner Ankunft kurz miteinander geredet, aber er war ziemlich unterkühlt, das kann ich Ihnen versichern. Hat gesagt, er würde mir seine Entscheidung später mitteilen. *Seine* Entscheidung!« Der Mann war aufgebracht; er stand auf und schritt nervös hin und her. »Nun, dazu ist es nicht mehr gekommen. Aber Sie sehen die Ungerechtigkeit des Ganzen – die widerliche Unverschämtheit und das völlige Fehlen jeden moralischen Anstands. Ich wollte doch nicht das ganze Geld; die Vereinbarung wegen des Geldes war doch nicht auf meinem Mist gewachsen – ich habe Briefe, die das belegen. Und trotzdem wollte er – ausgerechnet er, der fast zwanzig Jahre mit dem Geld ein angenehmes Leben geführt hatte – ›mir seine Entscheidung‹ mitteilen, als wäre ich ein Bettler, ein armer Verwandter, der an seine Tür klopft und um Geld bittet!«

Der Mann hatte Grund zu Rachegefühlen, dachte Geoffrey: Aus jedem seiner Worte sprach Aufrichtigkeit, ein aufrichtiges

Gefühl für empörende Ungerechtigkeit, aufrichtige Zuneigung für seine Familie; und, das verstand sich von selbst, ein aufrichtiges und einleuchtendes Mordmotiv. Fen fragte:

»War der Grund Ihres Besuches hier allgemein bekannt?«

»Er hatte seine eigene Version der Geschichte überall ausposaunt, das garantiere ich Ihnen – ich war der schnorrende Verwandte.«

»Aha.« Fen dachte nach. »Und Geld ist so wichtig für Sie?«

Peace grinste plötzlich. »Sehr. Ich bin nicht ganz so erfolgreich in meiner Arbeit, wie ich Ihnen gegenüber vorgegeben habe, Mr. Vintner. Ich bin nicht schlecht, denke ich. Aber im Grunde hatte ich schon immer das Gefühl, meinen Beruf verfehlt zu haben. Die meisten Menschen erfüllen die Anforderungen ihres Berufs, ich nicht. Ich weiß nicht, was ich eigentlich hätte werden sollen – Schauspieler, denke ich manchmal.«

Fen bewegte sich unruhig. »Wie entsetzlich!«

»Und wissen Sie was? Wenn ich den Platz im Leben gefunden *hätte*, auf den ich gehöre, hätte ich mir, glaube ich, wegen dieser Angelegenheit überhaupt keine Gedanken gemacht, ganz gleich, wie arm ich wäre.«

Fen deutete vage Zustimmung an. »Unzufriedenheit erzeugt stets Bedürfnisse, auch wenn diese nicht auf die Behebung des ursprünglichen Mangels abzielen.« Er wirkte recht erfreut über seine Äußerung.

»Sie verstehen, warum ich Ihnen das alles erzähle.« Peace setzte sich, und sein schüchtern freundliches Gemüt war fast wiederhergestellt. »Soweit ich weiß, habe ich das bislang beste Motiv für die Ermordung von Butler, und es würde offensichtlich nichts nützen, das vertuschen zu wollen. Außerdem bin ich die einzige Person, die in der Kathedrale gewesen sein könnte, als er ermordet wurde. Mir ist also durchaus klar, daß die Sache nicht besonders gut für mich aussieht.« Er zögerte. »Persönlich, Mr. Fen, kenne ich Sie nur als Literaturwissenschaftler. Aber ich habe gehört, daß Sie über beträchtliche Erfahrung in diesen

Dingen verfügen, und deshalb lege ich Ihnen die Fakten offen dar. Nicht – Gott bewahre! – in dem verzweifelten Versuch, meine Unschuld zu beweisen, aber in der Hoffnung, daß sie dabei helfen können, die Schuld eines anderen zu beweisen.«

Der Mann war kein Dummkopf; er erkannte seine Lage mit großer Klarsicht. Doch andererseits war nicht auszuschließen, daß seine Offenheit und Hilfsbereitschaft reine Pose waren; ja, vielleicht wollte er die Aufmerksamkeit auf ein bestimmtes Motiv lenken, um von einem anderen Motiv abzulenken.

Fen räusperte sich, laut und ausgiebig. »Haben Sie das alles der Polizei erzählt?«

»Selbstverständlich.«

»Natürlich, natürlich. Die Wahrheit unter allen Umständen. Ich nehme an, Sie wissen, daß man Sie verhaften wird?«

Peace setzte sich auf. »Um Gottes willen! So schlimm wird es doch wohl nicht kommen?«

»Früher oder später doch«, sagte Fen mit böswilligem Vergnügen. »Erzählen Sie mir, was Sie getan haben.«

»Getan habe? Ach so, ich verstehe. Zu den fraglichen Zeiten. Der Zug kam einigermaßen pünktlich an, und ich habe mich auf direktem Wege hierher begeben. Typischerweise war niemand da, als ich kam, aber Irene und Butler tauchten etwa zehn Minuten später auf – da war es vielleicht Viertel nach sechs. Kein Alibi für den Mord an Brooks, wie Sie sehen. Butler und ich sollten eigentlich zusammen zum Abendessen ins Gästehaus gehen, aber er hat im letzten Moment abgesagt. Konnte wohl meinen Anblick nicht ertragen. Nach dem Essen, als die Besprechung angefangen hatte, habe ich mich ins Gartenhaus gesetzt, aber mir wurde langweilig, und kurz vor neun bin ich zurückgegangen. Dann hat Butler sich mit mir in der Kathedrale verabredet, gegen zwanzig nach. Ich kam mit Spitshuker ins Gespräch, und obwohl ich sah, daß ich zu spät kommen würde, dachte ich, es würde ihm nicht schaden, ein wenig zu warten. Außerdem machte Frances sich seinetwegen Sorgen. Sie sagte, sie wolle zum ›Whale and Coffin‹, um Sie zu holen, und ob ich warten würde, damit sie mit mir zusammen zur Kathedrale gehen könne, um sich zu vergewissern, daß mit Butler alles in Ordnung sei. Die Arme wirkte richtig verängstigt. Jedenfalls blieb sie dann eine Ewigkeit weg, also habe ich mich um kurz vor zehn allein auf den Weg gemacht – gut fünf Minuten bevor Sie kamen –, und ich suchte gerade nach einer offenen Tür, als ich das Krachen hörte. Den Rest kennen Sie ja.«

»Praktisch«, murmelte Fen. »Außerordentlich praktisch. Das Problem ist, daß sich der Zeitpunkt nicht auf die Minute genau bestimmen läßt. Aber in letzter Konsequenz spielt es eigentlich keine Rolle.«

Peace verzog das Gesicht. »Für mich spielt es eine Rolle.«

»Und wie ist jetzt die Situation mit dem Geld?«

»Ich vermute, ich werde es bekommen, jetzt, da Butler tot ist. Wodurch die Sache für mich noch schlimmer aussieht. Was meinen Sie, wenn ich auf alle Ansprüche verzichten würde –«

»Auf einen Batzen Geld verzichten!« schrie Fen empört. »Auf keinen Fall. Seien Sie nicht so blöd. *Mir* hinterläßt nie mal einer Geld«, klagte er düster, »trotz meiner verzweifelten Bemühungen bei reichen alten Frauen. Es ist schon erstaunlich, daß die Leute, die es wirklich verdient haben, Geld zu bekommen –« Er verlor abrupt das Interesse an dem, was er sagte, und rappelte sich auf. »Egal. Ich muß mit Savernake und der jungen Frau sprechen. Sind die beiden hier?«

»Irgendwo hier in der Nähe.« Peace wirkte gleichgültig. »Aber Sie haben mir noch nicht geraten, was ich tun soll.«

»Tun!« stieß Fen aus. »Wär's abgetan, so wie's getan ist, dann wär's gut, man tät' es eilig.«

»Was soll denn das heißen?«

»Das soll gar nichts heißen. Es ist ein Zitat von unserem großen englischen Dramatiker Shakespeare. Ich frage mich manchmal, ob Hemings und Condell in ihrer Folioausgabe da nicht doch ein wenig vom Original abgewichen sind. Es ist wirklich ein scheußlicher, absurder Zungenbrecher.«

Frances und Savernake waren in einem anderen Teil des weitläufigen Gartens und unterhielten sich angeregt und ernst. Geoffrey fragte sich, ob Dutton recht hatte und ob sie jetzt wirklich bald heiraten würden. Liebe geht mit einem gewissen Besitzanspruch einher; und obwohl Geoffrey nicht den geringsten Anspruch auf die junge Frau hatte, empfand er einen heftigen Groll wegen der Unbekümmertheit, die Savernake im Umgang mit Frances erkennen ließ. Niemand sollte soviel Schönheit achtlos behandeln. Denn Schönheit an sich ist, wie Samuel Johnson bemerkte, sehr achtenswert und sollte auch so betrachtet werden. Geoffrey stellte fest, daß er Savernake nicht leiden konnte, und das nicht nur, weil er eifersüchtig auf ihn war – er konnte seine Affektiertheit, seine ausweichende Art, seine Fahrigkeit nicht leiden. Als sie näher kamen, stand er da, die langen, dünnen Finger ineinander verdreht, das spärliche, weizenfarbene Haar akkurat nach hinten gekämmt, und seine grauen Augen huschten von einem zum andern; fast schon verschlagen.

Er eröffnete das Gespräch unglücklicherweise damit, daß er auf Fens Schmetterlingsnetz zu sprechen kam. Geoffrey konterte mit schwachem Sarkasmus, während Fen vorübergehend mit dem Versuch beschäftigt war, eine Libelle zu fangen. Die Stimmung verschlechterte sich merklich. Nicht etwa, weil starke Trauergefühle vorherrschten. Frances gab unumwunden zu, daß sie sich zwar gut mit ihrem Vater verstanden habe, daß sein Tod sie jedoch eher schockiere als traurig stimme. Aber es lag ganz eindeutig eine Spur von Gereiztheit in der Luft, eine eher nervliche als emotionale Reaktion. Alle waren angespannt.

»Arme Mummy«, sagte Frances. »Daddy hat sie leider immer viel herumkommandiert, aber ich denke, es nimmt sie mehr mit als sonst jemanden. Ist das nicht immer so?«

Sie trug ein leichtes Kleid in schlichtem Schwarz mit weißem Kragen und weißen Ärmelaufschlägen, das ihre Figur vollendet betonte. Selbst Fen, der sich in seiner Ehe wohl fühlte und schon seit einiger Zeit eher aus dem Gefühl vergeudeter Mühe heraus als aufgrund irgendwelcher moralischen Bedenken davon Abstand genommen hatte, bei jungen Frauen auf die Figur zu achten, war offenkundig beeindruckt. »Oh, mein Amerika, mein neues Land!« murmelte er und starrte trotz eines empörten Blicks von Geoffrey, der zufällig seinen John Donne kannte, mit unverhohlener Bewunderung weiter. Die eingehende Betrachtung fand jedoch ein plötzliches Ende, als Savernake sich mit der ärgerlichen gedehnten Sprechweise, die beizubehalten er leider manchmal vergaß, grob erkundigte:

»Können wir Ihnen irgendwie behilflich sein?«

Das war ein Fehler. Fen bedachte ihn mit einem quälend scharfen Blick. »Ja, Sie Schafskopf«, sagte er, den angemessenen Respekt außer acht lassend, der dem geistlichen Stande gebührt, »Sie können sich nach hinten in den Garten verziehen und einen Rigadaun tanzen. Eine nette Art, begrüßt zu werden, wenn man vorbeikommt, ganz voller Mitgefühl« – Fen brachte es fertig, entsprechend schwülstig zu wirken – »um seine Hilfe anzubieten. Entschuldigen Sie sich!« brüllte er abschließend.

»Mein Bester, Sir, ich vermute stark, Sie sind verrückt.«

»Sie Fatzke!« sagte Fen mit äußerster Verachtung. Er genoß die Szene. Wenn er nicht gerade sprach, strahlte er vor Begeisterung und Vergnügen. »Sie Hohlkopf!«

»Jetzt hören Sie aber mal –«

»Von wegen«, sagte Fen streng. »Entweder Sie beantworten meine Fragen oder Sie tun's nicht.«

»Ich tu's nicht.«

»Ach nein?« Fen wirkte ein wenig verblüfft. »Nun, wenn das so ist –«

»Ach, kommt schon, ihr beide«, sagte Frances ungehalten. »Hört auf zu streiten. Natürlich beantworten wir Ihre Fragen,

Mr. Fen. Nicht wahr, July?« Sie blickte den jungen Mann einen Moment lang direkt an; dann nickte er.

»Tut mir leid.«

»Mir auch«, sagte Fen nicht sehr überzeugend.

»Gehen wir ein paar Schritte, ja?« sagte Frances. »Dieses Herumstehen mag ich nicht.« Sie schlenderten über den Rasen in Richtung Obstgarten.

Das folgende Gespräch erbrachte jedoch nur wenig Brauchbares. Bei der üblichen Frage nach den Alibis stellte sich heraus, daß Savernake eins für sechs Uhr hatte, das, falls es nicht abgekartet war, praktisch unanfechtbar war, denn zur fraglichen Uhrzeit hatte er Mrs. Garbin zu ihrer Freundin begleitet, bei der sie zum Abendessen und Bridge eingeladen war, und war noch auf einen Sprung mit ins Haus gegangen. Anschließend hatte er sich auf direktem Weg zum Abendessen ins Gästehaus begeben und zwischendurch nur kurz seine Tasche im Haus des Praecentors abgestellt. Nach dem Essen hatte er einen Spaziergang gemacht – wohin und zu welchem Zweck, war nicht klar. Er hatte jedoch unterwegs einen der örtlichen Honoratioren getroffen, zwischen 21.45 und 22.20 mit ihm geplaudert und, als er wieder zu Hause eintraf, gleich die Nachricht von Butlers Tod erhalten.

Frances war bis kurz nach sechs in der Stadt einkaufen gewesen. Bei ihrer Rückkehr ins Gästehaus erlebte sie noch das Ende von dem Streit mit Josephine und begegnete Geoffrey und Fielding, die gerade vom Bahnhof kamen. Sie war mit ihnen ins Pub gegangen, wie sie ja wußten, hatte danach im Gästehaus zu Abend gegessen, sich anschließend mit einem Buch auf ihr Zimmer zurückgezogen, war, als die Besprechung gerade zu Ende war, wieder nach unten in die Küche gegangen, um noch das eine oder andere zu erledigen, war dann wegen ihres Vaters ein wenig in Sorge geraten, hatte sich auf die Suche nach Fen, Geoffrey, Fielding und dem Inspektor gemacht, war mit ihnen zusammen zurück zum Gästehaus gegangen und anschließend in der Küche gewesen, bis Geoffrey gekommen war und ihr vom Tod ihres Vaters berichtete.

»Klären wir, was die anderen aus Ihrer Familie gemacht haben«, sagte Fen. »Wo war Ihre Mutter zwischen fünf und sieben?«

»Sie war bei einer Freundin zum Tee und ist gegen Viertel nach sechs zurückgekommen, dabei hat sie Daddy kurz vor dem Tor getroffen; sie sahen, daß Mr. Peace da war. Daddy hatte kurz vorher gemerkt, was Josephine mit seinem Manuskript angestellt hatte, war ihr zum Gästehaus gefolgt, hatte ihr eine Abreibung verpaßt und war wieder nach Hause gegangen.«

»Heißt das«, fragte Geoffrey, »daß Ihr Vater im Gästehaus war, als wir dort eintrafen?«

»Ja. Er muß gegangen sein, kurz nachdem wir uns auf den Weg zum ›Whale and Coffin‹ gemacht hatten.«

»Aha«, sagte Fen dunkel. »Ist Josephine da? Ich muß mit ihr sprechen, falls das irgendwie möglich ist.«

»Sie müßte im Haus sein, glaube ich.«

»Gut.« Fen pflückte einen Apfel von einem der Obstbäume, biß knirschend hinein und sagte undeutlich: »So weit, so gut. Und Ihre Darstellung der Ereignisse stimmt mit der von Peace überein.«

Geoffrey sah, wie Frances einen raschen Blick mit Savernake wechselte; auch Fen sah es.

»Keine Heimlichkeiten«, sagte er drohend, einen Bissen Apfel im Mund. »Ich hab's gesehen.«

Frances sagte: »Mr. Fen, finden Sie nicht auch, daß Peace den Anstand hätte haben müssen, das Haus zu verlassen, nachdem das passiert ist? – Zumal er und Daddy so schlecht miteinander auskamen.«

»Verstehe.« Fens Tonfall war verhalten. »Eine geschäftliche Angelegenheit, nicht wahr?«

»Geschäftlich!« Frances' Augen loderten plötzlich vor Entrüstung. »Er hat versucht, bei Daddy zu schnorren.«

»Meine liebe Frances«, sagte Savernake mit einem höhnischen Lächeln, »sei doch realistischer. Mit so etwas mußt du rechnen. Geld lockt solche Männer an wie ein Marmeladentopf die Wespen.«

Fen biß wieder in seinen Apfel. »Ich denke«, sagte er freundlich, »daß die Angelegenheit mehr als nur eine Seite haben könnte ... Aber darüber sollten wir jetzt nicht reden.« Er konnte es offenkundig nicht erwarten, das Thema zu wechseln. »Wirklich entscheidend ist, daß wir jetzt wissen, wo alle Beteiligten – bis auf Dallow – um sechs Uhr gestern abend waren, besser gesagt, wo sie angeblich waren; nämlich:

Spitshuker war allein in seinem Zimmer und hat gearbeitet – nicht überprüft und offenbar nicht überprüfbar.

Garbin war allein in *seinem* Zimmer – dito;

Dutton war auf einem Spaziergang – dito;

Peace war irgendwo hier – dito;

Sie, Savernake, und Mrs. Garbin waren zusammen;

Dr. Butler hat Josephine im Gästehaus geohrfeigt;

Sie, Frances, waren auf dem Rückweg vom Einkaufen;

Ihre Mutter war bei einer Freundin zum Tee;

Geoffrey und Fielding waren unterwegs vom Bahnhof zum Gästehaus;

und ich – was habe ich gemacht?« Fen runzelte angestrengt nachdenkend die Stirn. »Ja, ich hab's: Ich ging gerade in ein Pub. Ich wußte, daß da irgendwas Vertrautes mit sechs Uhr war. Wenn *jedermann* so vernünftig gewesen wäre, in Pubs zu gehen, sobald sie aufmachen, wäre die Sache nicht passiert. Interessant, daß so wenige ein Alibi haben, nicht wahr?« Er aß seinen Apfel auf und warf das Kerngehäuse einem Vogel hin. »So, genug geredet. Ich muß mit Mistress Josephine sprechen. Sie ist im Haus, nicht wahr?«

»Ja. July, sei doch so lieb und bring Mr. Fen ins Haus zu Josephine.« Savernake stimmte widerwillig zu, und die beiden gingen zusammen los. Geoffrey und Frances schlenderten in den Gemüsegarten. Geoffrey hatte das Gefühl, daß sein Augenblick gekommen war.

Sein Junggesellentum inspizierte noch einmal seine Verteidigungsanlagen, aber ohne viel Hoffnung auf Erfolg; es ähnelte eher dem letzten, sentimentalen Rundgang um eine altvertraute Wohnstatt, die nun für alle Zeiten aufgegeben werden sollte. Geoffrey blickte mit übertriebenem Interesse auf eine Reihe Radieschen und überlegte, wie er am besten vorgehen sollte; und es war eher seine Unfähigkeit, sich irgendwelche Feinsinnigkeiten einfallen zu lassen, und weniger das Gefühl der Angemessenheit, die ihn dazu verleitete, ganz einfach zu fragen:

»Wollen Sie ihn heiraten?«

Sie schüttelte den Kopf; die Frage war anscheinend ganz normal.

»Würden Sie dann mich heiraten?«

Sie blieb stehen und schnappte nach Luft. »Aber Mr. Vintner – Geoffrey … Wir kennen uns doch kaum.«

»Ich weiß«, sagte er unglücklich. »Aber ich kann nicht anders. Ich bin in Sie verliebt, wissen Sie.«

Das Geständnis klang so trostlos, daß sie loslachte. Geoffrey blickte noch konzentrierter auf die Radieschen. Primitive Wurzeln! Was wußten die schon von den Qualen eines Junggesellen im mittleren Alter, der einen Heiratsantrag machte? Er sagte: »Es tut mir leid«, weniger, weil es ihm wirklich leid tat, als vielmehr, weil ihm nichts anderes einfiel.

Sofort hörte sie auf zu lachen. »Das war nicht sehr nett von mir; ich wollte Ihnen nicht weh tun.« Ihre Augen waren sanft. »Aber – nun ja, finden Sie, daß das der richtige Zeitpunkt ist –?«

»Nein. Ich bin eine taktlose Kreatur. Ich hätte nichts sagen sollen.«

»Es kommt so plötzlich: Das ist das Komische daran. Ich – nun, ich war völlig überrascht.«

»Wollen Sie darüber nachdenken?«

»Ja«, sagte sie mit wirklicher Ernsthaftigkeit, »ja, ich werde darüber nachdenken. Und« – ein wenig zögernd – »ich finde, Sie sind lieb.«

»Nein, ich bin nicht lieb, wirklich nicht. Sie sollten wissen, was Sie sich mit mir einhandeln würden.« Sein Junggesellentum startete einen ziemlich gerissenen, unfairen Gegenangriff. »Ich bin pedantisch und zimperlich und egoistisch und habe eingefleischte Gewohnheiten und bin beim Frühstück schlecht gelaunt und –«

»Nicht!« Sie lachte ein wenig atemlos. »Mit mir würden Sie ja auch nicht gerade das große Los ziehen.« Sie zögerte. »Wir müssen über alles in Ruhe sprechen – bald.«

»Was ist mit Savernake?«

»Oh, Sie wissen doch, wie das so ist: Man rutscht in ein Einvernehmen, ohne es wirklich zu wollen. Aber keine Sorge. Darum werde ich mich schon noch kümmern.« Sie hielt inne. »Hören Sie, ich muß jetzt nach Mummy sehen, aber wir können morgen vor dem Frühstück einen Spaziergang machen – und baden gehen. Einverstanden?«

»Wunderbar.«

»Ich übernachte wieder im Gästehaus und klopfe dann an Ihre Tür, um Sie zu wecken. Wie gehen ganz früh, dann sind noch nicht so viele Leute da. Alles Weitere« – sie lächelte – »nun, werden wir sehen.«

Sie blickten einander einen Moment lang schweigend an. Tiefstes, dunkelstes, rabenschwarzes Haar, blaue Augen, rote Lippen und den Körper einer Göttin. Aber banal! Unsere Liebe ist isoliert und nicht mitteilbar; nicht alle Dichter, die je geschrieben haben, drücken auch nur annähernd das aus, was wir empfinden. Und doch ist es nur etwas Lustvolles und recht Einfaches. Und es trübt auch nicht die Sehkraft, wie könnte man sonst das Radieschenkraut betrachten, das kurz in der Brise weht, pygmäenhaft zustimmend nickt? Ekstase ist Schlichtheit selbst. Oh, mein Amerika, mein neues Land!

Dann war sie fort, der Glanz verschwunden. Selbst die Radieschen widmeten sich wieder ihren Gemüselieben, nichts als dumpfe Wurzeln. Aber eßbare Wurzeln; Geoffrey zog eine aus der Erde, wischte sie sauber und aß sie auf.

Fen und Josephine saß einander in der großen, düsteren Bibliothek gegenüber, er ernst und nicht sehr gesprächig, sie mürrisch und noch weniger gesprächig. Ihr zerzaustes Haar fiel ihr in die Augen, die ungewöhnlich hell waren und die Pupillen geweitet. Ihr Körper unter dem schwarzen Kleid war dünn, und sie zitterte ab und zu ganz leicht, rutschte tief in den Sessel, als wäre sie froh, den Druck der Rückenlehne zu spüren.

»Warum hast du das Manuskript verbrannt?« sagte er leise.

Das Mädchen bewegte sich unruhig. »Ich wüßte nicht, warum ich Ihnen das erzählen sollte.«

»Ich eigentlich auch nicht. Aber ich könnte dir sehr helfen, wenn du es mir erzählst.«

Sie überlegte; das klang ganz vernünftig, falls es stimmte, aber es konnte genausogut auch nicht stimmen. »Wie könnten Sie mir denn helfen?«

»Ich könnte dir die Dinge beschaffen, die du magst.«

»Ich weiß nicht ... ob ich das erzählen darf. Mir war plötzlich schlecht und schwindelig, nachdem ich – nachdem ... Mir ist irgendwie ganz komisch im Kopf geworden, und ich habe nicht gewußt, was ich tat. Dann hat er mich geschlagen. Ich wäre lieber gestorben, als mich von ihm anrühren zu lassen.« Sie wischte sich mit dem Handrücken die Nase ab.

»Und wer hat dir die Nachricht gegeben?«

»Ein Polizist.« Die Antwort kam automatisch.

»Das stimmt nicht.«

»Ein Polizist.« Sie lächelte plötzlich und töricht. »Es war ein Polizist.«

»Wer hat sie dir gegeben?«

»Das darf ich nicht sagen, sonst kriege ich nicht, was ich will.«

»Und das wäre?«

»Das darf ich nicht sagen.«

Fen seufzte und machte mit enormer Sanftheit und Geduld einen erneuten Anlauf. »Wieso fandest du es so schlimm, daß dein Vater dich geschlagen hat?«

»Es war nicht fair … Mir war schlecht, ich habe nicht gewußt, was ich tat.« Sie vergrub plötzlich das Gesicht in die Hände.

»Arme Kleine«, sagte Fen. Er beugte sich vor und berührte sie an der Schulter, doch sie fuhr hoch.

»Fassen Sie mich nicht an!«

»Schon gut.« Fen lehnte sich wieder zurück. »Du hättest einen Arzt rufen sollen, wenn es dir nicht gutging.«

»Ich durfte nicht zulassen, daß Mutter einen Arzt holt. Ich sollte so tun, als wäre ich nicht krank.«

»Wer hat das gesagt?«

»Das hat –« Plötzlich leuchtete kindliche Gerissenheit in ihren Augen; einen Moment lang wirkten die geweiteten Pupillen riesig. »Sie wollen mich reinlegen. Ich darf das nicht sagen.«

»Na schön.« Fen wirkte gleichmütig. »Aber du hast mir noch immer nicht gesagt, warum du es so schlimm fandest, daß dein Vater dich geschlagen hat.«

»Es war« – sie suchte nach dem Wort – »eine Entweihung. Es gibt nur einen, der so etwas tun darf.« Wieder erzitterte sie.

»Wer ist der eine?«

»Der Schwarze Gentleman.«

Fen setzte sich auf. Allmählich dämmerte es ihm. »Apollyon«, sagte er.

»Sie wissen Bescheid.«

»Ja, ich weiß Bescheid«, antwortete er. »*Maledico Trinitatem sanctissiman nobilissimamque, Patrem, Filium et Spiritum Sanctum. Amen. Trinitatem, Solher, Messias, Emmanuel, Sabahot, Adonay, Athanatos, Jesum, Pentaqua, Agragon …*«

»*Ischiros, Eleyson, Otheos*«, sagte sie mit einer Stimme, die seine schrill übertönte, »*Tetragrammaton, Ely Saday, Aquilam, Magnum Hominem, Visionem, Florem, Originem, Salvatorem maledico … Pater noster, qui es in coelis, maledicatur nomen tuum, destruatur regnum tuum …*«

So nahm der monotone Schwall dummer Blasphemien seinen Lauf, bis schließlich eine Pause eintrat und Fen sagte:

»Du siehst, ich bin einer von euch. Du kannst mir vertrauen.« Er holte ein Zigarettenetui aus seiner Tasche. Sie blickte gierig darauf, und er bemerkte ihren Gesichtsausdruck. »Möchtest du eine?«

»Ja, geben Sie mir eine – schnell.« Sie nahm rasch eine Zigarette und steckte sie sich in den Mund. Er gab ihr Feuer und sah schweigend zu, wie sie rauchte, tief inhalierte. Doch gleich darauf warf sie die Zigarette mit einem angewiderten, fast verzweifelten Schrei weg.

»Das ist nicht die richtige Marke!«

Fen stand auf. »Nein«, sagte er, und seine Stimme war hart. »Das ist nicht die richtige Marke. Der Schwarze Gentleman gibt dir die richtige Marke, nicht wahr?« Sie nickte. »Ich bin nur gekommen, um deinen Glauben zu testen. *In nomine diaboli et servorum suorum.*«

»Mein Glaube ist stark.« Die Stimme des Mädchens war selbstbewußt, hatte aber einen hysterischen Unterton. »Mein Vater ist im schlechten Glauben gestorben.«

An der Tür drehte Fen sich um. »Ich bin einer von euch. Sag mir, wer euer Leiter ist.«

Einen Moment lang hing alles an einem seidenen Faden. Josephine zögerte, zitterte wieder. Dann blickte sie zu ihm auf und lächelte.

»Das darf ich nicht sagen.«

Fen traf Geoffrey am Tor, und seine Augen waren kalt vor Wut.

»Haben Sie mit Josephine gesprochen?« fragte Geoffrey.

Fen nickte. »Sie ist systematisch unter Drogen gesetzt worden«, sagte er bedächtig. »Vermutlich mit Marihuana – eine Art Haschisch; jedenfalls mit irgend etwas in Zigarettenform. Sie muß sofort ins Krankenhaus – ich rufe jetzt den Inspektor an und informiere ihn.« Er hielt inne. »*Und das hat rein gar nichts mit den Morden zu tun* – außer, daß dieselbe Person verantwortlich ist: völlig grundlose Teufelei, Verworfenheit um der Verworfenheit willen. Und es betrifft nicht nur ihren Körper, auch ihren Geist. Da ist noch was.«

»Was denn?«

»Sie ist eine Hexe.«

Geoffrey starrte ihn an. »Eine Hexe!«

»In Tolnbridge ist die alte Tradition offenbar nicht totzukriegen. Ja, nach der herkömmlichen Definition ist Josephine eine Hexe. Sie hat das Buch über christliche Theologie verbrannt, an dem ihr Vater schrieb. Sie wollte auf keinen Fall, daß seine Hände sie berühren, damit sie rein bleibt, für welche Scheußlichkeiten werden wir hoffentlich nie erfahren. Sie hat zu mir gesagt, er sei in schlechtem Glauben gestorben. Sie hat den Teufel gesehen und an Schwarzen Messen teilgenommen.«

Kapitel 10
Nachtgedanken

Hatred and vengeance, my eternal portion,
Scarce can endure delay of execution.
William Cowper

Haß und Rache, mein immerwährend Schicksal,
Erdulden jeden Aufschub nur mit Qualen.

Den Nachmittag verbrachte Geoffrey damit, zuerst eine Chorprobe zu leiten und dann in der Abendandacht zu spielen. Der Chor war gut ausgebildet und die Orgel so hervorragend, wie er erwartet hatte, und es tauchten keine besonderen Probleme auf. Als er während der Lesung und der Kollekte Muße hatte, dachte er darüber nach, was Fen ihm von seinem Gespräch mit Josephine erzählt hatte. Dabei konnte einem richtig angst und bange werden. Und Fen hatte gesagt, daß dahinter pure Böswilligkeit stecke und die Sache nichts mit den Morden zu tun habe – obgleich Geoffrey sich nicht vorstellen konnte, woher Fen das so genau wissen wollte. Jetzt stand nur noch die Befragung von Dallow aus – dem affektierten, etwas androgynen, kleinen Kanzler, der Experte für Hexerei war. Was hatte Frances doch noch gleich gesagt? – »... interessiert sich nicht nur als Forscher für das Thema.« Das Gespräch könnte auf jeden Fall interessant und bedeutsam sein.

Nach dem Abendessen machten sie sich auf den Weg zu Dallows Haus. Fen hatte den ganzen Nachmittag über draußen im Grünen nach Insekten gejagt und war bester Laune. Er schritt in seinem üblichen ermüdenden Tempo dahin und redete ohne Unterlaß. Josephine war aus Tolnbridge weggebracht worden, sagte er, an einen sicheren Ort, wo sie von Fachleuten behandelt werden würde.

»Sie wird wieder gesund«, fügte er hinzu. »Aber die ersten

Wochen werden für sie kein Vergnügen sein. Mich interessiert jetzt vor allem, wer von den Leuten hier charakterlich so veranlagt ist, daß er sich damit amüsiert, eine Fünfzehnjährige systematisch unter Drogen zu setzen.«

Sir John Dallow wohnte in einer der neuen, großen, teuren Villen mit Blick auf die Flußmündung. Und kaum hatte die Haushälterin die Tür geöffnet, war unübersehbar, wie außerordentlich und bedrückend anspruchsvoll der Mann war. Doch nicht nur das: das Arbeitszimmer, in das sie geführt wurden, zeugte von einem deprimierend morbiden Geschmack, den man außerhalb einer Irrenanstalt einfach nicht für möglich halten würde. Eine abstoßende kleine Vampirzeichnung von Füssli hing an einer Wand; daneben war eine kunstvolle Zeichnung von Beardsley mit der Darstellung des fünften Kreises von Dantes Inferno zu sehen, und der ganze Raum wurde dominiert von einem akribischen, verzerrten Gemälde aus der Hand eines frühen deutschen Meisters, das über dem Kamin hing und eine Folterszene zeigte. Vervollständigt wurde die Dekoration durch eine schlechte Reproduktion von Dürers *Melancholie*, das diesem Minihorrorkabinett allerdings einen Hauch Ehrbarkeit, sogar Konventionalität verlieh. Die Regale waren voll mit Büchern, und da Sir John noch nicht da war, nahmen Fen und Geoffrey sie genauer in Augenschein, wobei ihre Bedrücktheit zunahm. Sie standen ohne Zweifel vor einer fast beispiellosen Sammlung von Werken über Hexerei: das *Daemonolatreia* von Nicholas Rémy in der Erstausgabe von 1595; ein moderner Privatdruck des *Malleus Maleficarum*; Cotton Mathers *Wonders of the Invisible World*; das *Sadducismus Triumphatus*; und natürlich sämtliche Standardlehrbücher zu dem Thema. Aber es gab auch andere Bücher, die auf die Neigung schließen ließen, die nächtliche Seite der menschlichen Natur zu genießen und zu studieren: Toulets anstößige Studie über Sadismus, *Monsieur du Paur* – de Sades *Justine* und viele andere dunkle Bände perversen, halb pornographischen Inhalts. Fen betrachtete sie nachdenklich.

»Zumindest bewahrt er sie nicht in Schränken auf«, sagte er. »Und irgendwie möchte ich glauben, daß Menschen, die Spaß an solchen Büchern haben, im richtigen Leben keinen großen Schaden anrichten. Daß sie sich überhaupt an Bücher halten, könnte durchaus auf Impotenz hindeuten. Dennoch, man kann nie wissen.«

Gleich darauf kam Dallow ins Zimmer getrippelt, das strähnige weiße Haar in alle Himmelsrichtungen stehend. »Mein *li-ieber* Professor! Und Mr. Vintner! Wie überaus entzückend! Und ich kann mich gar nicht genug für meine *schmähliche* Nachlässigkeit entschuldigen, Sie nicht sofort begrüßt zu haben. Ich habe in dem deprimierendsten Käsesoufflé herumgestochert – *gestochert* –, das man sich nur vorstellen kann. Also wirklich nichts Wichtiges. Meine törichte Haushälterin hat mir nur nicht gesagt, daß Sie da sind. Aber machen Sie es sich doch bitte bequem.«

Die Möbel waren modern und bequem. Geoffrey ließ sich mit einiger Erleichterung in einen Sessel sinken. Dallow plapperte weiter:

»Sie haben ja keine Vorstellung, was ich hier für ein Leben führe – so einsam. Besucher sind für mich wirklich ein Genuß. Mr. Vintner, wie sind Sie mit dem Chor zurechtgekommen?«

»Wunderbar, danke«, sagte Geoffrey. »Keinerlei Probleme.«

»Gut. Gut.« Geziert faltete Dallow die Hände. »Die Jungen sind natürlich nicht mehr das, was sie mal waren, als es noch eine Chorschule gab.«

Vermutlich nicht, dachte Geoffrey, bei einem Leiter, der de Sade las; aber vielleicht war Dallow ja damals anders gewesen.

Fen riß sich aus einer Art Erstarrung und sagte: »Wir führen eine inoffizielle Untersuchung von Butlers Tod durch. Wären Sie so nett, uns zu unterstützen?«

»Aber natürlich – mit *Vergnügen.*« Nichtsdestoweniger war Dallows Tonfall jetzt verhaltener. »Wie kann ich Ihnen helfen?«

»Es geht darum, wo Sie zur fraglichen Zeit waren.«

»Wo ich *war.*« Dallow kicherte albern, schlug die Beine übereinander, stellte sie wieder nebeneinander und richtete unnötigerweise seine Krawatte gerade. »Der gute Inspektor hat mich diesbezüglich bereits unter die Lupe genommen, daher habe ich meine Geschichte schon parat, wissen Sie. Ich habe ein Alibi, mein *li-ieber* Professor, für sechs Uhr. Ich war *hier* und habe mich genau zu der Uhrzeit mit meiner Haushälterin unterhalten. Aber für Viertel nach zehn – nein. Ich habe diese alberne Besprechung verlassen und mich direkt zu einem Handwerker hier im Ort begeben, um etwas Geschäftliches mit ihm zu besprechen. Leider war er nicht da, und ich hatte den ganzen Weg umsonst zurückgelegt. Ich war, glaube ich, um halb wieder hier.«

»Halb was?«

»Halb *elf – natürlich.*« Dallow verzog die Lippen zu einem dünnen, geisterhaften Lächeln. »Gegen sieben habe ich hier gespeist – allein. Um Viertel nach fünf bin ich zum Krankenhaus, um Brooks zu besuchen, aber sie wollten mich nicht zu ihm lassen. Das muß ungefähr die Zeit gewesen sein, als er wieder bei Verstand war. Bei der Gelegenheit hat mir der hervorragende Inspektor übrigens den Schlüssel zur Kathedrale mitgegeben, der ins Gästehaus gehört.«

»Ach ja, apropos. Wem haben Sie ihn gegeben?«

»Der guten Frances. Und *sie* hat ihn wieder ins Vestibül gehängt, wo er auch hingehört. Ich hab's gesehen.«

»Das wäre also geklärt. Haben Sie irgendwelche Vermutungen bezüglich des Mordes an Butler?«

»Nicht die geringsten«, sagte Dallow entschieden. »Ich weiß nur, daß es ein Segen ist, den zu erhoffen wir nicht gewagt hatten.«

»Segen?« Fen starrte ihn an. »Dann haben Sie ihn nicht gemocht?«

»Wenn wir hier schon offen reden, mein *li-ieber* Professor, ich mochte ihn absolut nicht. Der Mann war ein Dummkopf – weder Wissenschaftler noch Künstler noch Geistlicher. Genauer gesagt, er war ein Nichts, ohne jedes Talent und Interesse. Und außerdem hatte er für meine Studien nur Verachtung übrig. Da die menschliche Eitelkeit ist, wie sie ist, stellt letzteres den offensichtlichen Grund für meine Abscheu gegen unseren dahingeschiedenen Freund dar.« Dallow war unsinnigerweise vor Ärger leicht errötet.

»Und Brooks?«

»Ah, Brooks mochte ich gern. Er war durch und durch Musiker. Unter seiner Regie haben die Jungen gesungen, wie ich nie zuvor Jungen habe singen hören. *Er*, mein *li-ieber* Professor, war ein Künstler.« Dallow stand auf und schritt leichtfüßig im Raum umher. »*O ces voix d'enfants*«, rief er, »*chantant dans la coupole!*«

Doch Fen tat diese Mallarmésche Schwärmerei mit einer Handbewegung ab. »Warum hätte jemand Brooks ermorden sollen?« fragte er.

Der Kanzler blieb stehen und befingerte eine von drei großen Orchideen in einer chinesischen Vase. »Ich vermute«, murmelte er, »daß Butler dahintersteckte.«

»Nein.«

»Wie Sie meinen.« Dallow zuckte ostentativ mit den Schultern und schritt wieder auf und ab. »Brooks hatte, soviel ich weiß, keine Feinde. Butler dagegen hatte viele, mich eingeschlossen. Aber wer die beiden ermordet hat, ist mir ein Rätsel.«

Er war zumindest offen, dachte Geoffrey. Doch ach, Offenheit und Täuschung auseinanderzuhalten war schwer – jeder Bluff konnte zwei-, drei- oder gar vierfach sein! Überdies war Dallow durchaus intelligent genug, um Theater zu spielen. Der Poseur verbirgt sein wahres Ich so gekonnt, daß sein falsches Spiel nur schwer zu durchschauen ist; wo keine erkennbare Wahrheit ist, kann es auch keine offensichtliche Lüge geben.

Doch Fen, der kaum etwas von der traditionellen Hartnäkkigkeit des Detektivs besaß, langweilte sich schon. Er scharrte ungeduldig mit den Füßen und wechselte das Thema. »Ist St. Ephraim ein Wiedergänger?« fragte er.

Dallow blickte einen Moment lang verständnislos drein. »St. Ephraim?«

»Wie ich höre, kursieren im Ort Gerüchte über die sonderbare Methode, mit der Butler ermordet wurde – das Grab.«

Dallows Miene erhellte sich. Plötzlich klatschte er mit kindlicher Ausgelassenheit in die Hände. »Ich verstehe! Nein, St. Ephraim hat soweit bekannt nie den Frieden der Lebenden gestört. Der umtriebigste Geist in der Gegend ist natürlich Bischof John – ein ganz hervorragendes Gespenst.«

Draußen hatte ein sanfter, warmer Regen eingesetzt. Wasserperlen sammelten sich an der Fensterscheibe, verschmolzen miteinander, trennten sich, verschmolzen erneut. Fen starrte geistesabwesend in den Garten hinaus.

Geoffrey blickte verwundert. »Ich wünschte, ich wüßte ein wenig mehr darüber.«

»Spitshuker meint«, sagte Fen. »Sie könnten uns einige Informationen über den Bischof geben. Die bloße Tatsache, daß etliche unglückliche junge Frauen ihm den Scheiterhaufen zu verdanken hatten, ist uns bekannt. Aber sein Geist ruht offenbar unruhig in seinem sonderbaren Grab und scheint sogar noch unruhiger geworden zu sein, seit sein Grab geschändet wurde.«

Dallow war sichtlich angetan von der Wendung, die das Gespräch genommen hatte. »Das glauben die Leute«, sagte er. »Es ist mir bereits zu Ohren gekommen – und möglicherweise stimmt es sogar. Die Geschichte, warum er in der Bischofsgalerie bestattet werden wollte, ist interessant. Offenbar konnte er die Vorstellung nicht ertragen, im Tod vollständig eingeschlossen zu sein – eine Art postume Klaustrophobie.« Dallow kicherte. »Die Galerie bot ihm sozusagen einen Zugang zur Welt – und nicht nur eine, sondern viele Personen haben ihn schon hinter der Brüstung schweben sehen. Ihn – und eine Frau.«

Die Regenwolken trübten das Licht, und der Raum war jetzt dunkler. Geoffrey rutschte unbehaglich hin und her. Das hier war Zeitverschwendung, und dennoch … Und dennoch hätte er es sich um nichts auf der Welt entgehen lassen wollen, mehr über Bischof John Thurston zu erfahren. Er witterte Geheimnisvolles. Und er täuschte sich nicht.

»Die Geschichte«, sagte Dallow, »ist interessant. Der Bischof war erst fünfundzwanzig, als er 1688 hierherkam. Wie es damals häufig der Fall war, erhielt man derartige Positionen durch einflußreiche Beziehungen, und ob der Kandidat geeignet war oder über Erfahrungen verfügte, spielte so gut wie keine Rolle. Jedenfalls muß das bei ihm so gewesen sein. Er war ein seltsam widersprüchlicher Mensch – eine unverträgliche Mischung aus Lebemann und Puritaner. Sein Vater hatte zu Cromwells Leuten gehört und sich spät mit einer Frau vermählt, die aus einer angesehenen Royalistenfamilie stammte. Der Sohn hatte von beiden Elternteilen etwas: die Strenge und den lustfeindlichen Moralismus des Vaters und die leichtfertige Zügellosigkeit der Mutter. Er ging in Eton zur Schule und anschließend aufs King's College in Cambridge, und mit dreiundzwanzig Jahren wurde er Geistlicher. Er blieb unverheiratet, wie in der damaligen Zeit üblich, doch als seine Eltern starben und ihm ein beträchtliches Vermögen hinterließen, konnte er sich seine sexuellen Freuden auf einem übersättigten Markt erkaufen, und allem Anschein nach hat er sich in dieser Hinsicht nicht zurückgehalten. Das war, kurz gesagt, sein Hintergrund, als er hier eintraf. Ich sollte vielleicht noch erwähnen, daß er kein Dummkopf war – daß er sogar ein ausgesprochen gebildeter und fähiger Mann war.«

Dallow war ganz in seinem Element; die Affektiertheit und Gehemmtheit waren verschwunden. Geoffrey drängte sich der Gedanke auf, daß dieser Mann vermutlich ein geborener Romancier war; nur war das hier keine Fiktion …

»Seltsamerweise«, fuhr Dallow fort, »begann die Hexenverfolgung nicht auf Thurstons Betreiben hin, sondern auf das der Städter, die mitbekamen, oder es sich einbildeten, daß die Schwarze Magie allerorten heimlich betrieben wurde. Und es ist kaum zu bezweifeln, daß in der Gegend diverse Hexenzirkel existierten. Warum, fragt man sich? Warum zu einer bestimmten Zeit und an einem bestimmten Ort? Warum in Salem? Warum in Bamberg? Warum in Tolnbridge? Und dennoch war es so. Und die Schwarzen Messen wurden, wie es angeblich verlangt wird, von abtrünnigen Geistlichen aus der Diözese gelesen. Damit rückten führende Vertreter der Kirche, allen voran Thurston, in den Mittelpunkt der Hexenverfolgung. Verdächtigungen und Beschuldigungen nahmen um ein Vielfaches zu, denn die beste Verteidigung gegen jeden Vorwurf war die, jemand anderen zu beschuldigen. Es gibt keinerlei Hinweise darauf, daß der Bischof die Verfolgungen zunächst sonderlich unterstützte oder großen Gefallen daran fand. Doch bald änderte sich die Situation.« Dallow hielt inne. Fen zündete sich seine dritte Zigarette an der zweiten an; er wirkte nachdenklicher als sonst.

»Sie müssen wissen«, fuhr Dallow fort, »daß es üblich war, Hexen zu foltern, um ihnen Geständnisse zu entlocken – obwohl sie häufig auch ohne Folter gestanden. Und es war zumindest erforderlich, daß die Geständnisse ohne Folter nochmals bestätigt wurden. Doch es gab das langsame, methodische Auspeitschen und den heißen Hexenstuhl und Daumenschrauben und das Brechen der Beine und das Streckbett. Und mit der Zeit wurde Bischof John Thurston – wenn auch stets im Hintergrund – häufiger bei Folterungen gesichtet, als sein Amt das verlangte. Er war auch bei den Hinrichtungen zugegen, und es hieß, daß er die Praxis einführte, Hexen zu verbrennen, anstatt sie zu hängen. Sicherlich waren dabei irgendwelche ungewöhnlich spitzfindigen Rechtsauslegungen im Spiel – obwohl ich nicht herausfinden konnte, wie die Rechtslage genau war –, denn überall sonst in England wurden Hexen ausnahmslos gehängt und nicht verbrannt. Es läßt sich leider nicht mehr feststellen, ob diese

Unterstellung zutrifft. Jedenfalls las Bischof John auf einmal Glanvil und den *Malleus*. Und man sieht, wie diese allseits anerkannte moralische Aufgabe, die ihm da auf einem Silbertablett serviert wurde, seinen tiefsitzenden Puritanismus ansprach – und wie die Methoden im Umgang damit seine Sinnlichkeit ansprachen. Denn viele der Frauen waren jung und einige schön. So war es auch im Jahre 1704, ein Jahr vor seinem Tod.«

Dallow ging zu einem Schrank und nahm eines von mehreren dicken, in Leder gebundenen Büchern heraus. Ehrfürchtig öffnete er es und blätterte die Seiten um.

»Das ist«, sagte er, »das persönliche Tagebuch des Bischofs, das er in den letzten Monaten seines Lebens geführt hat.«

Sogar Fen schien aufzumerken.

»Es ist«, fuhr Dallow fort, »einer der umfangreichsten erhaltenen Berichte aus erster Hand über eine Spukerscheinung, und daß er authentisch ist, steht praktisch außer Frage. Der Bischof hatte angeordnet, daß das Tagebuch nach seinem Tod zerstört werden sollte – ungelesen. Doch der Mensch ist nun einmal neugierig, und was der Bischof über seine letzten Monate schrieb, ist derart außergewöhnlich, daß das Tagebuch in die Obhut des damaligen Kanzlers gelangte und so schließlich auch in meine Hände. Mr. Vintner« – Dallow ging zu Geoffreys Sessel – »vielleicht wären Sie so nett, einen Blick hineinzuwerfen, ja, uns daraus vorzulesen. Ich höre die Geschichte immer wieder gern. Und das Tagebuch spricht für sich, bedarf keinerlei Kommentars. Sie sind doch nicht in Eile, Mr. Fen?«

Fen schüttelte den Kopf, und Dallow reichte Geoffrey das Buch. Es war schwer und die Schrift säuberlich, groß und verschnörkelt. Dallow beugte sich über Geoffreys Schulter und blätterte die Seiten um. Schließlich zeigte er auf einen Eintrag:

»Wenn Sie vielleicht hier anfangen würden …«

Und so las Geoffrey, während der Regen leise im Garten plätscherte und das gelbe, verschleierte Licht der Sonne von Wolken getrieben über die steifen, dicken Seiten glitt.

»*27. Februar A. 1705.* In einer der Predigten von Dr. Donne von St. Paul's, die durchaus verdient, als gute Lehre beherzigt zu werden, erfahren wir, daß es richtig ist, den Freuden der Sinne zu frönen, soweit sie keinen Schleier werfen zwischen die Seele und ihren Schöpfer; will heißen, ihnen maßvoll zu frönen. Doch Donne selbst war in jenem früheren Teil seines Lebens, bevor er in den Schoß der Kirche Christi aufgenommen wurde, als Leichtfuß bekannt, als ein Mann von ungeheurer Lasterhaftigkeit und Zügellosigkeit, als einer, der mit Huren und Betrügern auf gutem Fuße stand. Wenn ein Mann in seiner Jugend einmal die Grenzen der Mäßigung übersteigt und dennoch aufgrund von Reue und Nächstenliebe später den Qualen der Hölle trotzt, wieso sollte dann ich, noch in der Blüte meiner Jahre und voller natürlicher Kraft, durch die Ausübung meines heiligen Amtes an den Entspannungen gehindert werden, derer sich gewöhnliche Männer allenthalben erfreuen? Es steht geschrieben, daß es selbst die Söhne Gottes nach den Menschentöchtern gelüstete. Deren Verlangen war gottlos, fürwahr, wegen der grundsätzlichen Verschiedenheit zwischen ihrem engelhaften Wesen und den Körpern jener jüdischen Frauen, jedoch, wenn derlei Verschiedenheit nicht vorliegt, wo ist dann die Sünde? Wenn wir glauben, sind unsere Sünden bereits abgegolten, sobald wir sie begehen.

Oft denke ich nächtens an meine Jugend in London, an die Theater und die Komödien von Mr. Wycherley, und an die Dunkelheit und den Geruch des Haares der Frauen und das Schimmern ihrer nackten Hälse, und mitunter nehme ich die *Ars Amatoris* zur Hand und lese die Passage über das Werben um eine Frau vom Theater (wie Mr. Dryden dies unrichtig umschrieben hat). Solcherlei Dinge gehören für mich der Vergangenheit an, aber es verlangt mich noch heute nach ihnen. Hier bin ich unter Bauerntölpeln, die weder Geist noch Anmut des Körpers oder der Seele besitzen. Ihre Frauen sind wie Säcke.

Ich muß dafür Sorge tragen, daß ich das Geschriebene stets nach Durchsicht wegschließe.

4. März. Habe sie diese Woche zweimal in die Morgenandacht kommen sehen, höchst sittsam verschleiert; konnte dennoch die außergewöhnliche Pracht und Fülle ihres Haares erkennen.

6. März. Ich habe in Erfahrung gebracht, daß sie Elizabeth Pulteney heißt und die Nichte einer Frau ist, die letztes Jahr auf meine Anordnung als Hexe verbrannt wurde. Die Vollkommenheit ihres Körpers und die Anmut ihrer Bewegungen deuten auf eine edlere Herkunft und nicht auf den niederen Stand, dem sie, wie man mir versichert, angehört. Sie ist fromm, doch es sind Anschuldigungen gegen sie erhoben worden. Vier Frauen wurden diese Woche verbrannt. Die Zuschauer werden stetig weniger.

21. März. War bei der Auspeitschung einer Frau zugegen, die zum Geständnis gebracht werden sollte. Es dauerte nicht lange. Sie wurde entblößt und mit dreifach geknoteten Lederriemen geschlagen. Die Schreie waren ungewöhnlich durchdringend. Es bereitete mir kein Vergnügen, was es doch sollte, wäre mir an der Geißelung Satans durch diese Bestrafung gelegen. Meine Gedanken waren fortwährend woanders.

26. März. Sprach heute morgen zum erstenmal mit ihr. Ihre Haut ist außerordentlich weich und schön. Sie ist demütig und ehrfürchtig. Ich habe ihr regelmäßige geistige Unterweisung angeboten. Sie wird fortan häufig zu mir kommen. Ach, diese Unterwürfigkeit durch Züchtigung in spürbaren Schmerz zu verwandeln! Doch das sind eitle Trugbilder.«

(Geoffrey übersprang eine Reihe von Einträgen, die von der Arbeit der Diözese handelten. Der nächste Eintrag zu Elizabeth Pulteney war auf den 23. April datiert.)

»Heute abend ihr vierter Besuch. Ich machte ihr eindringlich klar, wie notwendig ihre absolute Unterwerfung unter diejenigen sei, denen Macht über sie gegeben ist, und unterzog sie der

Prüfung, sich sogleich vor mir zu entkleiden. Sie zauderte gar sehr, und es dauerte lange, bis ich sie (mit verschiedenen Mitteln) dazu bringen konnte. Ihre Schamhaftigkeit erregte mich so sehr, daß ich alle Vorsicht vergaß. Erfuhr, daß sie erst siebzehn Jahre alt ist, aber überaus wohlgestaltet, und ihre Haarpracht fällt in langen, goldenen Locken ... Milton erzählt in seinem wunderbaren religiösen Gedicht von der nackten Schönheit Evas und ihrem Haar. Ebenso Donne in seiner Elegie.

Sie erkannte meine Absichten früh und schien verängstigt. Ich wickelte ihr Haar um ihren Hals und tat so, als wollte ich sie töten. Sie ist ein töricht Kind, mit diesem Gerede, sie sei die Braut Christi. Wie ich schon zu ihr sagte: Ist nicht die Kirche selbst diese Braut? Doch die Drohung, sie als Hexe zu verfolgen, brachte sie zum Schweigen.

Fühle mich ungewöhnlich niedergeschlagen. Das Haus ist über die Maßen still, und es ist nicht gut, allein zu sein. Muß ins Bett und diese Gedanken und Zweifel vertreiben, indem ich die Wonnen erinnere, die ich genossen habe. Doch zunächst muß ich das Tagebuch unten verschließen. Im Haus hallt alles wider, und die Dunkelheit war mir stets verhaßt. Ich wage nicht, das Tagebuch hier zu lassen. Die Dienerschaft hat sich längst zur Ruhe gelegt.

13. August. Alles steht gut, und ich hatte nicht ausreichend Muße, früher zur Feder zu greifen. Da ich mir gegenüber ehrlich sein muß, war mir davor bang, mich den Zweifeln zu stellen, die mich plagen. Ich bin in mich gegangen und sehe in meinen Handlungen keinen Grund zur Furcht. Wenn ich ihren Körper gezüchtigt habe, so gibt es dafür genug Berechtigung und Präzedenzien in der Frühgeschichte der Kirche.

Sie wird sehr schweigsam und teilnahmslos, und mein Begehren erstirbt. Ich werde sie nicht wiedersehen. Warum nur empfinde ich meine Taten fortwährend als ungeheuerlich, wo doch die Vernunft selbst sie nicht verurteilt?

15. August. Das Schlimmste ist geschehen, und sie trägt ein

Kind von mir. Aber der drohende Scheiterhaufen wird sie schweigen lassen.

16. August. Traf sie heute heimlich, in dem Wäldchen hinter Slatter's Close. Sie ist widerspenstig und will den Vater ihres Kindes nennen. Nicht einmal die Androhung von Folterung als Hexe scheint sie abzuschrecken. Aber es gibt keinen anderen Weg. Ihre Rasereien gegen mich werden der Beweis sein, daß sie vom Teufel besessen ist. Sie ist, so scheint es, zu Reue und Sühne entschlossen. Oh, die Tollheiten dieser Frauen des Glaubens! Ich möchte auf ihre abscheuliche Frömmigkeit spucken.

23. August. Die Gefahr ist gebannt. Ihre Anschuldigungen gegen mich trugen, wie ich vorausgesehen hatte, nur noch mehr zu ihrer Verurteilung bei. Es war Tollheit, je zu befürchten, man würde ihr Glauben schenken. Heute die Daumenschrauben, um sie zum Geständnis zu bringen. Als jene keinen Erfolg brachten, das Streckbett. Das Geständnis, überaus ausführlich, brachte mich zu der Annahme, daß sie tatsächlich eine Hexe ist. Und liegt es nicht auf der Hand, daß der Teufel durch sie seine Künste wirken ließ, um meine Unerschütterlichkeit ins Wanken zu bringen? Ich bin überzeugt, daß dies die Wahrheit ist.

Die ganze Zeit starrten ihre Augen mich an, obwohl sie nicht mehr gegen mich sprach. Ich erinnere mich nicht gern daran.

29. August. Deus misericorde me. Heute hat sie gebrannt. Ich dachte, es würde nie enden. Zuerst wurde ihr der Kopf geschoren und das Haar gesondert verbrannt. In der Zuschauermenge erhob sich Murren und Raunen, so daß die Wachen gezwungen war, ihres Amtes zu walten, um für gebührende Stille und Ehrfurcht zu sorgen. Als man sie bedrängte, öffentlich zu gestehen, schwieg sie weiter hartnäckig, nur als sie an mir vorüberkam, sagte sie »Haltet Eure Türen fest verschlossen vor jenen, denen es gefallen wird, Euch zu besuchen.« Dann wurde sie hastig auf den Scheiterhaufen geführt, festgebunden, und das Reisig wurde entzündet. Sie schien noch fast ein Kind zu sein.

Ich weiß nicht, was ihre Worte bedeuteten, aber das Haus ist kalt, und ich täte besser daran, ins Bett zu gehen. Ohne Zweifel habe ich gerecht gehandelt, denn sie war eine Hexe.

4. September. Wir werden grausam bestraft für unsere Torheiten, und ich unglückseliger Sünder mit den heftigsten Peitschenhieben. Als ich gestern abend im Bett lag, die Vorhänge des Bettes an drei Seiten zugezogen und der vierte offen, damit das Licht der Kerzen auf meinem Tisch einfallen konnte, wurde mit einem Male der vierte Vorhang (obwohl kein Mensch im Zimmer war) zugezogen, so daß ich im Dunkeln lag. Und irgendein Geschöpf der Nacht, das sich vor meinem Bett bewegte, versuchte offenbar, unter den Vorhängen hindurchzukriechen, und zerrte an meiner Bettdecke, so daß ich laut aufschrie und einer meiner Diener herbeigeeilt kam, aber es war nichts zu sehen. Er mußte den Rest der Nacht bei mir bleiben, die ich bei heller Beleuchtung in großer Furcht und mit unruhigen Gedanken verbrachte. Werde dafür sorgen, daß sämtliche Türen fest verriegelt sind, aber ich fürchte, es wird nicht viel nützen. Ich wage nicht, mich jemandem anzuvertrauen. Aber Christus der Herr wird mich vor den Folgen meines bösen Tuns schützen.

5. September. Bin heute durchs Haus gegangen und habe auf allen Fensterbänken und Türschwellen das Pentagramm angebracht, nachdem ich den Ritus des Exorzismus wiederholt hatte. Mit diesen Vorkehrungen werde ich lange und glücklich leben. Sie wird mir nicht die Zeit nehmen, meine Sünden zu sühnen. Trotz des kalten und windigen Herbstes ist es im Haus unbehaglich warm. Als ich gerade aus der Morgenandacht kam, fragte ich einen der Diener, ob ihm das aufgefallen sei, doch er sagte nein. Da er über mein Erscheinen verwundert schien, fragte ich ihn nach dem Grund. »Nun«, sagte er, »ich dachte doch, Eure Exzellenz wären im Arbeitszimmer, denn vor wenigen Augenblicken hörte ich jemanden darin auf und ab gehen.« Als ich nach oben ging, war niemand da.

10. September. Ich habe es zum erstenmal gesehen und bete, daß ich es nie wieder sehe. Gott, erbarme Dich meiner Seele und befreie mich von dem Grauen. Die Hölle ist nicht Pein, sondern Furcht, so wie ich sie erfahre. Heute am späten Abend kam ich auf dem Weg in mein Schlafgemach am Arbeitszimmer vorbei und sah dort eine meiner Dienstmägde (wie ich wähnte) gebückt am Kamin, um Feuer zu schüren. Ich ging hinein, um sie zu tadeln, weil sie noch nicht in ihrer Unterkunft war, als das Wesen sich plötzlich aufrichtete und seine Arme um mich legte. Ich fiel ohnmächtig zu Boden, doch einer der Männer, der zufällig vorbeikam, eilte mir zu Hilfe, ohne jedoch irgend etwas zu sehen. Ich kann nicht weiterschreiben. Christus, erbarme dich meiner.

13. September. In der Stadt wird gemunkelt, daß hier nicht alles mit rechten Dingen zugeht, und es wird gegen meine Person getuschelt. Sieben meiner Diener sind fort. Habe glühende Kohlen verstreut in der Bibliothek gefunden, obwohl dort kein Feuer war. Die Hitze wird unerträglich.

19. September. Ein Diener entdeckte heute alle Wandbehänge in meiner Kammer lichterloh in Flammen. Der Brand war kaum zu löschen.

2. Dezember. Gelobt sei Gott für all Seine Gnade! Seit zwei Monaten kein Vorfall mehr, und auch die Hitze ist verflogen. Elizabeth Pulteney, die Gehilfin des Teufels, hat doch bekommen, was sie verdiente. Tugend kann selbst die Mächte der Höllen bezwingen. Endlich hat mein Geist Ruhe gefunden, und ich kann mich mit frischem Mut den Geschäften der Diözese widmen, Gott hat meinen Glauben geprüft, und ich bin siegreich hervorgegangen. Die bösen Trugbilder sind fort.

3. Dezember. Weihnachten werde ich nicht mehr erleben. Heute morgen kam einer der Küster, um mir zu sagen, daß am nördlichen Querschiff der Kathedrale eine Frau auf mich warte. Der arme Bursche, er wußte nicht, was für eine Art von Wesen ihn gebeten hatte, mich zu holen. Als ich nach der Frau Ausschau hielt, sah ich das Wesen im Schatten eines Pfeilers kauern. Die Haut ist wie Pergament, und sie löst sich vom Schädel ab, der an manchen Stellen weiß durchschimmert. Keine Augen. Das Haar ist noch immer schön, wunderschön. Aber ich darf es nie wieder sehen …

Der Eintrag brach ab. Geoffrey blätterte weiter; die restlichen Seiten des Buches waren leer. Langes Schweigen trat ein. Fragend blickte Geoffrey zu Dallow auf.

»Die Nacht des vierundzwanzigsten«, sagte der Kanzler leise, »war kalt und windig, und am Weihnachtsmorgen lag Schnee. Bischof John Thurston wurde in seinem Bett gefunden. Sein Gesicht wies Verbrennungen auf, und er war erstickt. Es gab keinerlei Anzeichen für einen Kampf, aber sein Mund war voller Haare.«

Geoffrey klappte das Buch zu und legte es auf den Tisch neben sich. Er sagte nichts.

»Eine garstige, furchterregende Geschichte«, sagte Fen, der seine Zigarette hatte ausgehen lassen und sie sich nun wieder anzündete. »Die Geschichte der Kathedrale von Tolnbridge ist offenbar unheimlicher, als ich gedacht hatte.« Er wandte sich an Dallow. »Gibt es heutzutage Teufelsanbeter in Tolnbridge? Ich habe Grund zu der Annahme, daß dem so ist.«

Zu Geoffreys Verblüffung nickte Dallow. »Es existiert tatsächlich ein ungemein kindischer Dämonenkult – jedoch in keiner Weise eine Fortsetzung der alten Tradition, sondern lediglich eine künstlich hochgespielte, aufgesetzte Angelegenheit. Offenbar löst es bei gewissen Leuten einen leichten Schauder der Erregung aus.«

»Ich denke«, sagte Fen, der jetzt richtig zappelig wurde und mit den Füßen scharrte, »daß es da eine indirekte Verbindung zu dem Mord an Butler geben könnte. Sie selbst leiten die Sache wohl nicht? So verächtlich, wie Sie darüber gesprochen haben, kann ich es mir nicht vorstellen.«

»Da liegen Sie richtig, mein *li-ieber* Professor. Ich war das eine oder andere Mal bei der Schwarzen Messe, aber das Ganze war alles in allem so stümperhaft und – wenn ich das Wort benutzen darf – unkanonisch, daß ich meine Teilnahme kürzlich eingestellt habe.«

»Haben Sie nie daran gedacht, es der Polizei zu melden? Es ist illegal, wissen Sie.«

»Aber doch so *harmlos*! Wenn Sie nur die armen Tröpfe sehen könnten –« Dallow hielt inne, blickte auf die Uhr und strahlte plötzlich. »Halb neun. Und gestern war Donnerstag. Kommt Freitag nach oder vor Donnerstag? *Danach*, hab ich recht?«

»Warum?« Dieses überfreundliche Getue, dachte Geoffrey, war wirklich ein wenig zu viel.

»Weil ich glaube, daß sie immer freitags den Teufel anbeten. Jeden Freitag – genau wie die *Sitzung des Kirchenvorstandes*, meine lieben Gentlemen. Wenn wir zu ihrer Versammlungsstätte gehen würden, könnten wir sie dort antreffen. Hätten Sie Lust?« Es war, als würde Dallow einen Sonntagsschulausflug planen.

»Gute Idee«, sagte Fen. »Statten wir ihnen einen Besuch ab. Aber zunächst erzählen Sie mir mehr. Wer leitet das Spektakel?«

»Mein *li-ieber* Professor, da habe ich nun wirklich nicht die leiseste Ahnung.«

»Sie *wissen* es nicht?« entfuhr es Geoffrey.

»Es könnte sogar der Bischof *höchst*persönlich sein.« Dallow kicherte nervtötend und stellte sich auf die Zehenspitzen, so daß er einen Moment lang aussah wie eine Zeichnung von Edward Lear. »Sowohl die Zelebranten als auch die Teilnehmer sind maskiert, müssen Sie wissen. Es ist praktisch unmöglich, irgend jemanden zu erkennen. Und dabei fällt mir ein, daß wir uns auch maskieren müssen.« Er ging zu einem Schrank und holte drei seltsame Gebilde heraus. »Tiermasken. Recht schön gestaltet. Sie sind hinduistischer Herkunft. Sie werden ausreichen.« Die Masken stellten ein Schwein, eine Kuh und eine Ziege dar.

Fen setzte sich die Kuhmaske auf. Seine blaßblauen Augen blickten irritierend durch die Augenlöcher. Geoffrey nahm das Schwein und Dallow die Ziege. Sie musterten einander ohne Begeisterung.

»Sie beide sehen ziemlich albern aus«, sagte Fen. Er muhte versuchsweise und tat es dann, offenbar angetan von dem Klang, noch einmal. Er muhte weiter auf dem ganzen Weg zu ihrem Ziel. Fen konnte manchmal wirklich sehr nervtötend sein.

In einer alten Pfadfinderbaracke an einem einsamen Fleck etwas abseits von der Straße von Tolnbridge nach Tolnmouth war die Schwarze Messe bereits im Gange. Das Gebäude zeigte noch immer Spuren seiner früheren Funktion in Form von Pappbibern, -ottern und anderen amorph aussehenden Vertretern der Tierwelt, die an allen möglichen Stellen des Raumes befestigt waren und auf die Ziege, das Schwein und die Kuh hinabblickten, die da hereinkamen und hinten Platz nahmen. Die drei sahen ausgesprochen grotesk aus, aber niemand schien sie zu beachten.

Es war eine stattliche Anzahl von Leuten da, alle maskiert, und überwiegend Frauen. Zwei maskierte Gestalten in schwarzen Roben hantierten konfus an einem improvisierten Altar herum. Es wurde nicht geredet. Gleich darauf begann die Zeremonie und erwies sich als äußerst langweilig. Sie bestand, soweit Geoffrey sagen konnte, aus der normalen römisch-katholischen Messe, nur ohne *Confiteor* und *Gloria*. Geoffrey, Dallow und Fen gingen nicht zur Kommunion, und offenbar erwartete das auch niemand von ihnen. Es gab keine diabolischen Ekstasen, aber andererseits, so dachte Geoffrey, waren ausgeprägte Ekstasen in einem Gottesdienst ja auch eher selten. Es gab weder Menschenopfer noch obszöne Rituale. Geoffrey hatte selten eine uninteressantere halbe Stunde verbracht. Fen wurde wirklich sehr zappelig und war kaum davon abzuhalten, sich wieder hinauszuschleichen. Geoffrey fragte sich, wie die Messe zu

Ende gehen würde; vielleicht würden sie *God Save the King* oder die Doxologie verkehrt herum spielen.

Schließlich kam das Ganze dann doch irgendwie zum Ende. Der Zelebrant und der Ministrant verschwanden in einem Raum im hinteren Teil der Baracke, und die Teilnehmerschar zerstreute sich nach kurzem Getuschel und Gekicher in der dunkler werdenden Dämmerung.

»Ich dachte, nach der Messe findet immer eine Orgie statt«, klagte Fen und nahm seine Maske ab.

»Eine Orgie.« Dallows Stimme klang leicht amüsiert. Er deutete mit einer Handbewegung auf den Raum. »Wohl kaum das richtige *Milieu*, finden Sie nicht? Man müßte schon sehr entschlossen sein, um hier eine befriedigende Orgie zu veranstalten.«

Der Raum war jetzt bis auf sie drei völlig leer. Geoffrey ging zum Altar und nahm den Kelch und die Hostie in Augenschein. Letztere, so stellte er fest, war eine große Rübenscheibe, die schwarz angemalt worden war, anscheinend mit Kreosot.

»Das ist Tradition«, erklärte Dallow. »Ich nehme an, das haben sie in irgendeinem Buch gelesen«, fügte er verächtlich hinzu.

Der Kelch enthielt ein widerliches Gebräu, offenbar auf Chininbasis.

»Hält sie jedenfalls gesund«, sagte Fen heiter. »Ich werde mal mit den Priestern dieser Riten sprechen«, fügte er hinzu und strebte zur Tür des hinteren Raumes.

»Dann überlasse ich Sie jetzt Ihren Ermittlungen«, sagte Dallow fröhlich. »Ich denke, Sie könnten auf Probleme stoßen. Die Regel der Geheimhaltung wird strikt eingehalten, und zwar – aus naheliegenden Gründen – ganz besonders vom Zelebranten. Trotzdem, ich wünsche Ihnen viel Glück. Vielleicht holen Sie mich ja ein – ich bin nicht so gut zu Fuß. Falls nicht, Ihnen noch einen schönen Abend, mit einem Mörder hinter jeder Tür.« Er kicherte, winkte einmal müde und verließ die Baracke.

Fen drehte den Knauf der Tür und stieß sie auf, obwohl sie klemmte und über den Boden schabte. Sie betraten einen Raum, der praktisch identisch mit dem war, den sie soeben verlassen hatten, nur viel kleiner. Er war nicht möbliert, bis auf einen einzigen billigen Tisch mit Stuhl.

Der Ministrant war fort, doch der Zelebrant war noch da und zog sich gerade, mit dem Rücken zu ihnen, den Talar aus. Als er sie hereinkommen hörte, setzte er ohne große Hast seine Maske wieder auf; dann drehte er sich zu ihnen um.

»Nun, Gentlemen?« Die Stimme war eindeutig verstellt. Aber Geoffrey konnte das Original nicht erkennen.

»Wir haben gehofft, Ihre Bekanntschaft machen zu können«, sagte Fen.

»Das ist leider unmöglich. Absolute Anonymität ist zwingend. Sie selbst müßten eigentlich maskiert sein.«

»Das ist doch albern.«

Der Zelebrant machte eine Geste, die man als humorvolle Resignation hätte deuten können. Tatsächlich jedoch zog er eine Pistole unter seinem Talar hervor und schoß damit auf Fen.

Kapitel 11
Whale and Coffin

Why, what a disgraceful catalogue of
cutthroats is here!
Thomas Otway

Gott, was für eine schändliche Melange
von Mordbuben!

Wie durch ein Wunder ging der Schuß daneben. Als Geoffrey sich später daran erinnerte, meinte er, daß der Arm des Zelebranten sich im Gewand verfangen hatte; zudem bestand kein Zweifel, daß er extrem nervös war. Fen, der im Ersten Weltkrieg gekämpft hatte, ließ sich mit gekonnter Geistesgegenwart nach vorn aufs Gesicht fallen. Geoffrey, der nicht gedient hatte, blieb reglos stehen und starrte nur unverkennbar verblüfft. Und der Zelebrant geriet in Panik. Es gab keinen logischen Grund dafür, warum er sie nicht beide auf der Stelle tötete. Aber er zögerte, und während er noch zögerte, erklang von draußen das Geräusch hastiger Schritte; jemand hatte den Schuß gehört. Der Zelebrant, grotesk in seinem Gewand und mit Maske, eilte zu einer Tür, die nach draußen führte, riß sie auf und stürzte hinaus. Fast im selben Augenblick kam jemand mit schweren Schritten durch den Raum, in dem die Messe stattgefunden hatte, und durch die Tür, durch die sie selbst eingetreten waren. Es war Dallow, zerzaust und verstört. Eher reflexartig als mutig lief Geoffrey hinter dem Zelebranten her nach draußen. Dabei bemerkte er noch, daß Fen leise vor sich hingrummelnd wieder auf die Beine kam.

Der Zelebrant hatte einen gehörigen Vorsprung. Mit seinem schwarzen Gewand, das im Wind flatterte, sah er aus wie eine irrwitzige Krähe, als er quer über die nassen Felder in die dunkler werdende Dämmerung rannte. Geoffrey nahm grimmig die

Verfolgung auf, wenngleich er keinen klaren Schlachtplan hatte. Die Jagd erwies sich als fruchtlos, denn kurz darauf blieb der Zelebrant stehen, wandte sich um und feuerte mit seiner Pistole auf Geoffrey, was als Offensivmaßnahme völlig nutzlos war, da der Schuß sicherlich mindestens hundert Meter zu kurz war. Aber als Abschreckung reichte es aus. Geoffrey wurde langsamer, blieb stehen und sah zu, wie die Gestalt davonrannte und schließlich in einem Wäldchen verschwand. Dann kehrte er zu der Baracke zurück. Es war zwar nicht heroisch, aber vernünftig.

»Ich weiß ja nicht, was Sie sich von dieser Verfolgungsjagd versprochen haben«, sagte Fen verstimmt, als Geoffrey wieder auftauchte. »Ich bin«, fügte er noch erboster hinzu, »über und über mit Blutergüssen bedeckt.«

Er inspizierte sich behutsam.

»Er ist mir entwischt«, sagte Geoffrey eher überflüssigerweise.

Dallow, der die Situation nun anscheinend erfaßt hatte, stieß einen leisen mißbilligenden Seufzer aus. »Ich muß gestehen, mein *li*-ieber Professor«, sagte er, »daß ich bewußt ein wenig getrödelt habe, weil ich irgendwelchen Ärger befürchtete. Aber das hier habe ich nun wirklich nicht kommen sehen.«

Fen drückte probeweise an sich herum und heulte jäh auf.

»Vielleicht könnten Sie uns verraten«, sagte er, als der Schrei verklungen war, »warum Sie so besorgt waren.«

Der Kanzler hatte eine Antwort parat – fast zu parat, so schien es Geoffrey. »Zunächst einmal«, hob er an, wobei er klang wie jemand, der eine Vorlesung beginnt, »waren es rituelle Erwägungen. Zweitens die zwingende Notwendigkeit zur Anonymität in diesem Bereich. Ich vermutete, daß Ihr unangemeldetes Erscheinen nicht willkommen wäre, obwohl ich nie gedacht hätte …« Er hielt inne, ohne auch nur ansatzweise vorzutäuschen, daß ihm die Worte fehlten.

Fen brummte. Er untersuchte die Stelle, wo die Kugel sich

tief in einen Holzbalken gegraben hatte, dann den gesamten Raum. Dieser enthielt absolut nichts, außer dem Tisch, dem Stuhl, einer Unmenge Staub und sie selbst.

»Nutzlos«, rief er angewidert. »Gehen wir.«

»Vielleicht erlauben Sie mir, mein *li*-ieber Professor, Sie bis zu meinem Haus zu begleiten?«

Fen gab seine mürrische und unhöfliche Einwilligung. Sie machten sich auf den Weg, schritten niedergeschlagen und schweigend dahin. Fen war derart in Gedanken versunken, daß er sogar achtlos an drei Libellen, einem goldfarbenen Käfer und einem Nest fliegender Ameisen vorbeiging, ohne sich dazu herabzulassen, sie zu bemerken. Geoffrey grübelte ziemlich unintelligent und fruchtlos über den Fall nach. Woran Dallow dachte, war unmöglich festzustellen, aber in kurzen Abständen schien er leise Passagen aus Thomsons *Die Stadt der schrecklichen Nacht* zu rezitieren. Erst als sie fast an seinem Haus waren, rief Fen:

»Ach, du meine Güte! Was war ich doch für ein Narr«, sagte Fen.

»Das Stadium kenne ich«, warf Geoffrey ein. »Gleich sagen Sie uns, daß Sie wissen, wer der Mörder ist, wir fragen nach, und Sie werden es uns nicht sagen, obwohl es keinen erdenklichen Grund gibt, warum Sie das nicht tun sollten.«

»Natürlich gibt es einen Grund, warum ich das nicht tun sollte.«

»Und der wäre?«

»Weil«, sagte Fen ernst, »Sie selbst es waren.«

»Ach, hören Sie doch auf mit dem Blödsinn.«

»Also schön, ich weiß, daß Sie es nicht waren. Aber im Ernst, es gibt einen guten Grund, warum ich es nicht sagen sollte. Einen überaus wichtigen Grund. Letzten Endes werden Sie ihn erfahren.«

»Und Sie sind sich Ihrer Sache wirklich sicher?«

»Logisch sicher. Ich begreife einfach nicht, wieso ich nicht schon früher drauf gekommen bin. Leider gibt es nicht den kleinsten stichhaltigen Beweis – nichts, was die betreffende Person überführen würde. Aus diesem Grunde muß ich mit größter Umsicht vorgehen. (Ich spreche hier übrigens von dem Mord an Butler.) Doch die Identität der betreffenden Person ist so sicher wie das Amen in der Kirche. Oder vielleicht ...«

»Na?«

»Die Sache hat einen Haken.« Fen schien sehr nachdenklich. »Bloß einen. Und der hängt von etwas ab, das ich Peace fragen muß. Zumindest –« Er stockte. »Doch, davon muß es abhängen.«

»Sie meinen, Peace ist nicht schuldig.«

»Ganz sicher nicht.«

»Aber er ist der einzige, der in der Kathedrale gewesen sein konnte ...«

Fen stöhnte auf. »Ich weiß, ich weiß. Aber trotzdem ist er *nicht* schuldig.«

»Er hatte das beste Motiv.«

»Seien Sie nicht so töricht. Wie wissen sehr gut, was das Motiv war. Und dabei ging es nicht um Geld. Ich hätte gedacht, wenn überhaupt jemand, dann wüßten Sie, wie Butler ermordet wurde.«

Geoffrey verschlug es die Sprache. »Ich?«

»Gewiß.«

»Aber Sie haben doch gesagt, daß die Polizei in Peace' Zimmer belastende Beweise finden würde.«

Fen seufzte und schüttelte den Kopf wie jemand, der es mit einem ganz besonders begriffsstutzigen Kind zu tun hat. »Ach, Geoffrey, Geoffrey ... Vielleicht hilft Ihnen das auf die Sprünge. Peace ist gestern abend hinauf zur Kathedrale gegangen, bevor wir zurück ins Gästehaus kamen, nicht wahr?«

»Das hat Spitshuker gesagt.«

»Und?«

»Und was?«

Wieder schüttelte Fen den Kopf. »Schon gut. Sie sollten es wissen, ebenso wie alle anderen. Ich denke mir, daß wir Peace auf der Polizeiwache finden werden. Inzwischen haben sie bestimmt das Zeug in seinem Zimmer gefunden und ihn entweder festgenommen oder zum Verhör mitgenommen.«

»Mir ist nicht klar, wie Sie wissen konnten, daß irgendwas in seinem Zimmer sein mußte.«

»Nein«, sagte Fen abfällig. »Natürlich nicht.«

An dieser Stelle versiegte das Gespräch, da sie Dallows Haus erreicht hatten. Der Kanzler wünschte ihnen übertrieben höflich eine gute Nacht und ging ins Haus. Sie setzten ihren Weg hinunter in die Stadt fort.

»Mir kommt gerade der Gedanke«, sagte Geoffrey, »daß dieses Getue mit der Schwarzen Messe, wenn man es geschickt anstellt und mit Hilfe von Drogen, eine gute Möglichkeit bietet, aus Leuten, die etwas wissen, militärische Informationen herauszubekommen – es waren überwiegend Frauen da.«

»Ja, das stimmt. Obwohl das Ganze grauenhaft langweilig war, glaube ich wirklich, daß die Mehrzahl der Beteiligten das Gefühl hatte, sie täten etwas Verbotenes und Aufregendes und Bedeutsames.«

Schweigend gingen sie weiter. Dank der Regenwolken war es nun erheblich dunkler, als es am Vorabend gewesen war, als sie zur Kathedrale hinaufgegangen waren und Butler tot aufgefunden hatten. Geoffrey blickte auf seine Uhr und stellte erstaunt fest, daß es erst halb zehn war.

»Noch genug Zeit für einen Drink«, sagte Fen lakonisch, als er über diesen Umstand aufgeklärt wurde.

»Wieso wollten Sie mir nicht sagen, wer der Mörder ist?« fragte Geoffrey. »Weil Dallow dabei war? Steckt er in der Sache mit drin?«

Fen runzelte verblüfft die Stirn. »Könnte sein. Das läßt sich nicht genau sagen. Es muß mehr als nur eine Person beteiligt sein – vielleicht sind es sogar drei, obwohl ich bezweifle, daß es noch mehr sind. Ich weiß nur, daß eine bestimmte Person ganz eindeutig in den Mord an Butler verwickelt war und *vielleicht* der Kopf der ganzen Sache ist.«

»Sie sagen, in den Mord *verwickelt* ...«

»Nun ja, es muß mehr als nur ein Beteiligter in der Kathedrale gewesen sein, als Butler dort hinging, um das Funkgerät wegzuschaffen.« Fen hielt inne. »Geoffrey, sind Sie als Komponist sehr berühmt?«

»Nein. Kirchenmusiker kennen vermutlich meinen Namen. Aber nur sehr wenige andere Menschen. Wieso wechseln Sie das Thema?«

»Ich mußte gerade daran denken, daß der Wirt vom ›Whale and Coffin‹ Ihren Vornamen kannte. Möglicherweise ist er bloß ein kenntnisreicher Musikliebhaber, der überwältigt davon war, Sie in Fleisch und Blut zu sehen.« (Geoffrey strahlte.) »Aber das scheint doch recht unwahrscheinlich.« (Geoffrey schnaubte gereizt.) »Wir müssen ihn darauf ansprechen. Gelegentlich unterlaufen ihnen Fehler, diesen Leuten. Aber ich zweifle nicht daran, daß ihnen dieser Gedanke auch schon gekommen ist und daß sie auf uns vorbereitet sind. Wie dem auch sei, zuerst müssen wir mit Peace sprechen.«

Der Inspektor stand auf den Stufen zur Polizeiwache, rauchte eine Zigarette und starrte ausdruckslos und geistesabwesend die Straße hinauf. Als er sie beide kommen sah, hellte sich seine Miene ein wenig auf.

»Ah, das sind Sie ja, Sir«, sagte er zu Fen. »Sie hatten recht, mit dem Zeug in Peace' Zimmer. Wir haben es ohne große Schwierigkeiten gefunden, wie üblich unter einem losen Dielenbrett: den im Gästehaus aufbewahrten Schlüssel zur Kathedrale, ein Fläschchen mit Atropinlösung und die Spritze.«

»Irgendwelche Fingerabdrücke?«

»Nicht einen. Alles war sorgsam abgewischt.«

»Ja, das hatte ich erwartet. Wie haben Sie reagiert?«

»Wir haben ihn festgenommen. Das heißt, die Leute vom Yard haben das getan. Er ist jetzt hier, aber wir haben noch nichts Neues aus ihm herausbekommen.«

»Oh«, sagte Fen. »Dann sind also welche vom Yard hier. Appleby?«

»Leider nein.« Der Inspektor warf einen beklommenen Blick über die Schulter und senkte die Stimme. »Die haben zwei richtige Schnösel geschickt. Höchst unkooperativ. Die bilden sich ein, sie hätten den Fall schon so gut wie gelöst, wo sie Peace jetzt festgenommen haben. Sitzen eigentlich bloß auf der Wache, spielen Rommé und rauchen stinkige Pfeifen.«

»Mir scheint«, schaltete sich Geoffrey ein, »daß sie sich überlegen müssen, auf welches Motiv sie sich konzentrieren. Wenn sie meinen, es war das Funkgerät ...«

»Die Sache ist die, Sir, sie sehen das Geld-Motiv als reine Tarnung für das wirkliche Motiv.«

»Ist denn diese ganze Geschichte mit dem Geld bloß fingiert gewesen?«

»Nein, das nicht; und gerade das gibt mir zu denken. Wir sind der Sache nachgegangen, und es verhält sich alles genau so, wie Peace gesagt hat, bis hin zu der Tatsache, daß Butler versucht hat, seine Frau dazu zu bringen, den ganzen Batzen auf ihn zu überschreiben. Nun, man könnte natürlich sagen, damit sollte diese Spionagegeschichte verdeckt werden. Aber mir scheint, daß die Krise wegen des Geldes recht gelegen kam, nämlich genau zu dem Zeitpunkt, als der Mord notwendig wurde. Irgendwie kommt mir das einfach nicht plausibel vor. Aber auch so sind die Beweise ziemlich belastend.«

»Was haben sie denn zum Beispiel in der Hand?« wollte Fen wissen.

»Na ja, das Zeug, daß sie in seinem Zimmer gefunden haben.«

»Das könnte ihm untergeschoben worden sein. Die Tatsache, daß keine Fingerabdrücke gefunden wurden, legt den Gedanken doch wohl nahe.«

»Oder aber es war nur eine zusätzliche Vorsichtsmaßnahme. Aber ich gebe Ihnen recht, rein theoretisch *könnte* es ihm untergeschoben worden sein. Ich habe den zeitlichen Ablauf überprüft, wer Zugang zu Peace' Zimmer hatte und so weiter, und glauben Sie mir, *jeder*, der auch nur im entferntesten mit diesem Fall zu tun hat, hätte die Sachen dort verstecken können. Aber es gibt noch einige andere Verdachtsmomente, so vor allem, daß nur Peace in der Kathedrale sein konnte, als Butler ermordet wurde. Ich kann Ihnen sagen, die haben mir gehörig den Kopf gewaschen, weil ich ihn nicht auf der Stelle durchsucht habe, ob er den Schlüssel bei sich hat.« Der Inspektor blickte bekümmert drein. »Schließlich kann er ihn ja auch irgendwo versteckt und hinterher geholt haben.«

»Wichtig ist«, sagte Geoffrey, »daß es keinen ersichtlichen Grund dafür gibt, warum er ihn überhaupt behalten hat. Er hätte ihn problemlos zurück ins Gästehaus bringen oder einfach dalassen können, wo er ihn versteckt hatte. Er brauchte ihn ja nicht mehr.«

»Genau, Sir. Auch das entlastet ihn eher. Aber es gibt weitere Anhaltspunkte. Laut seiner eigenen Darstellung traf Peace um fünf nach sechs im Haus von Dr. Butler ein und hielt sich bis Viertel nach dort auf, als Dr. Butler und Mrs. Butler zurückkamen. Nun wurde aber genau um sechs das Gift in Brooks' Medizin gemischt, und wir haben keinerlei Beweis dafür, daß Peace nicht vom Bahnhof aus schnurstracks zum Krankenhaus ging und erst *anschließend* zu Dr. Butler. Es war nämlich kein Dienstpersonal da, um ihn zu empfangen. Mr. Vintner, Sie haben nicht zufällig mitbekommen, in welche Richtung er vom Bahnhof aus gegangen ist?«

»Leider nein.«

»Tja, so sieht's aus. Es wäre möglich, obwohl ich es nicht für wahrscheinlich halte.«

Fen, der unruhig von einem Bein aufs andere getreten war und auch sonst Anzeichen von Ungeduld gezeigt hatte, fragte:

»Aber was ist mit dem ersten Angriff auf Brooks – in der Kathedrale? Ich dachte, es wäre so gut wie sicher, daß Peace an jenem Abend in der Stadt war. Und wieso hätte er die *Spritze* in seinem Zimmer aufbewahren sollen?«

»Ja«, sagte der Inspektor, sich nachdenklich an der Nase kratzend. »Wenn Ihre Theorie stimmt, daß man ihm Beweise untergeschoben hat, dann war das ein schwerer Fehler. Selbst diese Grobiane aus London« – er deutete mit dem Daumen ins Innere der Polizeiwache – »geben zu, daß er dafür nicht verantwortlich sein kann. Aber andererseits wissen wir auch, daß mehr als nur eine Person an der Sache beteiligt ist, nicht? Und die Beweislast gegen Peace in den anderen zwei Fällen ist ziemlich erdrückend.«

»Abgesehen«, sagte Fen, »von der Geschichte mit dem Schlüssel und den verworrenen Motiven. Aber ich vermute, dafür wird sich eine Erklärung finden lassen.«

»Sir, das Problem ist, daß ich nicht weiß, wo man sonst suchen sollte, obwohl ich geneigt bin, Ihnen darin zuzustimmen, daß Peace nicht schuldig ist. Denen geht es hauptsächlich um diese Spionagegeschichte, verstehen Sie, und das ist ja auch richtig so. Aber die meinen, sie könnten die Sache mit Hilfe von Peace lösen, und etwas anderes interessiert sie eigentlich nicht.«

»Kann ich mit Peace sprechen? Ich würde ihm gern ein paar ziemlich wichtige Fragen stellen. Ich denke, wenn ich auf die erste Frage die Antwort bekomme, die ich hören möchte, habe ich endlich eine richtige Spur.«

»Ich wüßte nicht, was dagegen spräche, Sir. Aber ich werde diese Burschen um Erlaubnis fragen müssen. Und wahrscheinlich wollen sie dabei sein.«

Fen nickte, und als sie zu dritt hineingingen, fragte er, ob Josephine in guten Händen sei.

»Schlimme Geschichte ist das, Sir«, sagte der Inspektor. »Welcher anständige Mensch würde einer Fünfzehnjährigen so etwas antun? Sehr schlau von Ihnen, daß Sie darauf gekommen sind. Ja, der Arzt hat sie untersucht, und sie ist in eine Privatklinik oben im Norden geschickt worden, wo sie von Fachleuten behandelt wird. Mrs. Butler wollte mitfahren, aber wir haben sie davon abbringen können. Sie war fix und fertig, als sie davon erfuhr, das kann ich Ihnen sagen. Ich glaube aber nicht, daß sie irgendwas damit zu tun hat.«

»Nein. Trotzdem war es besser, sie nicht mitfahren zu lassen. Haben Sie noch irgendwas aus dem Mädchen herausbekommen?«

»Nein, der Arzt hat uns nicht erlaubt, irgendwelche Fragen zu stellen.«

Die Schnösel spielten tatsächlich Rommé und rauchten stinkige Pfeifen, wie der Inspektor gesagt hatte. Er ging zu ihnen und sprach leise auf sie ein, während Fen dastand und mit seiner unbewegten Miene aussah wie aus einer Irrenanstalt entsprungen, obgleich er sich anscheinend einen unbeteiligten Anstrich geben wollte. Nach einer Weile marschierten sie alle zu Peace' Zelle, die klein war und gemütlich aussah. Peace saß auf dem Bett, rauchte eine Zigarette und las *Die allgemeine Soziologie*. Er schien erfreut, sie zu sehen.

»Ah«, sagte er. »Sie kommen, um den Verurteilten zu besuchen. Haben Sie schon gehört, was man mir zur Last legt? Das klingt alles höchst unangenehm. Und wie ich den Leuten hier schon die ganze Zeit sage, ich weiß beim besten Willen nicht, wie die Sachen in mein Zimmer gelangt sind.« Sein Tonfall klang munter, aber Geoffrey spürte die große Anspannung und Unruhe, die darin mitschwangen.

»Sie sind im Handumdrehen wieder draußen«, sagte Fen. »Das heißt«, fügte er drohend hinzu, »falls Sie auf eine Frage, die ich Ihnen jetzt stellen werde, die richtige Antwort geben.«

»Ja bitte?«

Fen zögerte. Selbst Geoffrey, der keine Ahnung hatte, worauf Fen hinauswollte, spürte irgendwie, wie wichtig dieser Augenblick war. Selbst die beiden Schnösel vom Yard nahmen ihre Pfeifen aus dem Mund.

»Um wieviel Uhr«, fragte Fen, »haben Sie das Gästehaus verlassen und sind zur Kathedrale gegangen, um sich mit Butler zu treffen?«

»Das war« – Peace stockte – »um kurz vor zehn.«

Fen wandte sich dem Inspektor zu. »Nach Spitshukers Aussage, fünf Minuten bevor wir am Gästehaus eintrafen.« Der Inspektor nickte; Fen sah erneut Peace an.

»Jetzt kommen wir zur Hauptfrage.« Er beugte sich vor und sprach sehr eindringlich. »Nachdem Sie das Gästehaus verlassen hatten, sind Sie da geradewegs hinauf zur Kathedrale gegangen?«

Peace starrte ihn an. »Ja – ich …«

»Verflucht!« Fen begann, im Raum auf und ab zu tigern. »Nein, das kann nicht sein. Ich kann mich nicht irren. Überlegen Sie noch mal. Überlegen Sie, Mann, überlegen Sie. Haben Sie kein bißchen getrödelt? Davon hängt alles ab.«

Wieder zögerte Peace. »Nein, ich – Moment mal, doch, das hab ich.«

»Und?« In Fens Stimme schwang maßlose Ungeduld mit.

»Ich bin geradewegs den Berg hinauf zur Kathedrale gegangen. Aber dann bin ich stehengeblieben und habe mir fünf Minuten lang die Eisenstange an der Verbrennungsstätte angesehen. Ich habe über die psychologischen Impulse nachgedacht, die Hexen und Hexenjäger …«

»Nur fünf Minuten?« unterbrach Fen ihn. »Sind Sie sicher?«

»Tut mir leid«, sagte Peace hilflos. »Länger kann es wirklich nicht gewesen sein. Wenn überhaupt.«

»Das würde bedeuten, daß Sie um fünf nach zehn an der Kathedrale waren – spätestens. Es war 22.15, als wir eintrafen und das Krachen hörten. Was haben Sie in den zehn Minuten dazwischen getan?«

Die beiden Männer vom Yard warfen sich Blicke zu. »Sir,

mir scheint«, sagte einer von ihnen, »daß Sie hier nur unsere Arbeit erledigen. Wir haben Grund zu der Annahme, daß er während dieser Zeit in die Kathedrale ging, Dr. Butler niederschlug, die Grabplatte auf ihn fallen ließ, wieder hinausschlüpfte und die Tür hinter sich verschloß. Dann lief er Ihnen in die Arme, als Sie herbeigeeilt kamen.«

»Er hat nichts dergleichen getan«, sagte Fen schroff. »Und unterbrechen Sie mich nicht.«

»In Wahrheit«, sagte Peace, »bin ich einmal ganz um die Kathedrale herumgegangen und habe alle Türen ausprobiert. Ich konnte mir nicht erklären, wieso Butler mich nicht gehört hat.«

»*Alle* Türen? Auf beiden Seiten?«

»Ja, natürlich. Mehrmals.«

Fen holte ein Taschentuch hervor und wischte sich über die Stirn; so aufgewühlt hatte Geoffrey ihn selten erlebt. »Gott sei Dank!« sagte er. »Dann ist es also möglich. Oder besser gesagt« – plötzlich wurde er wieder nervös – »es ist möglich, vorausgesetzt, wir finden heraus, was dieser Wirt den ganzen Abend über getan hat.«

»Harry James?« fragte der Inspektor.

»Ja. Es gibt noch einen dritten Haken, nämlich der, daß keiner von den Leuten, die wir im Sinn haben, irgend etwas mit der Sache zu tun hat. Aber nein, das ist ausgeschlossen. Es muß jemand gewesen sein, der irgendwie mit der Kathedrale verbunden ist, aus Gründen, die uns bekannt sind. Noch eines«, fügte er an Peace gewandt hinzu. »Welchen Schlüssel haben Sie benutzt, um das Tor zwischen dem Garten des Gästehauses und dem Hügel der Kathedrale zu öffnen?«

»Ich habe mir Spitshukers geliehen.«

»Gut. Also«, sagte Fen, der ein wenig von seiner üblichen Großspurigkeit zurückgewann, »wir holen Sie im Handumdrehen hier raus. Stellen Sie möglichst keinen Unfug an«, beschwor er Peace mit bemühter Heiterkeit. Dann nickte er ihm zum Abschied zu, bedachte die Männer vom Yard mit einem finsteren

Blick und marschierte von dannen, begleitet von Geoffrey und dem Inspektor.

Sie blieben auf der Treppe stehen, und der Inspektor sagte: »Mir ist nicht recht klar, worauf Sie eben hinauswollten, Sir.«

»Nein«, sagte Fen unhöflich, »dazu sind Sie zu einfältig. Und lassen Sie mich noch etwas sagen: Ich muß einen Mordversuch melden.«

Der Inspektor riß die Augen weit auf. »Was? Einen Mordversuch gegen wen?«

»Gegen mich.«

»Großer Gott!« Der Inspektor riß die Augen noch weiter auf. »Aber wie? ... warum? ...«

Fen erzählte ihm von der Schwarzen Messe und dem, was danach geschehen war.

»Schwarze Messe!« rief der Inspektor. »Mein Gott, was kommt als nächstes? Hören Sie, Sie sollten wieder mit reinkommen und eine offizielle Aussage machen.«

»Dazu habe ich keine Zeit«, sagte Fen knapp. »Das Pub schließt in einer halben Stunde. Außerdem muß ich mir einiges aufschreiben, um meine Gedanken ein wenig zu sortieren. Und falls Sie sich wegen dieser Teufelsanbeterei Sorgen machen, glauben Sie mir, nach dem Wirbel von heute abend ist damit vermutlich endgültig Schluß.«

»Aber was ist mit Ihnen?«

»Mir geht's gut«, sagte Fen gereizt.

»Die werden es wieder versuchen.«

»Nein, werden sie nicht. Das war bloß eine Panikreaktion, weil der Bursche verhindern wollte, daß wir herausfinden, wer er ist. Sehr albern. Kommen Sie, Geoffrey, wir müssen gehen.«

»Ganz wie Sie möchten«, sagte der Inspektor mit theatralischer Resignation. »Ist schließlich Ihre eigene Beerdigung. Aber vielleicht verraten Sie mir besser, was Sie ausklamüsert haben. Es wäre alles für die Katz, wenn Sie umgelegt werden, bevor Sie es jemandem erzählen konnten.«

»Strengen Sie Ihr Köpfchen lieber selbst an«, erwiderte Fen. Und ohne weitere Umschweife schritt er Richtung »Whale and Coffin«.

»Jetzt mal im Ernst«, sagte Geoffrey, als sie außer Hörweite des Inspektors waren, »warum wollen Sie es ihm nicht sagen?«

»Weil er, mein guter Geoffrey, darauf bestehen würde, die fragliche Person zumindest festzunehmen, und das ist das letzte, was ich möchte. Die sind nicht so dumm, daß sie gegen solche Widrigkeiten wie beispielsweise eine Festnahme keine Vorkehrungen getroffen hätten. Was sie zu tun haben, wird in jedem Fall getan werden. Es ist sehr viel klüger, sie in Freiheit zu lassen, in dem Glauben, daß wir sie nicht verdächtigen, und derweil zu versuchen, ihren Methoden irgendwie auf die Schliche zu kommen. Aber das wird schwer werden. Verdammt schwer.«

Das »Whale and Coffin« war ziemlich voll, und sie gingen durch in die Lounge, wo noch Sitzplätze frei waren; zuvor jedoch sammelten sie Fielding ein, der gerade beim Dartspielen war. Geoffrey bekam plötzlich ein schlechtes Gewissen, als ihm klar wurde, daß er in den letzten paar Stunden nicht ein einziges Mal an Fielding gedacht hatte; schließlich hatte ihm der Mann zweimal das Leben gerettet. Er wirkte so niedergeschlagen und ziellos wie immer. Geoffrey nahm sich vor, seine Nachlässigkeit wiedergutzumachen.

Sie suchten den Wirt, Harry James, und Fen stellte ihm Fragen. Er schien sehr bereitwillig zu antworten, und seine Auskünfte kamen verdächtig prompt. Am gestrigen Abend, so sagte er, sei er ununterbrochen im Pub gewesen, und zwar von dem Zeitpunkt an, wo es aufmachte (18.00 Uhr), bis zur Sperrstunde (22.30). Von halb zehn bis halb elf habe er sich mit drei Stammgästen unterhalten, deren Namen er ihnen nennen könne. (Geoffrey registrierte erstaunt, daß Fen bei dieser Auskunft einen Seufzer der Erleichterung ausstieß.) Fen fragte ihn, ob er selbst um achtzehn Uhr die Türen aufgeschlossen habe. Er bejahte und fügte hinzu, daß etliche Kunden, die schon draußen gewartet hätten, das bestätigen könnten. Es klang alles ganz selbstverständlich und war nicht unerwartet, doch Geoffrey merkte, daß er eine immer größere Abneigung gegen diesen kleinen Mann empfand, wie er so dastand, mit seinen kleinen Augen, die hinter dicken Brillengläsern blinzelten, und ununterbrochen mit seiner Uhrkette spielte. Er hatte etwas beinahe körperlich Abstoßendes an sich.

»Ich habe mich gefragt«, warf Geoffrey ein, »wieso Sie gestern abend meinen Vornamen wußten.«

»Aber, Mr. Vintner« – James lächelte, und als er sich umwandte, spiegelten seine Brillengläser das elektrische Licht – »ich kenne Sie natürlich als Komponisten von Kirchenmusik. Ich fürchte fast, Sie sind zu bescheiden, was Ihren Ruf angeht.«

»Sie sagten bei der Gelegenheit, Sie hätten an jemand Verstorbenen gedacht.«

»Ich wollte Sie nicht in Verlegenheit bringen«, entgegnete James aalglatt. »Die Unsitte, bekannte Menschen zu belästigen, mißbillige ich.«

»Dann interessieren Sie sich also für Kirchenmusik?«

»Sehr. Ich beschäftige mich schon zeit meines Lebens damit.«

Geoffrey heuchelte Interesse, mit einigem Erfolg, wie er insgeheim dachte. »Es ist ungewöhnlich, auf Laien zu stoßen, die etwas von der Materie verstehen. Wir müssen uns bei Gelegenheit länger unterhalten. Was ist denn Ihre Lieblingsvertonung der Abendgottesdienste?«

James lächelte erneut. »Ich selbst bin Presbyterianer, daher sind mir die Sätze der anglikanischen Liturgie nicht so vertraut. Aber von denen, die ich kenne, habe ich eine sentimentale Vorliebe für die von Noble in b-moll.«

»Ich persönlich schätze die von Stanford in Es.« Geoffrey wartete atemlos auf die Entgegnung. Doch James zog nur die Augenbrauen hoch und sagte:

»In Es? Hab ich noch nie gehört. Die in B ist natürlich hinreißend und auch die weniger bekannte in G.«

Geoffrey fluchte insgeheim; der Mann war nicht zu packen. Laut bemerkte er:

»Sie sollten morgen zur Frühandacht kommen. Wir bringen Byrds achtstimmige Vertonung von *In Exitu Israel.*«

»Ah«, strahlte James, und Geoffrey faßte wieder Hoffnung. »Da kenne ich leider nur die von Wesley.« Geoffreys Mut sank; erneut war seine List fehlgeschlagen.

»Darf ich Ihnen, bevor ich mich verabschiede«, sagte James noch, »für Ihren wundervollen Abendmahlsgottesdienst danken? Das Glaubensbekenntnis mit diesem immer stärker werdenden Viertelnotenmotiv in der Begleitung ist ganz besonders gelungen ... Nun, Gentlemen, wenn ich Ihnen nicht weiter zu Diensten sein kann. Jenny!« Er rief eine gerade vorbeikommende Kellnerin. »Diese Gentlemen sind heute abend meine Gäste. Ein Glas von unserem ganz besonderen Whisky für Professor Fen hier. Ein ganz feiner alter Whisky«, raunte er Fen vertraulich zu. »Sie werden ihn mögen, da bin ich sicher. Ich wünsche Ihnen noch einen schönen Abend.« Er strahlte sie an und war weg.

»Whisky!« sagte Fen mit großer Befriedigung. Dennoch kostete er ihn zunächst vorsichtig, als das Glas gebracht wurde.

»Ich bin fassungslos«, sagte Geoffrey angewidert. »Ist schon erstaunlich, was man alles lernen kann, wenn man einen Tag lang intensiv die Lehrbücher studiert.«

»Ich persönlich«, bemerkte Fen, »mag ja Dyson in D. Das ist ein Kampf von Religion und Romantik, von Eros und ...« Er zügelte sich abrupt. »Lassen wir das. Ich habe herausgefunden, was ich wissen wollte. Jetzt geht's an die Arbeit.«

Aus einer Tasche zog er einige angeschmuddelte, zerknitterte, leere Blätter Papier hervor und aus einer anderen eine Sammlung stumpfer, kurzer Bleistifte. Dann machten er und Geoffrey sich daran, für jede Person, die wahrscheinlich mit dem Fall zu tun hatte, einen genauen Zeitplan zu erstellen, wobei Fielding ab und an wertlose Mutmaßungen und Ratschläge beitrug. Schließlich, nach einigen hitzigen Wortgefechten und gegenseitigen Unterstellungen eines mangelhaften Gedächtnisses, brachten sie folgende Liste zustande:

Garbin Um 18.00 allein in seinem Haus (unbestätigt); traf gegen 19.00 im Gästehaus ein; nahm an Besprechung nach dem Dinner teil.

Verließ das Gästehaus kurz vor 21.00 und ging an den Klippen spazieren (unbestätigt). Traf um 22.30 zu Hause ein.

Spitshuker Arbeitete um 18.00 in seinem Zimmer zu Hause (unbestätigt). Machte sich um 19.00 zusammen mit Garbin auf den Weg zum Gästehaus, wo er gegen 19.30 eintraf.

Von da an bis zum Ende der Besprechung (*zirka* 20.50) zweifelsfrei bestätigt. Ging mit Butler bis zum Tor des Gästehauses.

Von da an bis kurz vor 22.00 sprach er mit Peace. Als er um 22.00 gerade gehen wollte, trafen ihn Geoffrey, Fielding, Fen, Frances, der Inspektor. Von 22.05–22.15 sprach er mit dem Inspektor.

Dutton War um 18.00 spazieren (unbestätigt).

Kam um 19.30 zum Dinner.

Zog sich nach dem Dinner auf sein Zimmer zurück, wurde jedoch noch gesehen, als Butler sich mit Peace in der Kathedrale verabredete.

Blieb den Rest des Abends dort (unbestätigt).

Dallow Sprach um 18.00 bei sich zu Hause mit seiner Haushälterin. Aß früh zu Abend und ging dann zum Krankenhaus, um Brooks zu besuchen. Kehrte dann ins Gästehaus zurück, wo er gegen 20.00 eintraf. Nahm an der Besprechung teil, verließ das Gästehaus gegen 21.00, um zu einem Geschäftstermin mit einem Handwerker in der Stadt zu gehen; da dieser nicht da war, kehrte er gegen 22.30 nach Hause zurück (unbestätigt).

Savernake Ging um 18.00 zusammen mit Mrs. Garbin vom Bahnhof zu dem Haus, wo sie zum Abendessen und Bridge verabredet war, und hielt sich dort eine Weile auf. Begab sich geradewegs zum Dinner ins Gästehaus, ging zwischendurch nur kurz zum Haus der Butlers, um seine Tasche dort abzustellen.

Machte nach dem Essen einen Spaziergang (unbestätigt). Sprach zwischen 21.45 und 22.20 mit einem der Ratsherren. Kam gerade rechtzeitig zu Hause an, um die Nachricht von Butlers Tod zu erhalten.

Peace Traf um 18.00, vom Bahnhof kommend, bei den Butlers ein, doch es war niemand da (unbestätigt), sah Butler und Mrs. Butler, als sie um 18.15 nach Hause kamen. Dinner im Gästehaus um 19.30. Saß nach dem Dinner im Gartenhaus (unbestätigt), ging jedoch kurz vor 21.00 zurück. Verabredete sich mit Butler für 21.20 in der Kathedrale. Unterhielt sich mit Spitshuker bis kurz vor 22.00, machte sich dann auf den Weg zur Kathedrale. Wurde um 22.16 vor der Kathedrale angetroffen.

Butler Verpaßte gegen 18.00 Josephine im Gästehaus eine Tracht Prügel. Ging um 18.15 nach Hause, traf gegen 20.00 wieder um Gästehaus ein.

Verließ die Besprechung gegen 21.00, um zur Kathedrale hinaufzugehen. Wurde gegen 22.20–22.25 tot aufgefunden.

James Von 18.00 bis 22.30 im »Whale and Coffin«.

Frances War um 18.00 in der Stadt einkaufen (unbestätigt). Kehrte ins Gästehaus zurück, bekam gerade noch den Schluß des Josephine-Vorfalls mit und traf Geoffrey und Fielding gegen 18.10. Kümmerte sich um das Dinner, ging nach dem Essen mit einem Buch auf ihr Zimmer, erschien wieder, als die Besprechung zu Ende ging (20.50). Erledigte ein paar Dinge in der Küche (unbestätigt), wollte dann einen kleinen Spaziergang machen, lief Fen, Geoffrey, Fielding, dem Inspektor gegen etwa 21.20 über den Weg und kehrte mit ihnen zum Gästehaus zurück. Ging anschließend in die Küche (unbestätigt).

Josephine Erhielt um 18.00 von ihrem Vater im Gästehaus eine Abreibung. Nachfolgende Aufenthaltsorte ungewiß, brachte jedenfalls um 20.55 den Polizisten an der Kathedrale eine falsche Nachricht.

Mrs. Garbin War um 18.00 zusammen mit Savernake auf dem Weg zu einer Freundin, um dort zu Abend zu essen und Bridge zu spielen. Blieb bis 23.00 dort.

Mrs. Butler Kam um 18.15 vom Tee bei einer Freundin zurück, begleitet von Dr. Butler. Blieb den Rest des Abends zu Hause; bis kurz vor 20.00 zusammen mit Dr. Butler, danach allein (somit unbestätigt), bis Spitshuker ihr die Nachricht vom Tod ihres Gatten überbrachte.

Unten auf das letzte Blatt hatte Fen noch gekritzelt:

(1) Die Polizisten zogen um 20.55 von der Kathedrale ab;
(2) Die Implikationen der Grabplatte – nicht vorsätzlich;
(3) Die falschen Beweise in Peace' Zimmer – Fehler mit der Spritze;
(4) Die Tore vom Grundstück der Kathedrale werden zwar abends abgeschlossen, doch wer wirklich hineinwill, kann das problemlos auch ohne Schlüssel (wie Josephine).

James könnte in die Sache verstrickt sein, weil er Geoffreys Vornamen wußte und vermutlich mit einem Lasso umgehen kann; davon abgesehen, nicht.

Auf Grundlage der Zeittabelle und der oben aufgeführten Punkte war *eine gewisse Person ganz eindeutig in den Mord an Butler verwickelt, hat die Tat vielleicht selbst begangen und ist mit an Sicherheit grenzender Wahrscheinlichkeit der Kopf des Spionagerings.*

Fen sah Geoffrey und Fielding an. »Kapiert?« fragte er.

»Nein«, sagte Geoffrey.

»Trottel«, sagte Fen.

Kapitel 12
Eine Liebeslaute

O Love's lute heard about the lands of death.
Algernon Charles Swinburne

Ach, die Liebeslaute tönt durchs Totenland.

Der nächste Morgen brach mit einem Dunstschleier aus glühender, flimmernder Hitze an. Geoffrey hatte eine ruhelose Nacht hinter sich, heimgesucht von Träumen, die nicht weit von Alpträumen entfernt waren. Er war oft wach geworden, in unruhigen Schlaf gefallen, wieder aufgewacht. Und als er gegen Morgen dann doch noch fest einschlief, wurde er fast augenblicklich (so kam es ihm vor) durch ein leichtes Klopfen an seiner Zimmertür geweckt. Er öffnete die Augen einen Spalt, registrierte ohne große Begeisterung, daß es schon recht hell war, und stieß jenen halb erstickten, mißglückten Laut hervor, mit denen Menschen, die gerade erst zu Bewußtsein gekommen sind, ihr rasches Erfassen der Vorgänge um sie herum signalisieren wollen. Durch die Tür war Frances' Stimme zu vernehmen:

»Ich bin fertig im Bad. Lassen Sie sich um Gottes willen nicht allzu viel Zeit, schließlich haben wir vor dem Frühstück noch was vor.«

Geoffrey blickte auf seine Uhr, sah, daß es erst kurz nach sechs war, schüttelte den Kopf über die mangelnde Wahrheitsliebe des weiblichen Geschlechts und schaffte es schließlich, aus dem Bett zu kommen.

Sie wartete unten auf ihn, bekleidet mit einem karierten Hemd und einer dunkelblauen Hose. Wieder staunte er über die dunkle Schönheit ihres Haars, über die makellose milchweiße Haut, die soeben durch einen Hauch Rouge hier und da von ihrer Blässe befreit worden war, über die atemberaubende Vollkommenheit ihres Körpers. An diesem Morgen wirkte sie fast wie ein Kind, ein Eindruck, der durch das Strahlen in ihren Augen und ihre Ungeduld, endlich aufzubrechen, noch verstärkt wurde. Er fragte sich, was sie eigentlich angesichts des Todes ihres Vaters empfand. Und als hätte sie seine Gedanken gelesen, sagte sie:

»Sie finden es ziemlich schockierend, daß ich mich amüsieren möchte, wo doch mein Vater gerade getötet wurde.«

»Das finde ich ganz und gar nicht.«

Sie lächelte ein wenig traurig. »Vermutlich ist es ja wirklich schockierend. Aber … Na ja, verdammt, man kann sich nicht *zwingen*, Trauer zu empfinden, wenn man sie nicht empfindet.«

»Haben Sie denn nicht an ihm gehangen?«

»Doch, das habe ich. Das ist ja das Komische. Aber nur auf eine irgendwie distanzierte Weise. Ich meine …« Sie lachte auf. »Das muß sich ja völlig absurd anhören! Ich weiß wirklich nicht, wie ich das ausdrücken soll. Natürlich war es ein entsetzlicher Schock, als … als Sie kamen und es mir gesagt haben, aber er hat irgendwie nicht lange angehalten. Im Grunde hat keiner von uns meinen Vater gut gekannt. Er hat sich immer hinter seiner Arbeit verschanzt.«

Sie gingen aus dem Haus und durch den Garten und gelangten auf die Straße, die hinauf zu den Klippen zwischen Tolnbridge und Tolnmouth führte.

»Ich hoffe, es sieht uns keiner«, sagte Frances. »Ich sollte mich wirklich nicht so herumtreiben.«

»Um diese Uhrzeit ist kein vernünftiger Mensch auf den Beinen.«

Sie wandte sich zu ihm um und schmunzelte. »Sie sind ja wirklich eine alte Jungfer.«

»Ja, nicht wahr? Ich glaube, deshalb mögen Frauen mich nicht. Weil sie wollen, daß ein Mann ein Mann ist – groß, behaart, herrisch. Eine Art Gärtner oder Bergarbeiter à la D.H. Lawrence.«

»Was für ein Blödsinn! Frauen mögen ganz unterschiedliche

Dinge an Männern. Solche Verallgemeinerungen sind grundsätzlich falsch. Männer, die solche Gemeinplätze über Frauen äußern, zeigen nur, daß sie nichts von ihnen verstehen.«

»*Ich* verstehe nichts von ihnen.«

»Ich weiß. Das ist einer der Gründe, warum Sie eine so angenehme Gesellschaft sind. Ein Mann, der einer Frau wirklich schüchtern begegnet, ist eine nette Abwechslung.«

»Ist Savernake schüchtern?«

Sie warf ihm einen raschen Blick zu. »Müssen Sie unbedingt die Rede auf ihn bringen?«

»Ich bin nun mal eifersüchtig.«

»Ach wirklich? Wie nett. Nun, er ist nicht schüchtern, wenn Sie es wissen wollen. Er ist großspurig.«

»Sind Sie noch mit ihm verlobt?«

»Ja.« Sie antwortete knapp, beinahe hastig.

»Frances … es war mir ernst mit dem, was ich gestern gesagt habe …«

Sie legte ihm rasch eine Hand auf den Arm. »Bitte, Geoffrey, ich möchte nicht darüber sprechen. Zumindest jetzt nicht. Vielleicht später.«

Er spürte unsinnigerweise leichten Groll in sich aufsteigen; sie schien das zu merken.

»Wir sprechen später darüber.«

Und überhaupt, so dachte er, ich kenne sie noch keine achtundvierzig Stunden. Ich habe gar kein Recht, so in ihr Privatleben einzubrechen. Vielleicht werde ich nie das Recht dazu haben. Vielleicht will ich dieses Recht ja auch gar nicht. Sie zu heiraten würde bedeuten, viele Dinge aufgeben zu müssen, die ich nicht aufgeben will. Aber andererseits weiß ich ja nicht einmal, ob sie mich überhaupt würde heiraten wollen.

Fast wünschte er, er wäre nicht mitgekommen. Sie war schön, sie war begehrenswert, aber wenn er eine feste Bindung einging … Er brauchte mehr Zeit zum Nachdenken. Dann beschimpfte er sich selbst als Trottel und Feigling, und plötzlich meldete sich sein Sinn für Humor wieder zu Wort, und er mußte laut lachen.

»Worüber lachen Sie?«

»Über meine eigene Absurdität.«

»Ja, vermutlich sind Sie ziemlich absurd. Lassen Sie uns eine Weile nicht reden.«

Sie gingen schweigend weiter. Die Sonne stand zwar noch tief am Himmel, aber sie brannte jetzt heißer, am Rand feurig züngelnd. Sie wandten sich von der heißen, staubigen Straße ab und stiegen einen steilen Pfad hinauf in einen Wald, der förmlich am Hang klebte. Im Wald war es kühl, eine grüne, feuchte Kühle. Am Fuße der Bäume hatten sich welke Farne und Brombeersträucher ineinander verschlungen. Dazwischen wuchsen ein paar wilde Rosenbüsche und einige säuerlich aussehende kleine Brombeeren. Der Pfad, der weiter den Berg hinaufführte, war schmal und an den Rändern leicht aufgeworfen, wie eine Rinne. Die Mitte war voll mit Steinen und gelbem Schlamm, noch naß von dem Wasser, das in der Rinne hinabfloß, so daß sie auf ihrem Weg nach oben etliche Male ins Stolpern gerieten.

Als sie den Wald verließen, war es, als träten sie aus einer Höhle. Sie befanden sich nun auf einer weiten Fläche, die mit Felsbrocken übersät und von Stechginster gesäumt war. Über ihnen segelten Möwen mit ausgebreiteten Flügeln in langem und unglaublich schnellem Flug dahin. Abgesehen vom fernen Rauschen des Meeres waren ihre rauhen Schreie das einzige Geräusch. Die Jungvögel waren häßlich braun gesprenkelt. Eine flog so niedrig, daß sie sehen konnten, wie ihre Kehle beim Schreien pulsierte.

Einen Augenblick später standen sie an der Mündung des Flusses und blickten hinaus aufs Meer. Unter ihnen erstreckten sich braune Klippen mit einem schmalen Sandstreifen darunter, auf dem verstreut die vergessenen Überreste eines stillgelegten Steinbruchs lagen: eine morsche hölzerne Landungsbrücke, zwei fast umgekippte Lastwagen, verrostete Schienen, zerbrochen und ungleichmäßig, die nirgendwohin führten. Das Gras war kurz, struppig, rauh und braun verdorrt. Ein schwacher Wind, der die Oberfläche des Meeres zu Reihen von kleinen gekräuselten Wellen aufbürstete, umspielte ihre Gesichter. In purer sinnlicher Freude reckte Frances die Arme.

»Wie schön!«

Sie gingen den Weg an den Klippen entlang auf das Meer zu. Winzige Fischerboote, blau und braun und rot, mit kleinen dreieckigen Segeln am Heck, tuckerten unter ihnen dahin, von Möwen eskortiert. Nach einer Weile winkte Frances Geoffrey zu, und sie traten ganz dicht an den Klippenrand. Unter ihnen befand sich ein breiter Streifen sauberer, fast weißer Sand, eine Bucht, aus der sich das Wasser kristallklar in die Ferne erstreckte, soweit das Auge reichte.

»Das ist hübsch«, sagte Geoffrey ziemlich phantasielos.

»Kommen Sie.«

»Großer Gott! Ich kann da nicht runterklettern. Das wäre ja Wahnsinn. Wir würden uns das Genick brechen.«

»Es gibt einen Weg nach unten«, sagte sie, »man muß nur wissen, wo. Ich weiß, wo. Es ist ganz leicht.«

»Ich finde aber nicht, daß das leicht aussieht.«

»Die Stelle da unten kennt sonst niemand. Oder fast niemand. Man ist da so gut wie immer ungestört.«

»Ich wünsche mir einen Sarg aus Blei, falls es noch irgendwas Erkennbares zum Hineinlegen gibt.«

Tant bien que mal gelang ihnen dank einer Reihe athletischer Meisterleistungen der Abstieg.

»Himmel«, keuchte Geoffrey, als sie den Strand erreichten, »ich hoffe bloß, daß wir auch wieder raufkommen.«

»Rauf ist viel leichter als runter.« Frances vollführte ein paar Tanzschrittchen auf dem Sand. »Ist es nicht herrlich hier? Wir sind ganz allein. Kommen Sie, wir gehen schwimmen.«

»Aber ich habe gar keine Sachen mit.«

»Macht nichts. Ich auch nicht.«

Er starrte sie an. »Meinen Sie wirklich, daß wir uns schon lange genug kennen? ...«

Sie lachte ansteckend. »Ach, Geoffrey, seien Sie doch nicht so prüde. Möchten Sie denn nicht gern schwimmen?«

»Doch, schon, aber ...«

Es war zu spät. Sie hatte schon begonnen, ihre Kleidung abzulegen. Beklommen tat Geoffrey es ihr nach. Als sie fertig waren, betrachteten sie einander einen Moment lang schweigend; dann prusteten sie gleichzeitig los.

»*Starren* Sie mich nicht so an!« sagte sie mit gespielter Entrüstung. »Das ist unhöflich.« Sie machten ein Wettrennen ins Wasser, das Geoffrey sehr kalt vorkam.

Frances schwamm schnell hinaus, mit kräftigen, eleganten Kraulschlägen. Geoffrey folgte ihr leicht außer Atem.

»Es ist ein angenehmes Gefühl«, sagte er, »aber ich fühle mich trotzdem ziemlich verrucht.« Tief unter ihren Füßen konnten sie in dem klaren Wasser zwei kleine Fische sehen, die sich um ihre eigenen rätselhaften Angelegenheiten kümmerten.

Als sie aus dem Wasser waren und sich auf ein paar Felsen trocknen ließen, legte Geoffrey ihr einen Arm um die Schultern, aber sie schob ihn weg.

»Nicht, solange ich nichts anhabe.« Geoffrey lief plötzlich und unerwartet rot an.

Dann, sobald sie sich wieder angekleidet hatten:

»Frances?«

»Ja?«

»Du weißt, daß ich mich in dich verliebt habe?«

»Ja; ich glaube, ich habe mich auch in dich verliebt.« Die Aufrichtigkeit in ihrer Stimme beunruhigte ihn schon fast.

»Ich möchte dich heiraten.«

Sie schwieg lange Zeit. Dann sagte sie: »Geoffrey, es tut mir leid, aber ... ich kann nicht.«

»Warum?« Er packte beinahe brutal ihren Arm.

»Nicht. Du tust mir weh.«

»Warum?«

»Wegen Daddy. Ich habe nachgedacht, und nach dem, was passiert ist, kann ich Mummy nicht allein lassen. Das verstehst du doch, Darling?«

»Ja, aber du mußt auch *dein* Leben leben. Und außerdem finden wir eine Lösung. Deine Mutter kann bei uns leben – und Josephine auch.« Er sprach dieses Angebot mit einer gewissen Bedrücktheit aus.

»Das ist lieb von dir, aber ich darf dir nichts versprechen – noch nicht.« Sie lachte. »Versprechen – als hätte ich irgendein Privileg zu vergeben. Das klingt so eitel.«

»Und du weist mich auch nicht wegen Savernake ab?«

»Nein, nein.« Das Dementi kam schnell und energisch. »Ihn werde ich auf keinen Fall heiraten.«

»Du hast doch gesagt, daß ich dir etwas bedeute.«

»Das tust du, Darling. Ach, das tust du. Ich liebe dich so sehr. Aber verstehst du denn nicht … ich bin ganz durcheinander. Es geht alles so schnell. Wir können warten, oder?«

»Ich will nicht warten.«

»Wir müssen. Es ist soviel geschehen … Ach, Darling, was ist ihm nur passiert? War es ein Unfall? Es muß ein Unfall gewesen sein. Bestimmt hätte nicht mal Peace …«

»Er ist festgenommen worden.«

»Ich weiß.« Es war wie ein Schatten zwischen ihnen. »Hat Professor Fen irgendwas herausgefunden?«

Er schloß sie in die Arme. »Mach dir deshalb keine Gedanken. Andere werden sich darum kümmern.« Er wollte seine Lippen auf ihre legen, aber sie wandte den Kopf ab. Er machte einen Schritt zurück. Sie sah ihn an, und in ihren Augen konnte man Tränen ahnen.

»Laß uns nach Hause gehen.«

Aber als sie wieder oben auf der Klippe angekommen waren, drehte sie sich um, zog ihn näher zu sich und küßte ihn einen

Moment lang leidenschaftlich. Dann gingen sie schweigend zurück.

So begann der dritte Tag.

Für Geoffrey war es im nachhinein der Tag, an dem das Reden ganz unvermittelt und wie auf Kommando aufhörte und der letzte Kampf begann. Bis dahin hatten sie die beteiligten Figuren einzeln und getrennt voneinander betrachtet, wie bloße Wachsfiguren, zur Befragung in einer Reihe aufgestellt. Wenn sie diesen Figuren den Rücken zuwandten, hatte sich eine von ihnen bewegt, und es war zu einem Mord gekommen. Jetzt jedoch sagte ihm ein sechster Sinn, daß das Ende nahe war, daß die Masken fallen mußten. Er hatte so ein Gefühl, als stünden sie vor einer Höhlenöffnung und warteten darauf, daß ihnen aus der Dunkelheit irgendein Wesen entgegensprang, ohne zu wissen, was für ein Wesen das sein würde. Und es war nun keine Zeit mehr für Mutmaßungen; sie waren endlich gezwungen zu kämpfen.

Nachdem er die Morgenandacht begleitet hatte, begab er sich mit Fen und Fielding in ein kleines Pub am Stadtrand, wo Fen ihnen irgendeinen Einsatzplan erläutern wollte, da die Wahrscheinlichkeit, daß sie gestört oder belauscht werden würden, dort geringer war als im »Whale and Coffin«. Fen hatte eine große Karte vom Bezirk dabei, die er im Gehen ständig auseinanderfaltete und falsch wieder zusammenlegte, so daß sie völlig zerknitterte und einriß.

»Ich halte es für unwahrscheinlich«, sagte er, »daß die Leute nur vom Zentrum der Stadt aus operieren. Das wäre zu gefährlich. Ich habe überlegt, was als Versteck in der Umgebung in Frage käme – ein ziemlich aussichtsloses Unterfangen.«

»Haben Sie irgendwas über die Funknachrichten herausfinden können, die sie verschickt haben?« fragte Fielding.

»Ich werde die Dechiffrierabteilung anrufen, aber ich kann mir nicht vorstellen, daß sie das Zeug schon dekodiert haben.

So etwas braucht Zeit. Aber das Problem ist«, fügte er gereizt hinzu, »daß alles so vage ist. Ich wette zehn zu eins, daß nichts dabei herauskommt.«

An dieser Stelle wurden sie unterbrochen. Sie gingen gerade einen schmalen Weg entlang, der von hohen Eibenhecken gesäumt wurde und um den Friedhof herumführte. Plötzlich hörten sie eine Stimme hinter einer der Hecken.

»*Du suchst ihn mit Handschuhn*«, sagte die Stimme sachlich, »*und suchst ihn mit Plan; Du jagst ihn mit Hoffnung und Gabeln ...*«

Fen blieb wie angewurzelt stehen. »Ich weiß, wer das ist«, sagte er finster.

»*Du bedrohest sein Leben mit Aktien der Bahn*«, fuhr die Stimme fort. »*Du lockst ihn mit Seife und Fabeln ...*«

»Charlemagne!« brüllte Fen plötzlich. Die Stimme verstummte, und von der anderen Seite der Hecke kam ein scharrendes Geräusch.

»Das, so vermute ich«, sagte Fen grimmig, »ist der von der Krone berufene Professor für Mathematik.«

Ein verdrießlicher, bärtiger, alter Mann schob seinen Kopf über die Hecke.

»Was machen Sie denn hier, Charlemagne?« fragte Fen drohend.

»Ich mache Ferien«, sagte der Kopf, »und es ist unhöflich von Ihnen, einen Wildfremden auf derart unfeine Weise zu unterbrechen.«

Fen war so empört, daß er einen kleinen spitzen Schrei ausstieß.

»Erkennen Sie mich nicht?« fragte er gereizt. »Erkennen Sie mich nicht, Sie dummer alter Mann?«

»Doch, ich erkenne Sie«, sagte der Kopf. »Sie arbeiten in der Mensa vom New College.« Dann verschwand er.

Wutschnaubend eilte Fen zur nächsten Lücke in der Hecke. Der Professor für Mathematik traf im selben Augenblick dort ein.

»Aber ach, lichter Neffe«, rezitierte er, Fen mit erhobenem Zeigefinger drohend, *»hüte dich vor dem Tag, da dein Schnatz sich als Buhdscham erweist! Denn dann«* – er senkte die Stimme zu einem blutrünstigen Flüstern – *»wirst du zu Luft, wie ein Traum, der verpufft, und verschwindest, so laut du auch schreist! Es ist dies, es ist dies …«*

»Schluß damit!« befahl Fen gebieterisch. »Das ist doch alles bloß Getue. Sie wissen sehr wohl, wer ich bin. Ich bin Gervase Fen.«

»Mag sein«, sagte der Professor für Mathematik. »Aber ich habe Sie sehr viel jünger in Erinnerung.«

»Ach, es hat keinen Sinn, mit Ihnen zu reden«, sagte Fen. »Kommt, ihr beide.«

»Wo gehen Sie hin?« sagte der Professor für Mathematik. Er sagte das mit solcher Plötzlichkeit und Strenge, daß sie alle zusammenfuhren.

»Das geht Sie gar nichts an«, erwiderte Fen. »Aber wenn Sie es unbedingt wissen wollen, wir gehen ins Pub.«

»Ich werde mitkommen.«

»Oh nein, das werden Sie nicht. Wir wollen Sie nicht dabeihaben.«

»Ich werde Ihnen *Die Jagd nach dem Schnatz* vortragen.«

»Darauf möchten wir lieber verzichten, vielen Dank.«

»Ich werde Sie begleiten«, sagte der Professor mit solcher Bestimmtheit, daß selbst Fen eingeschüchtert war.

»Sind Sie ganz sicher?« fragte er kleinlaut.

»Es gibt nichts, dessen ich mir sicher bin«, sagte der Professor, »außer Differentialrechnung. Und selbst darin bin ich nicht mehr so gut, wie ich es einmal war.«

Fen stöhnte auf, zuckte die Achseln, und sie marschierten gemeinsam weiter. »Im Grunde ist er ganz in Ordnung«, sagte er in durchdringendem Flüsterton zu Geoffrey. »Aber er ist unehrlich. Er klaut Sachen. Dennoch glaube ich, es schadet nichts, ihn dabei zu haben. Und ich sehe keine Möglichkeit«, fügte er mit größerer Verbitterung hinzu, »wie wir ihn loswerden könnten, selbst wenn wir wollten.«

Neben ihnen rezitierte der Professor seelenruhig weiter Lewis Carroll.

Das Pub »Three Shrews« war leer, als sie dort eintrafen, nur der Wirt stand da und polierte Gläser auf jene losgelöste, jenseitige Art, die typisch für diesen Beruf ist. Sie bestellten eine Runde Bier, die der Professor für Mathematik auf Fens Drängen hin bezahlte. Dann setzten sie sich alle an einen Tisch, lauschten geduldig dem Schluß von *Siebenter Krampf* und begannen ihre Unterredung.

»Mir scheint«, sagte Fen, »unsere generelle Strategie müßte folgende sein: (a) herausfinden, wo das Hauptquartier dieser Leute ist, und (b) sobald wir das getan haben, ermitteln, was genau sie vorhaben.«

»Mehr nicht?« sagte Geoffrey. Fen funkelte ihn an.

»Tja, wenn Sie bessere Vorschläge haben«, grollte er, »heraus damit. Vielleicht ist es ja auch gar nicht so schwierig, wie es sich anhört. Jedenfalls sollten wir unter keinen Umständen anfangen, sie wahllos festzunehmen, ohne zu wissen, welche Vorkehrungen sie für diese Eventualität getroffen haben.«

»Nein.«

»Also gut.« Fen entfaltete die Karte. »Ich habe ein paar Erkundigungen über leerstehende Gebäude in der Gegend eingezogen.« Er deutete auf einen Teil der Karte, und Geoffrey, der einen trägen Blick darauf warf, las die Worte »Slater's Wood«. »Und ich bin zu dem Schluß gekommen, daß es abgesehen von der alten Pfadfinderbaracke nur eine ...«

Just in diesem Moment unterbrach Fielding ihn, und nur wenige Stunden später sollte Geoffrey diese Unterbrechung bitter bereuen.

»Woher«, sagte Fielding, »wollen Sie eigentlich so genau wissen, daß sich das Hauptquartier irgendwo *außerhalb* der Stadt befindet?«

»Ich weiß es«, erwiderte Fen beißend, »oder ich *glaube*, es zu wissen, weil ich diskrete Erkundigungen über die allgemeinen Aktivitäten der Person eingezogen habe, die im Mittelpunkt des Ganzen steht. Und ich habe herausgefunden, daß diese Person die Angewohnheit hat, häufig Ausflüge in die Umgebung zu machen, und zwar immer in dieselbe Richtung. Es ist natürlich möglich, daß diese Auflüge reinen Vergnügungscharakter haben. Aber das bezweifle ich.«

An dieser Stelle kam der Wirt, der kurzzeitig in unbekannter Mission verschwunden gewesen war, mit einem Briefumschlag in der Hand zurück.

»Verzeihen Sie«, sagte er, »aber heißt einer von den Gentlemen vielleicht« – er starrte auf den Umschlag –»Gervase Fen?«

»Ich«, sagte Fen.

»Ich habe gerade diese Mitteilung an Sie auf dem Fußabtreter gefunden. Hab gehört, wie sie durch den Briefschlitz geschoben wurde.«

Mit dieser Erklärung wandte er sich wieder dem Polieren der Gläser zu. Fen riß den Brief auf; er war mit Maschine geschrieben.

Schlau von Ihnen, daß Sie mir auf die Schliche gekommen sind. Aber Sie werden mich doch wohl nicht festnehmen lassen, oder? Es gibt keine hinreichenden Beweise. Und ich habe genug Helfer, die sich weiter um alles kümmern werden, falls Sie es doch tun. Wir sollten uns bald mal unterhalten: Heute nachmittag werde ich wie üblich dasein. (Und verzeihen Sie diese törichte Schießerei nach der Messe: Natürlich hatte ich nichts damit zu tun.) Mit freundlichen Grüßen.

»Aber das ist doch *absurd*!« rief Fielding. »Verbrecher schreiben einfach nicht solche Briefe.«

»Da gebe ich Ihnen recht«, sagte Fen nachdenklich. »Da ist irgendwas faul. Aber der Impuls zu protzen ist ziemlich echt, denke ich. Ich frage mich ...« Er überlegte. »Ach je, ich wünschte, ich wüßte, was zu tun ist. Das Problem ist nur, dieser Brief hat Hand und Fuß. Es gibt wirklich nicht genügend Beweise – keine Zigarettenkippen, Fußspuren und so weiter –, um die betreffende Person festnehmen zu lassen; bloß der zeitliche Ablauf und eine eigentümliche Mordmethode.«

»Die scheinen nicht sonderlich besorgt, daß Sie irgend etwas unternehmen könnten«, sagte Geoffrey.

Fen bedachte ihn einen Moment lang mit einem sonderbaren Blick. »Nein, anscheinend nicht«, sagte er langsam. »Und was kann ich denn auch schon unternehmen? Sie mit einem Revolver bedrohen? Sie würden mir keine Informationen liefern, und am Ende würde ich selbst festgenommen.«

»Wir könnten sie doch entführen und foltern«, warf Fielding hoffnungsfroh ein.

»Irgendwie kann ich mich des Gefühls nicht erwehren, daß wir, wenn wir das versuchen, mit einer Kugel im Rücken enden.«

»Du meine Güte«, sagte der Professor für Mathematik.

»Ach, halten Sie den Mund, Sie«, sagte Fen. »Was ich dagegen versuchen werde, ist, das Kriegsministerium anzurufen und mich zu erkundigen, ob sie schon irgend etwas über die Funkmeldungen herausgefunden haben. McIver ist der richtige Mann. So, wie ist noch mal seine Nummer? Irgendwas in Whitehall.«

»Schauen Sie doch im Telefonbuch nach.«

»Da steht sie nicht drin. Und über die Auskunft bekommt man sie auch nicht. Sie ist ein Staatsgeheimnis. Aber sie besteht aus einer Fünf und einer Sechs und einer Acht und einer Sieben. 5-8-6-7; 7-6-8-5; 7-8-6-5 ... Hört sich alles nicht richtig an.«

»Wir sollten alle möglichen Kombinationen aufschreiben«, sagte Fielding, »und sie nacheinander ausprobieren.«

»Das wird dauern.«

»Ich werde die Kombinationen aufschreiben«, sagte der Professor für Mathematik eifrig. Er schnappte sich einen Bleistift und ein Stück Papier.

»Könnten Sie nicht jemand anderen anrufen?«

»Er ist der einzige, den ich da kenne. Sonst würde niemand auf mich hören.«

»Na dann los.«

Der Professor für Mathematik rechnete etwa fünf Minuten lang. Dann reichte er ihnen die vollständige Liste aller möglichen Kombinationen. Geoffrey warf einen Blick darauf und sagte:

»Sie haben 5687 vergessen.«

»Unmöglich«, sagte der Professor. »Ich habe das mit Faktor vier errechnet.«

»*Tja, trotzdem haben Sie 5687 vergessen.*«

Der Professor starrte konzentriert auf die Liste. »Das ist aber komisch«, gestand er ein.

»Ach, schon gut«, sagte Fen ungeduldig. »Ich mach das. Sehen Sie, zuerst schreiben Sie jede Zahl als erste auf, dann …«

»Versuchen Sie es doch mit denen, die wir haben«, sagte Geoffrey. »Sehen Sie sich die Zahlen an. Kommt Ihnen eine irgendwie bekannt vor?«

Fen studierte die Liste ausgiebig und sagte schließlich: »Keine.«

»Also, fangen wir an.«

»Draußen auf dem Flur ist ein Telefon. Das habe ich beim Reinkommen gesehen.«

Fen leerte sein Glas mit einem angewiderten Gesichtsausdruck, und alle marschierten hinaus. Das Pub schien noch immer menschenleer. Sie schoben Fen in die Telefonzelle, und er erreichte nacheinander ein großes Bestattungsunternehmen, ein Theater, den Premierminister und Mr. James Agate im Café Royal (hier war wohl etwas mit den Leitungen nicht in Ordnung). Alle kehrten sie auf der Suche nach Kleingeld ihre Taschen nach außen, hasteten hin und her, holten Münzen von der

Bar. Schließlich und zur allgemeinen Überraschung hatte er die Nummer, die er gesucht hatte.

»Hallo, sind Sie das, McIver? Fen am Apparat … es ist mir *egal*, ob Sie beschäftigt sind; hören Sie mir mal einen Moment zu … Nein, ich bin nicht betrunken. Jetzt passen Sie auf.«

Er erläuterte die Umstände. Vom anderen Ende ertönte lang andauerndes Knistern.

»Informationen über Heer oder Marine«, sagte Fen. »Ja, das hatte ich befürchtet. Tja, es wird allein Ihre Schuld sein, wenn wir diesen Krieg verlieren. Morgen wachen Sie auf und haben Himmler im Nachttopf …« Er wandte sich den anderen zu. »Geht weg, alle. Ich plaudere jetzt aus dem Nähkästchen.« Gehorsam marschierten sie zurück an die Bar.

Sie bestellten noch eine Runde Bier und tranken es. Der Tag war schon schläfrig. Geoffrey lehnte sich angenehm benebelt zurück. Fliegen summten an der Fensterscheibe. Irgendwo in der Ferne sprang ein Auto an und fuhr davon. Der Wirt polierte seine Gläser mit ermüdender Hartnäckigkeit und ohne nennenswerten Erfolg. Geoffrey betrachtete die Nachricht, die Fen soeben erhalten hatte. Der liebenswürdige Tonfall war abscheulich. Er mußte daran denken, daß die Person, die diesen Brief verfaßt hatte, daran beteiligt gewesen war, ein fünfzehnjähriges Mädchen unter Drogen zu setzen, einen Mann zunächst verrückt zu machen und ihn dann mit Gift zu töten, einen anderen Mann zu einer blutigen Masse zu zerquetschen … Trotz der Hitze des Tages durchlief ihn vor lauter Ekel ein Frösteln. Er reichte den Brief an den Professor für Mathematik weiter, der ausdruckslos vor sich hinstarrte und sein Bier trank.

»Ich habe nicht die geringste Ahnung, worum es hier eigentlich geht«, sagte der Professor, »aber auch ich bin der Meinung, daß irgend etwas faul ist an diesem Brief. Der Tonfall ist so indifferent. Fast so, als sollte er jemand in Sicherheit wiegen …«

Geoffrey und Fielding setzten sich auf. Der gleiche Gedanke schoß ihnen durch den Kopf.

»Fen braucht aber verflucht lange für seinen Anruf.«

Mit einem Satz waren sie an der Tür, mit banger Furcht im Herzen. Der Flur war leer, und die Tür zur Telefonzelle stand offen. Es war niemand drin. Doch der Hörer baumelte sachte an seiner Schnur, und ein schwacher Chloroformgeruch lag in der Luft.

Der Professor, der ihnen nach draußen gefolgt war, blieb vor der leeren Telefonzelle stehen.

»Er hat sich in Luft aufgelöst, wie ein Traum, der verpufft«, sagte er ernst. »Der Schnatz war wohl *doch* ein Buhdscham.«

Kapitel 13
Noch ein Toter

An intellectual hatred is the worst.
William Butler Yeats

Kein Haß ist schlimmer als intellektueller Haß.

Als erstes galt es natürlich, hinaus auf die Straße zu stürzen und nachzuschauen, ob irgend etwas zu sehen war. Aber noch während er rannte, erinnerte Geoffrey sich an den Wagen, den er hatte wegfahren hören, und er wußte, daß es keinen Zweck hatte. Auf dem kiesbestreuten Hof waren Reifenspuren, doch sie verloren sich auf dem Teersplitt am Straßenrand, so daß man unmöglich sagen konnte, in welche Richtung der Wagen gefahren war. Ansonsten war keine Menschenseele zu sehen. Diese Entführung war nicht nur gewagt, sondern auch fehlerlos.

Als nächstes galt es, den Inspektor anzurufen. Die Sprache, mit der er die Neuigkeit kommentierte, paßte gut zu Geoffreys Stimmung. Er versprach, mit allen verfügbaren Kräften nach dem Wagen zu fahnden, und schlug vor, daß Geoffrey und Fielding sofort zur Polizeiwache kommen sollten, um alle weiteren Schritte zu erörtern. Sie machten sich auf den Weg, ließen den von der Krone berufenen Professor für Mathematik zurück, der mit feierlichem Ernst und in aller Ruhe allein weitertrank, und hörten und sahen nie wieder etwas von ihm.

Doch unterwegs begriff Geoffrey die völlige Aussichtslosigkeit ihres Unterfangens. Schließlich hatte Fen ihnen den Namen des Haupttäters nicht genannt, so daß sie ihn auf diese Weise unmöglich finden konnten. Er verspürte keinerlei Jagdfieber – nur Übelkeit, nur dumpfe Verzweiflung, und er wurde von erbitterten Selbstvorwürfen geplagt. Was für eine perfekte Falle diese Nachricht doch war, und was für ein blinder Dummkopf war er gewesen, das nicht durchschaut zu haben!

Der Inspektor lauschte ihrer Schilderung mit finsterer Miene und schien bar jeder konstruktiven Idee zu sein. Die Burschen vom Yard waren anscheinend schon früh am Morgen nach London abgereist, um Peace' Vergangenheit zu durchleuchten. Fielding fragte ziemlich gereizt, wie man denn auf den Gedanken kommen könne, daß Peace irgend etwas mit der Sache zu tun habe, da er doch in seiner Zelle eingesperrt war, als Fen verschwand, doch selbst Geoffrey erkannte den logischen Fehler dabei: Sie hatten es schließlich mit einer ganzen Bande zu tun. Der einzige schwache Anhaltspunkt, bei dem sie ansetzen konnten, war, wie der Inspektor bemerkte, die mögliche Komplizenschaft von Harry James, dem Wirt des »Whale and Coffin«. Zweifellos wäre ein Durchsuchungsbefehl für das Pub beschaffbar gewesen; aber ebenso zweifellos war diese Maßnahme schon vorhergesehen worden. Der Inspektor hatte, seit sie ihn das letzte Mal gesehen hatten, ein paar Neuigkeiten in Erfahrung gebracht, doch alle negativer Art: Der Koffer, den man im Zug auf Geoffrey hatte fallen lassen, war nicht mehr aufzufinden; ebensowenig wie der Mann, der ihn hatte fallen lassen; und ebensowenig wie der Angreifer im Kaufhaus, der in der allgemeinen Verwirrung durch eine der anderen Abteilungen geflüchtet war. Das alles war jedoch im Augenblick von zweitrangiger Bedeutung. Der Inspektor hatte gedacht, es sei sinnvoll, James zum Verhör vorzuladen. Doch jetzt, nach Fens Entführung, war er sich nicht mehr ganz so sicher, ob dieser Schachzug klug war. Falls er nicht schon tot war (Geoffrey drehte sich der Magen um), könnte eine solche Maßnahme seine Ermordung nur forcieren.

Letztlich überzeugte Fielding sie davon, daß es für ihn, der er im »Whale and Coffin« abgestiegen war, leichter sein würde als für sie, sich unauffällig ein wenig umzusehen. Weder Geoffrey noch der Inspektor wollten ihm das allein überlassen. Schließlich war das »Whale and Coffin« ihre einzige Chance. Nach einer Weile kamen sie überein, daß Geoffrey, während

Fielding sich umsah, in der Bar Posten beziehen sollte, sozusagen als zweite Verteidigungslinie; und als dritte sollte draußen unauffällig ein Constable bereitstehen, um falls erforderlich sofort Verstärkung anfordern zu können.

So kam es, daß Geoffrey eine Viertelstunde später mit wild pochendem Herzen erneut wartend an der überfüllten kleinen Bar des »Whale and Coffin« stand. Fieldings Strategie sah lediglich eine allgemeine Durchsuchung vor, soweit das möglich war: Und man hatte sich darauf geeinigt, daß das gesamte Gebäude auf den Kopf gestellt werden sollte, falls er nicht binnen zwanzig Minuten zurückkam. Geoffrey nippte an seinem Whisky und beobachtete, wie der Minutenzeiger seiner Uhr eine Ewigkeit brauchte, um von vier auf fünf zu kriechen, von fünf auf sechs ... Um ihn herum ging alles ruhig und gleichmütig der ernsten Tätigkeit des Trinkens nach. Es war ausgeschlossen, daß ihre Feinde diese Maßnahme nicht vorhergesehen hatten und nicht wußten, was vor sich ging. Geoffrey wurde von Sekunde zu Sekunde nervöser, und er war zutiefst dankbar, daß er von einer Menschenmenge umgeben war. Der Wirt war nirgends zu sehen. Er fragte sich, was Fielding gerade machte.

Tatsächlich hatte Fielding schon gefunden, was er suchte. Er fand es gleich auf Anhieb, und dieser Glücksfall kostete ihn beinahe das Leben. Von seinem Zimmer aus war er den schmalen, holzgetäfelten Korridor hinuntergegangen, den Kopf wegen der niedrigen Deckenbalken gebeugt, nicht mehr ganz so begeistert von der Geheimdienstarbeit wie sonst. Zufälligerweise war er mit einem recht hohen Maß an Mut ausgestattet, doch er war ebenso wie Geoffrey zu der Erkenntnis gelangt, daß diejenigen, nach denen sie suchten, höchstwahrscheinlich nicht unvorbereitet waren, und dieser Gedanke deprimierte ihn verständlicherweise. Versuchsweise drückte er die Klinke der ersten Tür auf der rechten Seite. Es war zwar unwahrscheinlich, daß irgendwelche Beweise an einem so leicht zugänglichen Ort herumlagen, aber man mußte schließlich methodisch vorgehen. Die Tür ließ sich öffnen, und er trat in ein niedriges, weißgetäfeltes Wohnzimmer, hell und mit gemütlichen Chintzmöbeln eingerichtet. In dem Raum war niemand, doch durch eine geschlossene Tür auf der anderen Seite waren Stimmen zu hören. Er schlich auf Zehenspitzen zu der Tür und legte ein Ohr ans Schlüsselloch. Gesprächsfetzen drangen zu ihm.

»... ganz sicher ist an dieser Küste niemals ein Meeraal gefangen worden, der länger als sechs Meter war.«

»... in Cornwall werden die größer.«

»Das Problem ist, die Fischer hier haben nicht die Pilchards als Köder. Und an einem Meeraal ist kaum etwas Schmackhaftes dran ...«

Das klang nicht gerade vielversprechend, und er wollte sich schon wieder davonschleichen, überlegte es sich aber anders. Falls die Leute da drin Hotelgäste waren, konnte er sich einfach entschuldigen. Falls nicht ... Ganz vorsichtig drückte er die Klinke und schob die Tür einen Zentimeter auf. Von drinnen rief eine verblüffte Stimme:

»Hallo! Wer ist denn da?«

Es blieb ihm also nichts anderes übrig, als hineinzugehen. Er machte die Tür ganz auf und trat über die Schwelle. In dem Zimmer unterhielten sich zwei Männer. Einer davon war Harry James, und der andere ...

Savernake.

Sie saßen sich an einem Tisch gegenüber und hatten Biergläser vor sich stehen. Das Zimmer war eine kleinere Ausgabe desjenigen, das er soeben verlassen hatte. Abgesehen von ein paar Büchern, bei denen es sich, wie Fielding feststellte, als er den Blick rasch darüber wandern ließ, um Lehrbücher über Kirchenmusik handelte, deutete nichts darauf hin, daß es dauerhaft bewohnt war. Savernake sagte munter:

»Fielding! Was für eine nette Überraschung! Tut mir leid, daß wir seit Ihrer Ankunft so wenig Gelegenheit hatten, mal miteinander zu reden.«

James sagte:

»Guten Tag, Sir! Kann ich etwas für Sie tun? Alles zu Ihrer Zufriedenheit, hoffe ich?«

Savernake sagte:

»Trinken Sie ein Glas mit uns. Ich tue das selbst nur ganz selten – man muß ja auf seinen Ruf achten –, aber hin und wieder plaudere ich mit Harry gern mal übers Fischen.«

Er stand auf und schob sich zwischen Fielding und die einzige Tür, die, durch die er eingetreten war. Fielding sah, daß das einzige große Fenster schwer vergittert war und auf einen menschenleeren Hof hinter dem Gasthaus ging. Er erkannte, daß er kämpfen mußte. Die beiden Männer musterten ihn sonderbar. Plötzlich fühlte er sich hilflos und wollte etwas sagen, doch die Worte blieben ihm im Halse stecken.

Dann stieß er den Tisch um und schleuderte einen Stuhl auf den Wirt. James taumelte kurz, richtete sich dann wieder auf. Weder er noch Savernake machten ansonsten irgendeine Bewegung. Fielding wich langsam zurück in die Ecke und schabte mit der linken Schulter an der Wand entlang.

»Aber Fielding«, hörte er Savernake sagen, »was ist denn bloß los?«

Nackte Angst schloß sich um sein Herz. Eine Ewigkeit lang schien es nicht mehr schlagen zu wollen. Dann füllte er seine Lungen tief mit Luft, um zu schreien.

Das Zimmer wurde plötzlich blutrot. Undeutlich nahm er eine Explosion wahr, einen jähen wilden Ruck, der ihn heftig gegen die Wand schleuderte und dann nach unten riß, wo er auf den Boden krachte. Als er da lag, kämpfte er verzweifelt darum, sowohl bei Bewußtsein zu bleiben als auch diese fürchterliche Panik niederzudrücken (er biß sich auf die Zunge), die einen angesichts der Erkenntnis erfaßt, daß ein Teil des eigenen Körpers zerstört worden ist. Er wußte dunkel, daß er bei Bewußtsein bleiben mußte, für den Fall, daß sie irgend etwas sagten, das sie zu Fen führen konnte; er mußte sie glauben machen, daß er tot war … Die Lichter von einer Million Karussells wirbelten und kreisten vor seinen Augen; der Schmerz fing gerade erst an. Ihre Stimmen drangen seltsam hallend wie durch endlos lange Tunnel und Labyrinthe an sein Ohr.

»Was soll denn die Ballerei, du Idiot?« fauchte James. »Das ist schon das zweite Mal, daß du uns fast ans Messer lieferst, weil du mit dieser Pistole rumspielst. Willst du die ganze Nachbarschaft herlocken?«

»Das hat keiner gehört. Vergiß bitte nicht, daß ich hier das Sagen habe. Ich tue, was ich für richtig halte.«

»So ein Blödsinn. Und was hast du jetzt vor, Mr. Neunmalklug? Du weißt doch, daß Vintner unten ist und ein Bulle vor der Tür steht.«

»Natürlich müssen wir machen, daß wir wegkommen. Das Zeug vernichten und weg. Wenn wir es bis nach Schottland schaffen …«

»*Wenn* wir es bis nach Schottland schaffen! Treffend gesagt.«

»Geh nach unten und tu Vintner was in den Whisky. Wir können ihn ins Hinterzimmer bringen und sagen, er wäre krank geworden. Das verschafft uns etwas mehr Zeit.«

»Du dämlicher, eingebildeter Stümper …«

»Ich hätte nicht die leisesten Skrupel, die Pistole noch einmal einzusetzen – gegen dich. Das würde meine Flucht sogar erheblich erleichtern.«

»Hör mal. Da kommt jemand.«

»Nein, da kommt keiner. Den Schuß hat niemand gehört. Los, verschwinde endlich und tu Vintner was in den Whisky.«

»Und Fen? Was willst du mit dem anstellen?«

»Der wird inzwischen tot sein.«

»Das glaube ich nicht. Bei dem bißchen Gas, das du aus dem Hahn gelassen hast, und der Raum ist nicht richtig abgedichtet. Dein verfluchter kleiner Hang zum Sadismus wird uns noch den Rest geben. Wir sollten zu der alten Anstalt fahren und ihn erledigen.«

»Dazu haben wir keine Zeit mehr, du Mistkerl. Nun tu ihm endlich was in den Whisky.«

James ging, und Fielding, unfähig, noch länger durchzuhalten, und unfähig, Geoffrey zu warnen, sank in tiefe Ohnmacht. Fünf Minuten später war der Wirt wieder da – fünf Minuten, in denen Savernake auf und ab ging, sich den Schweiß von dem langen, schmalen Gesicht wischte, sein weizenfarbenes Haar nach hinten strich und nervös die Finger ineinander verschlang. Seine dünne Oberlippe bebte leicht vor Angst, und ein Muskel im rechten Augenwinkel zuckte ununterbrochen.

»Hat's brav geschluckt«, sagte James knapp. »Ich habe Anweisungen gegeben, was mit ihm gemacht werden soll, wenn er umkippt.« Er wandte sich um und musterte Fielding. »Der ist nicht tot. Wenn du auf die Entfernung keinen töten kannst, solltest du die Finger von der Pistole lassen.«

Savernake holte die Waffe wieder heraus.

»Oh nein, das wirst du nicht tun«, sagte James. »Beim erstenmal hatten wir Glück – unten hat keiner was gehört –, aber das muß nicht wieder so sein. Es gibt leisere Methoden, ihn zu erledigen. Los, faß mit an.«

Gemeinsam schleiften sie Fielding hinüber zu dem Gasöfchen. Es war eines von der beweglichen Sorte, durch einen biegsamen Schlauch mit dem Gashahn in der Wand verbunden. James zog den Schlauch von dem Heizkörper ab und schob das Ende in Fieldings halb geöffneten Mund. Dann holte er eine Rolle Klebeband aus der Tasche und klebte Fielding Nasenlöcher und Mundwinkel zu. Er drehte den Gashahn auf, und beide traten sie zurück, um dem sanften Zischen zu lauschen und zuzusehen, wie sich das Blut aus seiner Wunde langsam auf dem unebenen Boden ausbreitete.

»Der ist gleich hinüber«, sagte James. »Und jetzt nichts wie weg hier. Wenn wir erst in Bristol sind, wird G. schon einen Plan haben, wie wir nach Schottland kommen, und die können uns hier alle mal.«

»Ich durchsuche lieber noch seine Taschen.«

»Dann beeil dich, um Himmels willen. Wenn du nicht in fünf Minuten unten bist, fahre ich ohne dich ab.«

»Ich bin gleich unten.«

James ging hinaus und knallte die Tür hinter sich zu. Savernake beugte sich über den reglosen Körper.

Aber Geoffrey war nicht unter Drogen gesetzt. Mit einer für ihn ungewöhnlichen Aufmerksamkeit hatte er beobachtet, daß der letzte von ihm bestellte Whisky nicht aus der Flasche gezapft worden war, die über der Theke hing, sondern daß die Bedienung ihn von draußen hereingebracht hatte, mit der Erklärung, es handele sich um eine bessere Sorte. Er sah auch, daß ihn jemand durch die einen Spaltbreit geöffnete Tür mit der Aufschrift »Privat« gleich neben der Theke beobachtete. Mit einer demonstrativen Geste drehte er sich um und tat so, als trinke er, schüttete sich den Whisky in Wahrheit aber in den Hemdskragen. Es war ein extrem unangenehmes Gefühl, aber sein zugeknöpftes Jackett verbarg den dicken Fleck, und zum Glück hatte keiner der anderen Gäste dieses ungewöhnliche Manöver bemerkt oder sein Erstaunen darüber gezeigt. Geoffrey wischte sich den Mund ab und wandte sich wieder der Theke zu, stellte das leere Glas darauf, machte eine witzige Bemerkung und bestellte noch einen Whisky. Die Frau ging ihn holen, und Geoffrey lehnte sich träge gegen die Theke, bis er aus den Augenwinkeln sah, wie die Tür daneben leise geschlossen wurde, und wußte, daß er vorübergehend in Sicherheit war. Er wußte auch, daß Fielding geschnappt worden war und was er tun mußte.

Lässig schlenderte er zu der Tür, die hinaus auf die Straße führte, blieb einen Moment dort stehen und pfiff ein paar Takte von »Widdicombe Fair«. Als Reaktion auf dieses vereinbarte Zeichen setzte sich der Constable langsam in Bewegung; doch sobald er durch die Fenster nicht mehr gesehen werden konnte, rannte er los. Es waren zu Fuß nur fünf Minuten vom »Whale and Coffin« bis zur Polizeiwache. Geoffrey rechnete damit, daß das Haus in knapp zehn Minuten umstellt sein würde.

Er kehrte in den Schankraum zurück und drängte sich zu den Toiletten durch. Vor dort aus, so erinnerte er sich, gab es einen zweiten Zugang zu dem eigentlichen Hotel. Doch wo sollte er dann anfangen zu suchen? Das Gebäude war ein regelrechtes Labyrinth von Räumen und Gängen, in dem sich ein Unkundiger leicht verlaufen konnte. Er überlegte angestrengt. Zumindest wußte er, wo Fieldings Zimmer war, und es war keineswegs unwahrscheinlich, daß er von seinem Zimmer aus mit seiner Suche begonnen hatte. Außerdem lag auf der Hand, daß er nicht weit vorangekommen sein konnte. Und so kam es, daß Geoffrey wenige Augenblicke später den vorderen Raum betrat, den Fielding wenige Minuten zuvor betreten hatte.

Als er noch in der Tür stand, öffnete sich die Tür zu dem hinteren Zimmer, und Savernake kam heraus, machte die Tür zu und schloß sie sorgfältig ab. Savernake! Doch Geoffrey überlegte nicht lange. Er hätte auch nicht lange überlegt, wenn der Erzbischof von Canterbury aus dem Zimmer gekommen wäre. Er vollführte eine Art Hechtsprung quer durch den Raum und landete auf Savernake, bevor der Geistliche auch nur seine Anwesenheit bemerkt hatte.

Wie die meisten Kämpfe war es eine verworrene, zufallsträchtige, unwissenschaftliche Angelegenheit. Aber Geoffrey hatte den Überraschungseffekt auf seiner Seite, und es gelang Savernake nicht, die Pistole aus der Tasche zu ziehen. Außerdem war Savernake kleiner, schwächer und weniger drahtig als Geoffrey. Schließlich fiel Savernake hin, prallte mit dem Kopf gegen die Fußleiste und blieb benommen und stöhnend liegen.

Geoffrey vergewisserte sich jedoch nicht, ob sein Gegner außer Gefecht war; dazu war keine Zeit, denn der Gasgeruch aus dem hinteren Zimmer war einfach zu stark geworden. Er stürzte hinein, stellte das Gas ab, riß Fielding das Klebeband von Mund und Nase und versuchte alle möglichen Erste-Hilfe-

Maßnahmen, die ihm einfielen. Fielding atmete noch. Irgendwo unten hörte Geoffrey einen Wagen anspringen und davonfahren. Gleich darauf fuhren andere Wagen vor, und die Polizei war auf der Treppe. Geoffrey zog Fielding in das vordere Zimmer. Er sah, daß Savernake verschwunden war, und fragte sich einen Moment lang, ob er wohl in dem Wagen gesessen hatte, der eben abgefahren war. Aber nein; er hätte nicht genügend Zeit gehabt, nach unten und aus dem Haus zu gelangen.

Der Inspektor hatte einen Arzt mitgebracht, der sich sofort daran machte, Fielding zu stabilisieren und ihm die Wunde zu verbinden. Geoffrey erzählte das wenige, was er wußte.

»Savernake!« rief der Inspektor aus. »Das war es also. Obwohl ich immer noch nicht begreife …« Er bremste sich. »Das spielt jetzt keine Rolle. Wir kriegen ihn.«

»Ich glaube, James ist mit einem Auto davongefahren.«

»Den schnappen wir auch. Ich werde die Bezirkspolizei anrufen und die Militärbehörden, und wir lassen die Straßen weiträumig abriegeln.« Blitzschnell war er aus dem Raum.

»Er kommt zu sich«, sagte der Arzt. Er bettete Fieldings Kopf auf seinen Arm. »Jemand soll einen Rettungswagen rufen.«

Fielding schlug die Augen auf und mußte sich heftig übergeben. Er stöhnte und wollte etwas sagen.

»Ganz ruhig«, sagte der Arzt. »Sie werden wieder gesund. Ich glaube nicht, daß die Schußverletzung gefährlich ist«, fügte er, an Geoffrey gewandt, hinzu. »Die Kugel hat den rechten Lungenflügel vermutlich knapp verfehlt.«

»… James … Savernake …« sagte Fielding. Er sprach langsam, unterbrochen von langen, keuchenden Würgeanfällen, und sein Gesicht und seine Finger waren blau von Zyanose. »Fen … Gas … in … in …« Seine Stimme wurde unverständlich. Geoffrey beugte sich vor.

»Ja?« sagte er. »Ja?« Sein ganzer Körper fieberte vor Ungeduld.

Fielding versuchte es erneut, konnte aber nur Luft herauswürgen. Dann sank er zurück, die Augen geschlossen.

»Um Himmels willen«, sagte Geoffrey zu dem Arzt. »Um Himmels willen, versuchen Sie, ihn irgendwie wieder wach zu bekommen. Er weiß, wo Fen ist … Fens Leben hängt davon ab … Sie müssen ihn wachbekommen.«

»Mein guter Mann«, sagte der Arzt leicht gereizt, »Sie verlangen das Unmögliche. Das ist … Nun ja, ich könnte es versuchen, aber es wäre höllisch gefährlich. Es würde ihn wahrscheinlich umbringen.«

»Er würde wollen, daß Sie es tun.«

»Mag sein«, sagte der Arzt trocken, »aber das ist nicht entscheidend.«

»Ich würde sagen, es ist alles entscheidend.«

Der Arzt blickte Geoffrey einen Moment lang ruhig an. Dann sagte er:

»Also gut. Ich werde meine Zulassung verlieren und wahrscheinlich noch dazu wegen Totschlags angeklagt werden. Meine Frau und meine Kinder werden verhungern. Aber ich werde es versuchen. Geben Sie mir meine Tasche.«

Fen war aus einem Traum erwacht, in dem er von einer riesigen Gottesanbeterin eine steile Gleisböschung hinab verfolgt wurde, und merkte nun, daß er in ein großes weißes Etwas eingeschnürt war, das er nur allmählich als Zwangsjacke erkannte. Nachdem er einen Moment lang versucht hatte, die Bedeutung dieser ungewöhnlichen Situation zu ergründen, ging er dazu über, sich dezent zu übergeben. Als er wieder aufblickte, sah er Savernake und James, die ruhig dastanden und ihn beobachteten.

»Hallo«, sagte er so wohlgemut wie nur eben möglich. »Sie sehen ziemlich albern aus.«

Savernake schnaubte. »Nicht so albern wie Sie, das kann ich Ihnen versichern. Irgendwie paßt die Umgebung hier zu Ihnen, finden Sie nicht? Es ist nämlich die alte Irrenanstalt.«

»Was Sie nicht sagen«, entgegnete Fen knapp. Er versuchte, seine Gliedmaßen zu bewegen, und stellte fest, daß auch seine Beine gefesselt waren.

»Versuchen Sie gar nicht erst, sich zu befreien«, sagte Savernake. »Das wäre reine Energieverschwendung.«

»Wieso haben Sie mich entführt?«

»Um Sie leise und problemlos töten zu können.«

»Herzlichen Dank ... Entschuldigen Sie bitte, Gentlemen, aber ich muß mich wieder übergeben ... Ihr verdammtes Chloroform ...«

»Tun Sie sich keinen Zwang an.«

Als er fertig war, sagte Fen: »Und was nun?«

»Wir werden nicht umhinkönnen, uns Ihrer zu entledigen.«

»Nun reden Sie nicht so gestelzt daher«, sagte Fen mit einem Anflug von Sarkasmus. »Und machen Sie sich endlich klar, daß das hier kein Roman ist.«

»Mein lieber Professor, ich bin der letzte Mensch, mit dem Sie in Ihrem Leben sprechen. Da könnten Sie doch wenigstens so tun, als wären Sie höflich.«

Plötzlich lachte Fen auf. »Wie alt sind Sie, Savernake?«

»Wieso?«

»Rein interessehalber.«

»Ich bin sechsundzwanzig.« Fen lachte erneut, und Savernake zischte: »Was zum Teufel ist daran so lustig?«

»Ich kann mir vorstellen, wie Sie als Student waren. Mit solchen Typen hab ich in Oxford ständig zu tun – überschlau, unfähig zu echter Konzentration oder wahrem Nachdenken, affektiert, pseudokultiviert, ohne Seele, ohne Moral und mit einem tiefen Minderwertigkeitsgefühl.«

Savernake machte einen Schritt nach vorn und trat Fen ins Gesicht. Nach einem Augenblick:

»Das hat weh getan«, sagte Fen sanft, »und Sie haben mir einen Zahn ausgetreten.« Er spuckte ihn auf den Boden. »Wieso verraten Sie Ihr Land?«

»Das ist im Augenblick völlig irrelevant, und ich bin nicht gewillt, diese Frage zu erörtern. Allerdings finde ich es recht attraktiv, daß die Nazis den Narren, den Kneipenphilosophen und demokratischen Schwachköpfen den Mund stopfen.«

»Die Nazis bringen viele Menschen um.«

»Das ist unerheblich.«

»Ja, ich kann mir vorstellen, daß Sie das so sehen. Aber wenn es für Sie ans Sterben geht, wird sich das ändern. Sie werden feststellen, daß es höchst unangenehm ist, und in dem Augenblick würden Sie Ihre Seele dafür hergeben, für den Rest Ihres Lebens irgendwelchen Kneipenphilosophen lauschen zu können.«

»Sie sind sentimental, wie alle Demokraten.«

»Ich finde, Menschen zu töten ist etwas Schlechtes, mehr nicht«, sagte Fen noch immer sanft. Er seufzte. »Nun, was werden Sie mit mir anstellen?«

»Das Gas aufdrehen.«

»Das Gas?« Fen wunderte sich. »Aber ich hab gedacht, das Gebäude steht leer. Es dürfte nicht mehr an die Hauptleitung angeschlossen sein.«

»Übermorgen wird es von den Militärbehörden übernommen«, sagte James. Es war das erste Mal, daß er sich zu Wort meldete. »Das Gas ist praktischerweise schon jetzt wieder angeschlossen worden.«

»Wo sind wir hier überhaupt?« fragte Fen.

»Fünf Meilen außerhalb von Tolnbridge«, antwortete Savernake, »eine Meile von jeder Straße oder Behausung entfernt. Falls Ihnen die Nerven durchgehen und Sie schreien, was Sie vermutlich tun werden, kann niemand Sie hören. Aber wir werden Sie trotzdem knebeln, bevor wir gehen, nur für alle Fälle.«

Fen dachte kurz nach. Dann sagte er: »Ich glaube, ich hätte lieber einen schnelleren Tod als durch Gas.«

»Meinetwegen«, Savernakes Stimme war völlig gleichgültig. »Erschieß ihn, James.«

James zog einen Revolver aus einem Schulterhalfter, öffnete das Magazin und schloß es wieder.

»Nun mach schon, Mann«, sagte Savernake in demselben teilnahmslosen Tonfall. »Wir können nicht die ganze Nacht hierbleiben. Und setz um Himmels willen deine Brille auf. Sonst triffst du nicht richtig, und wir wollen hier doch keine Sauerei hinterlassen.«

James nickte wortlos. Er holte ein Etui aus der Tasche, öffnete es, nahm die Brille heraus, putzte sie sorgfältig und setzte sie auf. Dann spannte er den Hahn, zielte auf Fens Kopf und legte den Finger an den Abzug.

Fen änderte abrupt seine Meinung. »Ich glaube, ich würde doch lieber durch Gas sterben«, sagte er sehr schnell, und als James achselzuckend den Revolver sinken ließ, fügte er hinzu: »*Plutôt souffrir que mourir, c'est la devise des hommes.*«

»Oh, wir werden uns alle Mühe geben, daß Sie richtig schön leiden«, sagte Savernake. Er ging zu dem Gashahn an der Wand und drehte ihn probeweise auf. Ein scharfes Zischen erklang.

»Beeindruckend«, sagte er. »Aber das würde dann doch zu schnell gehen.« Er drehte den Hahn so weit wieder zu, daß nur noch ganz wenig Gas austrat. »So, überlegen wir doch mal. Die Fenster sind geschlossen, aber der Raum ist bestimmt nicht richtig dicht, so daß einiges Gas entweichen kann. Ich würde sagen, bei der Austrittsstärke wird es ungefähr anderthalb Stunden dauern.«

»Ich finde das verdammt tollkühn«, murmelte James. »Was, wenn ihn vorher jemand findet?«

»Den findet keiner. Wie denn auch? Und wir müssen ihm doch schließlich ein bißchen Zeit zum Meditieren lassen, oder?« Zu Fen: »Ich fürchte, wir müssen Sie jetzt knebeln. Wir werden es Ihnen so angenehm wie möglich machen.« Dann, als sie fertig waren:

»Adieu. Ich werde nicht sagen, daß mir das hier leid tut, weil es mir nämlich Vergnügen bereitet. Komm jetzt, James.«

Fen, unfähig, sich irgendwie anders zu äußern, nickte zum Abschied. Sie gingen hinaus und schlossen die Tür hinter sich ab.

Fen empfand die Stille als Wohltat. Er drehte den Kopf Richtung Gashahn, der sich auf der anderen Seite des Raumes befand, doch es strömte so wenig Gas aus, daß kein Geräusch zu hören war. Dann kämpfte er ein bißchen gegen seine Fesseln an, jedoch ohne nennenswerten Erfolg, außer daß seine Krämpfe schlimmer wurden und ihm stechende Schmerzen durch die Gliedmaßen jagten. In der Zwangsjacke war ihm extrem heiß, und er gab bald auf. Der Raum selber verhieß auch keine Hilfe, denn er war groß und ohne ein einziges Möbelstück – das Büro des Direktors, vermutete er. Die Deutschen, so sinnierte er schwach, hatten offenbar eine neurotische Irrenhaus-Obsession – da gab es zum Beispiel *Das Kabinett des Dr. Caligari* und *Das Testament des Dr. Mabuse*. Aber hier handelte es sich um Agenten der Nazis, und die Nazis hatten Wiene und Lang vertrieben ... Er riß sich zusammen. Diese konfusen Gedanken würden ihm nichts nützen. Angesichts des bevorstehenden Todes verspürte er ein nagendes Bedauern.

Fieldings Augen waren noch immer geschlossen. Der Arzt packte seine Geräte wieder ein und blickte zu Geoffrey hoch. »Tut mir leid«, sagte er. »Hat keinen Zweck. Ich bekomme ihn nicht wach.«

»Oh Gott ... Es geht ihm doch hoffentlich nicht schlechter?«

»Nein. Er wird schon durchkommen. Ist das der Rettungswagen? Wird auch Zeit, daß wir ihn von hier wegbringen. Ich melde mich bei Ihnen, sobald er ein Wort sagt.«

Geoffrey blieb hilflos und unentschlossen stehen. »Wenn sie doch nur James oder Savernake schnappen würden ... Nein, das ist hoffnungslos. Bis dahin ist Fen längst tot.«

»Das sind richtige Schweine, nicht?« sagte der Arzt lapidar. Es war tröstlicher als phrasenreiches Mitgefühl.

Man brachte Fielding auf einer Trage nach draußen. Er schien kaum noch zu atmen. Der Arzt ging hinterher. Geoffrey fluchte hemmungslos und zermarterte sich das Gehirn. Wo hatten sie Fen hingebracht? Wie konnte man das herausfinden? Er hoffte verzweifelt auf eine Eingebung, aber es kam keine. Gas ... Gashahn in der Wand ... Gas, Gas ... Gasometer ... Gaswerke ...

Er stieß einen jähen Schrei aus. »Vollidiot!« brüllte er in das leere Zimmer. »Vollidiot!« Ein verblüfftes und leicht spöttisches Echo erklang. Geoffrey raste wie ein Wahnsinniger die Treppe hinunter.

Der Inspektor kam gerade vom Telefon zurück. »So weit, so gut«, sagte er, ohne zu merken, daß Geoffrey dringend mit ihm reden wollte. »Die Straßen sind abgesperrt, und ich glaube nicht, daß da ein Wagen durchkommt. Savernake muß zu Fuß unterwegs sein oder mit dem Fahrrad. Ich nehme die Verfolgung auf ...«

»Das spielt jetzt alles keine Rolle«, fiel Geoffrey ihm aufgeregt ins Wort. »Zurück ans Telefon!«

Der Inspektor starrte ihn an.

»Die Gaswerke!« schrie Geoffrey. »Die Gaswerke.«

Fünf Minuten später begann die Gasflamme unter rund viertausend Mittagessen, die gerade zubereitet wurden, zu flackern und erlosch. Die Versorgung für den gesamten Bezirk war an der Quelle unterbrochen worden.

Dreimal schon hatte Fen sich heftig übergeben müssen, und zweimal hatte er sich nur knapp davor bewahren können, einfach aufzugeben. Er dachte, daß mittlerweile jede Menge Gas in dem Zimmer sein mußte, und sein Verstand arbeitete keineswegs klar. Er konnte unmöglich sagen, wie spät es war und wie lange James und Savernake schon fort waren. Sein Gesicht tat unangenehm weh, doch das Gas hatte den Schmerz ein wenig betäubt. Er merkte, daß er den Raum nicht mehr klar erkennen konnte. Er seufzte innerlich und konzentrierte sich darauf, über die ersten und letzten Dinge zu sinnieren.

Eine Viertelstunde später merkte er zu seiner Verwunderung, daß er noch immer über die ersten und letzten Dinge sinnierte. Von dem Schock wurde sein Kopf ein wenig klarer, was ihm die Feststellung ermöglichte, daß die Sonne um einiges höher stand als beim letzten Mal, als er hingesehen hatte. Außerdem konnte er den Raum schärfer erkennen, und die Schmerzen im Gesicht waren stärker. Eine leichte Neugier erfaßte ihn. Vielleicht hatte seine Lunge etwas Besonderes an sich, das ihn gegen Gas immun machte. Der Gedanke amüsierte ihn so sehr, daß er sich erneut übergeben mußte, als er loslachen wollte, und es ist beileibe kein angenehmes Gefühl, sich mit einem Knebel im Mund übergeben zu müssen. Er beruhigte sich ein wenig.

Doch zwei Stunden später, als Geoffrey, der Arzt und zwei Constables ins Zimmer gestürmt kamen, fühlte er sich lebendig, gereizt und irgendwie ungerecht behandelt. Das erste, was er sagte, nachdem ihm der Knebel aus dem Mund genommen worden war und er seinen Kiefer unter Schmerzen wieder einsatzfähig gemacht hatte, war:

»Ich bin gegen Gas immun.«

»Seien Sie nicht albern«, sagte Geoffrey. »Die Hauptleitung ist schon vor Stunden abgedreht worden. Und ach, Sie alter Teufel, was bin ich froh, Sie wiederzusehen.«

Während sie Fen zum Wagen halfen, erklärte Geoffrey, was passiert war. »Schließlich«, so schloß er, »habe ich mich daran erinnert, daß Sie, als wir im ›Three Shrews‹ waren, auf eine Stelle auf der Karte gezeigt haben, von der Sie meinten, Sie könnte der Hauptstützpunkt der Bande sein. Dann hat Fielding Sie unterbrochen, und wir haben nie erfahren, um was genau es sich dabei handelte. Aber mir war ein Name in der Nähe der Stelle aufgefallen, auf die Sie gezeigt haben. Ich *konnte* mich einfach nicht erinnern, wie er lautete – Sie wissen schon, eine völlige Leerstelle im Hirn –, aber ich wußte, daß er irgend etwas mit der Geistergeschichte und Thurstons Tagebuch zu tun hatte. Und dann fiel es mir wieder ein – ›Traf sie heute heimlich in dem Wäldchen hinter Slatter's Close.‹ Natürlich – Slater's Wood. Die Polizei wußte, daß es dort in der Nähe nur ein einziges leerstehendes Gebäude gibt – dieses hier. Und hier sind wir.«

»Aha.« Fen war ungewöhnlich lakonisch. »Nun ja, es war bloß eine Vermutung meinerseits, aber eine glückliche. Dem Himmel sei Dank für euch alle.« Nach einer Weile sagte er hochtrabend: »Ich habe das Land gerettet.« Er sagte das auch Wochen später noch, aber da niemand darauf einging, gab er es schließlich auf.

Sie fuhren zurück nach Tolnbridge, zur Polizeiwache.

Aber als sie dort eintrafen, waren alle ausgeflogen. Was heißen soll, daß der Inspektor und die meisten seiner Männer unterwegs waren, um nach James und Savernake zu suchen. Von einem aufgeregten Sergeant, der als einziger die Stellung hielt und dem offenbar der Kopf schwirrte von Heldentaten und enormer Verantwortung, erfuhren sie, daß es Fielding den Umständen entsprechend einigermaßen gut ging; daß man mit Sicherheit davon ausgehen konnte, daß James sich noch in der näheren Umgebung aufhielt, da die undurchdringlichen Straßensperren rasch errichtet worden waren; daß man von Savernake noch keine Spur entdeckt hatte und annahm, daß er sich irgendwo in der Stadt versteckt hielt. Sie beschlossen, abzuwarten und auf neue Nachrichten zu hoffen. Mittlerweile war es fast fünf Uhr, und der Constable braute ihnen einen starken, öligen Tee. Sie gingen Peace besuchen – der noch immer in seiner Zelle saß und *Die allgemeine Soziologie* las – und erzählten ihm alles, was passiert war. Er schien bestürzt.

»Tja, ich habe Savernake noch nie leiden können«, sagte er. »Aber ich hätte nicht gedacht, daß er die Mentalität dazu hat, so eine Sache zu organisieren.« Er verlor sich in einer Abhandlung über psychologische Typen, der keiner von ihnen so richtig zuhörte.

Derweil war der Inspektor eifrig mit der Verfolgung beschäftigt, allein und angetrieben von gerechter Empörung. Er hatte die ihm zur Verfügung stehenden Leute so eingeteilt, daß alle Orte, an denen Savernake möglicherweise auftauchen könnte, unter Beobachtung standen, und er selbst hatte beschlossen, zu Dr. Butlers Haus zu gehen. Savernake, so erinnerte er sich, war öfter dort gewesen und könnte zumindest kurz dort vorbeigeschaut haben, um sich Geld oder ein paar Habseligkeiten zu holen. Wie sich herausstellte, hatte er damit recht. Frances kam ihm in der Einfahrt entgegen, bleich im Gesicht und verstört.

»Gott sei Dank, daß Sie da sind!« schrie sie. Ihre Worte überschlugen sich förmlich. »Es war July – Savernake. Er ist hier gewesen, mit einer Pistole. Was ist denn passiert? Ist Geoffrey wohlauf? Hat July meinen Vater getötet? Er hat die Telefonleitung unterbrochen, und wir konnten niemanden erreichen, und wir haben uns nicht getraut, das Haus zu verlassen, für den Fall, daß er noch in der Nähe war. Er hat alles Geld genommen, was wir hatten.«

»Wie lange ist das her?«

»Etwa zehn Minuten.«

»Wissen Sie, in welche Richtung er geflüchtet ist?«

»Nein. Wir haben nichts gesehen. Mummy ist in einem fürchterlichen Zustand.«

»Hören Sie«, sagte der Inspektor. »Würden Sie mir einen Gefallen tun?« Sein sonstiges gelassenes Auftreten war verschwunden und einer forschen, Furcht einflößenden Kälte gewichen.

»Welchen?«

»Gehen Sie zur Wache und berichten Sie meinen Kollegen, was passiert ist. Die werden wissen, was zu tun ist.«

»Ich … ich trau mich nicht. Ich hab zuviel Angst.« Sie zögerte. »Und ich möchte Mummy hier nicht allein lassen.«

»Nehmen Sie sie mit. Sie haben nichts zu befürchten. Savernake ist so damit beschäftigt abzuhauen, daß er sich um Sie keine Gedanken machen wird.« Er blickte sie unverwandt an. »Werden Sie das für mich tun?«

»Ich … Also gut.«

»Braves Mädchen.«

Der Inspektor lief zu seinem Fahrrad zurück und schwang sich auf den Sattel. Vom Tor aus rief er:

»War er zu Fuß?«

»Ja, ich glaube schon.« Er ließ sie verloren und ein wenig hilflos in der Einfahrt stehen.

Es gab drei Wege, die Savernake genommen haben konnte. Der eine führte zurück in die Stadt – ein völlig verwegenes Unterfangen, das selbst für einen Bluff viel zu riskant gewesen wäre. Der zweite führte hinunter zum Hafen, der, wie er sich denken konnte, bewacht wurde; der dritte führte an der Flußmündung entlang und um die Klippen herum nach Tolnmouth. Hier bestand immerhin eine kleine Chance, daß ein Mann zu Fuß von den Posten übersehen wurde, weshalb der Inspektor diesen Fluchtweg für am wahrscheinlichsten hielt. Natürlich würde er auf dem Fahrrad ein wunderbares Ziel für einen einzelnen Schuß aus einem Wäldchen oder Gebüsch abgeben. Aber das Risiko mußte er eingehen. Der Inspektor, normalerweise ein friedfertiger, gelassener Mann, sanft zu seiner Frau und seinen Kindern, ein Bücherfreund, höflich bei der Ausübung seiner polizeilichen Pflichten und in Tolnbridge allgemein beliebt, war jetzt zu einer Furcht einflößenden Maschine geworden, praktisch unempfindlich gegen gewöhnliche Ängste. Sarkastisch gestand er sich ein, daß er vermutlich weniger wagemutig wäre, wenn er der Gejagte wäre, anstatt den Hasen mit der Meute zu hetzen. Aber er erinnerte sich auch an die vielen unliebsamen Eigenschaften seiner Beute und wappnete sich innerlich gegen jenes Mitleid für den Besiegten, das bei einem Engländer unweigerlich aufkommt. Er liebte England, ohne groß darüber nachzudenken, und seine Abscheu gegen Menschen, die seinem Land Schaden zufügen wollten, war heftiger, als er sich eingestehen wollte. Außerdem sah er England gern als einen starken Fels im Kampf gegen Feinde von außen, und er wollte nicht zulassen, daß es durch Verrat von innen geschwächt wurde; das verletzte seinen Sinn für Symmetrie. »*Je haïs*«, hätte er vielleicht gesagt, wäre er des Französischen mächtig gewesen, »*le mouvement qui déplace les lignes.*«

Er war froh, daß er seine Waffe dabeihatte. Einzig und allein bei Schießübungen gab er sich solchen Gefühlen wie Haß und Abneigung gänzlich hin. Dann stellte er sich so gut er konnte vor, irgendeine böse Macht vernichten zu müssen; das Ziel wurde zu seinem persönlichen Feind, und er feuerte darauf, als sei es ein Konglomerat aller Mächte der Unterdrückung – Kapitalismus, Faschismus, Bolschewismus (nur selten wurde er genauer) –, verkörpert durch dunkle, schemenhafte, ungeheuer bedrohliche Gestalten. Es war die einzige Form von Tagträumerei, die er sich erlaubte, aber sie machte ihn besonders gefährlich, wenn er seine Waffe und ein legitimes Ziel hatte, auf das es zu schießen galt.

Derweil war es ungemein heiß.

Eine Viertelstunde später war er oben auf den Klippen angekommen, in der Nähe des stillgelegten Steinbruchs, den Geoffrey und Frances noch am Morgen auf ihrem Spaziergang gesehen hatten. Möglicherweise hatte er Savernake auf dem Weg dorthin übersehen. Aber er wußte, daß eine halbe Meile weiter Polizeiposten standen, und er beschloß, zwischen den Stechginsterbüschen hindurch auf eine kleine Hügelkuppe zu steigen, um von dort Ausschau zu halten. Und genau in dem Moment, als er sein Fahrrad hinlegte, das ihm auf dem unwegsamen Pfad nichts mehr nützte, erblickte er Savernake.

Der Geistliche arbeitete sich nur etwa fünfzehn Meter entfernt rasch, leise und verstohlen durch die Büsche, und durch einen glücklichen Zufall hatte er den Inspektor nicht bemerkt. Man konnte den Schweiß, der ihm von der Stirn rann, im Sonnenlicht glänzen sehen und sein verklebtes, zerwühltes weizenfarbenes Haar. Der Inspektor seufzte vor Befriedigung auf, als er in Deckung ging: Es war zu einfach. Er wartete, bis Savernake, der sich immer wieder nervös umschaute, ins Freie trat und ihm den Rücken zuwandte, um weiterzugehen, dann zog er seinen Revolver und trat vor.

»Stehenbleiben und Hände hoch!«

Savernake erstarrte, drehte sich aber nicht um. Dann stürzte er in einem plötzlichen Anfall von Verzweiflung los, schlug einen Haken, so daß er nicht mehr in die Richtung lief, in die er gegangen war, weg von den Wachposten. Der Inspektor rannte ihm nach, aber er war schwerfälliger, und Savernake wurde von panischer Furcht vorwärtsgetrieben. Der Inspektor blieb stehen und zielte.

Der Abstand zwischen ihnen betrug jetzt zwanzig Meter, und es war ein schwieriger Schuß, da Savernake sich in wilder und kopfloser Flucht befand. Er taumelte einen Moment, als die erste Kugel ihn traf, lief aber weiter – langsamer jetzt, über Steine und Wurzeln stolpernd, im Astwerk nach Halt tastend. Der Inspektor feuerte erneut und schoß daneben. Ein drittes Mal, und Savernake fiel zu Boden. Aber er kroch weiter, noch lebend, so wie ein Huhn mit abgeschlagenem Kopf noch im Hof herumrennt. Vielleicht erinnerte er sich daran, was Fen ihm nur drei Stunden zuvor über seinen eigenen Tod gesagt hatte; das sollte niemand je erfahren. Denn auch der Inspektor erinnerte sich an so manches – die Ermordung von zwei Menschen, die trübselige Blasphemie der Schwarzen Messe. Er feuerte ein viertes Mal auf den noch kriechenden Savernake und zertrümmerte ihm das Rückgrat. Der Geistliche verharrte, schien auf die Beine kommen zu wollen, fiel dann kraftlos nach vorn und blieb reglos liegen. Er war tot.

Fen und Geoffrey gingen von der Polizeiwache zum Gästehaus der Diözese. Sie waren des Wartens überdrüssig geworden, und als Frances gekommen war und ihnen mitgeteilt hatte, daß der Inspektor Savernake auf den Fersen war, hatten sie sich entschlossen, zum Gästehaus zurückzukehren. Als Geoffrey Frances wiedersah, ging ihm das Herz über; ihm wurde klar, daß er nicht wirklich damit gerechnet hatte. Doch ein Händedruck und ein Lächeln war irgendwie alles, das er zuwege gebracht hatte.

Von James war bislang nichts Neues berichtet worden. Die Polizeiposten gingen davon aus, daß sein Wagen nicht durchgekommen war, und sie hielten es auch für äußerst unwahrscheinlich, daß er zu Fuß durch den Kordon gelangt war. Aber Geoffrey war nur allzu bereit, die Suche nach ihm der Polizei zu überlassen, und Fen erging es offenbar ebenso. Obwohl inzwischen mit Medikamenten vollgestopft und verarztet, war er spürbar übellauniger, reizbarer und niedergeschlagener geworden. Er verweigerte jede Erklärung, sondern sagte bloß:

»Ich gehe auf mein Zimmer und lege mich bis zum Abendessen hin. Ich fühle mich nicht wohl«, fügte er schneidend hinzu. »Laßt euch mal selbst was einfallen.« Er stapfte nach oben, während Geoffrey sich im Salon niederließ, um in Ruhe nachzudenken.

Harry James erhob sich aus dem Sessel in Fens Zimmer, als Fen die Tür aufstieß und eintrat. Seine kleinen schwarzen Schweinsäuglein glitzerten hinter den dicken Brillengläsern, und die Hand, die den Revolver hielt, zitterte leicht. Seine Kleidung war verstaubt und unordentlich.

»Kommen Sie rein, Professor Fen«, sagte er leise. »Ich habe auf Sie gewartet. Schließen Sie vorsichtig die Tür und machen Sie keinen Mucks.«

Fen tat wie geheißen. Er fühlte sich sehr müde.

»Es war verrückt von Ihnen herzukommen«, sagte er. »Und ganz sicher kommen Sie hier nicht mehr raus.«

Die Hand des Wirtes zitterte stärker. »Das weiß ich. Aber ich habe beschlossen, daß ich zunächst noch meine Rechnung mit Ihnen begleichen will. Wenn Sie nicht so verflucht neugierig gewesen wären, hätte alles geklappt … Nein, behalten Sie die Hände oben.«

»Das ist anstrengend«, klagte Fen.

»Keine Sorge. Es dauert nicht mehr lange.«

Fen dankte Gott, vielleicht inbrünstiger, als es sonst seine Art war, dafür, daß er hinter einem Sessel stand, so daß James seine Füße und Beine nicht sehen konnte. Er rühmte die Nachlässigkeit der Haushälterin, die einen kleinen Kieselstein dort übersehen hatte, wo er ihn gestern fallen gelassen hatte, als er eine vermeintliche Gottesanbeterin, die sich dann als deformierte Heuschrecke entpuppte, aus seiner Tasche geleert hatte. Das einzige Problem war nur, daß der obere Teil seines Körpers nicht verraten durfte, was seine Beine taten – den Kieselstein in die richtige Richtung zu bekommen, ohne die Augen von dem Mann mit der Waffe abzuwenden. Natürlich war die Aussicht auf Gelingen so klein, daß es schon fast lächerlich war, aber er hatte keine andere Chance, und zumindest besaß er den Vorteil, daß James höchst nervös war. Sein Blick huschte hinüber zu dem hohen Wandschrank, der in einen Türrahmen eingelassen war; er war praktisch gewesen, weil er kein Schlüsselloch besaß. Er hoffte bloß, daß die verdammten Biester sich nicht längst gegenseitig umgebracht hatten. Ein Jammer, daß er nicht nahe genug an James dran war, um im entscheidenden Moment eine Attacke zu riskieren, aber das war nun mal nicht zu ändern.

Laut sagte er:

»Was ich einfach nicht begreifen kann, ist, warum ein Mann wie Sie sich überhaupt auf so eine Sache einläßt.«

»Versuchen Sie nicht, Zeit zu schinden. Das wird Ihnen nichts nützen.« James' Finger schloß sich um den Abzug.

»Geben Sie mir doch um Himmels willen noch eine Minute oder so.«

»Sie wollen also wissen, warum ich mich den Nazis angeschlossen habe, ja?« Plötzlich schoß es Fen durch den Kopf, daß ja auch für James jetzt jede Lebensminute kostbar war; dieser Gedanke ermutigte ihn.

»Dann werde ich's Ihnen verraten, mein guter Professor Alleswisser. Ich hab' mich denen angeschlossen, weil sie gut bezahlen, klar? Mir ist doch scheißegal, was wir für eine Regierung haben. Männer wie mich kümmert so was nicht. Aber eines kann ich Ihnen sagen: Wenn ich bei dieser Geschichte das Sagen gehabt hätte, dann wäre das Ganze völlig anders gelaufen ...«

Jetzt, dachte Fen, jetzt: sinnlos, es noch weiter rauszuzögern. Die Augen starr auf James gerichtet, trat er gegen den Kieselstein. Ihm blieb fast das Herz stehen, bis er das leise Hüpfen und Kullern hörte, und der Stein gegen die Schranktür prallte. Innerlich schwor er den Göttern ewigen Dank; äußerlich zuckte er leicht zusammen und tat dann demonstrativ so, als sei nichts gewesen. Von nun an hing alles von seinen schauspielerischen Fähigkeiten ab.

James hatte das Geräusch gehört. Er trat rasch zurück, um Fen und den Schrank gleichzeitig in sein Gesichtsfeld zu bringen. Dann wandte er ruckartig den Kopf in die Richtung.

»Was ist hinter der Tür da?«

»Nichts«, sagte Fen hastig. »Das ist bloß ein Schrank. Wieso?« (Oh, wie anstrengend, seine Rolle nicht zu übertreiben!)

»Sie wissen doch ganz genau wieso. Dahinter ist jemand.« (Sein Trick hatte also geklappt!)

»Bloß meine Anzüge, sonst nichts, das versichere ich Ihnen.« Fen blickte immer wieder rasch und mit nur schlecht verhohlener Erwartungshaltung zum Schrank. James' Nerven waren jetzt extrem angespannt, und zudem war er unfähig, die Augen von der Tür abzuwenden. Jetzt kam es darauf an, seine Gedanken von der realen Situation abzulenken. Ihm konnte es nämlich sogar egal sein, wenn sich die Polizei von ganz Devon hinter dieser Tür verbarg: Schließlich hatte er sich dafür entschieden, seine eigene Flucht unmöglich zu machen, und er konnte seine Absicht, Fen zu töten, noch immer in die Tat umsetzen. Andererseits hatte er ganz offensichtlich kein Verlangen danach, auf der Stelle zu sterben, was nahezu unweigerlich der Fall wäre, wenn jemand hinter dieser Tür lauerte, und außerdem ist Neugier eine überaus starke Macht. Fen hoffte auf diese beiden Faktoren. Und deshalb war sein Entsetzen um so größer, als er James sagen hörte:

»Aber ist ja auch egal, oder? Für unsere kleine Meinungsverschiedenheit ist das ohne Belang.«

Es schien nicht zu funktionieren. Trotzdem waren Neugier und Furcht gewiß noch da und warteten nur darauf, wieder geweckt zu werden. Und James durchschaute die Herkunft des Geräuschs offenbar nicht, denn der Kiesel war klein und irgendwohin gerollt, wo er nicht zu sehen war. Mit leichter Befriedigung registrierte Fen, daß James ihm, falls er sich zur Schranktür bewegte, nahe genug käme, um einen raschen Angriff zu versuchen; die Schwierigkeit war nur, ihn dorthin zu bekommen.

»Ich würde mir gern«, sagte Fen, »etwas aus dem Schrank holen … es ist in einer Anzugtasche …«

»Die Masche zieht nicht … Sie rühren sich nicht von der Stelle.« Der Abzugsfinger war wieder gekrümmt.

»Dann holen *Sie* es vielleicht: ein Foto …«

»Von wegen.« James' Augen waren wieder unruhig. Allmählich sickerte ihm Schweiß über die Wangen, und seine Brillengläser beschlugen – ein zusätzlicher Vorteil, dachte Fen, da James sich nicht traute, sie abzuwischen. Plötzlich schnauzte er:

»Sie lassen schön die Finger von dem verdammten Schrank! Woher soll ich wissen, daß sich nicht einer von Ihren sauberen Freunden darin versteckt hat?« Zorn und Angst hatten triumphiert, und einen Moment lang war Fen voller Hoffnung. Aber sie versiegte rasch wieder. Der Wirt gewann seine Selbstbeherrschung zurück. Seine Nerven waren bis zum Zerreißen gespannt, aber zerrissen waren sie noch nicht. Er atmete jetzt rasch und schwer, wie ein Mann, dessen Herz zu schnell schlägt.

»Mir reicht's jetzt«, knurrte er. »Ich erledige Sie jetzt, bevor Sie wieder einen von Ihren Tricks versuchen.« Erneut krümmte sich der Finger am Abzug.

Fen war verzweifelt. Er mußte die Aufmerksamkeit des Mannes wieder auf die Tür lenken, sonst war es um ihn geschehen. Ein Schritt in diese Richtung? Der wollte sorgsam erwogen sein. Fiel er zu klein aus, war er wirkungslos, zu groß, und James' ohnehin schon überbeanspruchte Nerven könnten ihm durchgehen und der verhängnisvolle Schuß fallen. Doch das mußte er riskieren.

Für den Bruchteil einer Sekunde machte sich Fen auf die Ewigkeit gefaßt. Kein Schuß fiel. Doch jetzt hielt James es nicht länger aus. Der Schweiß tropfte ihm inzwischen auf den Kragen, und seine Hand zitterte beinahe unkontrollierbar.

»Nein, *Sie* legen mich nicht rein!« brüllte er plötzlich. »*Sie* nicht! Da ist keiner im Schrank! Ich werd's beweisen! Und bei Gott, danach mach ich Hackfleisch aus Ihnen!«

Entschlossen ging er Richtung Schranktür. Fen schloß vor Dankbarkeit die Augen. Er hatte alles getan, was er konnte. Jetzt lag es an ihnen. Neue Furcht packte ihn. Vielleicht hatten sie gekämpft und sich gegenseitig umgebracht. Vielleicht waren sie durch die Dunkelheit apathisch geworden. Vielleicht … Er berechnete den Abstand und spannte seine Muskeln an, um zu springen.

Ein schwaches, verträumtes Summen, das Summen einer Wiese im Sommer erfüllte die Luft. James ging rückwärts zum Schrank, preßte den Rücken gegen die Wand, tastete nach dem Riegel, hob ihn an, zögerte noch einen Moment und zog dann die Tür halb auf.

Das reichte. Heraus kam, wie die Bataillone der Hölle, ein endlos scheinender Schwarm von Bienen, Wespen und Hornissen geschossen, die Fen für seine Experimente gesammelt hatte und die durch ihre dunkle und lange Gefangenschaft bis aufs Blut gereizt waren. Da James das nächste belebte Objekt war, attackierten sie sein Gesicht mit äußerster Wildheit. In einer solchen Lage hätte es eines übermenschlichen Willens bedurft, nicht kopflos zu reagieren, und James' Nerven waren schon völlig zerrüttet. Seine Aufmerksamkeit war gerade lange genug abgelenkt, daß Fen mit voller Wucht gegen die Waffe in seiner rechten Hand treten konnte. Sie ging los und zerschmetterte drei Finger der anderen Hand. Jetzt wurde der Insektenschwarm auf Fen aufmerksam. Als Geoffrey, durch den Schuß aufgeschreckt, nach oben gestürmt kam, sah er James stöhnend und lallend auf dem Boden liegen und Fen hektisch, aber vergeblich auf seine rachsüchtige Sammlung eindreschen.

Da Fen ziemlich übel zerstochen war (wenngleich nicht so schlimm, wie er behauptete), packten sie ihn ins Bett, wo er fürchterlich vor sich hin fluchte und nach Whisky schrie.

Kapitel 14
Letzten Endes

Here she comes; and her passion ends the play.
William Shakespeare

Hier kommt sie; und ihr Jammer endigt
das Spiel.

Unter einem dicken Verband, den der Arzt nun gemächlich abwickelte, funkelte ein zorniges blaßblaues Auge die versammelte Gesellschaft an. »Es geht mir noch nicht gut genug«, sagte eine vertraute Stimme aus dem Verband, »um schon ausgepackt zu werden.«

»Unsinn«, sagte der Arzt in der forschen, herzlosen Art seines Berufsstandes. »Sie sind völlig wiederhergestellt. Die Schwellung ist praktisch verschwunden – Sie müssen die reinste Lederhaut haben. Und Sie können doch nicht wochenlang wie eine Mumie herumlaufen.«

»Sie sind ausgesprochen unfreundlich«, sagte Fen und betastete behutsam seine wiederhergestellten Gesichtszüge. »Man hat versucht, mich mit Gas zu töten, ich bin getreten und von der Dritten Plage Ägyptens angegriffen worden. Aber hat mal irgendwer ein wenig Mitgefühl? Nein. Alle stehen nur herum und verhöhnen mich.« Er setzte sich im Bett auf und legte die Stirn in Falten.

Es war der Abend des nächsten Tages, und sie hatten sich in Fens Zimmer versammelt, das man nur durch großzügigen Einsatz von Insektenschutzmittel von Fens geflügelter Sammlung hatte befreien können. Geoffrey kam der Gedanke, daß es hier fast so feierlich zuging wie bei der Enthüllung eines Denkmals. Frances, Garbin, Spitshuker, Dallow, Dutton, sie alle standen oder saßen im Zimmer herum. Aufgrund einiger noch zu erledigender Formalitäten war Peace noch nicht entlassen worden, doch er würde bald wieder auf freiem Fuß sein. Und der Inspektor, der sich, wie Fen ihnen sagte, um die Auflösung der Straßensperren kümmerte, hatte versprochen, ein wenig später noch vorbeizukommen.

Natürlich wollten sie eine Erklärung hören, und nach längerem Murren ließ Fen sich dazu erweichen.

»Das Motiv für die Morde an Brooks und Butler«, sagte er, »war von Anfang an offensichtlich – wie überhaupt die gesamte Angelegenheit«, fügte er mit heftigem Unmut hinzu, »für jeden, der auch nur einen Funken Verstand besitzt.«

»Beherrschen Sie sich«, sagte Geoffrey.

Nach kurzem Schmollen sprach Fen weiter:

»Besagtes Motiv war natürlich das Funkgerät, das auf der Bischofsgalerie in der Kathedrale versteckt war – ein prächtiges Versteck, praktisch in aller Öffentlichkeit und doch nachts für jeden leicht zugänglich, der sich einen Schlüssel zur Kathedrale beschaffen konnte. Brooks hat etwas gemerkt – wie und wieviel, das wissen wir nicht, aber doch soviel, daß es notwendig wurde, ihn aus dem Weg zu räumen. Der erste Versuch nach der Chorprobe schlug fehl: Die Atropininjektion war nicht tödlich. Also wurde er im Krankenhaus ermordet, bevor er wieder so weit bei Sinnen war, um sagen zu können, was er wußte. Doch in der Zwischenzeit war die Kathedrale unter polizeiliche Bewachung gestellt worden, und es war dringend erforderlich, das Funkgerät irgendwohin zu schaffen, wo es nicht sozusagen unter dem Auge des Gesetzes stand. Die einzige Möglichkeit, das zu tun, war während des Gottesdienstes. Der Organist war tot und der zweite Organist vorübergehend aus dem Verkehr gezogen; man hätte sich heimlich von der Orgelempore zur Bischofsgalerie durchgraben und das Loch hinter dem großen Notenschrank verbergen können, der vor der Trennwand steht. Offenbar hatten sie nicht an die Möglichkeit gedacht, daß ein weiterer Organist sofort zur Verfügung stehen würde; als also Ihr Kommen angekündigt wurde, Geoffrey, waren sie ein wenig schockiert. Man versuchte, Sie mit Drohbriefen abzuschrecken und Sie außer Gefecht zu setzen. Vergeblich. Also mußte man sich etwas Neues überlegen.«

»Dann war es also Savernake«, fragte Geoffrey, »der mir den Brief auf meinen Platz im Zug gelegt hat?«

»Mit an Sicherheit grenzender Wahrscheinlichkeit.«

»Er muß ihn geschrieben haben, um ihn im Notfall bereit zu haben. Aber ich vermute, es war purer Zufall, daß ich ausgerechnet in sein Abteil gekommen bin.«

»Das denke ich auch. Andernfalls hätte er Ihnen den Brief trotzdem irgendwie zukommen lassen. Ob er ihn geschrieben hat ...« Fens blaue Augen huschten einmal über die Runde.

»Ja?« Geoffrey spürte eine plötzliche unerklärliche Spannung in der Luft.

»Anscheinend ist noch niemand hier auf die Idee gekommen«, sagte Fen, »daß Savernake vielleicht clever genug war, um einen Spionagering zu leiten, aber nicht die Persönlichkeit hatte; und daß James vielleicht die Persönlichkeit hatte, aber nicht clever genug war. Hinzu kommt, daß Savernake gar nicht die Gelegenheit hatte, Josephine systematisch unter Drogen zu setzen, weil er die meiste Zeit draußen in Maverley war; und auch für James wäre es nahezu unmöglich gewesen.«

Alle schwiegen.

»Und da ist noch etwas«, sagte Fen, »das anscheinend niemandem von euch aufgefallen ist. *Sowohl James als auch Savernake hatten ein Alibi für den Mord an Brooks.*«

Geoffrey wurde plötzlich von einer unguten Vorahnung erfaßt. Niemand rührte sich oder sagte ein Wort.

Fen nickte bedächtig. »Nein, ganz recht. Wir haben sie noch nicht alle erwischt.« Er hielt inne und lehnte sich in die Kissen zurück.

»Der Mord an Brooks lieferte keine Anhaltspunkte. Irgendwer – eine von etlichen Personen ohne Alibi – kannte sich mit den Gepflogenheiten im Krankenhaus aus, schlüpfte in ein

Zimmer und läutete nach der Schwester, die auf dem Weg zu Brooks war, um ihm pünktlich um sechs seine Medizin zu bringen. Dann schlich sich diese Person, als die Schwester nach oben eilte, nach unten und gab Atropin in das Medikament. An dem Klingelknopf waren keine Fingerabdrücke; es gab nicht die geringste Spur, so wie bei dem ersten Angriff gegen Brooks in der Kathedrale. Doch beim Tod Ihres Vaters, Frances, verhielt es sich anders.«

Wieder blickte Fen in die Runde. Wieder rührte sich niemand oder sagte ein Wort.

»Es gab da zwei Eigentümlichkeiten, die kein vernünftiger Mensch im ersten Moment begreifen konnte. Erstens die Methode – eine Grabplatte; und zweitens die Tatsache, daß Butler seine Absicht, zur Kathedrale hinaufzugehen, völlig überraschend ankündigte und dort, nur fünf Minuten nachdem die Polizeiposten abgezogen waren, angekommen sein mußte.* Verstehen Sie, worauf ich hinauswill?«

»Nein«, sagte Geoffrey. »Nun machen Sie schon, um Himmels willen, und klären Sie uns auf.« Seine Stimme klang angespannt und rauh.

»Wir hörten die Grabplatte um 22.15 fallen – fast eineinviertel Stunde später. Die Polizei war weggelockt worden, um das Funkgerät fortschaffen zu können. Meinen Sie, die hätten Eineinviertelstunde abgewartet, bis sie zur Tat schritten? Natürlich nicht. Sie hatten sofort damit begonnen, was bedeutete, daß sie kurz vor oder gleichzeitig mit oder kurz nach Butler eingetroffen waren. Was hat er also während dieser Eineinviertelstunde gemacht? Zugesehen und hilfreiche Ratschläge erteilt?«

Dallow räusperte sich leicht nervös. »Aber mein *li*-ieber Professor, wäre es etwa denkbar, daß er selbst mit von der Partie war?«

»Das habe ich in Erwägung gezogen. Aber andere Beweise,

* vgl. S. 165 und 224

auf die ich gleich kommen werde, sprachen dagegen. Nein, die simple Wahrheit ist die, daß er getötet worden sein muß, sobald er die Kathedrale betrat.«

»Dann war die Grabplatte ein Ablenkungsmanöver!« rief Geoffrey. »Nein, Moment mal, so ein Geräusch kann man nicht *vortäuschen.* Und überhaupt, wie hätte sie in Bewegung gesetzt werden sollen? In der Kathedrale war niemand, und außer Peace hätte niemand herauskommen können. Wie hat man sie auf Butler fallen lassen?«

»Ich werde die klassische Vollkommenheit meiner Erzählung unterbrechen«, sagte Fen streng, »um auf diese Frage einzugehen. Es ist mehr oder weniger reine Mutmaßung, und es hat keinerlei Bedeutung für die Identität der ... Person, um die es hier geht. Aber Sie, Geoffrey, hätten dahinterkommen müssen. Welches war der einzige Teil der Kathedrale, auf den wir nicht geachtet haben, weil wir glaubten, er könnte nichts mit dem Vorfall zu tun haben?«

»Die Orgelempore«, warf Garbin ein. Seine tiefe Stimme ließ sie zusammenfahren.

»Genau. Und Sie wissen, daß die Orgel einen 32-Fuß-Ton im Pedal hat, der die Kathedrale im wahrsten Sinne des Wortes erbeben läßt ...«*

»Großer Gott!« stieß Geoffrey hervor.

»Sie werden sich erinnern, daß der Stein bedenklich auf der Unterkante balancierte, nachdem die Schlösser entfernt waren. Zwei Noten gleichzeitig im unteren Bereich des Fußpedals gespielt, und er würde ins Wanken geraten. Sie werden sich auch erinnern, daß sich der Aufprall, den wir gehört haben, anders anhörte als der bei dem Experiment des Inspektors. Dem ersten Aufprall ging eine deutlich spürbare Vibration voraus, dem anderen absolute Stille.** Allein deshalb war ich mir ziemlich si-

* vgl. S. 11
** vgl. S. 116 und 148 f.

cher, daß ich auf der richtigen Spur war. Und Sie dürfen nicht vergessen, wie wenig wir auf die Orgelempore geachtet haben. In der allgemeinen Aufregung wäre es ein leichtes gewesen, durch *diese spezielle* Tür nach draußen zu gelangen.

Aber das war eigentlich nicht von Belang.« Fen tat diesen Punkt mit einer Handbewegung ab. »Von Belang war dagegen die Frage, warum dieser komplizierte Ablauf ersonnen worden war. Butler war schon lange tot, verstehen Sie. Wahrscheinlich wurde er unmittelbar oberhalb der Grabstätte über das Geländer der Galerie geworfen, und da er nun mal da unten lag, wurde spontan improvisiert. Ihn zu bewegen hätte Spuren hinterlassen. Da hat jemand sich rasch etwas ausgedacht. Aber warum?

Es ging nicht darum, die *Art* seines Todes zu verschleiern, denn bei der Autopsie wurde nichts festgestellt, was auf Waffen oder Gift hindeutete. Also mußte es darum gehen, den *Zeitpunkt* seines Todes zu verschleiern. Die Grabplatte bot gleich drei Vorteile: (a) sie führte zu den gleichen körperlichen Resultaten – zermalmte und gebrochene Knochen – wie der Sturz von der Galerie; (b) sie machte eine medizinische Schätzung der Todeszeit unmöglich; und (c) sie erzeugte einen Höllenlärm. Der Plan muß blitzschnell improvisiert worden sein – deshalb habe ich die ganze Zeit betont, daß er nicht beabsichtigt war. Aber noch immer bleibt die Frage – warum?

Vielleicht, um ein Alibi zu schaffen; vielleicht, um jemand anderen zu belasten; vielleicht beides. Es dauerte nicht lange, bis offensichtlich wurde, daß vor allem die zweite Möglichkeit von Bedeutung war. Wenn es ein persönliches Motiv für den Mord gab, konnte das noch immer von der Spionage ablenken (sie wußten nichts von dem Abhörwagen des CID). Also machte ich mich auf die Suche nach einem überzeugenden persönlichen Motiv, und das auffälligste war natürlich Peace' Geld.

Da begann ich zu begreifen – und wie. Mir fiel ein, daß eine ganze Reihe von Personen wußte, daß Peace sich um 21.20 mit Butler in der Kathedrale treffen wollte. *Tatsächlich aber ging er erst um 22.00.* Stellen Sie sich nun einmal die psychische Verfassung der Täter vor. Butler ist tot. Sie haben das Funkgerät weggeschafft, die Kathedrale verschlossen und den Schlüssel irgendwohin geworfen, wo er später gefunden und als Beweismittel gegen Peace verwendet werden sollte. Aber kein Peace in Sicht. Langsam setzt die *Totenstarre* ein, und wenn er nicht bald auftaucht, wird es schon allein aufgrund medizinischer Beweise unmöglich werden, ihm das Verbrechen in die Schuhe zu schieben. Jemand läuft zum Gästehaus zurück und stellt fest, daß er ein lupenreines Alibi hat, weil er sich dort mit Spitshuker unterhält. Welche Maßnahmen sie daraufhin ergriffen haben, wissen wir. Sie beschlossen, die Grabplatte herausfallen zu lassen, um den Zeitpunkt von Butlers Tod zu verfälschen.«

Fen hielt inne und zündete sich eine Zigarette an. Geoffrey sah, daß Frances leise weinend aus dem Zimmer geschlichen war. Er verspürte einen mitleidigen Stich, doch um nichts auf der Welt hätte er sich jetzt von der Stelle bewegt.

»Soweit kam ich also«, sagte Fen. »Und dann lange Zeit keinen Schritt weiter – wie ein Dummkopf. Selbst als Dutton mir erzählte, daß er im Gästehaus – also ganz in der Nähe der Kathedrale – den Aufprall der Platte nicht gehört hatte, erkannte ich die Bedeutung dieser Aussage nicht wirklich. Selbst als ich erfuhr, daß das Gelände nachts abgeschlossen wird, damit sich niemand dort herumtreiben kann, begriff ich nicht, was das bedeutete. Und dann wurde mir plötzlich alles klar.

Jemand *mußte* die Grabplatte fallen hören.«

Fen blickte sich spöttisch um. »Irgendwer mußte ungefähr zum richtigen Zeitpunkt hoch zur Kathedrale gelockt werden – solange Peace dort war. Irgendeine vertrauenswürdige Person – Sie, Geoffrey, oder ich selbst oder Fielding oder sogar der Inspektor. Vielleicht wir alle vier … Der Aufprall würde außerhalb des Grundstücks der Kathedrale nicht zu hören sein, und es würden auch keine Liebespaare da sein, die ihn mitbekamen, da die Tore verschlossen waren …

Wissen Sie noch, wen wir trafen, als wir vom »Whale and Coffin« zurückkamen? Spitshuker natürlich, aber der hatte für fast den gesamten Abend ein Alibi. Und Fielding – aber wenn er mit denen unter einer Decke steckte, wieso hatte er dann verhindert, daß Sie, Geoffrey, außer Gefecht gesetzt wurden, und zwar zu einem Zeitpunkt, als gerade das enorm wichtig war? Es gab nur noch eine andere Person, die uns zur Kathedrale locken wollte. Diese Person äußerte große Sorge um Butler und bat uns nachzusehen, ob er wohlauf war. Diese Person erfuhr dann, daß wir ohnehin schon auf dem Weg zur Kathedrale waren – eine höchst befriedigende Information …«

»Aufhören!« Geoffrey schrie das Wort fast.

Fen blickte ihn an. »Es tut mir leid, Geoffrey«, sagte er leise. »Ja, es tut mir sehr leid. Es war natürlich Frances.«

Was Geoffrey in diesem Augenblick dachte, konnte er später nicht mehr sagen. Es war zu aufwühlend und zu unerträglich schmerzhaft. Aber er verließ sofort das Zimmer und ging hinunter und aus dem Haus. Dort sah er Frances wieder.

Sie strebte eilig auf ein Auto zu, das in der Einfahrt stand, ein Aktenköfferchen fest in einer Hand. Als sie ihn hörte, fuhr sie herum, und in ihrer anderen Hand war eine kleine Pistole.

»Versuch nicht, mich aufzuhalten«, sagte sie knapp. »Unsere romantische Beziehung ist hiermit beendet. Eine recht einseitige Angelegenheit, fürchte ich, aber es hat mir Spaß gemacht, ein bißchen zu schauspielern. Wenn du auch nur versuchst, dich zu bewegen, mich aufzuhalten oder um Hilfe zu rufen, schieße ich, ohne zu zögern. Ein toter Dummkopf mehr wäre kein Verlust, weder für mich noch für sonst jemanden.«

Sie stieg in den Wagen. Er blieb ruhig stehen und sah sie davonfahren. Im Innern des Hauses war alles still.

Natürlich war der Kordon nicht aufgelöst worden. Sie fuhr mit einer Geschwindigkeit von hundertzwanzig Stundenkilometern in die Absperrung auf der Exeter Road. Hinterher sagten die Polizisten, jeder Schußversuch wäre sinnlos gewesen. Ein scharfkantiges Stück Metall riß ihr die linke Halsschlagader auf, und noch bevor man sie aus dem Autowrack bergen konnte, war sie verblutet.

Kapitel 15
Beruhigung und Abschied

Should she to death be lead
It furthers justice, but helps not the dead.
Michael Drayton

Würd' ihr der Todesgruß entboten,
Wär's Ehr' dem Recht, doch keine Hilf'
den Toten.

Einen Tag später waren sowohl Fen als auch Geoffrey dabei, ihre Koffer zu packen, um Tolnbridge zu verlassen: Geoffrey mit durchdachter, pedantischer Sorgfalt, Fen chaotisch. Der Arzt hatte erklärt, daß Dutton wieder in der Lage war, seinen Dienst zu versehen, bis ein neuer erster Organist ernannt wurde, also wurde Geoffrey nicht mehr gebraucht; und Fen mußte zu einem Pädagogenkongreß in London, bevor er nach Oxford zurückkehrte.

Geoffrey war wie betäubt. Während der drei Tage in Tolnbridge hatte er so viele Schockerlebnisse gehabt, daß er sie einfach nicht verarbeiten konnte. Und der Tod von Frances … Er würde noch lange davon träumen. Doch früher oder später, so wußte er, würde es aufhören. Vielleicht würde es Monate dauern, doch letztlich würde er vergessen. Er wußte nun auch, daß er sie als die, die sie war, nie hätte lieben können. Vielleicht war es nicht mehr gewesen als eine Schwärmerei: Liebe, so rief er sich ins Gedächtnis, sollte eigentlich über alle Fehler und Schwächen des geliebten Menschen triumphieren. Aber nicht das; nicht das. Es schauderte ihn unwillkürlich. Doch letzten Endes würde er darüber hinwegkommen. Mit neu erwachtem Selbstvertrauen betrachtete »Junggesellentum« wohlgefällig die grünen und freundlichen Landschaften seines Reiches.

Er fand die handschriftlichen Notizen für seine Passacaglia und Fuge, was seine Stimmung sofort ein wenig hob. Er hatte noch immer seine Arbeit und seine Katzen und seinen Garten und Mrs. Body ... Er ließ den Koffer zuschnappen, sah sich noch ein letztes Mal prüfend im Zimmer um, ob er auch nichts vergessen hatte, und ging dann zu Fen hinüber.

Fen hatte Besuch von dem Inspektor, Dallow und Peace; letzterer war frisch entlassen und hatte wie immer *Die allgemeine Soziologie* dabei. Fens rötliches Gesicht, das noch immer leicht geschwollen und von Savernakes Tritt blau verfärbt war, glühte vor Anstrengung, die Haare standen ihm widerborstig vom Kopf ab. Er rauchte eine Zigarette, warf wahllos Dinge in seinen Koffer, marschierte durchs Zimmer und trank Whisky. Geoffrey staunte über seine rasche Genesung.

»... und James hat gestanden«, sagte der Inspektor gerade, »sobald er hörte, daß Miss Butler tot ist. Er hat so ziemlich alles bestätigt, was Sie gesagt haben. Er war es, der Brooks in der Kathedrale niedergeschlagen und ihm anschließend das Atropin injiziert hat; aber Miss Butler hat dann das Gift in seine Medizin im Krankenhaus gemischt. Und Butler ist tatsächlich von der Galerie gestürzt worden – von Savernake, vor den Augen von Miss Butler. Sie hatten versucht, ihn niederzuschlagen und leiser zu töten, aber er hat sich nach Kräften gewehrt, und um ein Haar wäre Savernake mit ihm zusammen heruntergestürzt. Sie hatten ihn natürlich erwartet – sobald Miss Butler hörte, daß er in die Kathedrale wollte, gab sie vor, sich in ihr Zimmer zurückzuziehen, aber in Wirklichkeit schlich sie hinaus, um Savernake zu warnen. James hatte ihm beigebracht, wie man ein Lasso wirft, verstehen Sie, und er wurde damit beauftragt, das Funkgerät wegzuschaffen. Nun, Butler wurde getötet, und Savernake brachte das Funkgerät hinaus, während Miss Butler versteckt auf Sie, Mr. Peace, wartete, weil sie auf die Idee gekommen war, Ihnen den Mord in die Schuhe zu schieben. Aber Sie kamen nicht. Sie schlich zurück ins Gästehaus und stellte fest, daß Sie sich noch mit Spitshuker unterhielten, also mußte der zweite Plan – die Grabplatte – improvisiert werden.«

»Ich vermute«, sagte Peace, »daß Sie auf die untergeschobenen Beweise in meinem Zimmer gekommen sind, weil das der offensichtliche nächste Schritt war, mich zu belasten.«

»Es kam mir wahrscheinlich vor«, sagte Fen milde. »Die Spritze dazulassen war dagegen ein Fehler.« Er schüttelte eine Wespe aus seiner Pyjamahose. »Aber Sie verstehen, wieso mich zwei Dinge besonders interessierten: Ob James ein Alibi für die Inszenierung mit der Grabplatte hatte (das hatte er) und ob Peace schnurstracks zur Kathedrale gegangen war, nachdem er Spitshuker verlassen hatte. Von Savernake wußte ich natürlich zu diesem Zeitpunkt noch nichts, aber es gab schon hinreichend Gründe, James zu verdächtigen. Jedenfalls lag auf der Hand, daß er nicht an dem Mord an Butler oder der Inszenierung beteiligt gewesen sein konnte. Dann fiel mir ein, daß Peace das Gästehaus verlassen hatte, um zur Kathedrale zu gehen, *bevor* wir mit Frances dorthin zurückkehrten. Für mich bedeutete das entweder, daß es *nicht* Frances war, die an der Orgel herumgespielt hatte, um die Grabplatte zu Fall zu bringen, oder daß Sie, Peace, auf dem Weg zur Kathedrale irgendwie getrödelt hatten, so daß sie vor Ihnen dort sein konnte. (Ich war auch ein wenig in Sorge, ob Sie sich *ihren* Schlüssel ausgeliehen hatten, um auf das Gelände zu gelangen, aber zum Glück war dem ja nicht so.) Natürlich muß sie einen gehörigen Schrecken bekommen haben, als sie mit uns zum Gästehaus zurückkam und feststellte, daß Sie schon gegangen waren: Schließlich hatten Sie ja versprochen zu warten und mit ihr hinaufzugehen, sobald sie wieder zurückkam. Das war lediglich eine Maßnahme, um Sie *in situ* zu halten, bis sie ihre Zeugen aufgetrieben hatte. Als Savernake sich mit dem Funkgerät aus dem Staub machte, ging er natürlich davon aus, daß Sie um 21.20 dort sein würden, wie mit Butler vereinbart, deshalb kam er nicht zurück. Er brachte bloß das Funkgerät weg und verschaffte sich für die übrige Zeit ein Alibi. Also mußte sie alles allein machen. Das brachte mich auf den Gedanken, daß sie der Kopf des Ganzen sein mußte –

ein Untergebener hätte niemals soviel Verantwortung übernommen.«

»Es war eine höchst unsichere Strategie«, sagte der Inspektor fast vorwurfsvoll, als wäre Fen irgendwie dafür verantwortlich.

»Das war es ganz sicher«, sagte Fen, eine Spur ungehalten. »Es war eine rasch improvisierte Notfallmaßnahme. Zehntausend Dinge hätten dabei schiefgehen können. Zum Beispiel, daß wir gar nicht zur Kathedrale gegangen wären. Zufälligerweise klappte alles mehr oder weniger. Aber es war natürlich der reinste Schwachsinn, den guten Peace belasten zu wollen. Ich denke, daß da möglicherweise auch so etwas wie persönliche Abneigung im Spiel war, nach dem zu urteilen, was sie neulich in Butlers Garten über Sie sagte. Es gab nämlich keinen vernünftigen Grund, warum sie Butler nicht einfach da liegenließ, wo er war. Als unglücklicher Sturz wäre es zwar wohl nicht durchgegangen, denn die Brüstung der Galerie ist hoch, und auch wegen dem, was Brooks widerfahren war. Aber es hätte keinerlei Hinweise auf den Mörder geliefert. Erst der verhängnisvolle Wunsch, dem Ganzen das I-Tüpfelchen aufzusetzen und Sie, Peace, zu belasten, machte den Plan zunichte – der ohnehin an allen Ecken und Enden Lücken aufwies, weil er viel zu hastig ersonnen worden war.

Eigentlich machten gerade diese Lücken alles noch verwirrender. Und ich gebe zu, daß (mit einer Ausnahme) auch meine eigenen Schlußfolgerungen unsicher waren. Wenn man es mit einer Bande zu tun hat, über deren Größenordnung man nichts Genaues weiß, muß das zwangsläufig so sein. Das ist einer der Gründe, warum ich hoffe, daß diese Geschichte nicht Eingang in Crispins Chroniken finden wird.* Dennoch«, sprach Fen aufgebracht, als habe man ihn einer unverzeihlichen Nachlässigkeit bezichtigt, »so unsicher waren sie nun auch wieder nicht.

* Vergebliche Hoffnung. – E. C.

Nachdem ich den Grund für den Einsatz der Grabplatte begriffen hatte und mir klar wurde, daß jemand in der Nähe sein mußte, um sie fallen zu hören, fügte sich eins ins andere. Spitshuker konnte nichts damit zu tun haben. Auch Fielding nicht, weil er Sie, Geoffrey, davor bewahrt hatte, niedergeschlagen zu werden. Damit blieb nur Frances. Sie hatte kein richtiges Alibi für die entscheidenden Zeiträume. Sie versuchte zu verhindern, daß Sie, Peace, schon zur Kathedrale gingen, bevor sie mit uns zurückkam – ein weiterer Punkt. Und die letzte Bestätigung erhielt ich schließlich von McIver, der mir sagte, daß hier nicht mehr als höchstens drei Spione tätig waren. Savernake und James sah ich mit eigenen Augen, als sie mich entführten, weil sie argwöhnten, daß ich schon zuviel wußte. Beide hatten sie ein Alibi für die Zeit der Inszenierung mit der Steinplatte, also blieb wieder nur Frances übrig.«

»Ich hätte noch ein paar ergänzende Fragen«, warf Geoffrey ein. »Hat man das Funkgerät gefunden?«

»Es war in Einzelteile zerlegt worden, Sir«, sagte der Inspektor, »und an verschiedenen Stellen im ›Whale and Coffin‹ versteckt. Übrigens wußte eine der Frauen, die in dem Pub bedienen, daß irgendwas vor sich ging, wenn auch nicht genau was, und hat James geholfen. Wir haben sie festgenommen. Das Zeug, das sie verwendet haben – Material, um Schlüssel für das Grab herzustellen, Atropin, Teile für das Funkgerät und so weiter – muß schon vor dem Krieg von Deutschland herübergeschmuggelt worden sein.« Er machte eine entschuldigende Geste, als bitte er um Verzeihung dafür, Ihnen so etwas Offensichtliches mitzuteilen.

»Das ist noch ein Punkt«, sagte Geoffrey. »Wieso hatten sie überhaupt Schlüssel zu dem Grab angefertigt?«

»Das habe ich von James erfahren«, erwiderte der Inspektor. »Im Falle einer Invasion sollte es mit Sprengmaterial gefüllt und die ganze Kathedrale in die Luft gejagt werden, als Signal. Widerwärtig, nicht? Verstehen Sie, sie mußten das Zeug schon im voraus dort reinschaffen, weil es jederzeit bereit sein mußte, Tag und Nacht. Aber sie hatten noch nicht damit angefangen, als der Angriff auf Brooks stattfand, und danach war die Polizei auf der Hut und so weiter, sehr unpraktisch.« Er lächelte grimmig. »Das Ganze ist ein sehr vergnüglicher Kommentar zur hochgelobten deutschen Tüchtigkeit. Ein echter Flop.«

»Vergessen Sie nicht«, sagte Peace, »daß mir um ein Haar wegen Mordes der Prozeß gemacht worden wäre.«

Fen nahm eine Pappschachtel zur Hand und kippte die Leichen zahlreicher Insekten aus dem Fenster. »Mit diesen heimtückischen Biestern bin ich fertig«, sagte er. Das Schmetterlingsnetz stand vergessen und unbenutzt in einer Ecke. Er betrachtete es einen Augenblick lang zornig, dann packte er es und zerbrach es über dem Knie; anschließend stopfte er *Bilder aus der Insektenwelt* in den Wasserkrug. »Wie Prospero«, so verkündete er, »habe ich meinen Stab zerbrochen und mein Buch ertränkt.« Er blickte sich selbstzufrieden um, doch keiner achtete auf ihn.

»Noch eines«, sagte Geoffrey, »und zwar die Sache mit Josephine und der Schwarzen Messe.«

»Damit war James ganz und gar nicht einverstanden«, erklärte der Inspektor. »Diese Geschichte mit der Teufelsanbetung war ein Privatvergnügen von Miss Butler und Savernake. Sir« – er wandte sich an Fen – »es war natürlich Savernake, der auf Sie geschossen hat – wohl in einem Anfall von Panik.«

Fen nickte. »Das dachte ich mir. Traditionellerweise wird die Schwarze Messe von abtrünnigen Priestern gelesen.«

»Was die Drogen für das Kind anbelangt«, fuhr der Inspektor fort, »und warum sie das Mädchen in ihre schmutzigen Machenschaften mit hineingezogen haben, so muß ich zugeben, daß ich das nicht verstehe. Natürlich war sie ein nützliches Werkzeug – zum Beispiel, als sie meinen Männern vor der Kathedrale diese Nachricht überbrachte –, aber mir scheint, zum überwiegenden Teil war das reine Böswilligkeit.«

»Dann hatte das Manuskript nichts damit zu tun?« erkundigte sich Peace.

»Nein«, sagte Fen, »ich denke, das war wahrscheinlich nur ein Anfall von blinder Wut, weil sie schon zu lange keinen Stoff mehr bekommen hatte. Das Zeug wurde ihr in Zigaretten verabreicht, wissen Sie. Das ist bei Marihuana meistens der Fall.«

Peace seufzte auf. Sein fleischiges rotes Gesicht war von Sorgenfalten durchzogen, und die grauen Augen blickten bekümmert. »Es wird nicht leicht sein, Irene über die Geschichte hinwegzuhelfen«, sagte er. »Sie hat nicht sonderlich an Butler gehangen, aber Frances hat sie geliebt. Ich werde sie – und Josephine, wenn es ihr wieder besser geht – unter meine Fittiche nehmen, müssen Sie wissen. Das Geld fällt natürlich mir zu – dabei will ich es jetzt gar nicht mehr.«

»Vielleicht könnten Sie uns die Psychologie dieser Menschen erläutern«, schlug Fen vor.

»Nein, nicht mehr«, entgegnete Peace mit Nachdruck. »Ich gebe das alles auf und werde Geistlicher.«

Alle stierten ihn an. »Geistlicher!« riefen sie wie aus einem Munde.

Ihre Ungläubigkeit schien Peace zu kränken. »Das erscheint mir als der beste Weg aus meinen Zweifeln«, erklärte er. »Und ich gestehe, daß ich diese Art von Leben schon immer faszinierend fand.«

Das war das letzte Wort in dieser Angelegenheit, doch Fen ließ die Frage nach der Psychologie noch immer keine Ruhe.

»James kann man ja verstehen«, sagte er. »Er war sozusagen ein Söldner, der nur ans Geld dachte. Savernake auch – er war dieser vordergründig intelligente Typ, auf den der Faschismus eine starke Anziehungskraft ausübt. Aber Frances … zugegeben, sie war in Deutschland, aber das muß nichts heißen. Wahrscheinlich werden wir es nie erfahren.«

Zum ersten Mal meldete sich Dallow zu Wort. »Wäre es nicht denkbar, mein *li-ieber* Professor, daß ihr was im Blute lag?«

»Wie meinen Sie das?«

»Ihre Familie väterlicherseits stammt aus Tolnbridge – seit vielen Generationen hier ansässig. Und es hat hier echte Hexen gegeben – nicht alle waren Elizabeth Pulteneys. Ich denke einfach« – er warf Peace einen um Entschuldigung flehenden Blick zu –, »daß die Psychologie sich irrt, wenn sie meint, daß das Böse irgendwie aus der Welt geschafft ist, sobald es analysiert wurde.«

»Dann war sie –«

»Hexen verbünden sich mit den Kräften des Bösen, wo auch immer und wie auch immer diese sich zeigen. Es ist nicht damit getan, an den rituellen Feiern zur Walpurgisnacht teilzunehmen oder den Nachbarn zu töten, der einen verleumdet hat. Es gibt auch das politische Böse.«

»Sie hat ihre Schwester zur Hexe gemacht«, sagte Geoffrey.

»Das war schon immer so. Die Mutter initiiert die Tochter; Nachbarn, Schwestern einander …«

Es trat ein langes Schweigen ein.

»Etwas ist mir aufgefallen«, sagte Fen schließlich und wandte sich an Geoffrey. »Wissen Sie noch, als sie uns begegnet ist, kurz nachdem sie ihren Vater sterben sah?«

»Ja.«

»Ist Ihnen da irgend etwas Besonderes an ihr aufgefallen?«

»Ich fand, daß sie glücklich wirkte.«

»Ja. Ich glaube, das war sie auch.«

Wieder herrschte Stille. Vom Rasen vor dem Haus, wo Garbin und Spitshuker gemeinsam herumspazierten, trieben Gesprächsfetzen zu ihnen herauf.

»Mir scheint, wenn Sie darauf bestehen, das Alte Testament lediglich als einen historischen Bericht der Gottessuche des jüdischen Volkes zu betrachten, reden Sie der Irrlehre der Markioniten das Wort. Marcion …«

»Sie sind nicht einmal ansatzweise auf mein Argument zur buchstäblichen Auslegung der Genesis eingegangen …«

»Mein guter Garbin ...«

Hoch über dem Garten ragte die Kathedrale auf, wieder ein Ort der Stille und Ehrfurcht, den Geistern von Bischof John Thurston und Elizabeth Pulteney überlassen – *requiescant in pace!* Der Himmel bewölkte sich allmählich, und ein frischer Wind ließ schon jetzt einen Sturm erahnen. Aber es war ein sauberer, starker, erquickender Wind.

Fen, der mit Packen fertig war, zog sich einen Regenmantel über und setzte seinen exzentrischen Hut auf.

»Kommen Sie, Geoffrey«, sagte er. »Wir müssen unseren Zug erwischen und unterwegs noch auf einen Sprung bei Fielding vorbeischauen. Wie geht es ihm übrigens?« erkundigte er sich beim Inspektor.

»Besser«, sagte der Inspektor. »Dieser Bursche vom CID, Phipps, hat mit ihm geredet, und ich glaube, er hat versprochen, ihm wenn irgend möglich einen ruhigen Bürojob zu verschaffen, der aber mit der Spionageabwehr zu tun hat. Es geht ihm noch nicht wieder so gut, daß er schon Freudensprünge machen könnte, aber er würde, wenn er könnte.«

»Manche Menschen«, bemerkte Fen, »werden aus Erfahrung einfach nicht klug.« Er ging zur Tür.

»Ich meine ja nach wie vor«, sagte Geoffrey, der ihm folgte, »daß von einer detektivischen Lösung des Falles nicht die Rede sein kann.«

Fen, schon in der Tür, drehte sich um. »Damit hätten Sie durchaus recht, wenn da nicht noch folgendes wäre.«

»Und das wäre?«

»Erinnern Sie sich, daß Spitshuker uns erzählt hat, wie Butler am Tor, das vom Gästehausgarten auf das Gelände der Kathedrale führt, ein vierblättriges Kleeblatt gepflückt hat? Nachdem Butler beschlossen hatte, zur Kathedrale zu gehen, begab sich Frances, ihrer eigenen Darstellung zufolge, direkt in ihr Zimmer. Selbst wenn sie aus dem Fenster geschaut hätte, hätte sie auf diese Entfernung nicht erkennen können, was ihr Vater tat. Und wir wissen, daß es nicht seine Gewohnheit war, ein vierblättriges Kleeblatt im Knopfloch zu tragen. Als sie uns dann traf und erzählte, daß er eins trug, war das ihr alles entscheidender Fehler, verstehen Sie? Wenn sie wußte, daß er eins trug, mußte sie in der Kathedrale gewesen sein. Und wenn sie in der Kathedrale war, mußte sie ihn sterben gesehen haben – oder etwa nicht?«

Nachwort

Robert Bruce Montgomery (1921–1978) war im Hauptberuf ein sehr erfolgreicher Komponist von U- und E-Musik und unter seinem Pseudonym Edmund Crispin der letzte Ritter des Golden Age, ein verfeinerter Spätling, ein frühvollendeter und (relativ) frühverstorbener Hanno Buddenbrook der Detektivliteratur. Wie alle Großen des Genres kannte er selbstverständlich alle ernstzunehmenden Vorgänger und Mitbewerber, war er doch auch jahrzehntelang als kompetenter Kritiker der Kriminalliteratur tätig.

Den Realismus, wie ihn die amerikanische Schule angeblich vertrat und wie ihn Raymond Chandler 1945 in »Die simple Kunst des Mordens« polemisch propagierte, lehnte er als Kritiker wie als Praktiker ab; er liebte nach seinem eigenen Bekenntnis am Kriminalroman im allgemeinen und am Detektivroman im besonderen vor allem das Phantasievolle und das kunstvoll Künstliche.

Als Autor wie als Kritiker wußte er, daß der Detektivroman eine Variationsgattung ist, die ihren Reiz auf engem Raum innerhalb klarer Regeln entfaltet, darin dem Schachspiel vergleichbar. Der Verfasser von Detektivromanen studiert die Bücher der Kollegen, wie der Schachgroßmeister die berühmten Partien nachspielt und sich daran freut, auf neue Eröffnungs- oder Endspielvarianten zu treffen. Was liegt da näher, als das Spiel auch als Spiel preiszugeben, in dem beispielsweise der Detektiv weiß, daß er in die Annalen eines gewissen Edmund Crispin eingehen wird, während ebendieser Crispin seinerseits in Fußnoten die Sprüche seines Helden kritisch kommentiert?

John Dickson Carr hatte 1935 genüßlich die Fiktion als Fiktion preisgegeben und seinen Detektiv Dr. Fell erklären lassen, er und seine Mitstreiter seien doch bloß Figuren in einem Detektivroman und der Leser wisse das (»Der verschlossene

Raum«, DuMonts Kriminal-Bibliothek Bd. 1042). Niemand ist ihm in diesem Bekenntnis begeisterter gefolgt als Crispin, versichert doch dessen Detektiv Professor Fen immer wieder, der einzige Literaturwissenschaftler zu sein, der es in der gesamten Geschichte des Genres zum Detektiv gebracht habe. Vorbild ist Crispins unmittelbarster Vorgänger, der Anglist John Innes Mackintosh Stewart (1906–1994), der 1936 als Michael Innes mit einem Krimi debütiert hatte (»Zuviel Licht im Dunkel«, DuMonts Kriminal-Bibliothek Bd. 1049) und der später in der Tat einen Ruf nach Oxford erhielt, wo Gervase Fen immer schon lehrt. Im vorliegenden Buch wird indirekt auf ihn Bezug genommen: Als der Fall zu komplex für die lokale Polizei zu werden droht, soll der beste Mann von Scotland Yard kommen, Inspector Appleby – Michael Innes' Seriendetektiv. Fen beschwert sich zu Recht: »Was wollen die denn mit Appleby, wenn ich hier bin?« Im Klartext: Wieso soll Innes' Detektiv kommen, wenn der von Crispin schon da ist?

Unser Autor freut sich schlicht an diesen Dingen, auch im völlig freien Spiel: Im Studierzimmer eines Theologen sitzt ein Rabe auf einer Marmorbüste, und die Besucher erkennen sofort Poes Raben aus dem gleichnamigen Gedicht und aus seiner »Philosophy of Composition« darin, sein Besitzer aber nicht. Zudem heißt dessen Frau »Lenore«, und der im Weltlichen wenig bis kaum belesene Geistliche kennt wiederum Bürgers gleichnamige, auch im Englischen sehr populäre Gespensterballade nicht.

In seiner Grundstruktur ist dieser zweite Roman Crispins jedoch eine einzige Huldigung an John Dickson Carr, der die schaurigen Orte als Schauplätze gleichermaßen liebte wie die verschlossenen Räume als Tatorte (»Tod im Hexenwinkel«, »Der Tote im Tower«, »Die Schädelburg«, DuMonts Kriminal-Bibliothek Bd. 1002, 1014, 1027). Schauplatz ist eine fiktive Kleinstadt an Englands Südküste, die zugleich Bischofssitz mit einer bedeutenden gotischen Kathedrale ist. Einst war sie berühmt, später berüchtigt für ihre Hexenverfolgungen, die hier mehr als ein Menschenalter länger dauerten als im übrigen England und bis ins 18. Jahrhundert, das Jahrhundert des Lichts und der Aufklärung, reichten. Außerdem wurden die Hexen hier verbrannt und nicht gehängt, und der alte Platz der Scheiterhaufen ist noch an der Kirche zu sehen.

Das Geschehen kommt in Gang, als der Organist der Kathedrale vergiftet und völlig verwirrt in der Kirche gefunden wird. Seine letzte Botschaft – das berühmte Krimimotiv der ›dying message‹ – klingt unverständlich: Ein Mann habe am Seil gehangen, und eine Grabplatte habe sich bewegt. Da sein Stellvertreter dienstunfähig ist, telegraphiert der zufällig dort anwesende Professor Fen einen alten Freund herbei, um den Dienst zu übernehmen, wohl um einen verläßlichen Watson im Zentrum des Geschehens zu haben. Da der so herbeigerufene Vintner selbst unterwegs einen eigenen ständigen Begleiter akquiriert, gibt es zwei rivalisierende Watsons, wobei der erste den zweiten natürlich wortwörtlich »als Watson übertreffen« will.

In dem freischaffenden Komponisten Geoffrey Vintner, der auf Fens rätselhafte Aufforderung hin sofort abreist, hat Crispin wohl seinem Montgomery-Teil ein literarisches Denkmal gesetzt, durch seine Augen sehen wir den größten Teil des Geschehens. In der Tat scheint eine durchaus ernstgemeinte Organistenverfolgung Kern des Falles zu sein, ist Vintners Anreise doch von Drohbriefen, Warnungen und beinahe tödlichen Anschlägen begleitet.

Durch Vintners Augen und seinen fremden Blick lernen wir auch die merkwürdige Welt kennen, in der unser Roman spielt, die eines Domkapitels, wie es jeder ordentliche Dom besitzt. Einst lebten dessen Mitglieder wie Kanzler, Dechant, der hierarchisch sehr hoch angesiedelte Praecentor, ursprünglich der Chorleiter, später eher ein Ehrentitel, und die schlichten Kanoniker in einer stiftsähnlichen Gemeinschaft. Pfründe ernährten sie, und ihre Aufgabe waren das immerwährende Lob und die kontinuierliche Anbetung Gottes. In der anglikanischen Kirche mit ihrer Aufhebung des Zölibats ist es nun zu einer eigentümlichen Mischform gekommen, die den Kontinentaleuropäer an englische Colleges erinnert: Es gibt ein gemeinsames Klerikerhaus, in dem meist alle gemeinsam die Mahlzeiten einnehmen, in dem einige auch wohnen, während andere daneben in eigenen Häusern mit ihren Familien leben. Außer der Pflicht, reihum die Stundengebete zu halten und die Messen zu lesen, hat man nicht eigentlich etwas zu tun, weshalb die Zeit je nach Temperament zur wissenschaftlichen Arbeit oder zur Krimilektüre genutzt wird – daß zu den Lieblingsautoren auch John Dickson Carr gehört, versteht sich fast von selber.

Ganz nach dessen Herzen ist der zweite Anschlag: Der Praecentor der Kathedrale wird von einem mit Vorhängeschlössern an der Wand befestigten Grabstein erschlagen, als er sich alleine in der abendlich dunklen, an allen Türen verschlossenen Kathedrale aufhält. Der Täter kann nur, wie die Zahl der Schlüssel und die Art ihrer Benutzung nahelegt, zum engsten Kreis des Domkapitels oder seinem nächsten Umfeld gehören. Aber wie um alles in der Welt hat er in der verschlossenen und offensichtlich leeren Kirche einen viele Zentner schweren Stein bewegt?

Garniert wird dies alles mit einem praktizierenden Psychiater, der den Glauben an Freud und seine Berufung verloren hat und deshalb Geistlicher werden will, einer Schwarzen Messe und dem damals noch exotischen Genuß von Haschisch oder auch Marihuana – zweimal wird liebevoll erläutert, man könne diesen merkwürdigen Stoff wie eine Zigarette rauchen. Auch sollte noch erwähnt werden, daß wir uns nach Dünkirchen im Zweiten Weltkrieg befinden und Engländer, die es an Wachsamkeit und Patriotismus mangeln lassen, plötzlich mit Himmler im Nachttopf aufwachen könnten, wie Fen drastisch droht. Der Showdown ist mit Schießereien, Entführungen und diversen Mordanschlägen aktionistisch wie ein Spionageroman, obwohl Crispin diese Spezies nachweislich nicht mochte.

Und diese äußerst bunte Olla podrida bleibt dennoch immer ein klassischer Detektivroman, wenn auch keiner, den Fen selbst gerne durch Crispin der Nachwelt überliefert sähe: Im Umweg über seinen Watson macht Fen den Leser darauf aufmerksam, wann er die Lösung gefunden haben könnte und sollte. Fußnoten weisen nach, daß alle Clues dem Fairnessgebot gemäß genannt wurden; einer wurde sogar in Holmes'scher Weise hochgehoben und vorgezeigt. Als berühmtester ›Sherlockismus‹ gilt der Wortwechsel zwischen Watson und Holmes in »Silver Blaze« über »den rätselhaften Zwischenfall mit dem Hund«. »›Aber der Hund hat doch gar nichts gemacht‹ – ›Das war der rätselhafte Zwischenfall.‹« Entsprechend lenkt Fen die Aufmerksamkeit seines Watsons auf den rätselhaften Fall des Grabsteins – man hat ihn im Kapitelhaus nicht gehört.

Wie Umberto Ecos William von Baskerville seinen Watson mit Namen Adson lehrte: Es gibt Bücher, die sich nur mit Büchern unterhalten. Dazu gehören diejenigen Edmund Crispins, wenn sie sich auch zusätzlich ganz gelegentlich auf extratextuelle Wirklichkeit beziehen mögen – in unserem Fall, so viel sei hier verraten, auf den Zweiten Weltkrieg.

Volker Neuhaus

DuMonts Kriminal-Bibliothek

»Knarrende Geheimtüren, verwirrende Mordserien, schaurige Familienlegenden und, nicht zu vergessen, beherzte Helden (und bemerkenswert viele Heldinnen) sind die Zutaten, die die Lektüre zu einem Lese- und Schmökervergnügen machen. Der besondere Reiz liegt in der Präsentation von hier meist noch unbekannten anglo-amerikanischen Autoren.«

Neue Presse/Hannover

Band 1002	John Dickson Carr	**Tod im Hexenwinkel**
Band 1016	Anne Perry	**Der Würger von der Cater Street**
Band 1022	Charlotte MacLeod	**Der Rauchsalon**
Band 1025	Anne Perry	**Callander Square**
Band 1033	Anne Perry	**Nachts am Paragon Walk**
Band 1035	Charlotte MacLeod	**Madam Wilkins' Palazzo**
Band 1040	Ellery Queen	**Der Sarg des Griechen**
Band 1050	Anne Perry	**Tod in Devil's Acre**
Band 1052	Charlotte MacLeod	**Ein schlichter alter Mann** (Januar 2002)
Band 1063	Charlotte MacLeod	**Wenn der Wetterhahn kräht**
Band 1070	John Dickson Carr	**Mord aus Tausendundeiner Nacht**
Band 1071	Lee Martin	**Tödlicher Ausflug**
Band 1072	Charlotte MacLeod	**Teeblätter und Taschendiebe**
Band 1073	Phoebe Atwood Taylor	**Schlag nach bei Shakespeare**
Band 1074	Timothy Holme	**Venezianisches Begräbnis**
Band 1075	John Ball	**Das Jadezimmer**
Band 1076	Ellery Queen	**Die Katze tötet lautlos**
Band 1077	Anne Perry	**Viktorianische Morde** (3 Romane)
Band 1078	Charlotte MacLeod	**Miss Rondels Lupinen**
Band 1079	Michael Innes	**Klagelied auf einen Dichter**
Band 1080	Edmund Crispin	**Mord vor der Premiere**
Band 1081	John Ball	**Die Augen des Buddha**

Band 1082	Lee Martin	**Keine Milch für Cameron**
Band 1083	William L. DeAndrea	**Schneeblind**
Band 1084	Charlotte MacLeod	**Rolls Royce und Bienenstich**
Band 1085	Ellery Queen	**... und raus bist du!**
Band 1086	Phoebe Atwood Taylor	**Kalt erwischt**
Band 1087	Conor Daly	**Mord an Loch acht**
Band 1088	Lee Martin	**Saubere Sachen**
Band 1089	S. S. van Dine	**Der Mordfall Benson**
Band 1090	Charlotte MacLeod	**Aus für den Milchmann**
Band 1091	William L. DeAndrea	**Im Netz der Quoten**
Band 1092	Charlotte MacLeod	**Jodeln und Juwelen**
Band 1093	John Dickson Carr	**Die Tür im Schott**
Band 1094	Ellery Queen	**Am zehnten Tage**
Band 1095	Michael Innes	**Appleby's End**
Band 1096	Conor Daly	**Tod eines Caddie**
Band 1097	Charlotte MacLeod	**Arbalests Atelier**
Band 1098	William L. DeAndrea	**Mord live**
Band 1099	Lee Martin	**Hacker**
Band 1100	**Jubiläumsband**	**Mord als schöne Kunst betrachtet – Noch mehr Morde**
Band 1101	Phoebe Atwood Taylor	**Zu den Akten**
Band 1102	Leslie Thomas	**Dangerous Davies und die einsamen Herzen**
Band 1103	Steve Hamilton	**Ein kalter Tag im Paradies**
Band 1104	Charlotte MacLeod	**Mona Lisas Hutnadeln**
Band 1105	Edmund Crispin	**Heiliger Bimbam**
Band 1106	Steve Hamilton	**Unter dem Wolfsmond**
Band 1107	Conor Daly	**Schwarzes Loch siebzehn** (Januar 2002)
Band 1108	S. S. van Dine	**Der Mordfall Skarabäus** (Januar 2002)
Band 2001	Lee Martin	**Neun mörderische Monate** (3 Romane)
Band 2002	Charlotte MacLeod	**Mord in stiller Nacht** (Sonder-Doppelband)

Band 1080

Edmund Crispin:
Gervase-Fen-Serie

Mord vor der Premiere

Yseut Haskell, die schöne und provokative Schauspielerin, wird mit einer Kugel im Kopf aufgefunden. Keiner hat sie gemocht. Am wenigsten der Regisseur Robert Warner. Doch wie lässt sich der Verdacht des Literaturkritikers Gervase Fen beweisen? Unvermutet findet er sich in der Rolle des Detektives wieder.

Band 1101
Phoebe Atwood Taylor:
Leonidas-Witherall-Serie

Zu den Akten

1942 ist jeder wehrfähige Mann Neuenglands eingezogen. Leonidas Witherall springt ein und macht Karriere. Nach einer Vorstandssitzung von Haymakers Warenhaus wird er niedergeschlagen. Geht man so mit Vorstandsmitgliedern um? Doch Haymaker, bei dem er sich beschweren will, ist tot. Wieder einmal schart Witherall als Detektiv und Hauptverdächtigter die kuriosesten Komplizen um sich.

Band 1102

Leslie Thomas:

Dangerous-Davies-Serie

Dangerous Davies und die einsamen Herzen

Wenn Dangerous Davies sich als Privatdetektiv selbständig macht, lassen die Aufträge nicht lange auf sich warten. Ein Partnervermittlungsinstitut sorgt sich um seinen guten Ruf – Frauen, die auf Kontaktanzeigen antworteten, sind ermordet worden. Mit seinem verwegenen Team begibt sich Davies auf die ebenso gefährliche wie amüsante Spur.

Band 1103

Steve Hamilton:

Alex-McKnight-Serie

Ein kalter Tag im Paradies

Alex McKnight ist nicht entzückt, als ihm der Mörder seines Polizeikollegen eine Rose schickt. Und zwei Morde in seiner Nachbarschaft tragen unverkennbar die Handschrift dieses Psychopathen. Dabei ist der nie aus dem Gefängnis entlassen worden.

Ausgezeichnet mit dem Edgar Award für das beste Krimidebüt.

Band 1104
Charlotte MacLeod:
Boston-Serie

Mona Lisas Hutnadeln

Während ihr Mann Max in Argentinien nach Kunstschätzen jagt, verabredet sich Sarah Kelling Bittersohn mit den exzentrischen Mitarbeitern des Wilkins-Museums zum Lunch. Doch dann wird die umtriebige Museumsleiterin ermordet aufgefunden: Tatwaffe ist eine antike Hutnadel. Zu allem Überfluss ist Sarah als Vollstreckerin eines recht kuriosen Testaments eingesetzt ...

Band 1106

Steve Hamilton:
Alex-McKnight-Serie

Unter dem Wolfsmond

Alex McKnight hat keine Ruhe: Eine Indianerin sucht in seiner Waldhütte Unterschlupf und Hilfe. Doch am nächsten Morgen ist sie verschwunden. Der Ex-Polizist McKnight ist überzeugt, dass ihr ehemaliger Freund sie entführt hat.

DuMonts Kriminal-Bibliothek
Lee Martin
Neun mörderische
Monate.
Drei Fälle für Deb Ralston

Band 2002

Charlotte MacLeod:
Zwei Romane in einem Band

Mord in stiller Nacht

Zwei von Charlotte MacLeods Krimis spielen in der Weihnachtszeit. »Schlaf in himmlischer Ruh'« führt Peter Shandy in seine Rolle als unfreiwilliger Detektiv, als er eine Leiche unter dem Weihnachtsbaum findet. Und mit »Kabeljau und Kaviar« werden die manchmal nicht ganz feinen Weihnachtssitten der Bostoner Gesellschaft vorgeführt.

Band 1100

Mord als schöne Kunst betrachtet –
Noch mehr Morde